ताशकंद
उत्तरगाथा

ताशकंद उत्तरगाथा

नीरजा माधव

प्रभात प्रकाशन

प्रकाशक

प्रभात प्रकाशन प्रा. लि.

4/19 आसफ अली रोड, नई दिल्ली–110002

फोन : 011–23289777 • हेल्पलाइन नं. : 7827007777

इ–मेल : prabhatbooks@gmail.com ❖ वेब ठिकाना : www.prabhatbooks.com

संस्करण

प्रथम, 2024

पेपरबैक मूल्य

तीन सौ रुपए

मुद्रक

आर–टेक ऑफसेट प्रिंटर्स, दिल्ली

———— ★ ————

TASHKENT UTTARGATHA

novel by Smt. Neerja Madhav

Published by **PRABHAT PRAKASHAN PVT. LTD.**

4/19 Asaf Ali Road, New Delhi-110002

ISBN 978-93-5521-588-8

₹ 300.00 (PB)

यह उपन्यास क्यों ?

यह सत्य है कि स्वाधीनता की लड़ाई से लेकर स्वतंत्र भारत के प्रधानमंत्री पद तक के लाल बहादुर शास्त्री के जीवन की एक लंबी संघर्ष गाथा है। कोई हैरान हो सकता है कि जन्म लेने के साथ ही मेले की भीड़ में लापता होने और फिर मिल जाने से लेकर डेढ़ वर्ष की अवस्था में पितृविहीन हो जाने वाला बालक गरीबी और अभावों को ही अपना वस्त्र-आभूषण बनाता भारत के प्रधानमंत्री पद तक की गरिमा को किस सादगी और निष्ठा से निभाता है कि पूरा विश्व उसे स्पृहा से देखने लगता है। भारत को शक्तिसंपन्न और खाद्यान्न के मामले में आत्मनिर्भर बनाने का शास्त्री का सपना विश्व के कई देशों की आँखों की नींद उड़ा देता है। युद्ध थोपे जाने की स्थिति में शत्रु देश को उसकी सीमा में घुसकर पराजित कर देना और भारत के चरणों में आत्मसमर्पण कर देने को विवश कर देनेवाले शास्त्री की आँखों में बसी वैश्विक शांति-स्थापना की झिलमिलाहट से चौंधियाई आँखों वाले विश्व के तमाम देश यह सोचने के लिए विवश थे कि यह छोटे कद का दुबला-पतला मानव युद्ध का देवता है या शांति का पुजारी? धोती-कुर्ता जैसे विशुद्ध भारतीय पहनावे वाला यह जनप्रिय नेता जितना बाहर से भारतीय था, उससे कहीं अधिक वह भीतर से भारतीय संस्कारों और मूल्यों को धारण किए हुए था, जिसके एक आह्वान पर पूरा देश एक समय का भोजन त्याग देता था, सैनिक शेर की तरह दुश्मन पर टूट पड़ते थे, सैनिकों के बीच जाकर शत्रु के ध्वस्त टैंकों के बीच जो खड़े होकर अपने जवानों के शौर्य और वीरता का उद्घोष पूरी दुनिया के कानों तक पहुँचाता था, अपने भारतीय वैज्ञानिकों के दम पर जो शीर्ष विश्व-देशों के साथ कदमताल करता हुआ परमाणु ऊर्जा कार्यक्रम को अंजाम दे रहा था, ऐसे ही न जाने कितने शक्ति और समृद्धि की योजनाओं को लागू करते हुए जिसने भारत को वैश्विक क्षितिज पर पहुँचाने का अघोषित संकल्प लिया था, उस शास्त्री की विदेश की धरती पर

रहस्यमय मृत्यु आज तक रहस्य बनी हुई है। यह स्वतंत्र भारत के राजनीतिक माथे पर लगा हुआ एक अफसोसनाक दाग है, जिसे शायद ही कभी पूरी तरह से मिटाया जा सके। लेकिन उस दाग के मूल कारणों को जान लेना भी इसलिए जरूरी होता है, ताकि भविष्य में इतिहास दुहराया न जा सके। नई पीढ़ियाँ उसे समझेंगी, तभी सतर्क होंगी और तभी इस प्रकार के संजालों के प्रति सावधान रहते हुए उसके समाधान की दिशा में प्रयासरत होंगी। शास्त्री का प्रधानमंत्री होना भारतीय राजनीति का एक टर्निंग पॉइंट था, जो मात्र अठारह महीनों का था, लेकिन एक मील का पत्थर तो गाड़ ही गया कि राष्ट्र को आत्मगौरव और शक्तिसंपन्न बनाने के लिए वही एक रास्ता है, जो इस टर्निंग पॉइंट का संकेतक कहता है।

कांग्रेस की भूमिका स्वाधीनता आंदोलन के दौरान अद्‍भुत थी। बड़े-बड़े नेता और क्रांतिकारियों ने इस कांग्रेस के बैनर के साथ खड़े हुए और अपने-अपने गरम या नरम तेवरों के साथ भारत माँ को ब्रिटिश शासन से मुक्त कराने का पुरजोर प्रयास किया। अंग्रेजों से आजादी लेना कांग्रेस का मिशन थी तो भारतीय जनमानस का संकल्प। दोनों ने अपने-अपने स्तर से संघर्ष किया। परंतु कालांतर में बहुत से क्रांतिकारियों को जब इसकी आवश्यकता से अधिक नरम तेवर और अहिंसा की नीति निरर्थक लगने लगी तो उन्होंने इसका साथ छोड़कर सशस्त्र क्रांति का रास्ता पकड़ लिया। भगत सिंह, खुदीराम बोस, चंद्रशेखर आजाद, नेताजी सुभाष चंद्र बोस, दुर्गा भाभी, बोहरा, सुशीला दीदी आदि ऐसे ही नाम थे। क्रांति में विश्वास रखते हुए भी शास्त्रीजी ने कांग्रेस की नीतियों में भी आस्था रखी। पूरा जीवन जेल यातनाएँ झेलने में बीत रहा था। नाखूनों में पिन चुभाए जाने से लेकर अनेक शारीरिक और मानसिक कष्ट उठा रहे थे, क्योंकि भारत माँ को गुलामी से मुक्त करवाना उद्‍देश्य था उनका।

1947 में भारत आजाद हुआ। अपरोक्ष रूप से ही सही, इस विजय का सेहरा कांग्रेस के माथे पर सजा। पहले प्रधानमंत्री के रूप में ताजपोशी जवाहरलाल नेहरू की हुई। अहिंसा की विजय इस रूप में हुई कि भारत का विभाजन हो गया। पाकिस्तान ने एक अलग सत्ता के साथ इसलामिक राष्ट्र घोषित कर लिया स्वयं को। भारत ने अपने कुछ नेताओं के प्रभाव में स्वभावत: अपनी नरमी और उदारता दिखाते हुए अपने को 'सेक्युलर' कहलाने में गौरवान्वित महसूस किया। भारत विभाजन के बाद पाकिस्तान ने हिंदू और सिख स्त्री-पुरुषों, बच्चों को अनेक प्रकार की यातनाएँ देते हुए लूटपाट, छीन-झपट, बलात्कार, हत्या जैसे कृत्य करते हुए उन्हें भारत भाग आने को विवश किया। राजौरी की घाटी में शरण लिए लाखों लोगों

को रातोरात कबाइली वेश में लूट लिया। साथ की स्त्रियों, बच्चियों का शीलहरण किया और शरणार्थी शिविरों में कत्लेआम मचाया। इसके ठीक उलट भारत की अहिंसावादी नीति ने उदारता दिखाते हुए यहाँ के मुसलमानों को छूट दी कि यह उनकी मरजी पर है कि वे पाकिस्तान चले जाएँ या यहीं रहें। 21वीं सदी आते-आते यह स्थिति हो गई कि पाकिस्तान में गिनती के एक दो प्रतिशत हिंदू रह गए, जबकि भारत में कुल आबादी की लगभग आधी जनसंख्या मुसलमानों की हो गई।

खैर, चर्चा कहाँ से कहाँ मुड़ गई। तो आजादी के कुछ वर्षों पहले से ही कांग्रेस की नीतियों का यह मूर्खतापूर्ण लचीलापन सभी को समझ में आने लगा था, जो आजादी के बाद बिल्कुल मुखर हो उठा था। विदेशी ताकतें भी नहीं चाहती थीं कि भारत आजाद होकर भी भारत के हाथों में रहे। उन्हें भारत की राजनीति को अपनी शर्तों और उद्‌देश्यों के अनुसार संचालित करना था। राजनीतिक रूप से भारत भले ही सत्ता सँभाले, पर उसकी निर्भरता विदेशों पर बनी रहे। इस प्रकार मुक्त करते हुए भी सत्ता की बागडोर उन विश्व-ताकतों के हाथ में रहेगी, यह उनका सपना था। इसके लिए पटेल या सुभाष चंद्र बोस जैसे जमीन से जुड़े नेताओं की आवश्यकता नहीं थी। किसी ऐसे नेता की आवश्यकता थी, जिसे सत्ता सौंपकर अपना हित साधा जा सके। तो नेहरू पहली पसंद बन गए।

नेताजी को अगस्त 1945 में ही भूमिगत होना पड़ा। कहा जाता है कि अपने निधन की झूठी खबर प्रसारित करवाकर वे मित्र राष्ट्रों के सहयोग की कामना से जापान से सोवियत संघ चले गए। उसके पूर्व अक्तूबर 1943 में ही उन्होंने स्वतंत्रता का उद्‌घोष करते हुए अपना राष्ट्रीय ध्वज फहरा दिया था और भारत की अंतरिम सरकार की घोषणा भी कर दी थी। इस अंतरिम सरकार को जापान, जर्मनी समेत कई राष्ट्रों ने समर्थन दिया। एक तरह से कहा जाए तो भारत 1943 में ही आजाद हो गया था। बस अंग्रेजों द्वारा मान्यता उसे 1947 में मिली। ब्रिटेन के खिलाफ सशस्त्र युद्ध छेड़ने के कारण नेताजी सुभाष चंद्र बोस अंग्रेजों की निगाह में शुरू से ही चुभ रहे थे। पकड़े जाने पर उनसे युद्ध-अपराधी जैसा व्यवहार किया जाता, इसलिए तात्कालिक आवश्यकता यही थी कि नेताजी सुभाष चंद्र बोस भूमिगत हो जाएँ और फिर भारत के पूरी तरह से आजाद हो जाने के बाद भारत आ जाएँगे।

यह भी सत्य था कि आजाद भारत में नेताजी के वापस आ जाने पर भारत की जनता सत्ता उन्हें ही सौंप देती। आजादी के बहुत वर्षों बाद तक भी नेताजी के जीवित होने और वापसी की खबरें राजनीतिक और सामाजिक गलियारों में चर्चा का विषय होती थीं। शास्त्रीजी से कुछ ही वर्ष बड़े थे, नेताजी सुभाष चंद्र बोस। अपने

प्रधानमंत्रित्व काल में शास्त्रीजी हृदय से चाहते थे कि उनकी स्वदेश वापसी किसी महानायक की तरह हो। परंतु जिसकी स्वयं की ही वापसी ताशकंद से नहीं हो सकी, वह नेताजी सुभाष चंद्र बोस की वापसी कर पाने में कैसे सफल होता? कहा जाता है कि जनवरी 1966 में ताशकंद समझौते के लिए गए शास्त्री का एक उद्देश्य यह भी था कि वे देशवासियों को यह आश्चर्यचकित करने वाला 'उपहार' देने वाले थे। तो शास्त्रीजी की ताशकंद में मृत्यु के साथ ही इन सभी अनुमानों पर विराम लगना स्वाभाविक था, लगा। उनके बाद के नेताओं की इस मुद्दे में कोई रुचि नहीं थी, सो नहीं थी। कुछ नहीं हुआ। सबकुछ कहानी बन गया, उपन्यास बन गया। पर किसी भी कहानी का बीज किसी सत्य पर ही आधारित होता है, आकाशकुसुम पर नहीं।

यह भी सत्य था कि कांग्रेस की ही एक लॉबी यह नहीं चाहती थी कि लाल बहादुर शास्त्री जैसा देसी नेता प्रधानमंत्री बने। उसने भरपूर प्रयास किया, न बनने देने का। पर उसी में शास्त्रीजी का साथ देने वाले भी बहुत से लोग थे। दूसरी ओर विदेशी ताकतें भी चाहती थीं कि उनका हस्तक्षेप भारतीय सत्ता में बना रहे। शास्त्री के अतीत के कार्यों को देखते हुए उनसे किसी को यह उम्मीद नहीं थी कि वे दूसरों के द्वारा संचालित होंगे। शास्त्री द्वारा मंत्री रहते हुए पूर्व में लिए गए कई कठोर निर्णय इस बात की गवाही दे रहे थे कि वे दूसरों के संकेतों पर काम करने वाले नेता नहीं हैं। पर कई बार किसी का सशक्त चरित्र और नैतिक आचरण ही विवशता बन जाता है कि दुश्मन भी उसका नेतृत्व स्वीकार करे, भले ही बेमन और शत्रु-भाव से। शास्त्री को भी प्रधानमंत्री रूप में सभी को स्वीकार करना पड़ा, नेहरू की आकस्मिक मृत्यु के बाद। पर जल्दी ही उनकी पटकथा भी लिख दी गई ताशकंद में, उनकी नाटकीय मृत्यु के साथ। पटकथा भी ऐसी कि सब समझ में आते हुए भी सबकुछ अबूझ, गोपन और रहस्यमय। किसी आर्ट फिल्म की तरह या किसी रहस्यवादी संत की वाणी की तरह—'जिन्ह बोला तिन्ह बोला नाहीं/अनबोला सो बोला माहीं।' या कि 'बरसे कंबल भीजे पानी' की तरह।

किसी त्रिकोणीय फिल्मी कहानी की तरह भारतीय जनमानस को रह-रहकर झकझोरती हैं तीन घटनाएँ, जिनमें कोई संबंध न होते हुए भी एक त्रिभुज तो बनाती हैं ये रेखाएँ। नेताजी सुभाष चंद्र बोस 1945 में तथाकथित विमान दुर्घटना में मारे जाते हैं। वे सबसे पहले भारत की स्वतंत्रता का उद्घोष करते हैं और ब्रिटेन के खिलाफ सशस्त्र युद्ध छेड़ने वाले अकेले नेता हैं। शास्त्रीजी 1964 में प्रधानमंत्री बनते हैं। अपने देश को शक्तिसंपन्न और आत्मनिर्भर बनाने का संकल्प लेते हैं। इसके लिए परमाणु ऊर्जा कार्यक्रम जैसे अनेक निर्णय लेते हैं। जहाँ छोटे-छोटे नट-

बोल्ट और खाद्यान्न तक के लिए भारत दूसरे देशों का मुँह ताकता था और उनके लिए एक बड़ा बाजार बना हुआ था, उसी भारत को आत्मनिर्भर और शक्तिसंपन्न बनाना चाहते थे शास्त्रीजी। होमी जहाँगीर भाभा, साराभाई जैसे परमाणु और अंतरिक्ष वैज्ञानिकों को उत्साहित करते हैं। परमाणु बम बनाने की मंजूरी तक देते हैं, जो विश्व की अनेक महाशक्तियों को अपने-अपने अस्तित्व को लेकर चिंता में डाल देता है। युद्ध में जवानों का हौसला बढ़ाकर लाहौर तक की भूमि पर कब्जा कर लेते हैं। संयुक्त राष्ट्र संघ, और बाद में सोवियत संघ के समझौते के प्रस्ताव पर वार्त्ता करने के लिए ताशकंद जाते हैं और वहीं पर समझौते पर हस्ताक्षर करने के कुछ ही घंटों के भीतर उनकी मृत्यु हो जाती है 10 जनवरी की रात में।

ग्यारह जनवरी को शास्त्री का शव भारत लाया जाता है। कार्यवाहक प्रधानमंत्री गुलजारीलाल नंदा से 19 जनवरी को सत्ता इंदिरा गांधी के हाथों में सौंप दी जाती है और ठीक शास्त्रीजी की मृत्यु के तेरह दिनों बाद 24 जनवरी, 1966 को भारत के परमाणु वैज्ञानिक होमी जहाँगीर भाभा की एक विमान दुर्घटना में मृत्यु हो जाती है। वे एक सम्मेलन में भाग लेने वियना जा रहे थे। होमी भाभा का ही यह एजेंडा था कि विश्व के देशों में अपना शक्तिसंपन्न भारत भी एक पहचान बनाए और देश की सुरक्षा के लिए भारत भी परमाणु बम बनाए। शास्त्रीजी ने होमी भाभा को इस कार्य से रोका नहीं था, क्योंकि उनका भी सपना था एक शक्तिसंपन्न आत्मनिर्भर भारत। त्रिभुज की इन तीनों भुजाओं को मिला देने पर भी एक कहानी बनती है, और अलग-अलग कोणों का अलग-अलग दृष्टिकोणों से अध्ययन करने पर भी कुछ तो बात समझ में आती ही है।

शास्त्रीजी को इस उपन्यास के नायक के रूप में प्रस्तुत करने के पीछे ये सारे तथ्य तो कारण थे ही, एक और कारण यह था कि मेरी एक पुस्तक 'भारतरत्न : लाल बहादुर शास्त्री' (संपादित) सन् 2013 में प्रकाशित हुई। भारतीय जन-जागरण समिति उ.प्र. के अध्यक्ष मनोज कुमार श्रीवास्तव मेरे अनुजवत् हैं और अपनी संस्था के माध्यम से भारतीय राजनीति में शास्त्रीजी के कार्यकाल जैसा 'टर्निंग पॉइंट' ले आने की दिशा में सतत तत्पर हैं। आनंद चौबे जैसे उनके हजारों समर्पित कार्यकर्ता उनके इस मिशन को आगे बढ़ाने में लगे हैं। उन्हें यह विश्वास है कि कभी तो भारतीय राजनीति में शास्त्रीजी के पदचिह्नों पर चलने वाला कोई नेता आएगा, जो विश्व में भारत को प्रतिष्ठा दिलाएगा, आत्मनिर्भर बनाएगा। तो 19 फरवरी, 2015 को पूज्य सरसंघचालक श्री मोहन भागवत ने शास्त्रीजी के पैतृक निवास रामनगर में उसका लोकार्पण किया। शास्त्रीजी के सुपुत्र श्री सुनील शास्त्री, मेरे पति डॉक्टर बेनी

माधव, मनोज, आनंद, सुमन जायसवाल आदि की मंच पर उपस्थिति तथा हजारों श्रोताओं की भीड़ के सामने पुस्तक का लोकार्पण करते हुए सरसंघचालक जी ने एक बहुत ही आश्चर्यजनक बात कही—'इस पुस्तक को रामचरितमानस की तरह हर घर में होना चाहिए।"

मेरे पति डॉ. बेनी माधव ने घर लौटते हुए रास्ते में मुझसे कहा—सचमुच, संपादन नहीं, रामचरितमानस जैसा शास्त्रीजी का जीवन-चरित्र लिखा जाना चाहिए। एक आदर्श नैतिक चरित्र तो थे ही वे राजनीति में। मन में एक संकल्प ने अँगड़ाई ली। संयोग से इस पुस्तक संपादन के दौरान ही एक चौंकाने वाली घटना घटी थी। 19 अगस्त, 2012 को एक टीवी चैनल से समाचार प्रसारित हो रहा था, जिसमें शास्त्रीजी की मृत्यु पर कई अनसुलझे सवाल सुलग रहे थे। एक रहस्य जिस पर से परदा उठाने की माँग शास्त्रीजी की पत्नी ललिता शास्त्री ने भी जनवरी 1966 में की थी और इस समय टीवी चैनल पर श्री सुनील शास्त्री और श्री अनिल शास्त्री (शास्त्रीजी के दोनों पुत्र) भी कर रहे थे।

बाद में सुनील शास्त्री और उनकी पत्नी मीरा शास्त्री से मेरी कई व्यक्तिगत मुलाकातें हुईं। शास्त्रीजी को लेकर लंबी बातचीत हुई। मनोज ने भारतीय जन जागरण समिति की लाइब्रेरी से शास्त्रीजी से संबंधित कई पुस्तकें पढ़ने के लिए मुझे लाकर दीं। परंतु निराशा यह हो रही थी कि सभी पुस्तकों में एक ही तरह की बातें घुमा-फिराकर लिखी थीं। किसी में उनकी मृत्यु को शानदार मृत्यु बताया जा रहा था, तो कहीं पर हार्ट अटैक की वही घिसी-पिटी कहानी, जिसे सरकार ने प्रचारित किया था। यहाँ तक कि शास्त्रीजी पर केंद्रित यशपाल जैन द्वारा संपादित स्मृति-ग्रंथ भी ध्यान से पढ़ने पर ऐसा लग रहा था, जैसे कांग्रेस को क्लीन चिट देने के लिए यह ग्रंथ तैयार किया गया हो। अस्सी के दशक में यह ग्रंथ प्रकाशित हुआ था। उस समय तक ललिता शास्त्री जीवित थीं। ग्रंथ का संपादन यदि निष्पक्ष रहता तो 14 अक्तूबर, 1970 को प्रतिष्ठित हिंदी साप्ताहिक 'धर्मयुग' में प्रकाशित ललिता शास्त्री का वह इंटरव्यू भी इसमें रखा जाना चाहिए था, जिसमें इंटरव्यू लेने वाले प्रभात मित्तल को उन्होंने बताया था कि ताशकंद में शास्त्रीजी के रुकने की सारी व्यवस्था मॉस्को में तत्कालीन भारत के राजदूत टी.एन. कौल ने की थी। शास्त्रीजी के लिए खाना कौल के रसोइया मोहम्मद जान ने बनाया था। ऐसे ही अनेक तथ्यों का खुलासा ललिता शास्त्री ने किया था उस इंटरव्यू में, जिसे उन्होंने शास्त्रीजी के निजी स्टाफ और दूसरी जगहों से जुटाया था और जो सरकार की तरफ से संसद् में दी गई आधिकारिक जानकारी से अलग था।

इतना ही नहीं, इस ग्रंथ में सदन में उठाए गए विपक्षी नेताओं के आरोप और सरकार द्वारा उन आरोपों के खंडन में दी गई सफाइयों या जाँच कमेटी की रिपोर्ट भी होनी चाहिए थी, ताकि इसे एक समग्र स्मृति ग्रंथ माना जा सकता। खैर, सन् 1993 में ललिता शास्त्री का भी निधन हो गया। सन् 1999 में 'समर्पित साधिका : ललिता शास्त्री स्मरणांजलि' नामक ग्रंथ उसी प्रकाशन संस्थान से आया, जहाँ से शास्त्रीजी पर केंद्रित स्मृति-ग्रंथ 'धरती का लाल' प्रकाशित हुआ था। ललिता शास्त्री स्मरणांजलि के संपादक भी यशपाल जैन ही थे, बस फर्क सिर्फ इतना आया था कि अब तक उनके नाम के पूर्व पद्मश्री जुड़ गया था। ज्ञातव्य है कि पद्मश्री सम्मान भारत सरकार द्वारा दिया जाने वाला प्रतिष्ठित नागरिक सम्मान है।

तो तमाम पुस्तकों को पढ़ने के बाद निराशा ही हाथ लगी। केवल अनुमान पर कुछ लिखना अँधेरे में तीर चलाने जैसा था। लेकिन इसी बीच 2019 में संभ्रांत मिश्रा द्वारा अनूदित अनुज धर की पुस्तक 'शास्त्री के साथ क्या हुआ था?' हाथ लगी। उसमें अपेक्षाकृत बहुत साहसपूर्वक अपने द्वारा किए गए आरटीआई समेत तमाम प्रयासों का वर्णन करते हुए अनुज धर ने इधर-उधर बिखरे दस्तावेजों, रिपोर्ट आदि के आधार पर तथ्यों को यथावत् सामने लाने की कोशिश की थी।

मनोज के ही सहयोग से मांडा में लाल बहादुर शास्त्री सेवा निकेतन द्वारा संचालित इंटर कॉलेज में एक शिक्षक के रूप में कार्यरत रहे और ललिता शास्त्री के बहुत सन्निकट रहने वाले श्री जगदीश प्रसाद श्रीवास्तव से मेरी टेलीफोन पर लंबी बातचीत हुई। शास्त्रीजी के निजी सेवक रामनाथ से लेकर अनेक घटनाओं, जिन्हें जगदीश ने ललिताजी के मुख से सुना था, की जानकारी मुझे मिली। इसी बीच अपनी कुछ जिज्ञासाओं का समाधान मैं केवल शास्त्रीजी के पुत्रों के मुख से सुनना चाहती थी। अगस्त 2023 में श्री अनिल शास्त्री से मेरी फोन पर बात हुई। शास्त्रीजी की माता रामदुलारीजी के अंतिम संस्कार के बारे में मैंने पूछा। दूसरा प्रश्न रामनाथ के बारे में था। एक चौंकाने वाला तथ्य अनिल शास्त्री ने बताया। प्रायः सभी पुस्तकों में मैंने पढ़ा था कि शास्त्रीजी के निजी सेवक रामनाथ के भारत लौटने के कुछ दिनों बाद बाजार जाते समय एक सड़क दुर्घटना में दोनों पैर काटने पड़े थे और उनकी याददाश्त जाती रही थी। परंतु अनिल शास्त्री ने बताया कि धीरे-धीरे रामनाथ सामान्य अवस्था में आ रहे थे। व्हील चेयर से वह चलते-फिरते थे। बाजार से सामान भी ले आते थे। एक दिन व्हील चेयर से सड़क पर जा रहे थे, तो फिर किसी वाहन ने उन्हें टक्कर मार दी थी, जिससे उनकी घटनास्थल पर ही मौत हो गई थी।

अनिल शास्त्री ने उस तेजा नाम के व्यक्ति की भी चर्चा की, जिसके बारे में था कि वह उस समय ताशकंद में मौजूद था। शास्त्रीजी उसे पसंद नहीं करते थे। नेहरूजी का वह प्रिय पात्र था। बाद में यह पता चला कि वह सत्ता में सबसे करीब हो जाने की कला में पारंगत था। शास्त्रीजी से उसने एक बार केवल अपने लिए मिलने का समय माँगा था और वहाँ अपनी पत्नी के साथ पहुँच गया था। शास्त्रीजी ने रुखाई से कहा था कि मिस्टर तेजा, मैंने आपको मिलने का समय दिया था, आपकी पत्नी को नहीं। खैर, कहानी जो भी रही हो, पर अनिल शास्त्री ने भी तेजा का नाम लिया था, लेकिन घटनाक्रम में कहीं उसकी बहुत भूमिका समझ में नहीं आई। हाँ, मॉस्को में भारत के राजदूत रहे टी.एन. कौल का भी वह मुँह लगा था। हालाँकि तेजा की ताशकंद में उपस्थिति को शास्त्री की मौत के बाद सफाई देते हुए सरकार ने कहा था कि वह कोई दूसरा तेजा था।

इन सब रहस्यों और प्रश्नों को समेटे लाल बहादुर शास्त्री के जीवन को जब उपन्यास रूप में बाँधने का प्रयास किया तो परिदृश्य कुछ-कुछ समझ में आने लगा था, थोड़ी देर के लिए बादलों के पीछे छिप गए चंद्रमा की तरह। निस्संदेह शास्त्रीजी के इतने लंबे राजनीतिक जीवन के अनेक प्रसंग इस उपन्यास में नहीं आ सके होंगे। संभव भी नहीं था किसी नेता के एक-एक दिन का ब्योरा प्रस्तुत करना। शास्त्रीजी तो देशसेवा में अपनी युवावस्था से ही समर्पित थे। उनके जीवन की प्रमुख घटनाओं को लेते हुए और ताशकंद पर विशेष फोकस करते हुए अपनी पीढ़ी और अगली पीढ़ियों को लाल बहादुर शास्त्री पर केंद्रित इस जीवनीपरक उपन्यास को एक 'टर्निंग पॉइंट' की तरह सौंपती हूँ। शास्त्रीजी एक निश्छल, राजनीतिक दाँव-पेच से विरक्त, राष्ट्र-ऋषि थे। देश उनकी सादगी और ईमानदारी के उदाहरण आज भी देता है। राजनीति के एक आदर्श और नैतिक चरित्र वाले छल रहित, दंभ रहित, भोग रहित उस निष्काम पुण्यात्मा द्वारा बनाया गया राजनीतिक मार्ग यदि कोई भविष्य में चुने, तो कोई बात बने। भारत का आत्मगौरव वैश्विक क्षितिज पर झिलमिला उठे। उसी भविष्य के भारत की झिलमिलाहट सौंपती हूँ, 'ताशकंद : उत्तरगाथा' के रूप में।

11.1.2024
शास्त्रीजी की पुण्यतिथि

—नीरजा माधव
मधुवन
सारनाथ, वाराणसी-7
मो. 9792411451
इ-मेल : neerjamadhav@gmail.com

अनुक्रम

—: एक :—

ब्रह्म पर्व

ब्रह्मलोक से आज फिर लाल बहादुर शास्त्री की प्राणऊर्जा अपने सूक्ष्म शरीर और मन के साथ पृथ्वी की ओर चली थी। उसकी गति प्रकाश की गति से भी अधिक थी। ब्रह्मलीन होकर भी वे एक महीन मखमली डोर से पृथ्वी से जुड़े हुए। हाँ, ये ब्रह्मलीन शास्त्री ही तो थे, जो मात्र एक अटूट आस्था और स्नेह की डोर से बँधे हुए प्रतिदिन अपने समाधि-स्थल विजयघाट अवश्य आते थे। गुलाबी पत्थर से बनी विजयघाट की समाधि पर उनका प्रिय नारा 'जय जवान जय किसान' खुदा हुआ था। कलियुग की एक भारतीय सती स्त्री का तप और त्याग उन्हें ब्रह्मलोक में स्थिर नहीं रहने देता था। उनकी धर्मपत्नी ललिताजी, जिन्हें विवाह के बाद उन्होंने यह नाम दिया था। उनका विवाह से पूर्व तो नाम लालमनी था। विवाह के बाद जब वे विदा होकर उनके घर आई थीं, तो उन्होंने प्रथम रात्रि में उनका घूँघट उठाते हुए स्नेह से कहा था—"आज से आप मेरी ललिताजी हैं। आपको कोई आपत्ति हो तो अभी बता दें।"

उत्तर में चुपचाप नई नवेली दुलहन ने स्वीकारोक्ति में अपनी पलकें झपकाई थीं और उठकर शास्त्रीजी के चरण स्पर्श कर लिए थे।

"इस घर में आपका सम्मान बढ़े ललिताजी। आज से हमारे आपके जीवन की सारी सफलताएँ और असफलताएँ एक-दूसरे को प्रभावित किए बिना नहीं रहेंगी, इसलिए हम दोनों के जीवन का लक्ष्य एक तरह का हो तो कैसा रहेगा?"

लालबहादुर शास्त्रीजी ने ललिताजी को गहरी दृष्टि से देखते हुए कहा था।

ललिताजी के सुंदर मुखमंडल पर एक दृढ़ भाव सा उभरा था और उन्होंने उत्तर दे दिया था—"जी, लक्ष्य एक ही रहेगा। आपसे अलग मुझे और क्या सोचना है?"

"मुझे संतोष हुआ, ललिताजी।"

शास्त्रीजी उठकर कमरे में टहलने लगे। अपनी एक हथेली पर दूसरे हथेली

की मुट्ठी बना धीरे-धीरे थपकते हुए मानो वे कुछ विचार कर रहे थे और सोच रहे थे कि कहें कि नहीं? ललिताजी ही बोल पड़ीं—"आप तनिक भी संकोच न करें। सबकुछ कहें।"

शास्त्रीजी हँस पड़े थे। उनकी आँखें चोरी पकड़े जाने की हया से थोड़ी देर के लिए झुक गई थीं। सफेद धोती-कुर्ता में उनका गेहुआँ रंग दमक रहा था। चेहरे पर निश्छलता पसरी हुई थी। ललिताजी के पास बिस्तर पर बैठते हुए बोले—"सही समझा आपने। इतनी ढेर सारी बातें हैं बताने को। सोच रहा हूँ किधर से शुरू करूँ?"

वे ललिताजी के चेहरे की ओर निहार रहे थे। माथे पर बड़ी-सी गोल बिंदी, नाक में नथ और सिंदूर भरी माँग के ऊपर से माथे पर लटकते बेंदी में उनका सादगी भरा सौंदर्य झिलमिला रहा था। बातें करते हुए ललिताजी के सामने के दाँतों के बीच का थोड़ा खाली स्थान उनकी विशेषता बन बैठा था। वे शास्त्री के मुँह से कुछ सुनने के लिए उनकी ओर देख रही थीं। उनकी आँखों का काजल मुसकरा रहा था।

लालबहादुर शास्त्री ने खाँसकर थोड़ा गला साफ किया और बोले—"विवाह से पूर्व आपको मेरे बारे में कुछ-कुछ तो पता हो ही गया होगा?" वे ललिताजी की ओर सस्मित देख रहे थे।

वे भी मुसकराईं।

"जी, बहुत कुछ, मतलब सबकुछ।"

"जैसे, क्या-क्या?" शास्त्री उत्सुक हो उठे।

"मेरी अम्मा ने कहा था कि शास्त्रीजी देशभक्त आदमी हैं। उनका साथ हमेशा देती रहना। जब वे डेढ़ वर्ष के थे, तभी से उनके पिताजी नहीं रहे। उनकी माँ ने बहुत मुसीबतें झेलकर उन्हें पाला है। इसलिए सास का भी हमेशा ध्यान देना।"

"और क्या पता था आपको पहले से?" शास्त्री की आँखों में कौतूहल था।

"जब आपको पहली बार हमने अपने मोहल्ले चेतगंज में देखा था तो मेरी बहन ने कहा था कि दुल्लर बहन का यह लड़का तो बहुत कठोर है। सब लोग रो रहे हैं, पर यह शांत खड़ा है।" ललिताजी वह दृश्य स्मरण कर मुसकराई थीं।

"कब की बात है यह?" लालबहादुर शास्त्री ने अपनी भौंहें टेढ़ी कर याद करने की कोशिश की।

"अरे, तब मैं दस-ग्यारह वर्ष की रही होऊँगी। आप भी सोलह-सत्रह के रहे होंगे।"

"अच्छा, तो आप हमें तब से जानती हैं?" शास्त्री ने मजाक में कहा।

"जी, दरअसल हमारे मोहल्ले में किसी की मृत्यु हो गई थी। मेरी अम्मा हम

दोनों बहनों को वहाँ आने के लिए मना कर गई थीं। हम लोगों ने कोई मरा हुआ आदमी पहले कभी नहीं देखा था। उत्सुकता हुई देखने की। अम्मा के जाते ही चुपके से हम अपने पड़ोसी के घर की छत पर पहुँचकर देखने लगे थे। आप वहाँ अपनी अम्मा के साथ आए थे। सभी लोग रो रहे थे, लेकिन आप एक कोने में शांत खड़े थे। तो बहन ने ही कहा कि दुल्लर बहन का लड़का है यह। देखो, कितना चुपचाप खड़ा है। जरा भी नहीं रो रहा है।"

"ओह, तो आपने मुझे जीवन के अंतिम सत्य के अवसर पर देखा। इसके कुछ खास मायने भी तो हो सकते हैं।"

"मतलब?" ललिताजी के होंठ काँप उठे थे।

"कहने का मतलब यह कि आप एक अच्छे घर-परिवार से आई हैं। मेरे साथ गरीबी में रहना पता नहीं आपको कैसा लगे? यह सत्य आप स्वीकार कर पाएँ या नहीं?" उन्होंने बात घुमा दी।

"आपने अंतिम सत्य की बात कही, जिसे होना ही है, तो गरीबी और अभाव भी यदि हमारे जीवन का सत्य बन जाएगा तो मुझे तनिक अफसोस नहीं होगा।" ललिताजी शास्त्रीजी को आश्वस्त कर रही थीं।

"देशसेवा का जो व्रत मैंने लिया है ललिताजी, उसमें आपका साथ मिल जाएगा तो मैं स्वयं को सफलतम व्यक्ति मानूँगा। आपको शायद यह बात सुनकर दुःख भी पहुँचे कि हम जीवन भर गरीब रहना चाहते हैं। गरीबी हमें इसलिए भी बुरी नहीं लगती कि हमारा देश अभी उसी में है। हम जिस दिन आजाद हो जाएँगे, उस दिन से अमीरी खुद आ जाएगी।"

"जी बिल्कुल।" ललिताजी उनके विचारों के साथ थीं।

"और हाँ, ललिताजी, एक बात और। आप अम्मा को अपने व्यवहार से सदा खुश रखिएगा। वे खुश रहेंगी तो समझिए, मैं भी अति प्रसन्न हूँ।"

"जी।" ललिताजी ने स्वीकारोक्ति में सिर झुका दिया था। उनकी बेंदी लालटेन की पीली रोशनी में दमक रही थी।

सत्रह वर्षीया ललिताजी और तेईस वर्षीय लालबहादुर शास्त्री अपने दांपत्य की दहलीज की ओर धीरे-धीरे पाँव बढ़ा रहे थे। विवाह तो सोलह मई, 1928 को ही संपन्न हो चुका था। यह अठारह मई थी शायद।

□

वही सुंदर, लावण्यमयी ललिता शास्त्री बूढ़ी हो चुकी हैं अब। गेहुआँ रंग की कसी हुई चेहरे की त्वचा अब ढीली पड़कर झुरियों में बदल चुकी है। काजल भरी

बड़ी-बड़ी आँखें अब मानो त्वचा के पीछे मुँह छुपाने का उपक्रम करने लगी हैं। माथे पर दमकती गोल लाल बिंदी अब नहीं दिखाई पड़ती। रंगीन किनारेदार सूती साड़ी की जगह अब वे किनारेदार सफेद खादी की साड़ी ही पहनती हैं। वैधव्य से उनके चेहरे पर एक अलग ही करुणा की आभा पसर गई है। विजय घाट पर जब से यह समाधि बनी है, तब से दिल्ली में रहते हुए एक दिन भी ऐसा नहीं होता कि ललिताजी समाधि पर पूजा किए बिना अन्न-जल ग्रहण कर लें। शास्त्रीजी की प्राणऊर्जा ललिताजी के बारे में चिंतन कर रही थी। दूसरे शहर में रहने पर भी वे मेरी एक छोटी तस्वीर और खड़ाऊँ साथ लिये रहती हैं। इसी खड़ाऊँ को घर में मैं पहना करता था। पहला प्रसाद बर्फी का एक नन्हा कण होता है, जिसे अपने नाश्ते या भोजन में मिलाकर वे उसे पति का प्रसाद समझ ग्रहण करती हैं। विवाह के बाद से ही ललिताजी की आदत बन चुकी थी कि मेरे भोजन कर लेने के उपरांत उसी जूठी थाली में स्वयं भी भोजन करती थीं। ताशकंद जाने से पूर्व मुझसे एक बर्फी जूठा करवाकर रख लिया था। पूछा तो जवाब मिला था—"ग्यारह जनवरी आपके लौटने तक के लिए मेरे पास आपका यह प्रसाद सुरक्षित रहेगा।"

"अब आप कई बच्चों की माँ हैं। माँ बन जाने के बाद स्त्री स्वयं मातृशक्ति बन जाती है। पति के स्थान से भी बहुत ऊपर। देवत्व की श्रेणी में। इसीलिए हमारे शास्त्रों में माँ को प्रथम माना गया, पिता का स्थान बाद में। मातृ देवो भव, पितृ देवो भव। पति को इतना महत्त्व देकर आप ऋषियों के कहे को चुनौती देती हैं?

दोनों की सम्मिलित हँसी गूँज उठी थी। ललिताजी भी कम हाजिरजवाब नहीं थीं। तपाक् से बोलीं—"सावित्री, सीता, अनसूया जैसी स्त्रियों का ये ही ऋषि-मुनि लोग महिमामंडन करते थकते नहीं। सीता को राम अपने साथ वन में भी लेकर गए और आप मुझे बार-बार कहने पर भी ताशकंद लेकर नहीं जा रहे।"

वे फिर अपना आग्रह दुहरा रही थीं। मैंने ही तो मना कर दिया था ले चलने से। जिस परिस्थिति में मैं समझौता करने वहाँ जा रहा था, उसमें स्वयं मुझे बहुत अच्छा नहीं लग रहा था। ललिताजी मेरे खाने-पीने को लेकर चिंतित रहती थीं। कोशिश करके अपने हाथ से मेरे लिए भोजन पकाती थीं। दूसरी स्थिति में भी वे रसोई में पक रहे भोजन पर अपनी सतर्क निगाहें रखती थीं। उनकी इस सुरक्षा दृष्टि के घेरे में मैं निश्चिंत था।

मैंने बर्फी का एक छोटा कोना दाँत से कुपटते हुए उसे ललिताजी को पकड़ाया था और उनके आग्रह को मजाक में टालते हुए कहा, "क्या ताशकंद लेकर चलूँ?

कहीं फिर उड़ते हवाई जहाज से नीचे उतरने की जिद करने लगीं आप, तो मैं क्या करूँगा?"

ललिताजी के चेहरे पर एक झेंपी हुई हँसी तैर गई। थोड़ा लजाते हुए बोलीं थीं—"अरे, वह तो पहली बार हम हवाई जहाज में बैठे थे। आप अपने तो आगे बैठ गए थे। मुझे पीछे अपने सचिव के बगल वाली सीट पर बैठा दिया था। हवाई जहाज उड़ने लगा तो मारे डर के मैं बार-बार आपके सचिव का शर्ट खींच रही थी और बोल रही थी कि हमें कहीं नहीं जाना है। हमें यहीं उतार दो।"

"मेरी तो अच्छी-खासी बदनामी ही करवा दी थी आपने।" वे हँसे थे।

"अरे, आपको बदनामी की पड़ी थी और मेरी जान साँसत में थी। पर उसके बाद आपके साथ कितनी बार तो विदेश गई। कभी डरी थी क्या हम?"

"यह लीजिए अपना प्रसाद।"

ललिताजी आज तक उसी बर्फी में से एक कण निकालकर अपने भोजन में मिलाकर खाती हैं। ताशकंद से लौटी पति की पार्थिव देह देखकर ही ललिताजी निष्प्राण हो गई थीं। बच्चों की खातिर स्वयं को सँभाला था।

एक बड़े पात्र में जल मँगाया था और पति के पार्थिव चरण धोकर उस जल को उसमें मिला दिया था। उसी जल से प्रतिदिन दो बूँद निकालकर अपने पीने के पानी में मिलाती हैं और यही उनका चरणोदक होता है। स्वयं ही नहीं, दूसरों को भी शिक्षा देती हैं, बिना यह सोचे कि पता नहीं वह माने या नहीं? उसे यह अच्छा लगे भी या उनके संकोच में वह करे। सरस्वती के पति का अंतिम समय था तो वे उसे बता रही थीं—"जल्दी से इनका चरण धोवन किसी बरतन में सुरक्षित कर लो। इनकी चिता की पवित्र भस्मी कहीं सुरक्षित कर लेना। जीवन भर तुम्हारा सहारा रहेगा वह भस्म।"

अपनी आपबीती बताकर वे उस दुःख की घड़ी में उन्हें सांत्वना दे रही थीं।

तो बर्फी का वह प्रसाद और चरणोदक ललिताजी की दिनचर्या में शामिल हो गया है। यह क्रम चल रहा है अनवरत। सन् 1966 से। बर्फी खत्म होने को होती है तो उसका एक अंश बचाकर दूसरी ताजा बर्फी मँगाकर उसमें मिला दिया जाता है। फिर से प्रसाद बन जाता है। आस्था और प्रेम की यह वही अटूट डोर तो है, जिसके कारण उन्हें समाधि पर रोज आना पड़ता है।

उनकी समाधि पर नित्य पूजा करने के बाद प्रसाद और चरणोदक ग्रहण करने वाली वही ललिताजी आज दो दिनों से समाधि पर नहीं दिखाई पड़ रहीं। प्रतिदिन एक मौन संवाद तो होता है उनसे यहाँ। कोई समस्या या उलझन होती है तो वे

बुदबुदाते हुए कहती हैं समाधि पर। ऐसा लगता है मानो वे कोई मंत्र बुदबुदा रही हों।

समाधि जब बनकर तैयार हुई थी, तभी एक दिन ललिताजी वहाँ आई थीं। हाथ में पूजा वाली टोकरी और जल भरा लोटा था। समाधि पर फूल चढ़ाने के बाद पहला जल उनकी आँखों से टपका था और लोटे का जल मुझे बाद में महसूस हुआ था। दोनों हथेलियों के बीच अपने आँचल का एक ठोक दबाए वे बुदबुदा रही थीं—

"आप चले गए अकेली छोड़कर न? यह भी नहीं सोचा कि हम किसके सहारे जीएँगे?"

आँसू की दो बूदें पुनः समाधि के कोर पर गिरी थीं। वे अपना दृढ़ निर्णय मुझे सुना रही थीं—"आपका हश्र मैंने देख लिया। बच्चों को राजनीति में बिल्कुल नहीं आने दूँगी।"

उनके स्वर में घोर निराशा और घुटन थी। उनके हृदय के भीतर उमड़ती-घुमड़ती आशंका को मैं स्पष्ट समझ पा रहा था। जब मेरा पार्थिव शरीर हवाई जहाज से लाया गया, तब भी उन्हें वहाँ नहीं जाने दिया गया। बहुत प्रयास करके बड़ा बेटा वहाँ तक पहुँच सका। ललिताजी दु:ख से बेसुध थीं। किसी तरह उन्हें पार्थिव शरीर के दर्शन के लिए ले जाया गया। मेरी मौत के वास्तविक कारणों की सम्यक् जाँच न कराए जाने से वह क्षुब्ध थीं। हवाई अड्डे पर ही पति के पार्थिव शरीर को देखकर बिफर पड़ी थीं—"यह क्या हुआ है? इनका शरीर नीला क्यों हैं? चेहरा सूज कैसे गया? माथे पर चकत्ते कैसे पड़ गए?"

वे बौखलाई सी पूछ रही थीं। पार्थिव शरीर के आसपास आ-जा रहे भारत सरकार के कई मंत्रियों और ब्यूरोक्रेट्स को जलती निगाहों से देखते हुए मानो उन्हें धिक्कार रही थीं कि यदि तुम लोग अपने प्रधानमंत्री की रक्षा नहीं कर सकते तो देश की सुरक्षा क्या करोगे? उन्हें देखकर समझा जा सकता था कि चेहरे पर सबकुछ लुट जाने का निरीह भाव रहते हुए भी उनकी आँखें क्रोध से चंडी लग रही थीं, जो अपनी ज्वाला से सबकुछ जलाकर राख कर देना चाह रही थीं। भीड़ में से कोई व्यक्ति किसी के संकेत पर ही आगे आया होगा। उसने चंदन का एक गहरा लेप पार्थिव शरीर के माथे पर लगा दिया था।

ललिताजी एकाएक उस दिन चुप हो गई थीं। उच्चतम राजनीति उनके सामने पार्थिव पड़ी थी। मन-ही-मन संकल्प लिया था—'राजनीति में किसी को नहीं आने दूंगी।'

"तो फिर एकाएक उस दिन चौदह-पंद्रह वर्षों बाद ही अचानक यह राजनीति का चस्का?"

ललिताजी मेरी समाधि पर आकर शिकायत कर रही थीं—"अब कुछ कहा भी तो नहीं जाता। समाज-सेवा का चस्का आप ही न लगा गए थे बच्चों को। बैंक की नौकरी करते-करते राजनीति में भी कूदने का शौक लग गया है आपके बेटे को।"

ललिताजी मुझे सुना रही थीं—"आपके महाप्रयाण के बाद ही आपके तीसरे बेटे को बैंक में नौकरी मिल गई थी। आप रहते तो शायद इसकी नौबत न आती। पर एक दिन चुपचाप इंदिरा से मिलने चला गया। आपके नाम पर ही उन्होंने इसे समय दिया होगा। जाकर मिला और बोला—"मुझे सक्रिय राजनीति में आने का अवसर दीजिए। शास्त्रीजी का पुत्र होने के नाते इतना मैं जरूर कहूँगा कि एक पारिवारिक रिश्ता, जो बाबूजी कायम कर गए हैं, उसे और पक्का बनाने में मेरी ओर से आप कोई भी कमी नहीं पाएँगी। मुझे सेवा करने का एक अवसर चाहिए।"

"हुँह रिश्ता।" ललिताजी के मुखमंडल पर एक वितृष्णा का भाव पसरकर लुप्त हो गया। आगे वे बोल रही थीं—"दोनों को ही अवसर चाहिए था। उन्हें सेवा का वह अवसर चाहिए था, जिससे वह देश-दुनिया को दिखा सके कि शास्त्री के परिवार के प्रति वे अपने कर्तव्य निभा रही हैं। दूसरी ओर बेटे को सक्रिय राजनीति में आकर सेवा का अवसर चाहिए था।"

"क्या आपने हामी भर दी?" अनचाहे ही उठी मेरी ध्वनि-तरंग ने ललिताजी के कानों को मानो स्पर्श कर लिया था। मुझे जवाब मिला—"इंदिरा ने जब किसी तरह हामी भर दी और प्रश्न किया कि गोरखपुर से विधानसभा के लिए अवसर दूँ तो निकाल लोगे? तो उन्हें 'हाँ' बोलने के बाद मेरे पास हामी भरवाने आया था। मैंने सीधे आपके ऊपर ही टाल दिया। आप तो जानते ही हैं कि मैं कितना डर चुकी हूँ राजनीति से।"

ललिताजी की आँखें फिर डबडबा आईं। एक बारगी पूरा दृश्य उनकी आँखों के सामने फिर नाच गया था। शास्त्रीजी के पार्थिव शरीर को नहलाने के समय भी कुछ लोग उन्हें पास नहीं जाने दे रहे थे। बहुत आग्रह के बाद वे पहुँच पाई थीं। पति का पूरा शरीर नीला पड़ चुका था और इतना अधिक फूल गया था कि उनके कुर्ते को बहुत मुश्किल से शरीर से निकाला जा सका। बनियान को फाड़कर निकाला गया। उनके पेट पर एक प्लस जैसा चीरे का निशान था। शक हुआ, जाहिर भी किया, पर कोई सही उत्तर नहीं मिला। जबकि गरदन के पीछे लगे चीरे से खून रिसकर सूख चुका था, और उसके बारे में बताया गया कि शव को सुरक्षित रखने वाली दवा गरदन के पीछे छेद करके डाली गई थी। एक बार फिर ललिताजी की आत्मा चीत्कार कर उठी। बुदबुदाई—

"क्या मिला हमें आपकी देशसेवा से? वैधव्य, बेसहारापन, अकेलापन, और भी कुछ-कुछ। आपके पास आऊँगी तो बताऊँगी।"

झुककर दोनों हाथों से समाधि को स्पर्श कर प्रणाम किया और पीछे मुड़कर चली गईं। मैं कैसे इस निर्दोष आस्था को उपेक्षित कर मुक्ति और शांति में विश्राम करूँ?

दूसरे दिन वे बेटे के साथ आई थीं समाधि पर। हाथ में कागज की मुड़ी-तुड़ी दो पर्चियाँ लिये। समाधि के पास दोनों पालथी मारकर बैठ गए थे। इन दो पर्चियों में एक पर 'हाँ' लिखा है और एक पर 'ना'। बाबूजी का स्मरण करते हुए कोई एक पर्ची उठाओ। वही उनका आदेश होगा कि तुम्हें चुनाव लड़ना चाहिए या नहीं।"

निर्दोष मना ललिताजी बेटे को निर्देश दे रही थीं। उधर बेटे की उत्कट अभिलाषा थी कि 'हाँ' वाली पर्ची ही उसके हाथ में आए। वह मन में सोच रहा था कि 'इतना पीछे पड़कर इंदिराजी को राजी किया है, उस सारी मेहनत और भाग-दौड़ का क्या होगा? कहीं 'ना' वाली पर्ची हाथ आ गई तो सारी बातों पर पानी न फिर जाए? आज बाबूजी, आप होते तो हम तुरंत विचार-विमर्श कर एक निर्णय पर पहुँचते, परंतु आज हमारे आपके बीच ये दो कागज के टुकड़े निर्णायक हैं।'

सोचते हुए उसने कागज का एक टुकड़ा उठाया था और ललिताजी की ओर बढ़ाया। ललिताजी ने उसे लौटाते हुए कहा था कि तुम ही खोलो। तुम्हारे लिए बाबूजी का आदेश है।

'हाँ' वाली पर्ची ही बेटे के हाथ में थी। ललिताजी ने एक गहरी साँस छोड़ते हुए मुझसे कहा, "जब आपने ही हाँ कर दी तो मैं कैसे रोकूँ?" जाहिर सी बात है कि भूमिका में न होते हुए भी ललिताजी की आस्था के कारण मैं अब भी भूमिका में था।

ऐसे ही उस दिन ललिताजी छोटे वाले नाती को लेकर समाधि पर पहुँची थीं। नानी को वह अम्मा कहता था। आगे-आगे पूजा वाली डोलची लेकर वह समाधि की ओर बढ़ रहा था। उसके चेहरे पर एक भोली प्रसन्नता फैली थी। उसे नानी ने समझाया था कि अब नाना विजय घाट पर ही रहते हैं। वह पहली बार आया था समाधि पर। स्कूल की छुट्टी थी उस दिन। चारों ओर वह कौतूहल से निहार रहा था। ललिताजी ने दो फूल उसके हाथों में थमा समाधि पर चढ़ाने के लिए दिए—

"इसे नाना की समाधि पर चढ़ा दो, और आँख बंद कर हाथ जोड़ो।"

"क्यों नानी? नाना भगवान् बन गए?" उसका भोला सा प्रश्न उछला था।

ललिताजी की आँखें डबडबा आई थीं। यह शुरू के दिनों की बात थी।

सुबकते हुए बोलीं, "हाँ बाबू, वे भगवान् ही हैं हमारे।"

"तो उनसे जो माँगूँगा, वे देंगे?" बाल सुलभ जिज्ञासा थी।

ललिताजी ने अकस्मात् 'हाँ' कह दिया था। नाती ने आँखें मूँदकर बुदबुदाते हुए समाधि में छिपे अपने नाना से फरमाइश की—"नाना, मुझे टॉफी चाहिए।"

आँखें खोलकर देखने पर वहाँ कुछ नहीं था। वह रोआसा हो उठा। नाना की याद उसकी स्मृति में जीवित थी। वह उनका लाडला भी तो था। अपने हवाई जहाज वाले खिलौने से खेलते हुए प्राय: वह कहता—"देखो, शास्त्रीजी हवाई जहाज से उतर रहे हैं।"

ललिताजी ने अपनी प्रत्युत्पन्नमति से नाती की शंका का समाधान किया था—

"आज रविवार है न। सारी टॉफी की दुकानें बंद हैं। कहाँ से नाना खरीदकर ले आएँगे? किसी दिन फिर आना तो वह खरीद कर रखे रहेंगे।"

उसके बाद से ललिताजी जब कभी किसी छोटे बच्चे के साथ समाधि पर आतीं तो छिपाकर टॉफी भी ले आतीं और बच्चे के आँख मूँदने पर वही टॉफी समाधि पर रख देतीं। वे बच्चों का विश्वास तोड़ना नहीं चाहती थीं। छोटे बच्चे टॉफी की लालच में समाधि पर उनके साथ जरूर आना चाहते।

□

नित्य विजय घाट समाधि पर आने वाली वही ललिताजी कई दिनों से नहीं आईं। मैं उन्हीं के लिए तो प्रतिदिन इस रेशमी डोर में बँधा चला आता हूँ। ललिताजी का अपनी समाधि से मौन संवाद सुनता हूँ। उन्हें संतुष्टि होती है कि मैं सुन रहा हूँ। एक भाव से ही तो यह संपूर्ण प्रपंचात्मक जगत् चल रहा है। शुरू में परम शक्तिमान ब्रह्म नितांत अकेला था। उसके अतिरिक्त कुछ भी तो न था। चारों ओर वह ही वह। उसके मन में भाव उत्पन्न हुआ—एकोऽहम् बहुस्याम। मैं एक हूँ। अनेक हो जाऊँ। वह एक से दो हुआ। दो होने के इस क्रम में जो स्फोट हुआ, वही नाद ब्रह्म हुआ। ॐकार की ध्वनि उसी का प्रमाण है। चर-अचर सृष्टि अँखुआ उठीं। तारे और नक्षत्र जगमगाने लगे। धरती बनी। प्रकृति उत्पन्न हुई। इच्छा, कर्म, ज्ञान ने अपनी-अपनी रंग-बिरंगी दुनिया सजा ली। जीव-जगत् स्पंदित हो उठे। उसमें व्याप्त और परे भी, जगदीश अपनी लीला निहारने लगा। जगत् में सभी एक-दूसरे से माया में आबद्ध।

अनेक भावों की नदियाँ अनजान क्षितिज से बह-बहकर अनंत सागर में विलीन होने लगीं। उसकी पूरी लीला गोपन भी, अगोपन भी। मैं उससे पृथक् कैसे हो सकता हूँ? ललिताजी के उसी भाव और विश्वास ने तो मुझे बाँध रखा है।

अब बंधन है तो मुक्ति भी बिना उनके संभव कहाँ? बर्फी के एक कण को अपने भोजन में मिलाकर प्रसाद ग्रहण करने वाली, अंतिम यात्रा से पूर्व पति के चरणों से स्पर्श कराकर रखे गए जल की दो बूँद अपने पीने के पानी में मिलाकर नित्य प्रति चरणोदक लेने वाली उस भावमयी की अटूट आस्था का बंधन मुझे मुक्त कब होने देगा? मुझे आना ही है, जब तक वे आएँगी।

वे भी आएँगी ही मेरे पास, क्योंकि उन्हें वे सारी बातें मुझसे अब मिलकर कहनी हैं, जिन्हें उन्होंने लंबे समय तक एक पत्र में लिखकर छिपा रखा था और जिसे वे संकोच में पड़कर मुझे कभी दे पाने में असमर्थ रहीं। उनके मन का पूरा भावुक दस्तावेज था वह पत्र, जिसे वे वर्षों सबसे छुपाकर लिखती रही थीं। शायद उस समय से, जब मैंने कामराज योजना के अंतर्गत इस्तीफा दिया था और पूरे परिवार को मंत्री वाला मकान छोड़कर फिरोजशाह रोड वाले छोटे आवास में जाना पड़ा था।

दरअसल उस पत्र को लिखने के पीछे भी तो मैं ही था। जेल में रहते हुए बहुत सी ऐसी बातें थीं, जिन्हें मैं ललिताजी को बता नहीं सकता था। बड़े बेटे की बीमारी में जब मैं एक महीने के लिए पैरोल पर छूटकर बाहर आया था तो अपने सारे मनोभावों को मैंने बीस पन्ने की एक चिट्ठी में छिपाकर लिखा था और जब पैरोल समाप्त हुआ और मुझे वापस जाना था तो मैंने उस पत्र को लिफाफे में बंद कर ललिताजी को पकड़ाया था—"इसे मेरे जाने के बाद ही खोलकर पढ़ना।"

मेरे साथ रहते हुए ललिताजी के संघर्षों को महसूस कर मैं भावुक था। मेरी प्रसन्नता के लिए वे सभी दुःख मुसकराते हुए सह रही थीं। उनकी ऊपर से यह सहजता मेरे हृदय को एक टीस दे रही थी। पति देशसेवा के लिए जेल में रहे और पत्नी बच्चों एवं माँ को लेकर तमाम दुःख झेले, यह किसी बहुत ही आदर्श नारी का चरित्र था। मेरा सौभाग्य था कि मुझे ललिताजी जैसी जीवनसंगिनी मिली थीं, जो मेरा पग-पग पर साथ दे रही थीं।

दो-दो बच्चे बीमारी और अभाव में चल बसे थे। परंतु ललिताजी के ओठों पर कभी मेरे लिए शिकायत की एक रेखा तक न थी।

चिट्ठी वाला लिफाफा पकड़ते हुए भरसक मुसकराने का प्रयास कर रही थीं—"क्या है इसमें?"

"माफीनामा।" मैं भी मुसकराने की असफल चेष्टा कर रहा था। वे चौंकी थीं—"किससे?"

"अपनी जीवनसंगिनी से।"

उन्हें एक पल को लगा था कि मैं जेल से छूटने के लिए माफीमाना की बात कर रहा हूँ। मेरा जवाब सुन हँस पड़ीं। आँखों में छलछलाए आँसू हँसी के एक नन्हे हिचकोले से गालों पर ढुलक पड़े थे।

उसी के बाद उन्होंने भी सोचा था कि वह अपने मन की भावनाएँ कागज पर लिखेंगी और मेरे लौटकर आने पर उसे मुझे दे देंगी। एक वर्ष तक वे लिखती रही थीं उस चिट्ठी को। लिखने के बाद छिपाकर आलमारी में रख देतीं, ताकि बच्चों की दृष्टि न पड़े। उसी बीच में उनका अपेंडिसाइटिस का ऑपरेशन होने वाला था। जिस दिन ऑपरेशन होना था, उसके एक दिन पहले रात में खिचड़ी बनी थी। उस दिन हम दोनों ने एक साथ खिचड़ी खाई थी। कुछ उधेड़बुन चल रही थी उनके भीतर। मैंने पूछा भी—"क्या सोच रही हैं आप? डर लग रहा है न?" उन्होंने इनकार में सिर हिलाया। पर चेहरे पर एक उलझन का भाव था। आज समझ पाता हूँ कि वह चिट्ठी देने या न देने की उधेड़बुन थी।

"डरिए नहीं, सब ठीक होगा। ऑपरेशन कोई गंभीर नहीं है।" मैं सांत्वना दे रहा था, पर अंदर से मैं भी डरा हुआ था। कहीं कुछ हो गया ललिताजी को तो क्या होगा? वे फफककर रो पड़ी थीं। मैं धीरे-धीरे उनकी पीठ पर थपकी देते हुए उन्हें ताकत दे रहा था।

कुछ देर बाद वे उठी थीं और बड़ी बेटी के पास जाकर धीरे से बोली थीं—"बेटी, यदि ऑपरेशन के दौरान मैं मर जाऊँ, तब यह लिफाफा तुम अपने बाबूजी को दे देना। यदि सही-सलामत रहूँ तो इसे किसी को मत बताना। यहीं अलमारी में पड़े रहने देना।"

"ऐसे क्यों कह रही हैं, अम्मा? हम लोग कैसे जिएँगे आपके बिना?" बेटी बिलख पड़ी थी।

"पगली, हम सचमुच थोड़े मरने जा रहे हैं। बस, मान लो, ऐसा हो ही गया तब की बात कर रही हूँ।" ललिताजी ने बेटी का गाल थपथपाया था। उनका खोया हुआ धैर्य मेरी सांत्वना से वापस आ गया था।

सुबह ऑपरेशन के लिए अस्पताल जाने से पूर्व वे एक गिलास में संतरे का जूस निकालकर ले आई थीं और मुझे पकड़ाते हुए बोलीं, "इसे पी लीजिए। हो सकता है कि मेरे हाथ से यह आखिरी हो।"

मैंने संतरे का जूस मेज पर रख दिया।

"आप ही पतिभक्त नहीं हैं। मैं भी पत्नीभक्त हूँ। अब तो तभी जूस पीऊँगा जब आप ऑपरेशन के बाद ठीक होकर घर आ जाएँगी।"

मेरी आँखों से स्नेह झर रहा था। आँखें बरस रही थीं और हम दोनों भीग रहे थे। मैंने ही कहा था—"आपको लगता होगा न कि किस प्रकार के सनकी व्यक्ति से पाला पड़ गया है। जो या तो जेल जाता रहता है, या फिर मंत्री पद से इस्तीफा दे देता है। परिवार की चिंता ही नहीं।"

मैं उनकी आँखों में देख रहा था।

"नहीं, मुझे कभी इस बात का अफसोस नहीं रहा।" वे सिर झुकाए बोल रही थीं।

उनका ऑपरेशन सफल रहा था और वे वर्षों पहले से लिखी चिट्ठी मुझे देने में असफल रही थीं। इसका पता तो उस दिन चला था, जब विजयघाट के लिए मेरे पार्थिव शरीर को ले जाया जा रहा था। वह चिट्ठी मेरे सीने पर बँधे हाथों के बीच दबी थी। ललिताजी ने बेटे से रुँधे गले से कहा था—"यह चिट्ठी मैंने तुम्हारे बाबूजी के लिए लिखी थी। संकोच में कभी नहीं दे सकी। इसे चिता में जल जाने देना। अब उनसे मिलकर ही सारी बातें कहूँगी।"

मुझसे बिछड़कर एक लंबा समय ललिताजी ने दुःख और पछतावे में बिताया है। दुःख मेरे वियोग का और पछतावा उस एक बात का, जो मैंने वैसे ही मजाक में कह दिया था। जब वे भगवान् के लिए माला बना रही थीं।

ललिताजी पूजा बचपन से करती थीं। मेरे राजनीति में आने और प्रधानमंत्री बनने के बाद तो यह क्रम और बढ़ गया था उनका। प्रतिदिन एक लंबा समय माला बनाने और पूजा करने में बीत जाता। मैंने एक दिन ऐसे ही उनसे कहा, "फूल ले आओ, मेरे पास बैठकर माला बना लो।"

वे हँसी थी। "शयन कक्ष में भगवान् के लिए माला नहीं बनाते।"

"तो बाहर बैठक में चलिए। वहीं हम बैठते हैं और आप माला बनाती रहिए।"

"अरे नहीं, अम्मा नाराज हो जाएँगी कि मैं भगवान् के साथ खिलवाड़ कर रही हूँ। पूजा में साफ सफाई और भावों की ही तो प्रधानता रहती है। बैठक में कौन-कौन लोग आकर बैठते हैं, नाश्ता-पानी करते हैं। मैं कुछ देर में आती हूँ।"

वे फूल की टोकरी लेकर अंदर जाने लगी थीं। मैंने हँसते हुए कहा, "आप एक प्रधानमंत्री के आदेश का पालन नहीं कर रही हैं। आज आपके पास समय नहीं है और कल शायद इस समय के लिए आप पछताने लगें कि अरे, बात मान ली होती मैं। अब प्रधानमंत्रीजी ही समय नहीं दे रहे हैं।"

मैं उनकी ओर देखकर हँस रहा था और वे मुसकराकर भीतर चली गई थीं।

अपने इस पछतावे के साथ वे लगातार जीती रहीं। जब कभी मन बहुत भर

आता तो वे समाधि के सामने बुदबुदा उठतीं—"बस एक बार आ जाइए। आपके साथ बैठना चाह रही हूँ। ढेर सारी बातें हैं मन में, करना चाहती हूँ। बस एक बार आ जाइए।"

वे बिलख पड़तीं। एकमात्र उनके शरीर पर बचा आभूषण हीरा जड़ित लौंग चेहरे पर दमक उठता। सुहाग के सभी चिह्न ललिताजी ने उतार दिए थे। एकमात्र इसी लौंग को उन्होंने पति के स्मृति-चिह्न के रूप में धारण कर रखा था। इसी लौंग को उनके पति ने मद्रास से मँगाकर बहुत प्रेम से उन्हें उपहार में दिया था। ये वे दिन थे, जब ललिताजी के जीवन में थोड़े दिनों के लिए सुख भरा समय आया था, अन्यथा विवाह के समय मिले सारे गहने तो देशसेवा के नाम निकल चुके थे। 16 मई, 1928 को जब विवाह हुआ था तो केवल एक थान और कुछ छोटे-छोटे सगुन के गहने चढ़ाए गए थे। विदा होकर ललिताजी जब रामनगर अपनी ससुराल आई थीं तो उनकी मुँह दिखलाई रस्म में भी सभी नाते-रिश्तेदारों और पास-पड़ोस ने अपनी सामर्थ्य के अनुसार कुछ-न-कुछ दिया था। वे सभी गहने धीरे-धीरे गृहस्थी और आंदोलन की भेंट चढ़ गए थे।

उन दिनों संभ्रांत मध्यमवर्गीय परिवारों में पर्दा प्रथा का कड़ाई से पालन किया जाता था। ललिताजी को घूँघट काढ़ने में उलझन होती थी। नई दुलहन थीं, तो काढ़ना भी विवशता थी। लंबाई सामान्य से थोड़ा अधिक थी और शरीर बिल्कुल दुबला-पतला। एक बार घूँघट के कारण आँगन में उलझकर गिर भी पड़ी थीं। तब से जब भी ललिताजी को एक कमरे से दूसरे कमरे या ऊपरी मंजिल पर जाना होता था तो घर की कोई बड़ी बुजुर्ग महिला या कहारिन पहले से उनके आगे-आगे चलते हुए थोड़ी तेज आवाज में बोलती चलती—"हट जा, दुलहिन आवत हईं।"

यह संकेत घर के उन बड़े-बूढ़ों के लिए होता, जिनसे ललिताजी घूँघट करती थीं, ताकि वे उनके रास्ते में से हट जाएँ। पति होते हुए भी कई बार शास्त्रीजी को भी उनके रास्ते से हटाया गया था। वे अपना सिर खुजाते हुए मंद-मंद मुसकराहट के साथ तिरछे नेत्रों से ललिताजी को देखते हुए बोल उठते—

"क्वीन एलिजाबेथ के आने पर भी ऐसी मुनादी नहीं होती। यह तो हमारे साथ अत्याचार है। अपने ही घर में हम पराए हो गए और ये आकर महारानी बन गईं।"

"बार-बार एक्कै बतिया का करत हौ नन्हे? महारानी तो हइए हैं हमार बहुरिया।" कहारिन चाची प्यार से उन्हें झिड़क देतीं।

उस क्षण ललिताजी के घूँघट से झाँकते अधखुले चेहरे पर एक लावण्यमयी मुस्कान होती। दाहिने हाथ की तर्जनी और मध्यमा उँगली में फँसा घूँघट का एक

कोना धीरे से एक किनारे खिसक जाता और उनकी लाजभरी एक आँख पति को प्यार से निहार पुनः घूँघट की ओट में छिप जाती।

□

विजयघाट समाधि पर पहुँचते ही उन्हें महसूस हुआ, जैसे हवाओं ने उनके पास एक संदेश भेजा है—

"हट जा, दुलहिन आवत हईं।"

शास्त्रीजी की प्राणऊर्जा ने चारों ओर का जायजा लिया। हवाओं में व्याप्त एक ध्वनि ऊर्जा की गूँज पुनः सुनाई पड़ी—"दुलहिन आवत हईं।"

उन्होंने अपनी समाधि के बगल में देखा। कुछ ही दूरी पर एक भीड़ दिखाई पड़ी। एक चिता सजाई गई थी उनकी समाधि से कुछ ही दूरी पर। उन्होंने ध्यान से देखा। बहुत से परिचित लोग भी थे। सफेद कुर्ते-पाजामे या धोती में नेता जैसे कुछ लोग। एकाएक अपने बेटों का चेहरा देख वे चौंक उठे थे। एक चिंता और विषाद में डूब गया था प्राण। कहीं परिवार में फिर कोई अनहोनी हुई है क्या? ललिताजी ने न जाने कितनी मुसीबतें अकेले ही झेली हैं। कहीं फिर किसी विपत्ति ने उनकी चौखट पर दस्तक तो नहीं दे दी?

दूर सड़क पर एक बड़ी सी वैन खड़ी थी। कुछ लोग शव उतारकर उनकी समाधि की ओर ले आ रहे थे। ललिताजी कहीं नहीं दिखाई दे रही थीं। वैसे वे तो परंपरा के नाते अपने पति की पार्थिव देह के साथ भी चितास्थल तक नहीं आई थीं। भारतीय स्त्रियाँ श्मशान पर नहीं जाया करतीं। घर से बाहर कुछ दूर तक अंतिम विदाई दे वापस चली जाती हैं। उनकी वेदना को उस दिन हर कोई नम आँखों से महसूस कर रहा था। उनकी आँखों का सूनापन माँग के सूनेपन के साथ कदमताल कर रहा था। वे आवास के गेट पर रोते हुए खड़ी थीं। उनका सर्वस्व लुट चुका था उसी दिन।

"अरे यह क्या? उनकी समाधि के सामने थोड़ी देर शव को लेकर लोग ठिठके थे। उनकी समाधि के कोने से स्पर्श कराया और फिर आगे चिता की ओर बढ़ गए थे।"

"अरे यह क्या? ललिताजी?"

चिता पर ललिताजी का मुँह खोलकर पार्थिव शरीर रखा जा रहा है? वह भी एक सुहागन स्त्री की तरह। देह पर कफन के साथ शास्त्रीजी के वही कपड़े सजाकर रखे गए थे, जिसे पहनकर वे ताशकंद से पार्थिव रूप में वापस भेजे गए थे। उन पर खून के दाग अब भी स्पष्ट दिखाई पड़ रहे थे।

शास्त्रीजी की प्राणऊर्जा चिता के पास खड़े अपने पुत्र की बातें सुनने लगी थी। वह किसी को बता रहा था—"जी, ये वही कपड़े हैं, जो बाबूजी ताशकंद से पहनकर आए थे। अपनी पार्थिव देह पर।" उसका गला अवरुद्ध था।

"आज वास्तव में अम्मा और बाबूजी दोनों का वास्तविक महाप्रयाण है और महामिलन भी।" दूसरा बेटा भावकुता में बोल रहा था।

"अम्मा ने बाबूजी के देह से उतारे गए उन कपड़ों को बहुत सहेजकर रख लिया था। उसी समय हम लोगों से बोली थीं कि मरने के बाद उन्हें अंतिम स्नान कराने के बाद बाबूजी के ये कपड़े भी मेरे शरीर पर डाल देना। उनकी यह अंतिम निशानी है मेरे पास। मेरे साथ जाएगी।" बड़ा बेटा उस सज्जन को बता रहा था।

"सती स्त्री थीं आपकी अम्मा।" बगल में खड़ा एक नेतानुमा आदमी कह रहा था।

बेटा आगे बता रहा था—"इतना ही नहीं, जल से बाबूजी के पार्थिव चरणों का स्पर्श कराकर उन्होंने ताँबे के कलश में रखा था। रोज उसकी दो बूँदें अपने जल में मिलाकर उसे चरणोदक की तरह लेती थीं। उनकी अंतिम इच्छा थी कि जब उनकी मृत्यु हो, तब उसी जल से उन्हें स्नान करवाकर अंतिम विदाई दी जाए। शेष जल को गंगा या जमुनाजी में उनके अस्थि कलश के साथ प्रवाहित कर दिया जाए।"

"इतने वर्षों तक वह जल चल गया?"

उस आदमी को विश्वास नहीं हो रहा था।

बेटे ने बताया था—"ताँबे के बरतन में जल्दी जल खराब नहीं होता। फिर जब जल कम होता था, अम्मा उसमें गंगाजल मिलाकर बढ़ा देती थीं।"

"उनकी आस्था कितनी अटूट थी शास्त्रीजी में। कलियुग में तो बहुत ही दुर्लभ है ऐसी आस्था।"

वह व्यक्ति आश्चर्य से चिता पर सोई ललिताजी को निहार रहा था। ललिताजी के नाक की लौंग धूप में चमक रही थी। चिता पर वे निश्चल सोई थीं मानो बहुत वर्षों बाद विश्राम कर रही हों। बगल में पंडितजी अंतिम संस्कार की तैयारियाँ कर रहे थे। लोग आपस में बातें कर रहे थे। गरमी अधिक होने के कारण कुछ लोग विजयघाट पर उनकी समाधि के आसपास लगे छायादार वृक्षों के नीचे आकर खड़े हो गए थे। उन्हीं लोगों में उनके दामाद भी थे। उनसे कोई पूछ रहा था—"क्या हुआ था?"

"बस 12 अप्रैल की शाम को उन्होंने कहा कि जी घबरा रहा है। कुछ अच्छा नहीं लग रहा। सभी लोग आनन-फानन में अस्पताल ले गए। एक-डेढ़ घंटे बाद ही

वे अपनी बेटी से बोलीं कि घर ले चलो। सभी लोगों ने समझाया कि तबीयत थोड़ी सँभल जाए तो कल लेकर चलेंगे। पर किसी को क्या पता था कि दूसरे दिन इस रूप में लेकर घर जाना पड़ेगा। हार्ट अटैक आया था शायद जबरदस्त। डॉक्टरों ने बहुत प्रयास किया, पर बचा न सके। आवास पर ले जाते देर हो गई थी। रात में अंतिम दर्शन करने वाले भी बहुत लोग आए। इसलिए आज भी दोपहर हो गई ले आने में।"

"शाम तो हो ही जाएगी चिता में आग लगते-लगते।" एक आदमी किंचित् उबासी लेते हुए बोल रहा था।

"हाँ, अभी तो तमाम धार्मिक कर्मकांड भी होने हैं।" एक ने कहा।

"सनातन धर्म में यह बहुत जरूरी है भाई। सबका यही होने वाला है।"

दूसरा व्यक्ति ध्यान से चिता की ओर देखते हुए बोल रहा था। उसके स्वर में एक विरक्ति भाव था। इसे ही श्मशान वैराग्य कहा गया है, पर इस वातावरण से निकलते ही व्यक्ति फिर से संसार जीने लगता है।

"शरीर का अंत होता है, आत्मा का नहीं। आत्मा तो अजर और अमर है। प्राण शरीर से निकलकर कुछ देर अपनी देह के आसपास ही मँडराता है। देह जल जाती है तो वह प्राणऊर्जा भी अपने सूक्ष्म शरीर के साथ अपने लोक को चली जाती है।"

जो सज्जन यह बात बोल रहे थे, वह बहुत ज्ञानी लग रहे थे।

"पूरे दस दिन तक वह प्राण धरती से उस लोक और इस लोक का चक्कर लगाता रहता है। इसीलिए हमारे यहाँ दस दिनों तक बहुत ध्यान से स्नान आदि करते हुए गरुड़ पुराण सुना जाता है। दसवें दिन शुद्धीकरण होता है और बारहवें दिन पितरों में शामिल कर दिया जाता है। उस दिन से ये पितर बन गए। तेरहवें दिन ब्रह्मभोज के साथ सामान्य जीवन शुरू हो जाता है।"

"दूसरे धर्मों में यह सब कहाँ होता है ?" पहले वाला तर्क दे रहा था।

"होता उनके यहाँ भी है। बस तरीका बदल जाता है। उनके यहाँ मिट्टी में मिला देते हैं। पंचभूत में ही तो मिल जाना है माटी की इस देह को। आग, पानी, मिट्टी, हवा, आकाश ये ही तो पंचमहाभूत हैं। सनातन के लोग आग के माध्यम से तुरंत देह को खत्म कर देते हैं। सड़ने, गलने की नौबत नहीं आती। मिट्टी में मिलने में देरी लगती है। फिर भी कुछ लोगों के यहाँ वही मान्यता है।"

"हाँ, कुछ लोगों को जल-समाधि दे देते हैं। तिब्बत में तो शव को किसी ऊँची पहाड़ी पर रख आते हैं। पशु-पक्षी नोच-खाकर खत्म कर देते हैं। उनका मानना होता है कि मरकर भी यह देह किसी के काम आ जाए।"

"हाँ, जैसी जलवायु, वैसा रीति-रिवाज। अब पहाड़ खोदकर दफनाएँगे नहीं,

और लकड़ी इतनी होती नहीं कि जलाएँ। स्वयं जानवरों का मांस सुखाकर रखते हैं खाने को।"

अंतिम सत्य से संबंधित बातें वहाँ चल रही थीं। उस ज्ञानी व्यक्ति ने कहा, "इसीलिए सनातन धर्म को सबसे अधिक वैज्ञानिक और सही माना गया है। सामान्य आदमी मृत्यु से इसीलिए डरता है कि जीवन भर वह ईश्वर से उस तरह प्रेम नहीं करता, जैसा उसे करना चाहिए। प्राय: ईश्वर उसके जीवन से बाहर रहता है। भीतर रहता भी है तो सांसारिक कामनाओं की पूर्ति के लिए एक साधन के रूप में। यदि ईश्वर से सच्चा प्रेम हो जाए तो मृत्यु का डर समाप्त हो जाए। अब इन्हें ही देखिए। ललिताजी को। बचपन से ही ईश्वर की भक्ति और पति के प्रेम में लीन रहीं। संसार का माया-मोह नहीं था, तभी तो अपनी अंतिम यात्रा का भी तरीका बच्चों को बता गई थीं। शास्त्रीजी के शरीर से अंतिम उतारे गए कपड़े सहेजकर अपनी अंतिम यात्रा के लिए रखना, चरणोदक से अंतिम स्नान करवाने की इच्छा। भाई वाह, कलियुग में यह एक अद्भुत बात है।"

"बिल्कुल सही बात कर रहे हैं। स्वामी योगानंदजी को मैं पढ़ रहा था। उन्होंने भी कहा है कि मृत्यु नाम की चीज तो है ही नहीं। जब आप जीवन से थक जाते हैं, तब आप केवल शरीर रूपी ऊपरी चोले को उतार देते हैं और अपने सूक्ष्म जगत् में वापस चले जाते हैं। आत्मा नहीं मरती। प्रत्येक रात्रि में नींद में रहने पर आत्मा भौतिक शरीर की चेतना के बिना रहती है, लेकिन वह मृत नहीं होती। मृत्यु केवल एक लंबी निद्रा है, जिसमें आत्मा भौतिक शरीर की चेतना के बिना सूक्ष्म शरीर में रहती है। जैसे हमें जागने के बाद महसूस होता है कि हमें अच्छी नींद आई या नहीं, इसी तरह मृत्यु के बाद की अवस्था में भी हम यानी हमारी आत्मा मरती नहीं। इसी को गीता में भी समझाया गया है।"

"ललिताजी, ललिताजी!" असीम के ज्ञान के आनंद में डूबी शास्त्रीजी की प्राणऊर्जा ललिताजी की चिता के पास लगातार विचरण कर रही उनकी प्राणऊर्जा को पुकार उठी।

प्रकाश से भी तीव्र गति से ललिताजी की प्राणऊर्जा आकर चिर प्रतीक्षित अपने स्वामी की प्राणऊर्जा के अंक में सिमट गई थी।

"ओह, इतना लंबा वियोग? सत्ताईस वर्ष, तीन मास और तीन दिन आपके बिना स्वामी।" आगे की बातें भावना की उमड़ती नदी बहा ले गई।

"आइए, हम अपनी समाधि की ओर चलें, जहाँ आप रोज आया करती थीं। उस समय हमारे बीच आपकी देह बाधा थी। आज आप जर्जर देह से मुक्त हैं। हमारे

बीच अब कोई व्यवधान नहीं। हम विश्राम की मुद्रा में वहाँ से अपना सबकुछ होता देखेंगे कुछ पल।"

"फिर?" प्राणऊर्जा चिंतित हो उठी। कहीं फिर वियोग तो नहीं?

"फिर हम साथ चलेंगे अपने ब्रह्मलोक को। अभी आइए यहाँ। इस समाधि से हम देखेंगे सब घटित होते हुए। अभी कुछ घंटों में बेटा कपाल क्रिया और फिर चिता पर पीछे से पानी फेंक प्रतीक रूप में ठंडी करेगा और बिना पीछे पलटकर देखे घर वापस चला जाएगा। सभी लोग चले जाएँगे। यहाँ बचेगी चिता के भीतर दहकती लाल-लाल अग्नि, सन्नाटा, हवाएँ, पेड़ों की सरसराहटें और हम-आप।" उनकी हँसी में आनंद के साथ वैराग्य भी घुला-मिला था।

□

–: दो :–

मातृ पर्व

"माताजी तो बिल्कुल पागल सी हो गई थीं आपके महाप्रयाण के बाद।" ललिताजी ने मानो अतीत का चलचित्र ही चला दिया शास्त्रीजी के सामने।

पूरा बीता हुआ समय सामने सजीव खड़ा था। दिल्ली स्थित प्रधानमंत्री निवास से शास्त्रीजी की भौतिक देह की अंतिम यात्रा निकल रही थी। बाहर जनता की भीड़ नारे लगा रही थी—'शास्त्रीजी अमर रहें। जय जवान, जय किसान।'

माता रामदुलारी, जिन्हें प्यार से सभी लोग 'दुल्लर चाची' बुलाते थे, आवास के बाहर एक चबूतरे पर रखी कुरसी पर अकेले बैठी थीं। वे बिल्कुल चुप थीं। उनकी आँखों में आँसू की जगह केवल आकाश का सूनापन भरा हुआ था। बिना बोले या रोये, वे लगातार ऊपर की ओर देखते हुए कुछ सोच रही थीं।

मदालसा चुपचाप जाकर उनके पास जमीन पर बैठ गई थीं और धीरे-धीरे माताजी का पैर सहलाने लगीं। उन्हें समझ में नहीं आ रहा था कि वे किन शब्दों में एक बूढी माँ को बेटे के चले जाने की सांत्वना दें। पहले से ही जर्जर काया बेटे की इस अकस्मात् मौत से सदमे के कारण और जर्जर लगने लगी थी। कमजोर हड्डियाँ एकाएक और लचक गई थीं। रीढ़ की हड्डी ने उन्हें आगे की ओर झुका दिया था। पोपले मुँह से वे अस्फुट स्वर में कुछ बुदबुदा रही थीं। एकाएक अपने पैरों पर किसी के हाथ का स्पर्श पाकर चौकी थीं और बोल पड़ीं—

"नन्हे, नन्हे, तुम आ गए क्या ?" वे अपने बेटे शास्त्री को पुकार रही थीं।

"मैं हूँ माताजी।" मदालसा की आँखें छलछला आईं।

"कौन ?" वे थोड़ा चैतन्य हुईं।

"मैं हूँ माताजी। बस आप अपने को सँभालिए।"

"हाँ, वही तो कर रही हूँ। देखो, कहाँ रो रही हूँ ?"

उनकी आवाज में पीड़ा की शुष्कता थी। तरलता को जबरदस्ती उन्होंने आँखों के पीछे ही रोक रखा था।

"आपका कष्ट समझती हूँ माताजी। ललिताजी का जरा सोचिए।"

"हाँ, उस बेचारी की तो पूरी दुनिया ही उजड़ गई। कभी सुख देखा ही नहीं। घर-गृहस्थी और बच्चों में पिसती रह गई। नन्हे का क्या? देखो, कैसे हाथ झाड़कर निकल गया? कोई चिंता है उसे अपने परिवार की?"

माताजी के स्वर में असीम वेदना थी। वे शिकायती अंदाज में आगे बोलती जा रही थीं—"ताशकंद गए थे समझौता करने। दूसरी औरतों और बच्चों को अनाथ होने से बचाने के लिए समझौता करने। अरे, लड़ाई में सैनिक मारे जाते हैं, पर असल मौत तो औरतों और बच्चों की होती है न। अनाथ हो जाते हैं। दूसरों को अनाथ होने से बचाने गए थे हमारे बचवा। अपनी ही औरत और बच्चों को अनाथ कर गए। किसी माँ की कोख न उजड़ने पाए, इसके लिए गए थे समझौता करने, और अपनी ही माँ की कोख उजाड़कर चला गया बचवा।"

माताजी अपने सिर पर हाथ से पीटने लगी थीं। उनकी पीड़ा पूरे परिसर को स्तब्ध कर रही थी।

भीड़ 'राम नाम सत्य है' के उद्घोष के साथ शास्त्रीजी की अमरता का जयकार कर रही थी, इधर बूढ़ी माँ तड़प रही थी—"नौ महीने पेट में रहा, तब भी बहुत दुःख दिया मेरे लाल ने। अब बुढ़ापे में भी इतना बड़ा दुःख दे दिया। कैसे जिऊँगी रे नन्हे? एक बार भी नहीं सोचा तुमने?"

वे बिलख रही थीं, पर आँसू थे कि निकलने का नाम नहीं ले रहे थे।

"माताजी, वे देश की सेवा करते-करते गए। आपका नाम रोशन कर गए। देखिए, जनता की भीड़। कितने लोग जुटे हैं।" मदालसा उनके झुर्रियों भरे हाथ को अपने हाथ में ले सहलाने लगी थी।

"ऐसा कर बेटी, अब तो मेरा नन्हे चला ही गया। बस जीवन भर जिस जनता की सेवा के लिए वह हम लोगों को भी समय नहीं दे पाया, उस जनता की भीड़ के ही दर्शन मुझे करा दे।" वे पागलों की तरह बोल रही थीं।

माताजी की इस विह्वलता को देखकर मदालसा जल्दी से उठकर किसी कार की तलाश में बाहर सड़क तक आई थी, पर सभी लोग अंतिम यात्रा में शामिल होने निकल चुके थे। प्रधानमंत्री निवास लगभग सूना हो चुका था। वे चाहती थीं कि माताजी को विजयघाट के रास्ते पर कुछ दूर तक ले जाकर कम-से-कम उस उमड़ती भीड़ का दर्शन ही करा दें, जो उनके लाल के अंतिम दर्शन के लिए जुटी

थी, पर ऐसा हो न सका। चारों ओर एक सन्नाटा पसर गया था। बस, भवन की सुरक्षा में लगे अधिकारियों और पुलिस वालों के अतिरिक्त कोई नहीं था। घर के अंदर ललिताजी महिलाओं से घिरी बैठी थीं। अभी-अभी घर के बाहर तक जाकर शास्त्रीजी को अंतिम विदाई देते हुए वे शव के चरणों पर अपना माथा टेक मूर्च्छित सी हो गई थीं। किसी तरह महिलाओं ने उन्हें सँभालकर कमरे में चटाई पर लिटा दिया था। मुँह पर पानी छिड़कने के बाद वे होश में आईं तो उठ बैठीं। चीख-चीखकर शास्त्रीजी को बुला रही थीं। बहुत कारुणिक दृश्य था।

मदालसा को समझ में नहीं आ रहा था कि वे बूढ़ी माँ को सँभालें या भीतर पछाड़ें खा रही ललिताजी को। किसी कार की तलाश में वे दौड़ती हुई मेन गेट तक गई थीं, पर निराशा ही हाथ लगी थी। मदालसा ने माताजी के पास जाकर उन को सहारा देकर वहाँ से उठाया था और आसपास की बिल्डिंगों की ओर संकेत करके कहा था—"माताजी, वो देखिए, हर ओर भीड़ ही भीड़ दिखाई दे रही है। सड़कों पर चलने की जगह नहीं। लोग छतों पर चढ़-चढ़कर अपने प्रिय प्रधानमंत्री को विदाई दे रहे हैं। एक रत्ती जगह खाली नहीं दिखाई दे रही है माताजी।"

"हूँ, मेरा लाल। श्मशान में जो साथ देता है, वही असली बंधु है।" माताजी ऊपर देखते हुए बस इतना ही बोल सकीं। आँसू फिर भी नहीं थे उनकी आँखों में।

"दरअसल आँसू न निकलना ही उनकी बीमारी का कारण भी बन गया। रो लेतीं, तो मन का विषाद कुछ हल्का हो जाता। पर उन पर तो जैसे वज्रपात हो गया था। नौ महीने ही आप उनके गर्भ में रहे और आपके जाने के नौ महीने बाद ही वे भी संसार छोड़ गईं।" शास्त्रीजी को बताते हुए ललिताजी का स्वर भींगा सा था।

"हमेशा मेरे दुःख को अपने दुःख से बड़ा माना उन्होंने। जबकि मैं जानती थी कि एक बूढ़ी स्त्री, जिसका सुहाग जवानी में उजड़ गया हो और जिसने अपने एकमात्र छोटे से पुत्र तथा दो बड़ी पुत्रियों को नाते-रिश्तेदारों के भरोसे किसी तरह पाला हो, वही इकलौता पुत्र बुढ़ापे में माँ को बेसहारा छोड़ जाए तो क्या गुजरी होगी उन पर? लेकिन वे बार-बार मुझे समझाती थीं कि "दुलहिन धीरज धर के सोचो। बचवा केवल हमारे तुम्हारे नहीं थे। पूरे देश के थे। नहीं तो आठ वर्ष में भयानक बीमारी से बच गए थे। उनके लिए भगवान् ने यही सोचा होगा। देश का ही भाग्य खराब था, नहीं तो ऐसा क्यों होता? दूसरे के देश में जाकर यह गति।"

माताजी बिलख पड़तीं। धीरे-धीरे उनकी हालत और बिगड़ती गई थी। घंटों बाहर बैठी वे आसमान निहारा करतीं। कभी-कभी जुलूस या शादी का शोर सुनते

ही चिल्लाकर ललिताजी को बुलातीं—"दुलहिन, देखा, हमार बचवा आ गए। बाहर उनकी जय-जयकार हो रही है।"

मैं कमरे में से निकलकर उनके पास बैठ जाती। रोते हुए सांत्वना देती—"नहीं अम्मा। वे नहीं आए हैं। अब कभी नहीं आएँगे।" एक बेचारगी भरी आँखों से वे मेरी ओर देखतीं और पूछ बैठतीं—"दुलहिन, हम किसी से नहीं बताएँगी। बस धीरे से हमको सच-सच बता दो। बचवा कहाँ हैं?"

मैं बिलख पड़ती। क्या बताती उनसे कि उनके बचवा कितनी दूर चले गए हैं। वे आसमान की ओर देखते हुए कहतीं—"बस एक बार तुम दोनों लोगों को एक साथ देख लेती तो मेरी इच्छा पूरी हो जाती।"

"हाँ अम्मा, सचमुच एक बार बस मैं उनके साथ हो जाती।" मेरे भी मुँह से यही निकलता।

"अरे दुलहिन, तुमने टीका लगाना क्यों बंद कर दिया? अपशकुन होता है। तुम्हारा चेहरा भी मुरझा गया है। जाओ, हाथ-मुँह धोकर टीका लगा लो। बचवा देखेंगे तो क्या कहेंगे?" वे बड़बड़ातीं।

कभी-कभी एकाएक बाहर से आतीं और कहतीं कि बचवा आफिस से आ गए। जरा नींबू वाली चाय बनवा दो उनके लिए। उनको बहुत पसंद है।

एक दिन सरसों हाथ में लेकर आईं। मेरे पास आकर कहने लगीं—इसका कच्चा मसाला पीसकर केले की सब्जी बना दो। बचवा मन से खाते हैं।

मैं बिलख पड़ती।

माताजी की हालत दिन पर दिन खराब होती जा रही थी। डॉक्टर देखकर असहाय थे। मन-मस्तिष्क के असंतुलित हो जाने पर कौन क्या कर सकता था।

"हूँ।" शास्त्रीजी की गहरी निश्श्वास से हवाएँ कंपित हो उठीं। समाधि के पास खड़े वृक्ष एकाएक जोर से हिलने लगे थे। आकाश में बादल छा गए थे। बगल में ललिताजी की चिता प्रज्वलित हो गई थी। कर्मकांड चल रहा था। रह-रहकर घी और चंदन चूरा अग्नि में डाला जा रहा था। सभी लोग आसपास उदास से खड़े थे। चट्-चट् कर चिता की लपटें आकाश की ओर लपलपा रही थीं। देह जल रही थी। सब निरीह से देख रहे थे, एक वैराग्य-भाव के साथ। शास्त्री और ललिताजी की प्राणऊर्जा सबकुछ देख पा रही थी। अतीत भी, और वर्तमान भी। अपना यौवन भी, अपना बचपन भी।

कैसे जनवरी का महीना उनके जीवन में निर्णायक हुआ करता था। 11 जनवरी, 1966 को उनकी देह ताशकंद में शांत हो गई थी। 14 जनवरी, 1905 को

जब वे तीन, साढ़े तीन महीने के रहे होंगे, मकर संक्रांति के मेले में माँ की गोद से छिटककर वे लापता हो गए थे। प्रयाग में गंगा तट पर मेला लगा था। माँ पिताजी से जिद करके अपने दुहमुँहे शिशु को लेकर गंगास्नान को गई थीं। किले के पीछे वाले सँकरे रास्ते से होकर वे भीड़ में किसी प्रकार चल पा रही थीं। गंगा तट पर पहुँचते ही भीड़ का ऐसा रेला आया कि उनकी गोद से छिटककर उनका 'नन्हा' लापता हो गया। जब तक माँ रामदुलारी उस भीड़ के धक्के से सँभलती, तब तक 'नन्हे' का कहीं दूर-दूर तक अता-पता नहीं था। घबड़ाकर माँ चारों ओर अपने नन्हे को आँखें फाड़-फाड़कर खोज रही थीं। भीड़ में कहीं कुचल तो नहीं गया?

एक चीख-पुकार मच गई गंगा के घाट पर। भीड़ में कुछ लोग सहानुभूति जता रहे थे तो कुछ पुलिस वाले को सारी घटना बताकर खोजने का अनुरोध कर रहे थे, क्योंकि उन्हें विश्वास था कि बच्चा भीड़ में कुचला तो नहीं गया है। शायद किसी ने बच्चे को चुरा लिया है।

माँ का रोते-रोते बुरा हाल था। पिताजी अब भी खोजबीन कर रहे थे। माँ जल्दी-जल्दी गंगा मइया से मनौती मान रही थीं—"हमारे लाल को लौटा दो माई। रज्ज-गज्ज से पियरी चढ़ाऊँगी।"

पिताजी घाट पर घूमते हुए इधर-उधर खोजी निगाह दौड़ा रहे थे। एकाएक उनकी दृष्टि बगल की नाव में बैठी सवारियों पर पड़ी। वहाँ एक टोकरी में उनका 'नन्हा' शिशु लेटा मुसकरा रहा था। पिता ने तत्काल उस नाव में छलाँग लगाई और टोकरी में पड़े बच्चे को ध्यान से देखा। हाँ, उनका 'नन्हा' ही था।

वह टोकरी एक ग्वाले की थी। वह ग्वाला निःसंतान था। संयोग से शिशु छिटककर उसी के पास गिरा था। उसने झट से बच्चे को उठाकर सीने से चिपका लिया। कुछ देर वह हक्का-बक्का बच्चे को निहारता रहा था। फिर बच्चे को गंगा मइया का प्रसाद मान उसने चूमकर अपनी गोद में चिपका लिया। नाव में बैठकर वह जल्दी से अपने घर पहुँच जाना चाहता था, ताकि पत्नी की गोद में इस नन्ही अमानत को सौंप सके। किसी के संदेह से बचने के लिए उसने अपना पुराना स्वेटर उतारकर टोकरी में बिछा दिया और अपनी फटी शॉल बच्चे को ओढ़ा दी। गमछे के एक छोर को बाल्टे में रखे दूध में डुबोकर उसे बच्चे के मुँह में लगा दिया। बच्चा दूध का स्वाद पाते ही इस गोद से उस गोद में छिटककर गिरने का आघात भूल गया था और दूध चूसते हुए मुसकराने लगा था।

अपने बच्चे को देखते ही पिता ने उसे लपककर उठाना चाहा तो एक अलग ही दृश्य पैदा हो गया था। वह ग्वाला बच्चा वापस करने को तैयार नहीं था। इतनी देर

में माँ रामदुलारी भी वहाँ पहुँच गई थीं। किसी तरह पिता ने अपनी शॉल और पाँच रुपए फिरौती स्वरूप ग्वाले को देकर अपने नन्हे शिशु को वापस लिया। माँ तब तक गंगा मइया से हाथ जोड़कर मन्नत माँग चुकी थीं—"यदि मेरे बेटे को लौटा दो तो बड़े होने और विवाह होने पर उसकी बहू के साथ उसे पियरी चढ़ाने को भेजूँगी।"

"अम्मा ने विवाह के बाद हमें और आपको भेजा भी था गंगा माँ को पियरी चढ़ाने।"

वह घटना याद हो आई थी ललिताजी को।

"ग्वाला को ही नहीं, गंगा माँ को भी फिरौती दी गई। मात्र एक पियरी के लिए गंगा मइया को इतनी लंबी प्रतीक्षा एक माँ ही करवा सकती थी।" शास्त्रीजी की प्राणऊर्जा आनंदित स्वर में बोल रही थी।

"हाँ, संघर्ष, किसी भी स्त्री को जुझारू और मजबूत बना देता है।" ललिताजी बोल उठी थीं।

"अम्मा आपको भी बहुत मानती थीं।"

शास्त्रीजी माँ की स्मृति में खोए थे।

"हाँ, मेरे ससुराल आने पर ही अम्मा ने मुझे सिलाई, कढ़ाई, बुनाई में भी पारंगत किया था। मेरी अंग्रेजी पढ़ने की इच्छा भी मैं उन्हीं से बता सकी थी। आप तो हमेशा व्यस्त रहते थे। मैं चाहती थी कि अम्मा कोई इंतजाम जरूर कर देंगी, पर उन्होंने तो आपको ही यह जिम्मेदारी सौंप दी थी।"

"क्यों, मैं कोई खराब शिक्षक था क्या?"

"नहीं, पर घर के ही लोगों से पढ़ने में शर्म आती है।"

"वाह भई, पढ़ने में भी शर्म?"

"आपने भी तो पहले मुझे पढ़ाने से मना ही किया था।" ललिताजी के स्वर में प्यार भरी शिकायत थी।

"नहीं, मैंने मना नहीं किया था। बस अम्मा जब मुझसे बोलीं कि बचवा, दुलहिन को अंग्रेजी पढ़ने का मन है। थोड़ा समय निकालकर उनका यह शौक पूरा कर दो। तब मैंने कहा था कि मैं नहीं जानता कि वह मुझसे पढ़ पाएँगी कि नहीं, पर मैं एक घंटा रोज पढ़ा दिया करूँगा।" शास्त्रीजी के स्वर में हँसी वाली खनक थी। वे मानो ललिताजी को सफाई दे रहे थे।

"पता नहीं मुझे क्या हुआ था? आप रोज मुझे एक सबक देते थे। मैं याद करती और दूसरे दिन आपको सुनाती भी थी। पर दस पंद्रह दिन बाद मुझे सब भूल जाता था।"

उनके स्वर में झेंप थी।

"याद है ललिताजी आपको? उस दिन एकादशी का व्रत था। मेरा भी और अम्मा का भी। फलाहार करने के बाद मैंने पढ़ाना शुरू किया था और···।"

शास्त्रीजी का स्वर उन्मुक्त हँसी में बदल गया था। ललिताजी भी उसमें शामिल होते हुए बोलीं, "हाँ, याद है। आपने मुझसे पूछा था कि 'अर्थ' माने क्या होता है?"

"अपना उस समय वाला उत्तर याद है आपको?" शास्त्रीजी ने पूछा।

उनके स्वर में निश्छल हँसी समाई हुई थी। कई दशकों बाद यह महामिलन की घड़ी थी। ऊर्जा ऊर्जा से संवाद कर रही थी।

"हाँ, याद है। हमने कहा था कि आप रोज-रोज पीछे का सवाल क्यों पूछते हैं? आगे पढ़ाइए। सब मालूम है। अर्थ का मतलब हम जानते हैं।"

आप बार-बार मेरे कहने पर भी दुहराते जा रहे थे कि पहले जो हम पूछ रहे हैं, उसे बताइए, तब हम आगे पढ़ाएँगे। हमें लगा कि इतने आसान शब्द का अर्थ पूछ रहे हैं। बता ही देती हूँ। मैंने तपाक से जवाब दिया था—'अर्थ' का माने 'मतलब'। ललिताजी के स्वर में इस समय भी हया समाई हुई थी।

शास्त्रीजी भी हँस पड़े। उन्होंने दुहराया—'अर्थ' का माने 'मतलब।' हाँ?"

"आपने भी तो उसी दिन से अंग्रेजी पढ़ाना बंद कर दिया था। बोले थे कि कई चीज अधूरी जानने से अच्छा है कि एक चीज पूरी जानी जाए। आप हिंदी पर ही जोर दें।"

ललिताजी भी अतीत को दुहरा रही थीं। उन्हें याद आया कि धीरे-धीरे उन्होंने विद्या विनोदिनी पास कर ली थी और थोड़ा-थोड़ा अंग्रेजी का भी ज्ञान प्राप्त कर लिया था। कई बार शास्त्रीजी को दिखाने के लिए अपनी अंग्रेजी की कॉपी खोलकर ऐसी जगह रख देतीं, जहाँ उनकी दृष्टि अवश्य पड़े, ताकि वे जान लें कि उनकी ललिताजी को अंग्रेजी आती है।

"आप मेरी अंग्रेजी की कॉपी देखकर मन-ही-मन खुश तो होते थे, पर कभी मेरे सामने आपने खुलकर मेरी अंग्रेजी की प्रशंसा नहीं की।" उनका स्वर शिकायती हो उठा। वे पुराने समय को फिर से जी लेना चाह रही थीं।

शास्त्रीजी का स्वर एकाएक गंभीर हो गया था।

"क्या हुआ? आप एकाएक मौन क्यों हो गए?"

"कुछ नहीं। बस माँ की वह कॉपी भी याद आ गई, जिसमें उन्होंने एक लंबा पत्र मुझे संबोधित करते हुए लिखा था। पहले ही पन्ने पर उन्होंने लिखा था— यह

कॉपी सिवाय तुम्हारे और दुलहिन को, और हो तो अपनी बहनों को, मैं जब तक रहूँ, किसी को मत दिखलाना। हिफाजत से रखना। सोचता हूँ, कितनी दुर्भाग्यशाली थी मेरी माँ, कि उनकी अंतिम इच्छा भी मैं पूरी न कर सका, जबकि उन्हें कितनी उम्मीद थी हमसे।"

"हाँ, अम्मा की वह कॉपी हम लोगों को आपके बाद मिली थी। पूरा पढ़कर मन हाहाकार कर उठा था हमारा भी। एक माँ की यह इच्छा भी पूरी न हो सकी थी।"

ललिताजी का स्वर भींगा था।

शास्त्रीजी को अपनी माँ की टूटी-फूटी लिखावट याद आ गई थी तो ललिताजी के सामने पूरे पत्र की विषय वस्तु ही सजीव हो उठी थी। माँ रामदुलारी मूर्तिमान हो उठी थीं अपने लंबे पत्र में—

" ॐ परमात्मने नमः। अगर मैं अपनी पूरी जीवनी लिखना चाहूँ तो एक पूरी पुस्तक तैयार हो जाएगी। इसलिए मुख्तसर बयान लिखे देती हूँ। जब हमारे ऊपर विपत्ति आई, मेरी उम्र इक्कीस साल दो महीने की थी। परंतु उस परमपिता जगदीश्वर को कोटि-कोटि धन्यवाद देती हूँ कि इतनी ही उम्र में मुझे तीन रत्न दे दिए थे, जिनको देखकर मैं अपने को बहुत ही भाग्यशाली मानती थी। मगर दुर्भाग्यवश दोनों बेटियाँ दुःखी हो गई हैं। बड़ी को तो ईश्वर की कृपा से बच्चे-बहू सब हैं। प्रभु उसके जीवन को फूल की तरह बिता देवें। ये ही हमारा हार्दिक आशीर्वाद है। परंतु छोटी बेटी के दुःख में मैं चूर-चूर हो गई हूँ! इसकी बच्ची जो देवी तुल्य थी, तीन साल हुआ, सबको तड़पाकर चल दी। तब से मैं अपनी दशा न कहकर और न लिखकर किसी को दिखला सकती हूँ। अब मेरा जीवन-आधार अकेला तो नाती श्रीजी को, प्रभु से यही निवेदन करती हूँ कि चिरंजीव व सदैव सुखी रहे। इस एक ही चिराग से बेटी की कोठी भर जावे। वो हमें हमेशा रोशनी देता रहे।

अब जो मेरे अंधे की लकड़ी यह एक ही बेटा परमात्मा ने मुझ अभागिन को दिया था, वह देश की सेवा में जैसे तत्पर है, प्रभु से मेरी प्रार्थना है कि सदैव आनंद से रहकर वह पुत्र-पुत्री से संपन्न रहे और मेरी प्रभु से अंतिम प्रार्थना है कि उनके सामने मेरी मिट्टी की सद्गति हो जाए। मैं ज्यादा तूल, मरने के बाद, उनसे नहीं कराना चाहती। मेरी मिट्टी को अग्नि संस्कार न हो और सिर्फ एक काठ का बक्स जड़ा होना चाहिए। उसमें (शव को) खूब साफ गंगाजल से नहलाकर चंदन का लेप व रोली चंदन का टीका लगा देना। हाथ में तुलसी की माला व गले में रुद्राक्ष व तुलसी की माला पहनाकर व गीता की पुस्तक हाथ में पकड़ाकर पुष्प

से खूब ढक देना बेटा, मुझे बेटी व तुम्हारी बहू नहलावे, दूसरा कोई नहीं, और गंगा-तुलसी-सोना मुँह में होश रहे, तब वह बेवक्त में भी पिलाते जाना। हमारे अंत समय में कोई जरा भी न रोवे, उसे कठिन सौगंध है। सिवाय राम-कृष्ण की धुन करते रहें। बेटी-बेटा, नाती-पौत्र-पौत्री, बहू सब रामनाम की धुन करते हुए गंगाजी पर ले जाकर बक्स सहित मुझे जल प्रवाह कर देवें, बस न मेरे पास धन था व न आखिरी वक्त रहेगा।

तुम्हारी-दु:खी माता

मैं दो-चार बातें भूल गई हूँ, उसे जरूरी समझकर लिखे देती हूँ, वह यह है कि कपड़ा जो नहलाकर पहनाया जाता है, वह बहू-बेटी-बहन जो हिचकें नहीं, मुझे पहना देवेंगी। ऊपर का कपड़ा बच्चे ओढ़ा देवेंगे और कपड़ा गेरुआ वस्त्र हो। रंग लेना गेरू में और फिर खड़िया मिट्टी से हरे राम-हरे कृष्ण लिख देना। अगर जल्दी हो तो खाली राम-कृष्ण-शिव लिख देना और खयाल रखना बेटी, कि कोई जरा भी न रोने पावे।

राम-राम कहने में सबको लगा दोगे तो कोई नहीं रो सकता। जिस रोज मिट्टी जल-संस्कार करके आवे, उसी रोज जो सब लोग साथ गए रहेंगे, फलाहार करा देना और कुछ गरीबों को अन्न बाँट देना। ब्राह्मण भोजन जो पंडित गरीब और अच्छे प्रकृति के हों, जो तुमसे हो सके, करा देना। अगर प्रयाग में मरूँ तो गुरु घराने को, जो कुछ हो सके, खिलाकर दे देना और गऊ दान अगर कराना हो तो पूरी गाय हो या बछिया हो। हाँ, एक बात और जरूरी है, वह यह कि मरते ही मुझे उठाकर पलथी कराके बैठा देना नहीं तो बक्स में कैसे रख सकोगे। बक्स ऊँचा और गहरा हो, जिसमें मुझे ठीक से बैठा दो, फूल से ढक दो, गीता की पोथी व माला हाथों में रहे और तो तुम लोग खुद समझदार हो, ज्यादा क्या बताऊँ। अंतिम निवेदन मैके और ससुर व बेटा बेटियों से है कि मुझ अधम के अंत समय में सिवाय राम नाम के दूसरी बात न होने पावे। अब हार्दिक आशीर्वाद है कि सब आनंद से रहें।

तुम चाहोगे तो काली चाचा से एक छोटा घर बनारस या रामनगर में भी बनवा लेना और प्रयाग में रहना चाहो तो वहाँ अच्छा मकान बनवा लेना ठीक होगा। बनारस अपने बाप-दादा की बुनियाद है। वह कायम रखना जरूरी है। बेटा, कुछ खेती का भी इंतजाम करना, यह हमारी प्यारी बहू करेगी। उसे इसकी इच्छा दिलोजान से है। बच्चे नालायक ना होने पाएँ।

तुम्हारी-दु:खी माता

"माँ अपने लिए चाहती थी कि उसे बॉक्स में बैठाकर जल प्रवाह किया जाए

और कैसी विडंबना थी उस माँ के साथ कि उसका बेटा बॉक्स में रखकर ताशकंद से भारत लाया गया। क्या गुजरी होगी उन पर? कोई भी पागल हो सकता है इस दशा में।" शास्त्रीजी की आवाज थरथरा रही थी।

वे कँपकँपाती आवाज में पूछ रहे थे—"मैं तो उनकी अंतिम इच्छा पूरी नहीं कर सका। आप लोगों ने वैसे ही किया था या नहीं उनका अंतिम संस्कार?"

"नहीं कर सके थे। उस समय अम्मा दिल्ली में ही थीं। एक के बाद एक भयानक आघात हमें लगता जा रहा था। उनकी इस अंतिम इच्छा कि बॉक्स में पार्थिव देह को बैठाकर गंगाजी में प्रवाहित कर दिया जाए, इसे हम लोग पूरी न कर सके। निगम बोध घाट पर चिता दी गई थी उन्हें।"

ललिताजी का स्वर अपराध-बोध से भर उठा था।

शास्त्रीजी ने सांत्वना दी—"कोई बात नहीं। जल से अच्छा ही होता है अग्नि संस्कार। वे एक गृहस्थ स्त्री थीं। संन्यासियों के लिए यह मान्यता है।"

"जी।" ललिताजी के सीने पर रखे बोझ को इतने वर्षों बाद शास्त्रीजी ने एकाएक हलका कर दिया था।

"कितनी अजीब बात है न ललिताजी, कि कितनी छोटी-छोटी मासूम इच्छाएँ थीं माँ की, लेकिन यदि भाग्य क्रूर हो तो वे भी पूरी नहीं हो सकतीं। इसीलिए धरती भोगभूमि है। मनुष्य अपने किए कर्मों का भी फल भोगने आता है धरती पर और कर्म करने के लिए भी यही धरती बनी है।"

"माँ का यह जीवन बहुत सात्त्विक था, इसलिए अब उन्हें कर्म-फल भोगने फिर धरती पर नहीं आना पड़ेगा।" ललिताजी बोल उठीं।

"माँ मुझसे काशी या प्रयाग में अच्छा घर बनाने के लिए लिख रही थीं और मैं भारत का प्रधानमंत्री रहते हुए भी अपनी गाड़ी की किश्त तक न चुका सका था। कर्ज छोड़कर चला आया।" आवाज भर्रा उठी थी शास्त्रीजी की।

"आज तक भारत में आपकी उसी सादगी और ईमानदारी की चर्चा तो होती है।" ललिताजी उनका दुःख कम करने की कोशिश कर रही थीं।

"प्रायः लोग पूछ बैठते कि मेरा घर कहाँ है? मैं समझ नहीं पाता कि मिर्जापुर को अपना घर कहूँ, बनारस को अपना घर कहूँ या रामनगर को अपना घर कहूँ? मुझे तो सब अपना ही घर नजर आता था। माँ लिख रही थी कि मैं अच्छा सा घर बनवा लूँ। खेत खरीद लूँ, जहाँ आप खेती करवा सकें।"

"कोई बात नहीं। यह एक माँ की ममता थी। आपका घर तो पूरा देश ही था। देशवासी आपके परिवार के थे। ऐसा न होता तो आपके एक आह्वान के साथ पूरा

देश सोमवार को एक जून खाना छोड़ देता?"

"हाँ ललिताजी, देशवासियों ने तो मुझमें बहुत भरोसा किया। पर अपने ही साथ के कुछ लोगों ने मेरा भरोसा बुरी तरह चकनाचूर कर दिया था। अन्यथा बहुत कुछ करने की सोच रहा था मैं।"

शास्त्रीजी की आवाज में विषाद के साथ वितृष्णा भी थी।

"आपने ताशकंद जाने से ठीक पहले किसी मंत्री को बाहर कर दिया था, अपने मंत्रिमंडल से?"

"हाँ"। शास्त्रीजी ने उपेक्षा भाव से कहा, "दरअसल मैं ऐसे लोगों को अपने मंत्रिमंडल में कतई नहीं रखना चाहता था, जिनकी निष्ठा राष्ट्रहित में न होकर बाहरी ताकतों को प्रश्रय देने की हो।"

"आपने शायद किसी से यह भी चर्चा की थी कि ताशकंद से लौटते ही मैं इंदिरा को कैबिनेट से हटा दूँगा। शायद ब्रिटेन में भारत का उच्चायुक्त बनाने के लिए कहा था आपने?" ललिताजी पूछ रही थीं।

"हाँ, कुछ कारण ऐसे थे।" शास्त्रीजी ने संक्षिप्त उत्तर दिया।

"तब आपके अपने कहाँ थे ही राजनीति में? इंदिरा को लगता था कि भारत की सत्ता खानदानी रूप से उनकी है। आपने बीच में आकर छीन लिया। दुश्मन तो तैयार होने ही थे।" ललिताजी ने मानो निचोड़ प्रस्तुत किया।

"आप तो मेरी अपनी थीं न? शक्ति मेरी वहाँ थी?" शास्त्रीजी ने कहा।

"कहाँ की शक्ति? शक्ति रही होती तो आपको बचा लेती मैं। जिसे देवता की तरह पूजा, उसे भगवान् ने छीन लिया मुझसे?"

"आपने मेरे ऊपर केंद्रित एक पुस्तक लिखी थी न? 'मेरे आराध्य'। सोचता हूँ कि क्या मैं उस स्त्री का आराध्य बनने के योग्य था, जिसने मेरे कारण इतने दुःख झेले? घर से जेल के फाटक तक मुझसे मिलने के लिए इक्के का किराया जुटाने के लिए जिस स्त्री को महीने में दस दिन उपवास रखना पड़ा, फटे कपड़ों से बच्चों के कच्छे और बनियान सिले जाते रहे, कमीज के कालरों की मरम्मत होती रही, फटी साड़ियाँ सिलकर पहनी जाती रहीं, उसका आराध्य बनने की पात्रता मुझमें नहीं थी। माँ के सपनों को अधूरा छोड़कर चले जाने वाले व्यक्ति को क्या कहा जाए?"

हताशा में डूब गया था शास्त्री का स्वर।

"आप ही तो कहते थे कि मनुष्य का प्रारब्ध होता है सब। हम ही तो अभाव में नहीं जी रहे थे न? आप भी तो वही अभाव अपने ऊपर ओढ़े हुए थे। प्रधानमंत्री होकर भी ताशकंद जाते समय ऐसी कमीज पहनकर गए थे, जिसकी फटी बगलें

ओवरकोट में दबी ढकी रह सकें। इसके पहले भी तो प्रधानमंत्री थे न? क्या वे इस अभाव को जी रहे थे?"

ललिताजी के स्नेहसिक्त स्वर ने मरहम भी लगाया तो दबी पीड़ा को उभार भी दिया। शास्त्री तड़पकर बोले, "जिस देश की जनता गरीबी और अभावों में कराह रही हो, उस देश का प्रधानमंत्री होते हुए मैं कैसे अपने सुख-संसाधनों पर ध्यान देता?"

शास्त्रीजी को निमिष मात्र में याद आ गई थी वह घटना, जब वे साड़ियों के एक कारखाने को देखने गए थे। उनके साथ राज्य के मुख्यमंत्री के साथ अन्य कई मंत्री भी थे। प्रधानमंत्री के रूप में शास्त्रीजी के सामने कारखाने के मालिक ने महँगी-महँगी साड़ियाँ देखने के लिए बिछा दीं। उन्होंने उन साड़ियों का दाम पूछा—

"साड़ियाँ तो बहुत सुंदर हैं। क्या दाम है इनका?"

"जी, यह एक हजार, यह आठ सौ और ये दोनों पाँच सौ, चार सौ की हैं।" कारखाने का मालिक बता रहा था। उन्होंने कहा, "ये तो बहुत महँगी हैं। सस्ती साड़ियाँ दिखाइए। मुझ जैसे गरीब आदमी के लायक, ताकि मैं खरीद सकूँ।"

"अरे सरकार, आप हमारे प्रधानमंत्री हैं और हम आपको साड़ियाँ बेचेंगे? यह तो बस भेंटस्वरूप आपके चरणों में रख रहा हूँ।" कारखाने का मालिक हाथ जोड़े कह रहा था।

"इसका मतलब तो यह नहीं है कि जो चीज मैं खरीद न सकूँ, उसे भेंट में लेकर अपनी पत्नी को पहनाऊँ। यह ठीक है कि मैं प्रधानमंत्री हूँ, पर हूँ तो गरीब न? अपनी हैसियत के अनुसार साड़ियाँ खरीदना चाहता हूँ।"

और उन्होंने कुछ सस्ती साड़ियाँ अपने पैसे से परिवार वालों के लिए खरीदी थीं।

शास्त्रीजी ललिताजी से कह रहे थे—"ललिताजी, मैं हमेशा स्नान करने के बाद परमात्मा को स्मरण करते हुए प्रतिदिन दोहराता था कि मैं जिस गरीबी में पैदा हुआ, पढ़ा-लिखा, बड़ा हुआ और जो मेरे साथी थे, इस स्थिति को मैं कभी न भूलूँ। भले ही मैं बड़े-से-बड़े पदों और अधिकारों को बराबर भूलता रहूँ। आपको भी मैंने उन्हीं अभावों में रहना और जीना सिखा दिया। पता नहीं, आप क्या सोचती रही होंगी जीवन भर। माँ को भी कोई सुख नहीं दे पाया।"

"वही तो मैं कह रही हूँ कि आपको पश्चात्ताप की कोई आवश्यकता नहीं। आप अपने देशवासियों के साथ थे। उनके लिए जी रहे थे। माँ तो हर हाल में पूज्या होती है। पत्नी तो सुख-दुःख सबकी संगिनी होती है। मैंने कोई ऐसा अद्भुत काम

कहाँ किया? हमसे अधिक संघर्ष तो माताजी ने किया। आप डेढ़ वर्ष के थे, तब से पिता का साया सिर से उठ गया था। भरी जवानी में माताजी ने वैधव्य ओढ़ लिया था। कितने संघर्ष किए उन्होंने अपने जीवन में। छोटे-छोटे बच्चों को दूसरे के भरोसे पालना आसान काम नहीं था। वह माताजी ने किया।"

"हाँ, मुझे अच्छी तरह याद है, ललिताजी। कुछ बातें स्वप्न की तरह उस समय याद थीं, पर अब तो सारा अतीत साफ-साफ दिखलाई पड़ रहा है। मैं डेढ़ वर्ष का था, तभी पिताजी का अकस्मात् निधन हो गया था। उस समय पिताजी प्रयाग में ही कायस्थ पाठशाला में अध्यापक थे। प्लेग से जिस दिन उनकी मृत्यु हुई थी, उसके दो-तीन दिन बाद ही उनके नायब तहसीलदार के पद पर नियुक्ति की सूचना मिली थी सबको, पर ईश्वर को ही नहीं मंजूर था यह सब। छोटी वाली बहन उस समय माँ के गर्भ में ही थी। पिताजी की माता सौतेली थीं, इसलिए माँ को अनेक प्रताड़नाएँ भी इस वैधव्य में झेलनी पड़ीं। सोचिए, इक्कीस वर्ष की एक लड़की ही थी न माँ उस समय? कैसे-कैसे अपने तीन बच्चों को पाला होगा।"

शास्त्रीजी की आवाज जैसे दु:ख में डूबी हुई अतीत के किसी अँधेरे कोने से आ रही थी। माँ के संघर्ष को याद कर उनका स्वर रुँध गया था। बीती बातें याद करके भी उन्हें माँ की उपस्थिति अपने आसपास महसूस हो रही थी। वे जैसे खोए हुए से बता रहे थे।

"मैं कोई चार-पाँच वर्ष का रहा होऊँगा जब, एक बार माँ मुझे लेकर वाराणसी गई थीं। वैसे तो पिताजी की मृत्यु के बाद से ही विवशता में मुझे और बहनों को लेकर नाना के घर मुगलसराय ही रहने लगी थीं, पर बीच-बीच में रामनगर भी आती-जाती रहती थीं। बाबा बाबूनंदन लाल उस समय चेतगंज में पोस्ट मास्टर थे और वहीं रहते थे। मुझे और माँ को आया देख सौतेली दादी पहले ही घर से बाहर निकल आईं और माँ के लिए चौखट के बाहर ही एक बोरी बिछा दी बैठने को। मैंने उनके पैर छुए तो खाने को गुड़-चना दिया, पर माँ को और मुझे घर के भीतर नहीं आने दिया।"

शास्त्रीजी की आवाज भीगी थी।

"हाँ, अम्मा ने मुझे भी सारा किस्सा बताया था। जब आप देशसेवा में जेल में होते थे तो अम्मा प्राय: अपने बीते दिनों की यादें मुझे बताया करती थीं। आपके पूरे तीन पीढ़ियों पूर्व तक की घटनाएँ और सबके नाम तक उन्हें याद थे। परबाबा ब्रजमोहन प्रसाद के दो बेटे थे—जगेश्वर प्रसाद और कौलेश्वर प्रसाद। जगेश्वर प्रसादजी के तीन बेटे हुए—बाबूनंदन लाल, शिवनंदन लाल और रघुनंदन लाल।

बाबूनंदन लालजी के दो विवाह हुए थे। पहली पत्नी से शारदा प्रसादजी आपके बाबूजी और लालता प्रसाद तथा राम प्रसाद चाचा जी। पर सौतेली माँ शारदा प्रसाद बाबूजी को जितना ही उपेक्षित करती थीं, उससे अधिक चाचा शिवनंदन लाल माँ विहीन उन बच्चों को स्नेह करते थे। दुर्भाग्य देखिए कि उसी शारदा प्रसाद बाबूजी के अकस्मात् निधन पर उनकी पत्नी और तीन बच्चे कितने कष्ट उठाते हुए अपने ही घर में उपेक्षित थे। अंत में अम्मा को हारकर अपने मायके में शरण लेनी पड़ी। संयोग देखिए कि पिताजी के जीवित रहते हुए आपका जन्म भी नाना के घर में मुगलसराय में हुआ और पिताजी की प्लेग से मृत्यु हो जाने के बाद गर्भ में अपनी बच्ची को लेकर भी अम्मा को उसी मायके में रहना पड़ा। कितना दुःख झेला अम्मा ने इस संसार में।"

"बाबा अपनी दूसरी पत्नी के डर से मुझे और माँ को अपने घर बुलाने में हिचकते थे, पर उनके भीतर अपनी विधवा पुत्रवधू और पौत्र के लिए बहुत प्यार था। चुपके-चुपके वे हमारे नाम से कुछ पैसे जमा करते रहे थे। एक बार उनकी तबीयत खराब हुई तो उन्होंने देवी प्रसाद चाचा को बुलाकर वे रुपए देते हुए कहा कि इसे लाल बहादुर को दे देना। चाचा ने वे रुपए लाकर मेरे नाम से जमा कर दिया था। उन्हीं रुपयों को आगे चलकर माँ ने हमारी शादी में खर्च किया। वे उन रुपयों को अपने ससुर का आशीर्वाद मानती थीं।"

शास्त्रीजी अतीत में गुम थे। अम्मा की सारी यादें ताजा हो आई थीं। किस तरह ननिहाल में उनका बचपन बीता था। सभी नानियों और नाना का स्नेह उस पितृ विहीन बालक पर बरसता था, जो सबका 'नन्हे' या 'ननकू' था। नाना हजारीलाल के निधन के बाद भी वे माँ के साथ ननिहाल में ही रहे। बीच-बीच में कभी-कभी माँ के साथ वे रामनगर भी हो आते थे। नाना के परिवार में माँ रामदुलारी सबसे बड़ी थीं, इसलिए अन्य छोटे-बड़े भाई-भतीजों का ध्यान रखना उनकी जिम्मेदारी बन गई थी। इस जिम्मेदारी को उन्होंने स्वयं ओढ़ लिया था। घर में आगंतुकों का स्वागत-सत्कार भी उन्हीं के जिम्मे था। सभी लोगों के सो जाने के बाद ही जहाँ कहीं जरूरी होता था, वे पत्र आदि लिखा करतीं।

"याद है आपको शोलापुर जाने वाली घटना?"

ललिताजी का स्वर सुन शास्त्रीजी के अतीत की कड़ियाँ टूट गई थीं।

"हाँ, वही न, जहाँ जाने की आप भी जिद मचाए हुए थीं?" शास्त्रीजी ने याद करते हुए हँसकर कहा।

"जी, दिसंबर 1929 में लाहौर में रावी के तट पर पूर्ण स्वाधीनता का प्रस्ताव

पारित हुआ था। 26 जनवरी, 1930 को देशभर में पहला स्वाधीनता दिवस मनाया गया था। हर जगह जुलूस और प्रदर्शन हुए थे। उस समय हम लोग लीडर रोड वाले मकान में रहने आ गए थे। शोलापुर में अंग्रेज सरकार ने कर्फ्यू लगा दिया था। वहाँ रोज लाठी चार्ज या गोलियाँ चलने की खबरें आ रही थीं। शोलापुर जाने वाले स्वयंसेवकों में आपने अपना नाम भी लिखवा लिया था। टंडनजी ने आपको बहुत मना किया, पर आप जरा भी अपने संकल्प से डिगे नहीं। हारकर उन्होंने मुझसे कहलवाया था कि शास्त्री अपनी माँ की बात नहीं टालेंगे। उनसे मना करवाइए। वहाँ जाने में खतरा है। मैंने अम्मा से कहा कि इन्हें मना करिए तो बड़ी शांति से उन्होंने जवाब दिया था—"ना, हम बचवा को वहाँ जाने से मना नहीं कर सकते। उन्होंने जब पैर आगे बढ़ाया है, तब पीछे हटाना ठीक नहीं है। आगे भगवान् की इच्छा। तुम चाहो तो कहो।" ललिताजी बताते हुए मौन हो गईं।

"अच्छा, यह बात थी। तब आपने अपना अंतिम अस्त्र चलाया था कि हम भी आपके साथ शोलापुर चलेंगी।"

शास्त्रीजी का स्वर मंद था। पर उन्हें वह दृश्य याद आ गया था, जब ललिताजी उनसे जिद करते हुए कह रही थीं कि जहाँ आप जाएँगे, वहाँ हम भी जाएँगी। हारकर शास्त्री ने कहा कि एक शर्त पर मैं इस बार शोलापुर नहीं जाऊँगा और वह शर्त यह है कि फिर कभी आप मेरे इन कामों में अड़ंगा नहीं डालेंगी। इसका वादा करिए ललिताजी और अपने कान पकड़िए।"

ललिताजी ने झट अपने दोनों कान पकड़ लिए थे। उनका शोलापुर जाना टल गया था।

एक मद्धिम सी हँसी प्रकाश की किरण की तरह समाधि के चारों ओर फैल गई थी।

"आप हँस रहे हैं?" ललिताजी पूछ रही थीं।

"हाँ, आपका वह कान पकड़ना याद आ रहा है।"

"आपका इस तरह का कई व्यवहार मुझे याद है।"

"जैसे?" शास्त्रीजी के स्वर में उत्सुकता थी।

"एक बार आप शाम को बाहर से आकर दरवाजा खटखटाए थे। फैजाबाद जेल से बाहर आने के बाद की बात थी। मैं आपके खटखटाने का अंदाज पहचानती थी। झट दौड़ती हुई गई थी, दरवाजा खोलने पर वहाँ एक अजनबी आदमी को खड़ा देख झट घूँघट आगे खिसकाया और उल्टे पाँव ऊपर की ओर भागी थी। पीछे-पीछे वह अजनबी भी लाठी पटकते हुए सीढ़ियाँ चढ़ने लगा। हमें डरा हुआ

देखकर अम्मा चौंक उठीं। पूछा, क्या हुआ? तब तक आप आकर सामने खड़े हो गए थे। आप स्काउट ड्रेस और टोपी में थे, इसलिए मैं पहचान नहीं पाई थी और बुरी तरह डर गई थी। अम्मा ने आपको डाँटा था कि यह क्या आदत है, दुलहिन को डरा दिया।"

ललिताजी की भी हँसी फूट पड़ी थी उस घटना को याद कर। आगे बोलीं, "आपने कहा कि मैं देख रहा था कि आपकी दुलहिन कितनी वीर हैं।"

"आपका जवाब भी तो गजब का था उस दिन। आपने कहा कि हम तैयार नहीं थे, वरना इतनी आसानी से कोई हमें डरा नहीं सकता। डटकर सामना कर सकती हूँ।"

शास्त्रीजी की हँसी में एक खनक घुल गई थी।

"मुसीबत बताकर कभी आई है क्या ललिताजी?"

उनका स्वर गंभीर हो उठा था।

"जी नहीं। कभी नहीं। आपने सही कहा था उस दिन कि मुसीबत कभी बताकर नहीं आती। आपके संसार से जाने के बाद छोटा बेटा भी अकस्मात् छोटी सी बीमारी में चल बसा। अम्मा भी मानसिक रूप से विक्षिप्त हो गई थीं। आपके संसार से जाने के बाद नवंबर 1966 में ही वे भी चली गईं। कुछ नहीं हुआ था उनको। रात में पूजा वाले कमरे में गईं। आपकी तस्वीर को चूमा, सहलाया। रात में सोईं। सुबह तबीयत गड़बड़ हुई और हम सबको छोड़कर चली गईं।"

ललिताजी की आवाज रुँध गई थी।

"आप ही ताशकंद गए तो हमें क्या पता था कि वहाँ से आप नहीं आएँगे बल्कि एक वज्रपात होगा परिवार पर? सही कहा था आपने। मुसीबतें बताकर नहीं आतीं।"

अब उनके स्वर में पश्चात्ताप भी घुल गया था।

"अम्मा मुझसे अधिक आपको सँभालकर रखे हुए थीं, जैसे कोई शीशे के बरतन को सँभालता है।"

शास्त्रीजी ने बात बदल दी। वे हँसने का प्रयास कर रहे थे। ललिताजी ने पूछ लिया—"वो वैसे?"

"मैं तो चाहता था कि आप भी मेरी तरह आंदोलनों में शामिल हों। विदेशी सामानों की दुकानों पर धरना दें, जुलूस आदी में शामिल हों, पर माँ कभी नहीं चाहती थीं कि आप भी यह सब करें।" शास्त्रीजी को स्मरण हो आया था।

"हाँ, कितनी मुश्किल से राजी हुई थीं अम्मा। वह भी जब आपने कमलाजी

से कहलवाया। अम्मा उनकी बात न टाल सकी थीं और मुझे शामिल होने के लिए अनुमति प्रदान कर दी थीं।"

ललिताजी को भी याद आया वह दृश्य, जब कमलाजी शास्त्री से कह रही थीं—"आप अपनी पत्नी को सत्याग्रह और धरने पर बैठने के लिए क्यों नहीं कहते हैं? महिलाएँ वैसे भी कम आ रही हैं आंदोलन में।"

शास्त्रीजी ने गंभीरता से उन्हें उत्तर दिया—"उन्हें तो इन कामों के लिए बाहर निकालना मेरे वश की बात नहीं है। माँ का विरोध मैं नहीं कर सकता। ललिताजी के लिए जब आप ही अम्मा से कहेंगी तो शायद वे तैयार हो जाएँ। आपकी बात नहीं काटेंगी।"

कमलाजी के प्रयास से ही ललिताजी भी आंदोलन में कूद पड़ी थीं।

"शुरू-शुरू में तो थोड़ा मुझे संकोच लगता था कि कैसे और क्या बोलूँ। पर दो-तीन दिन बाद ही झिझक खत्म हो गई थी। मैं और गौतम की पत्नी इस काम के लिए साथ-साथ निकलने लगी थीं। हम विदेशी सामानों की दुकानों के सामने जाकर खड़ी हो जातीं और आने वाले पुरुषों और महिलाओं से विदेशी सामान न खरीदने का आग्रह करतीं।" ललिताजी बीते दिनों को याद कर रही थीं।

शास्त्रीजी सुन रहे थे। वे कह रही थीं—"चौथे दिन ही एक स्त्री-पुरुष कपड़ा खरीदने वहाँ पहुँचे। लगभग पाँच सौ रुपए का उन्होंने कपड़ा खरीदा। शायद शादी वगैरह थी उनके घर में।"

"फिर?" शास्त्रीजी की उत्सुकता जाग उठी, क्योंकि उस समय वे वहाँ नहीं थे।

"हम दोनों दुकान के अंदर घुसकर उन लोगों से विदेशी कपड़े न खरीदने का आग्रह करने लगीं। दुकानदार हम लोगों के ऊपर चिढ़कर बोला, "आप लोग विदेशी कपड़े तो खरीदने को मना कर रही हैं और खुद चूड़ियाँ विदेशी पहनी हैं।"

गौतम की पत्नी ने तपाक से कहा, "आप भी तो जो घड़ी हाथ में बाँधे हैं, वह भी तो विदेशी है।"

दुकानदार ने नाराज होते हुए कहा, "हाँ, विदेशी ही है यह घड़ी। आप लोगों को विदेशी से परेशानी है, मुझे नहीं।"

"अच्छा, तो क्या हम अपनी इन विदेशी चूड़ियों को तोड़ दें तो आप भी अपनी घड़ी तोड़ देंगे?" मैंने पूछा था।

"बिल्कुल तोड़ दूँगा।" दुकानदार जानता था कि भारत में सौभाग्यवती स्त्रियाँ अपने पति के जीवित रहते कभी अपनी चूड़ियाँ नहीं तोड़तीं। इस भ्रम में वह बोल गया था।

मैंने तुरंत कपड़ा नापने वाला उसका गज उठाया था और अपनी चूड़ियों पर मारकर तोड़ दिया। मेरे हाथ से गज लेकर गौतम की पत्नी ने भी अपनी चूड़ियाँ तोड़ दी थीं। अब दुकानदार की बारी थी। हमने व्यंग्य से कहा, "अब आप अपनी घड़ी तोड़िए।"

दुकानदार अगल-बगल देखने लगा।

तमाशा देखने वालों की भीड़ लग गई उसकी दुकान में। सामान खरीद रही उस महिला ने दुकानदार को डाँटा—"आपने उन बेचारी महिलाओं की चूड़ियाँ तो तुड़वा दीं और अपनी बारी आने पर बगलें झाँक रहे हैं। चलिए, तोड़िए विदेशी घड़ी। मैं भी आज से विदेशी कपड़े नहीं खरीदूँगी।"

"फिर क्या हुआ था ?" शास्त्रीजी पूछ रहे थे।

ललिताजी बता रही थीं—"दरअसल भीतर से मेरा मन बेचैन हो उठा था। चूड़ियाँ नहीं तोड़नी चाहिए थीं मुझे। आपका चेहरा बार-बार ध्यान में आ रहा था, लग रहा था जैसे मैंने जानबूझकर किसी दुर्भाग्य को न्योता दे दिया हो। अपने साथ ही अशुभ करने का कोई कृत्य कर दिया हो। अंदर-अंदर क्षोभ और पश्चात्ताप से भर उठा था मेरा मन। जल्दी से बालों में गुँथी चोटी से पतला-सा धागा निकालकर अपनी कलाई पर बाँध लिया था मैंने। देखते ही देखते भीड़ ने उस दुकान में आग लगा दी। एक आंदोलन तो भड़क ही उठा था विदेशी सामानों के खिलाफ। घर आई थी तो अम्मा मेरी सूनी कलाई देखकर बिफर पड़ी थीं—

"एक वो लड़का है, उसे देश की सेवा करने और जेल जाने से फुरसत नहीं। तुम भी देशसेवा के नाम पर जगह-जगह चूड़ियाँ फोड़ती चल रही हो ? जानती हो दुलहिन कि एक सुहागिन औरत की चूड़ियाँ कब टूटती हैं ? भगवान्, मेरे बचवा की रक्षा करें।"

अम्मा दोनों हाथ जोड़कर भगवान् को मना रही थीं। अपराध-बोध के साथ मैं दौड़कर कमरे में गई थी और दीवार पर टँगे शीशे के सामने खड़ी हुई थी। माथे पर गोल सी लाल बिंदी चमक रही थी। दोनों हाथ उठाकर शीशे में देखा तो अचकचा उठी। सूनी कलाइयाँ किसी भवितव्यता का संकेत कर रही थीं। आँखों में आँसू भर आए थे। जल्दी से मूँज की पिटारी में रखी पुरानी चूड़ियाँ निकालकर कलाइयों में डाल ली थीं। दो-तीन दिनों तक मेरा मन बेचैन रहा था।"

ललिताजी के स्वर में एक उद्विग्नता भर गई थी।

"छोड़िए, ऐसा नहीं सोचते हैं।" शास्त्रीजी ने उनकी उद्विग्नता को खत्म करने की कोशिश की।

"मुझे वैसा नहीं करना चाहिए था। भावावेश में कर गई थी। बाद में वही तो हुआ भी। मेरी चूड़ियाँ टूट गई थीं।"

उनका स्वर दुःख के सागर में डूबा हुआ सा लगा।

"सब पूर्व निर्धारित होता है, ललिताजी। हम स्वयं को बस कर्ता मान लेते हैं।" शास्त्रीजी उन्हें दुःख से उबार लेना चाह रहे थे।

"नहीं स्वामी, भवितव्यता संकेत तो करती है कभी-न-कभी। आपको याद होगी वह घटना, जब आप अपनी छोटी बहन के लिए अनजाने ही एक गाढ़े की धोती ले आए थे। उसमें कोई रंगीन किनारा भी नहीं था और न वह धुली हुई ही थी। कोरा सफेद रंग। कोरी सफेद साड़ी भी स्त्रियों के लिए अपशकुन का प्रतीक होती है। यह घटना भी अम्मा ने ही मुझे बताई थी। आपने बड़े स्नेह से अपनी छोटी बहन को वह सफेद साड़ी खरीदकर दी और कहा कि यह नई साड़ी पहनकर मौसेरे भाई के ब्याह में बाग बहारने का रस्म करो। जब अम्मा ने उन्हें उस सफेद साड़ी में देखा तो फफककर रोने लगी थीं।

"लड़की को कोरी साड़ी क्यों पहना दी बचवा?"

वे रो रही थीं और ग्लानि में आपकी आँखें भर आई थीं। आप नहीं जानते थे कि ऐसा नहीं करना चाहिए था। पर भवितव्यता के संकेत को कैसे टाल सकते थे। बाद में बहन के जीवन में भी वही चरितार्थ हो गया था।"

ललिताजी का स्वर भींगा था।

"छोड़िए, कोई और बात करते हैं। मन भारी हो रहा है, इन उदास कहानियों को अब भी सुनकर।" शास्त्रीजी ने बातों को टालने के लिए कहा। ललिताजी मौन थीं। आसमान में तारे टिमटिमा रहे थे। समाधि के आसपास के वृक्ष हवा के साथ झूम रहे थे। दोपहर बाद हुई बारिश की हल्की सुगंध और भीगेपन के साथ हवा अच्छी लग रही थी।

"जानतीं हैं ललिताजी, एक बार मुझे परिवार नियोजन संबंधी एक सभा में बोलने के लिए बुलाया गया था। मैं उस कार्यक्रम को टालता जा रहा था, लेकिन जाना पड़ा। मैंने जाते ही कहा कि मुझे इस बारे में बोलने का अधिकार ही नहीं है। एक या दो, बस की बात ही क्या। मेरे तो अपने ही छह बच्चे हैं।"

ललिताजी की हँसी छूट गई थी।

"चलिए, कम-से-कम आप थोड़ा तो प्रसन्न हुईं।"

"हाँ, आप बात ही ऐसी कर रहे हैं।"

ललिताजी के स्वर में हँसी और हया दोनों थी।

"एक बार की और बात है, ललिताजी। एक बार स्कूल के बच्चों के बीच मुझे भाषण देने के लिए बुलाया गया तो मैंने अपने व्याख्यान के प्रारंभ में ही कहा कि इलाहाबाद में अनेक बड़े-बड़े नेता हैं। पर इस कार्यक्रम में मुझे इसलिए बुलाया गया है, क्योंकि मेरा कद भी बच्चों जैसा है।"

शास्त्रीजी की आवाज में बच्चों सी निश्छलता भर गई थी।

"आपकी इसी निश्छलता और सादगी का तो लोगों ने लाभ भी उठाया।" ललिताजी ने कहा।

"आप फिर शोक और दु:ख की ओर जा रही हैं। मैं आपको बार-बार उसमें से बाहर ले आ रहा हूँ। है न? शरीर तो नश्वर है ही। कोई दूसरा समाप्त कर दे या फिर वह स्वयं समाप्त हो जाए। हर हाल में उसे समाप्त हो ही जाना है। फिर क्या शोक?"

शास्त्रीजी ने ललिताजी की चिता की ओर देखा था। वहाँ से सभी लोग जाने की मुद्रा में थे।

"देखा, बस इतने भर का साथ होता है।"

वे हँसे थे। ललिताजी ने भी उधर देखा।

चिता ठंडी की जाने वाली थी। पुत्र ने वापस जाने से पहले रीति के अनुसार घड़े में जल भरकर कंधे पर उठा लिया था। चिता से लाल-लाल लपटें अब भी झलक रही थीं। रात ढल रही थी।

"इतनी जल्दी समय बीत रहा है।" एक निश्श्वास छोड़ते हुए ललिताजी ने कहा।

"भू लोक है न यह। दूसरे लोकों में या अंतरिक्ष में समय ठहरकर बीतता है।"

"मेरे लिए तो सत्ताईस वर्ष ही युग के समान थे। एक-एक दिन न जाने कितना लंबा बीत रहा था। लगता ही नहीं था कि ये वियोग के दिन कभी खत्म भी होंगे। पर अभी आपसे मिलकर हमें लग ही नहीं रहा है कि हम आपसे कभी बिछड़े भी थे। लग रहा है कि साथ ही तो थे। बस क्षणभर के लिए आप ओझल हुए थे।" वे गहरी निश्श्वास छोड़ते हुए बोल रही थीं।

"मैं समझ सकता हूँ ललिताजी। ब्रह्मलोक के लिए वे कुछ क्षणमात्र थे।"

"यानी वियोग क्षणिक था?" ललिताजी पूछ रही थीं।

"हाँ। इसीलिए तो मैं चाहता था कि हमारी नई पीढ़ियाँ पाश्चात्य दार्शनिकों को पढ़ने से पूर्व भारतीय दार्शनिकों और प्राचीन साहित्य को अवश्य पढ़ें। उनमें कितना गूढ़ रहस्य समाया हुआ है, उसे उन्हें जानना चाहिए, अन्यथा विश्व के लोग उनका

लाभ उठा लेंगे और हम अपनी ही चीजों से अपरिचित रह जाएँगे।" शास्त्रीजी बता रहे थे।

"अब आप अपने राष्ट्र तक सीमित हो रहे हैं न? पूरा विश्व भी तो आपका ही है।" वे हँसी थीं।

"हाँ कुछ अर्थों में आप सही हैं। सीमित से ही असीमित की ओर बढ़ा जा सकता है। सत्य के साक्षात्कार और ज्ञान का प्रारंभ बिंदु यदि भारत रहा है तो हमें शुरू भी वहीं से करना पड़ेगा, तभी ज्ञान का प्रकाश पूरे विश्व में फैल सकेगा। अँधेरा मिटाने के लिए एक दीप प्रज्वलित करना पड़ता है। वह दीप समय और आकाश के बीच ही सीमित रूप में होता है। पर उसका प्रकाश असीमित हो सकता है।"

शास्त्री ने अपना तर्क दिया।

"दीप का यह उदाहरण भी तो लौकिक है?"

"लौकिक प्रपंच को लौकिक प्रमाणों से ही सिद्ध किया जा सकता है। दूध में घी होता है, पर दिखाई नहीं देता। घी निकालने के लिए एक विशेष प्रक्रिया होती है। उसी तरह असीम को समझने की भी एक प्रक्रिया है। अज्ञानी लोग इसे नहीं समझ पाते तो कुतर्क करते हैं।"

"अच्छा आप समय और आकाश के बारे में बता रहे थे।" ललिताजी ने याद दिलाया।

"हाँ, तो मैं कह रहा था कि एक पौराणिक कथा है। शायद आपने भी पढ़ी हो। फिर भी दुहरा रहा हूँ। इस कथा में आधुनिक विज्ञान की टाइमलेसनेस की थीयरी की झलक मिलेगी। इसके द्वारा आपको ब्रह्मकाल और सामान्य मनुष्य के काल का अंतर भी समझ में आ जाएगा। भारतीय धर्म विज्ञान कितना विकसित रहा है कि मात्र संकल्प शक्ति और तप द्वारा प्राप्त सिद्धियों के माध्यम से कोटि-कोटि ब्रह्मांडों की यात्रा पल भर में की जा सकती थी। न समझने वालों के लिए यह एक कपोल कल्पना या गप्प जैसी चीज लग सकती है।"

"जी, मैं ध्यान से सुन रही हूँ।" ललिताजी ध्यानस्थ हो गईं।

शास्त्रीजी टाइमलेसनेस की वह पौराणिक कथा सुनाने लगे—

"पुराणों के अनुसार ही यह घटना सतयुग से द्वापर युग तक की है। सतयुग में रैवतक नाम के पृथ्वी के सम्राट् हुआ करते थे। उनकी पुत्री थीं राजकुमारी रेवती। रेवती की जब शिक्षा-दीक्षा समाप्त हुई तो महाराज को उनके विवाह की चिंता हुई। संपूर्ण पृथ्वी पर उन्होंने वर ढूँढ़ा पर रेवती के योग्य वर नहीं मिला। अंत में निराश

होकर उन्होंने ब्रह्मलोक जाने का निश्चय किया, ताकि वे ब्रह्माजी से रेवती के लिए पृथ्वी पर किसी वर के बारे में पता कर सकें। ऐसा निर्णय ले वे अपनी प्रिय पुत्री रेवती के साथ ब्रह्मलोक को प्रस्थान कर गए।

महाराज रैवतक जब वहाँ पहुँचे, उस समय वहाँ गंधर्वों का गायन चल रहा था। उन्होंने गायन समाप्त होने की प्रतीक्षा की। गायन समाप्ति के पश्चात् उन्होंने ब्रह्माजी से अपनी समस्या बताते हुए पूछा कि आपने पृथ्वी पर मेरी पुत्री रेवती के लिए कोई वर बनाया है अथवा नहीं? ब्रह्माजी जोर से हँसे और बताया—

"जब तुम पृथ्वी लोक से यहाँ के लिए चले, तब तक तो मैंने इसके लिए वर नहीं बनाया था। पर जिस कालावधि में तुमने यहाँ गंधर्वगान सुना, उतनी अवधि में पृथ्वी पर कई युग बीत चुके हैं। अगला द्वापर युग भी समाप्त होने वाला है। अब तुम पृथ्वी पर जाओ और कृष्ण के बड़े भाई बलराम से रेवती का विवाह कर दो। अच्छा हुआ, तुम रेवती को अपने साथ लेकर आए, जिससे उसकी आयु नहीं बढ़ी।"

ब्रह्माजी के मुख से ऐसा सुनकर महाराज रैवतक अत्यंत प्रसन्न हुए और रेवती को लेकर भूलोक आए। पृथ्वी पर पहुँचकर वे दोनों आश्चर्यचकित रह गए कि पृथ्वी पर विद्यमान सभी मनुष्य और जीव-जन्तु बहुत छोटे आकार के थे। वे सोच में पड़ गए? क्या उन्हें कोई भ्रम हो रहा है। वे घबड़ाकर बलराम के पास गए और ब्रह्मा से हुई चर्चा के बारे में बताया। बलराम ने मुसकराते हुए कहा—महाराज रैवतक, जब तक आप ब्रह्मलोक से लौटे हैं, तब तक पृथ्वी पर सतयुग और त्रेता नामक दो युग बीत चुके हैं। अभी द्वापर युग चल रहा है, इसलिए यहाँ पर आपको छोटे आकार के लोग दिखाई पड़ रहे हैं। बलराम ने अपने तपबल से रेवती की लंबाई छोटी की और महाराज रैवतक ने दोनों का विवाह संपन्न करवाकर स्वयं संन्यास हेतु प्रस्थान किया।"

"हूँ।" ललिताजी तन्मयता से वह पौराणिक आख्यान सुन रही थीं, जिसे उनके पति सुना रहे थे।

शास्त्रीजी समझा रहे थे—"टाइमलेसनेस, जिसे समयशून्यता कह सकते हैं, को समझने में यह कथा कितनी महत्त्वपूर्ण है, वह मैं समझाता हूँ। वास्तव में समयशून्यता किसी एक खास मानसिक अवस्था में ही संभव है। सामान्य मनुष्य की क्षमता से परे है यह, परंतु इस विशेष अवस्था को निरंतर अभ्यास से इसी जीवन में महसूस किया जा सकता है। उसके लिए कुछ संकल्प, कुछ यौगिक क्रियाएँ होती हैं। यह उसकी स्थूल व्याख्या है। एक वैज्ञानिक ने आइंस्टीन की थ्योरी ऑफ

रिलेटिविटी के संदर्भ में अपनी एक पुस्तक लिखी 'मैन एंड स्पेस'। उसमें गणना है कि यदि एक दस वर्ष का बालक प्रकाश की गति वाले यान में बैठकर एंड्रोमेडा गैलेक्सी का एक चक्कर लगाए तो वापस आने पर उसकी आयु 66 वर्ष की हो चुकी होगी और पृथ्वी पर चालीस लाख वर्ष बीत चुके होंगे। हो सकता है कि विज्ञान का यह सत्य आगे चलकर किसी और रूप में भी सामने आए, पर अभी इस सिद्धांत को देखते हुए क्या रेवती और बलराम की कहानी या ब्रह्मलोक तक की यात्रा में टाइमलेसनेस का सिद्धांत हमें अपने प्राचीन धार्मिक या दार्शनिक सिद्धांतों को फिर से खँगालने की चेतावनी नहीं देता? हम अपने पौराणिकी को कल्पना मान लें, ठीक है, पर उस कल्पना को भी आधुनिक वैज्ञानिक सिद्धांतों के निष्कर्ष पर एक बार परख तो लें। ब्रह्मांड है तो ब्रह्म भी है। उसे जानने की आवश्यकता है।"

"हम अम्मा के बारे में बातें करते हुए ब्रह्मांड तक और फिर विज्ञान तक पहुँच गए।"

एक रुनझुन हँसी बिखरी थी ललिताजी की।

"आइए, आपको अपने बचपन की वह घटना सुनाता हूँ, जिसे सुनकर अम्मा हँस पड़ती थीं।"

"क्या?"

"वही, धोबी नृत्य वाला।"

"अम्मा ने हमें बताया था।" ललिताजी की आनंदित हँसी फूट पड़ी।

"अम्मा ने सब बता डाला?" शास्त्रीजी के स्वर में कृत्रिम रोष था।

"जी। जब भी हम और वे अकेली होतीं, उनकी बातों का विषय आप होते थे। जब आप छोटे थे और स्कूल में पढ़ रहे थे, तब एक प्रहसन में आपने धोबी का अभिनय किया था। मैले-कुचैले कपड़ों का बड़ा सा गट्ठर और सिर पर एक भारी सा मटमैला साफा बाँधे आपने एक गाना सुनाया था, मंच पर और वही वेश बनाए आप गाते हुए अम्मा के सामने भी पहुँच गए थे। अम्मा चौंक उठी थीं आपको उस वेश-भूषा में देखकर।"

"वह गाना आपको याद है, ललिताजी?" वे विनोद की मुद्रा में थे।

"नहीं।"

"इतने दिना पर सुध ले गोसइयाँ, हमके दिहेन रुजगार। छियो राम छियो।" गीत के बोल बताते हुए शास्त्रीजी को माँ याद आ गई थीं जो 'छियो राम छियो' पर हमेशा हँस पड़ती थीं।

"आपके मित्र जो अलगू राय थे, वे 1932 में जब प्रतापगढ़ जेल से छूटे तो

इलाहाबाद आपसे मिलने आए थे।"

लिताजी याद दिला रही थीं।

"हाँ, याद है।" शास्त्री ने कहा।

"बेचारे आए थे आपसे मिलने और आप उन्हें बिना जलपान आदि कराए साथ लेकर मलाका जेल चले गए थे, कुछ कारावासियों से मिलने। मैंने कहा भी कि पहले पानी--वानी पी लें, फिर जाएँ, पर आप ही नहीं माने। बोले, लौटकर पानी पीएँगे। कुछ घंटों बाद अलगूजी लौटे तो बिल्कुल अपराधी की तरह।"

ललिताजी बता रही थीं।

शास्त्रीजी ने उत्सुकता से पूछा, "क्यों?"

"अम्मा ने भी यही पूछा था। बचवा कहाँ रह गए? क्यों नहीं आए?"

"हाँ, मुझे कारावासियों से मिलने के बाद वहीं गिरफ्तार कर लिया गया था।"

शास्त्रीजी हँसते हुए बता रहे थे।

"हाँ, आपके लिए जेल जाना कोई बड़ी बात तो नहीं थी। बार-बार जाते ही रहते थे, पर एक माँ का कलेजा भी अपने पुत्र की इस कर्तव्यनिष्ठा से कितना जुझारू बन गया था, यह अम्मा के चरित्र से पता चलता था।"

ललिताजी बता रही थीं। शास्त्रीजी सुन रहे थे। उन्हें माँ सम्मुख ही मूर्तिमान सी लगीं। ललिताजी की आवाज दिशाओं को मद्धिम-मद्धिम आंदोलित कर रही थी। वे कह रही थीं—"जब अम्मा से अलगूजी ने कहा कि माताजी, मैं तो आपके लाल को वहीं जेल छोड़ आया तो अम्मा ने अलगूजी का अपराध-बोध कम करते हुए कहा—ठोर अलगू, तुम भी तो मेरे लाल ही हो। तुम तो आए।"

"जानती हैं ललिताजी, शुरू में मुझे अपना यह नाम भी पसंद नहीं था। बहादुर शब्द प्रायः अंग्रेज किसी-किसी को पदवी देते थे। मुझे इसमें पता नहीं क्यों स्वदेशी की गंध नहीं आती थी। एक दिन मामा से मैंने नाम बदलने के लिए कहा तो यह बात अम्मा तक पहुँच गई। अम्मा ने बताया कि यह नाम तुम्हारे पिताजी का दिया हुआ है। वे तुम्हें कलम बहादुर बनाना चाहते थे। मैं चाहती हूँ कि मेरा नन्हे कलम बहादुर के साथ-साथ कर्म बहादुर भी बने। मैंने नाम स्वीकार कर लिया। माँ की इच्छा थी यह।"

"ठीक ही तो स्वप्न देखा था अम्मा ने। ज्ञान और कर्म की उपासना का इतना सुंदर समन्वय और कहाँ दिखाई देता है? सभी के ज्ञान में कहीं-न-कहीं अहंकार छिपा होता है और कर्म में स्वार्थ। आपमें वे दोनों ही तत्त्व नहीं थे।"

ललिताजी के स्वर में आदर था।

शास्त्रीजी ने तपाक से कहा—"मेरा कुछ भी नहीं था। सब मातृशक्ति की देन।"

और वे ऊपर आकाश में तारों को निहारने लगे थे। तारे कुछ अधिक झुक आए थे धरती की ओर। निरभ्र आकाश टकटकी लगाए समाधि पर विराजमान प्राणऊर्जा को देख रहा था। एक मातृशक्ति, जो पूरी प्रकृति में व्याप्त थी। एक मातृशक्ति, जो चुपचाप अनेक रूपों में अपनी संतानों का संपोषण करती है धरती पर। शक्ति का एक मौन पसरा था चारों ओर।

□

–: तीन :–

माया पर्व

"माया के कारण ही तो यह सारा प्रपंच है ललिताजी। माया के कारण ही हम शरीर धारण कर संसार में आते हैं। तमाम तरह के नातों-रिश्तों में बँधते हैं। माँ, पिता, भाई, बहन, पुत्र, पत्नी समेत न जाने कितने जागतिक संबंध। एक पूरा-का-पूरा माया संजाल। हम, आप भी तो उसी के अंग थे। याद है आपको, जब विवाह के बाद मेरा वेतन साठ रुपए से एक सौ पाँच रुपए हो गया था तो आपको सभी लोग परिवार के लिए अत्यंत शुभ मानने लगे थे?"

शास्त्रीजी के स्वर में दार्शनिकता का पुट था।

ललिताजी ने भी ठंडी साँस भरते हुए कहा, "बिल्कुल सही कहा आपने। उस माया से थोड़ा ऊपर उठ जाइए तो लगता है, क्या मतलब था इसका? यह हो ही गया तो क्या हो गया? एक भ्रम ही तो होती है माया। कभी परिवार के लिए शुभ, तो कभी अशुभ भी तो मैं ही थी। ताशकंद जाते समय यदि आपके साथ चली जाती तो शायद यह होनी कुछ और दिनों के लिए टल जाती। परिवार पर यह संकट न आता। पर अपनी ही माया में तो उलझी थी मैं भी? बच्चों की देखभाल कौन करेगा, अम्मा को कौन देखेगा? फिर आपका मना करना। सबके पीछे वही माया, वही भ्रम।"

"हम देशसेवा करें या परिवार सेवा, सबके पीछे वही माया विराजती है। माया इस रूप में कि हम कर्ता हैं, हम दयालु हैं, हम परोपकारी और त्यागी हैं। दूसरों के दुःख-सुख को समझ पाने की संवेदनशीलता है हममें। यह भी तो मायाजनित अहंकार ही है प्राणी का। भले ही सात्त्विक हो। माया या प्रकृति को त्रिगुणात्मिका शायद इसीलिए कहा भी गया है, क्योंकि हमारे सभी कर्म या तो तामसिक, राजसिक होंगे या फिर सात्त्विक।"

"सही कह रहे हैं आप। एक कर्ताभाव तो रहता है भीतर।" ललिताजी सहमति व्यक्त कर रही थीं।

"याद है न आपको कि पाकिस्तान के साथ लड़ाई के समय मैंने अधिक अन्न उगाने के लिए खुद हल चलाकर गेहूँ बोया था और भारतीयों का आह्वान किया था कि एक भी जमीन बिना जोते-बोए खाली नहीं रहनी चाहिए। शहर में रहने वालों से गमले में सब्जी लगाने को कहा था, ताकि खाद्यान्न की कमी से निबटा जा सके। यह देश के लिए माया ही तो करवा रही थी।"

"आपने जो गेहूँ बोया था, उसका बीज मैंने एक इंस्टीट्यूट में शोध करवाया और फिर अधिक पैदावार के लिए इसका बीज पूरे भारत भर में प्रमुख जगहों पर वितरित करवाने को दिया था। यह गेहूँ अधिकांश क्षेत्रों में 'शास्त्री बीज' के नाम से उगाया जाने लगा था। यह भी तो माया ही थी।"

ललिताजी का स्वर मृदुता से भरा हुआ था।

"दरअसल संसार में रहते हुए माया से दूर रहा भी नहीं जा सकता। वह एक कहानी है न? एक साधु नदी किनारे धूनी रमाए पड़े थे। एक किसान को दया आई। उसने उनके लिए वहीं एक छप्पर तान दिया। साधु ने भिक्षा में कुछ अन्न माँग लिया। कुटिया में रखे अन्न को कुछ चूहे खाने आ गए। साधु ने चूहों से अन्न बचाने के लिए एक बिल्ली पाल ली। अब चूहे तो नहीं आते थे, पर बिल्ली को भूख लगती तो वह म्याऊँ-म्याऊँ करती। साधु की तपस्या भंग हो जाती। उसने किसान से एक गाय माँग ली, ताकि बिल्ली और उनकी स्वयं की भूख गाय के दूध से शांत होती रहे। गाय लाकर कुटिया के बाहर बाँध दी। अब दोनों प्रहर गाय और बछड़े को घास काटकर खिलाने की चिंता सवार हुई। साधु ने किसान को फिर बुलाया और कहा कि मैं तो साधु हूँ। घास काटने कहाँ जाऊँगा? बिल्ली की देखभाल कहाँ तक करूँगा? ऐसा करो कि इस कुटिया की देखरेख और भोजन की व्यवस्था करने के लिए मुझे एक स्त्री चाहिए।"

कहते हुए शास्त्रीजी की उन्मुक्त हँसी हवा में घुल-मिल गई थी। ललिताजी भी अपनी हँसी रोक न सकीं। हँसते हुए बोलीं—

"हाँ, इसीलिए स्त्री को साक्षात् माया कहा गया है और कवियों ने इस माया को महाठगिनी कहा। तिरगुन फांस लिए कर डोले।"

"हाँ, इस तिरगुन फांस से बचने के लिए मैंने बहुत प्रयास किया था, पर बच नहीं पाया। उस समय मैं मेरठ में अछूतोद्धार और खादी का दायित्व सँभाले हुए था। मई 1928 के शुरुआती दिन थे। एक तार मिला था। जल्दी घर चले आओ। उन दिनों तार का मतलब ही होता था कि कुछ अनहोनी। मैं हड़बड़ाकर सब छोड़-छाड़ पहुँचा था रामनगर। वहाँ जाने पर जो पता चला था, उससे मैं और हड़बड़ा गया था।"

"क्या ?" ललिताजी का प्रश्नवाचक स्वर गूँजा।

"मेरा विवाह तय कर दिया गया था और उसी दिन तिलक का कार्यक्रम था। मैं लाख समझाता रहा सबको कि कम-से-कम मुझे पचीस वर्ष का तो हो जाने दो, पर किसी ने एक न सुनी और उसी महीने की सोलह तारीख के लिए विवाह तय हो गया था। तिरगुन फाँस मेरे गले में डाल दी गई थी।" शास्त्रीजी हँसते हुए बता रहे थे।

"कहाँ तो विवाह के लिए ही तैयार नहीं थे आप और कहाँ विवाह के दिन विवाह के वचन स्वयं और मुझसे बोलवाने के लिए जिद पकड़ लिए थे आप मंडप में। आखिर हारकर आपकी बात बड़े-बूढ़ों को माननी पड़ी थी।"

ललिताजी के स्वर में हया का पुट था।

"तो फिर क्या ? दोनों तरफ के पंडितजी लोग वर-वधू की ओर से वचन बोलें और हम दोनों बस सिर हिलाकर हामी भरें, यह कहाँ की रीति है ? आखिर जीवनभर जिन्हें साथ रहना है, उन्हें ही एक-दूसरे को वचन देना चाहिए न ? पंडितजी वचन दिलाएँ और बाद में लड़की न माने तो ? कहें कि वह तो पंडितजी ने कहा था, मैंने नहीं।"

शास्त्रीजी की विनोदपूर्ण खिलखिलाहट चारों ओर हवा में फैल गई।

"विवाह के बाद इलाहाबाद पहुँचने पर सबसे पहला काम अम्मा ने गंगा मइया को पियरी और माला चढ़ाने के लिए भेजा था। वही मनौती, जो छोटेपन में आपके लापता हो जाने पर अम्मा ने गंगा मइया से मानी थी।"

"बचपन की वह घटना शायद ईश्वर की ओर से एक संकेत था, ललिताजी। मैं लापता होने के लिए ही धरती पर आया था। विवाह करके भी अधिक समय मेरा जेल में ही तो बीतता था। देश आजाद हुआ तो अलग संघर्ष और प्रधानमंत्री बनकर जब देश को कुछ नया रूप, नया गौरव देना चाहता था, तब जानबूझकर मैं लापता कर दिया गया। खैर।" शास्त्रीजी भावुक थे।

"आपको तो सत्य मालूम ही है। मुझे भी बताएँगे ?"

ललिताजी उस रहस्य की ओर इशारा कर रही थीं, जिस पर उनकी अपनी भी मृत्युपर्यंत पर्दा पड़ा रहा। सभी जिम्मेदार लोग उसे सामान्य केस बता किनारा करते रहे।

"मुझे ही नहीं, देश में बहुतों को पता है वह, रहस्य पर कोई हाथ जलाना क्यों चाहेगा ?" शास्त्रीजी की आवाज बहुत गंभीर थी। ऐसा लग रहा था, मानो मेघ गरज रहे हों।

"क्या है वह रहस्य?" ललिताजी की आवाज फुसफुसाहट में बदल गई। ऐसा लग रहा था, जैसे वे किसी और के सुन लेने मात्र से भयभीत हैं।

"सीधा, सपाट। क्या किसी को यह समझने की जरूरत है कि यदि किसी देश का प्रधानमंत्री दूसरे देश में जाकर दिवंगत हो जाता है तो सामान्य बीमारी में भी जनता के सामने तथ्य ले आने के लिए उसकी जाँच-पड़ताल और पोस्टमार्टम करवा दिया जाता है, ताकि सरकार पर कोई आँच न आए। जनता सवाल पूछती रही और किसी को कोई फर्क नहीं पड़ा। यही सबसे बड़ा सत्य है, जो झिलमिला रहा है।"

मैंने भी इसके लिए कहा था। समय-समय पर बेटों ने भी माँग की। मीडिया में भी आया कि शास्त्रीजी के बेटे माँग कर रहे हैं कि उनके पिता की मौत की जाँच की जाए, पर···।" वे हमेशा की तरह मौन ओढ चुकी थीं।

"माया ही ने बच्चों के भी कदम जकड़ दिए। खैर, छोड़िए ललिताजी, इस समय हम केवल एक-दूसरे से अपने बीते दिनों की चर्चा करें। इतने समय बाद हम दोनों एक साथ हैं। आइए, वह एक किस्सा सुनाते हैं, जब हम पुलिस मंत्री थे।"

शास्त्रीजी ललिताजी को दु:खी नहीं करना चाहते थे। उन्होंने बात बदल दी थी।

"कब की?" दबे स्वर में वे पूछ रही थीं।

"मैं लखनऊ में था उस समय। पुलिस मंत्री। इलाहाबाद के एक पंडितजी कभी मेरे साथ जेल में रहे थे। अपने बेटे को लेकर आए थे मेरे कार्यालय में मिलने के लिए। मैंने उन्हें प्रेम से बैठाया और आने का कारण पूछा तो वे नाराज होकर बताने लगे—'यह मेरा बेटा है और दरोगा बनना चाहता है, पर कप्तान साहब ने इसे इसलिए फेल कर दिया कि इसका कद निर्धारित कद से आधा इंच कम है। आप सिफारिश कर दें कि इसे ले लिया जाए।'

मैंने उनसे कहा कि जब कद कम है तो कैसे लिया जा सकता है? नियम है न कुछ। पंडितजी क्रोध में उठे और मुझे हिकारत से देखते हुए बोले—

"तू तो पेंहटा भर का होकर पुलिस मंत्री बन सकता है और मेरा बेटा तनिक सा छोटा हो गया तो दरोगा नहीं बन सकता?"

मैंने कहा—पंडितजी गुस्सा मत होइए। जब ऊँचाई का नियम बा तब हमहूं चाहीं तो दरोगा नाहीं बन सकित। मंत्री बदे ऊँचाई क नियम नाहीं बा, यही से हम मंत्री बना हई।"

पंडितजी गुस्से में पैर पटकते हुए बाहर निकल गए। हमारे कार्यालय में मौजूद सभी के चेहरों पर उस समय एक हँसी थी।

शास्त्रीजी हँसते हुए वह किस्सा ललिताजी को सुना रहे थे। दोनों की निर्मल हँसी एक-दूसरे में घुल-मिल रही थी। वर्षों की बिछुड़ी हुई दो आत्माएँ अपनी आपबीती में डूब-उतरा रही थीं।

"अरे तो पढ़ाई की शुरुआत ही बुद्धन मियाँ के हाथों हुई थी आपकी। तो कहाँ आप चुप रहने वाले थे।"

ललिताजी ने अम्मा की बात स्मरण करते हुए कहा। अम्मा ने ही बताया था कि नन्हे की पढ़ाई की शुरुआत मुगलसराय के पास के गाँव पधरा के हकीम बुद्धन मियाँ ने करवाई थी। कायस्थ परिवारों में पढ़ाई की शुरुआत किसी मौलवी द्वारा करवाई जाती थी, क्योंकि तब भारत में प्रारंभिक शिक्षा उर्दू-फारसी में दी जाती थी। बुद्धन मियाँ हाकीमी भी करते थे और लड़कों को पढ़ाते भी थे। जो लड़के उनके यहाँ पढ़ने आते थे, उनसे वे अपने घर का काम भी करवाते थे और जरूरत पड़ने पर उन्हें पीट भी देते थे। किंतु शास्त्रीजी को उन्होंने कभी नहीं मारा, क्योंकि उन्हें वे अपना नाती मानते थे।

"हाँ, उनसे शिक्षा ग्रहण करने के बाद ही मेरा रेलवे स्कूल, मुगलसराय में एडमिशन हुआ था और यहीं पर मेरा नाम नन्हे से लालबहादुर रखा गया।"

"कक्षा छह तक आप वहाँ पढ़े थे न?" ललिताजी पूछ रही थीं।

"हाँ, उसके बाद तो मैं और बहन मौसा के यहाँ काशी में रहकर पढ़ने चले गए थे। सन् 1916 के आसपास की घटना थी वह। तब हरिश्चंद्र हाई स्कूल का काफी नाम था। हमारा नाम वहीं लिखवा दिया गया। वहाँ तमाम परेशानियों का सामना हम भाई-बहन ने किया। एक बार अम्मा ने मौसा के यहाँ आकर हम लोगों की स्थिति देख ली। बिना कोई शिकायत किए वे चुपचाप हम दोनों को रामनगर लिवा गईं। फिर हम रामनगर से काशी पढ़ने के लिए आने लगे। गंगा पार करके हमें आना पड़ता था पढ़ने। नाव से आने-जाने में उतराई में पैसे देने पड़ते थे। कभी-कभी ऐसा भी दिन आया कि नाव वाले को देने के लिए पैसे नहीं होते थे तो मैं बहन को घर पर ही रोक देता था। मुझे तैरना अच्छी तरह आता था। सारे कपड़े उतारकर स्कूल बैग में रख लेता था और गमछा पहनकर एक हाथ से बैग को पानी से ऊपर रख बचाते हुए दूसरे हाथ और पैरों से पानी काटते मैं तैरकर दूसरे किनारे पहुँच जाता। सूखे कपड़े पहन मैं स्कूल पहुँचता।

"ओफ, केवल संघर्ष और संघर्ष।" ललिताजी के मुँह से उफ निकली थी।

"बचपन में ही एक ऐसा सबक एक माली के द्वारा मिला था कि मुझे कोई संघर्ष डिगा ही नहीं सका, ललिताजी।" शास्त्रीजी खोए हुए से बता रहे थे।

"क्या?" ललिताजी उत्सुक थीं जानने को। कितनी ही बातें वे शास्त्रीजी से नहीं सुन सकी थीं, क्योंकि उनका अधिकांश समय या तो देशसेवा या फिर जेल में ही बीत रहा था। जो शेष समय मिलता भी था, वह आंदोलनों, बैठकों, यात्राओं आदि की भेंट चढ़ जाता था।

शास्त्रीजी अपने बचपन की वह घटना सुना रहे थे—"जब मैं पाँचवीं कक्षा में मुगलसराय में पढ़ता था, उस समय की यह घटना है। स्कूल के पास ही एक अमरूद का बगीचा था। मेरे दोस्त मुझे भी एक दिन जबरदस्ती उसे बगीचे में ले गए। वे चोरी से अमरूद तोड़ रहे थे। मैं डर के मारे चुपचाप एक कोने में खड़ा था। मेरी हिम्मत नहीं पड़ रही थी चोरी करने की। हालाँकि बड़े-बड़े अमरूद देखकर मेरे मन में भी खाने की लालच थी, पर चोरी करना मुझे स्वीकार न था। एकाएक रखवाली करने वाला माली वहाँ आ पहुँचा। सभी दोस्त बाउंड्री फाँदकर भाग खड़े हुए। मैं अपनी जगह पर ही खड़ा रहा। मुझे विश्वास था कि जब मैंने चोरी नहीं की तो फिर डरना कैसा? माली मेरे पास आया और बिना मुझसे पूछे मेरे गाल पर दो चाँटे जड़ दिए। मैंने रोते हुए कहा—मैं बिना बाप का लड़का हूँ। मुझे मत मारो। मैंने तुम्हारे अमरूद नहीं चुराए हैं। जानती हैं ललिताजी, उसने मुझसे क्या कहा?"

"क्या?" ललिताजी ने पूछा।

"उसने मुझे दो चाँटे और लगाते हुए कहा कि यदि बिना बाप के बच्चे हो तो तुम्हें तो और भी नेक चलन और ईमानदार बनना चाहिए। जा, भाग जा।"

शास्त्रीजी फीकी-सी हँसी हँस रहे थे।

"पिताजी की स्मृति तो नहीं थी मुझे। पर उस माली का चेहरा और सबक मुझे जीवन भर याद रहा। कभी कोई गलत कार्य कर ही न सका। किसी ने कभी जोर-जबरदस्ती भी की तो करने की जगह पर उखड़ पड़ता था मैं। राजनीति में आने पर इस तरह की अनेक बार स्थितियाँ आई थीं, जब दबाव पड़े थे।"

शास्त्रीजी बता रहे थे। ललिताजी ने तपाक से पूछ लिया—"ताशकंद में समझौते के लिए आप पर दबाव ही तो पड़ा था न?"

"हाँ, अब कह सकता हूँ कि दबाव ही था, क्योंकि जीती हुई जमीन को वापस देने का फैसला क्यों करता? हमारे सैनिकों ने जिस युद्ध में अपना सर्वोच्च बलिदान किया, घायल हुए, पर लड़ते रहे, आगे बढ़ते रहे। उस जीती हुई भूमि को फिर से शत्रु देश को सौंप देना मेरा शौक तो नहीं न था ललिताजी? कहीं-न-कहीं मेरे ऊपर अंतरराष्ट्रीय दबाव तो था।"

"फिर विरोध क्यों नहीं किया आपने?" ललिताजी पूछ रही थीं।

"विरोध का परिणाम आपको अलग से बताने की जरूरत है क्या?" वे हँसे थे। एक फीकी हँसी।

"ओह। आपको ताशकंद जाना ही नहीं चाहिए था। मना कर देना चाहिए था।"

वे किसी बच्चे की तरह बोल रही थीं।

"उस अंतरराष्ट्रीय दबाव के पीछे जो अपने यहाँ का राष्ट्रीय द्रोह था, उसने मुझे मरकर भी न मरने दिया। मेरी आत्मा भटक रही थी। आपकी असहायता मैं समझ पा रहा था। माँ की वह बेचैनी मुझे तड़पा रही थी, जब अपने पुत्र का पार्थिव शरीर देखकर उन्हें उसके मर जाने का विश्वास नहीं था और वे चीख-चीखकर आपसे कह रही थीं—दुलहिन अभी बिंदी काहे को पोंछ रही हो। बचवा को ठीक से देख लो। हो सकत है कि…।"

शास्त्रीजी का स्वर रुँधा हुआ था।

"अकेले जनसंघ दल के नेता अटलजी ने संसद् में श्रद्धांजलि देते हुए कहा था कि शांति की खोज में स्वदेश से हजारों मील दूर उनका निधन हुआ। ताशकंद समझौते से स्थायी शांति हो सकेगी या नहीं, यह समय बताएगा। पर इस बात पर कोई संदेह नहीं है कि उन्होंने देश का बड़ी कुशलता के साथ नेतृत्व किया। उनके जैसे नेतृत्व की आज देश को पहले से भी अधिक जरूरत है।"

ललिताजी बता रही थीं।

शास्त्रीजी ने उन्हें टोका—"यह संपादित अंश आप सुना रही हैं, ललिताजी। मेरे बारे में जो छपा था, वही है न?"

"जी, पर क्या आपको सब पता है?" वे आश्चर्य में डूब गई थीं।

"भाव जगत् में आ जाने के बाद भी भाव न पकड़ सकूँगा क्या? सरकार को एक तरफ से क्लीन चिट देने के लिए ही उस ग्रंथ की रचना की गई। आप तो तब भी भोली थीं और मेरे न रहने के बाद तो और भी दीन-दुनिया से मतलब नहीं था आपको। सरल हृदय में इतनी खोजबीन कहाँ आ पाती है? ग्रंथों की रचना भी माया के वशीभूत होकर सरकार को क्लीन चिट देने वाली थी। पत्रों के अंश को ध्यान से पढ़ा था आपने?" शास्त्रीजी ललिताजी से पूछ रहे थे।

ललिताजी आश्चर्य में डूबी थीं। उन्होंने 'ना' में जवाब दिया था और ग्रंथ में छपे हुए अनेक महत्त्वपूर्ण लोगों की टिप्पणियों को याद करने की कोशिश करने लगी थीं। 17 फरवरी, 1987 को तत्कालीन प्रधानमंत्री राजीव गांधी ने उस ग्रंथ का विमोचन किया था। श्री लाल बहादुर शास्त्री सेवा निकेतन की फतेहपुर शाखा ने

1986 में इस ग्रंथ को प्रकाशित किया था। राजीव ने ग्रंथ की पहली प्रति उन्हें भेंट की थी। मंच पर बड़े बेटे और बहू के साथ कुछ लोग और भी थे।

"कोई बात नहीं। परेशान न होइए। अभी हम लोग माया की ही बातें कर रहे थे। सब उसी का खेल है।"

वे हँस रहे थे, साथ ही मद्धिम स्वर में गुनगुना भी रहे थे—"हम भी आराम से रह सकते थे, घर पर रहकर हमको भी माँ-बाप ने पाला था दुःख सह-सहकर।" ललिताजी की सिसकियों से उनका ध्यान भंग हुआ था।

"आप दुःखी हो रही हैं, ललिताजी? आपका ध्यान मैं जानबूझकर उस ओर खींच रहा हूँ, जहाँ आपको न चाहते हुए भी चुप रहना पड़ा या किसी-न-किसी की हाँ में हाँ मिलानी पड़ी। बच्चों की सुरक्षा और भविष्य के लिए आपने जानबूझकर चुप्पी ओढ़ी थी।"

"जी।" वे संक्षिप्त हो उठी थीं।

"मेरे ऊपर संपादित किए गए उस स्मृति ग्रंथ में इंदिरा गांधी का एक लेख है—"मेरे राजनीतिक गुरु।" जिसमें वे लिखती हैं कि शास्त्रीजी के कारण ही मैं राजनीति में आई। अब आप जरा सोचिए कि जिसके खानदान में सभी राजनीतिक गतिविधियों से जुड़े रहे हों, पिता आजादी के बाद प्रधानमंत्री बना रहा, लगभग पंद्रह-सोलह वर्षों तक, पिता की मृत्यु के बाद, जो इंदिरा गांधी मेरे साथ नए प्रधानमंत्री के दावेदारों में रही हों, भले ही पिछली पायदान पर, वे यह बात कह रही हैं कि वह मेरे कारण राजनीति में आईं और मेरे मार्गदर्शन में उनका राजनीतिक जीवन शुरू हुआ। अब ध्यान दीजिए कि यह ग्रंथ सन् 1986 में यानी मेरे निधन के बीस वर्षों बाद आता है और सन् 1984 में ही इंदिरा गांधी की हत्या हो गई थी। यह लेख यदि पुराना था और कहीं छपा हुआ था, तो स्मृति ग्रंथ में उसका उल्लेख भी होना चाहिए था। खैर, इस तरह की भूलें न जाने कितनी हुई हैं।"

"हाँ, बिल्कुल सही कह रहे हैं आप। ये भूलें नहीं, जानबूझकर की गई अनदेखी थीं। आपके निधन के बारे में जब यहाँ सूचना मिली और नंदाजी को कार्यवाहक प्रधानमंत्री बनाया गया तो उन्हें तो पोस्टमार्टम का आदेश देना चाहिए था? सबकुछ साफ़ हो गया होता। देश के सामने कोई रहस्य न रहता।" ललिताजी का स्वर गंभीर था।

शास्त्रीजी बता रहे थे—"एक पत्र की बड़ी चर्चा होती रही। इंदिरा गांधी ने आपको वह पत्र शायद 16 जुलाई, 1969 को लिखा था। पता नहीं अब तक वह सुरक्षित है अथवा नहीं? उसमें उन्होंने लिखा था—जब बंगलौर में मेरा ध्यान श्री

कुलदीप नैयर की पुस्तक के कुछ अंशों की तरफ डाला गया, तब मुझे फौरन खयाल आया कि जो बातें मेरी जानकारी में थीं, उन्हें मैं प्रकाशित करूँ। अभी आपका वक्तव्य देखकर मुझे खुशी हुई कि आपने श्री कुलदीप नैयर द्वारा खींची हुई तस्वीर को सही रूप दिया है। आपने यह सत्य कहा है कि पंडितजी और शास्त्रीजी के बीच का रिश्ता घनिष्ठ था। उनका रिश्ता निरंतर पारस्परिक विश्वास का था—जब वे पहले सरकार में थे, बाद में सरकार से बाहर रहे, चाहे फिर से वापस आए।

मुझे यह पढ़कर आश्चर्य हुआ कि पंडितजी चाहते थे कि मैं उनकी जगह पर आऊँ। मेरे सामने तो इस बात की चर्चा कभी भी नहीं हुई। अगर पंडितजी के मन में ऐसी बात होती तो क्या वह यह नहीं चाहते कि कम-से-कम मैं संसद् की सदस्य बनूँ। असलियत तो यह है कि जब भी यह सुझाव दिया गया, तो मैंने और उन्होंने हमेशा इसका विरोध किया।

"आपकी इंदिरा गांधी"

शास्त्री ने पूरे पत्र का मजमून सुना दिया। ऐसा लग रहा था कि पत्र उनके सामने रखा है और वे उसे पढ़ रहे हैं।

"आपको तो सब कंठस्थ जैसा है।"

ललिताजी हैरान थीं।

"सच बताइएगा ललिताजी, आपका वह वक्तव्य किसी दबाव में दिलवाया गया था न?"

"जी। मैं विवश थी।" ललिताजी का स्वर हताशा से भरा था।

"मैं समझ सकता हूँ। एक सीधी और निरीह महिला, जिसके सामने बच्चों का भविष्य और अपने वैधव्य भरे जीवन का प्रश्न मुँह बाएँ खड़ा हो, वह स्वाभाविक रूप से दबाव में आ जाएगी। आवास वाली समस्या भी तो हमारे परिवार के सामने जानबूझकर पैदा की गई थी, जिसमें इंदिरा गांधी ने आपको 18 दिसंबर, 1969 को पत्र लिखते हुए कहा था कि "मैंने श्री बनर्जी को आपके पास भेजा था। उन्होंने मुझे उन दिनों के बारे में बताया, जिन पर आवास मंत्रालय से कुछ पत्र आपके पास गए थे। उनके संबंध में मैंने कह दिया है कि वे आपकी इच्छानुसार तय कर दिए जाएँ।"

"हुँह, जैसे लग रहा था कि इतना बड़ा उपकार कर दिया उन्होंने शास्त्रीजी के परिवार पर। ललिताजी उनसे खैरात माँग लें और वे अपनी इच्छानुसार कुछ भी दे दें।"

शास्त्रीजी के स्वर में एक वितृष्णा भर उठी।

"आपकी अधूरी छोड़ी जिंदगी जीने में मैं बहुत असहाय हो गई थी। एक-एक

दिन पहाड़ की तरह गुजर रहे थे।"

ललिताजी की आवाज आर्द्र थी।

"आपके नाम से एक लेख आपकी मृत्यु के बाद छपा था—'स्मृतियों का दायरा'। उसमें इंदिरा गांधी से जुड़ी स्मृतियाँ थीं। उसी में एक छोटा सा पैराग्राफ था, 'इमरजेंसी और हम'। उस पैराग्राफ में आपने इमरजेंसी के पक्ष में लिखते हुए कहा था कि हमें यह सोचकर बड़ा सुख, बड़ा संतोष मिलता है कि इमरजेंसी से पहले दंगे-फसाद होते थे, अब काम होता है। हमारे बच्चे नियमित रूप से पढ़ने जा रहे हैं, परीक्षाएँ हो रही हैं। न अब कक्षाओं के दरवाजे टूटते हैं, न मेज कुरसियाँ। अब न परिवहन की बसें जलाई जाती हैं, न किसी कॉलेज में आग लगती है। न कहीं हड़ताल होती है, न बच्चों की पढ़ाई-लिखाई बरबाद हो रही है। उन्हें भटकाने वाला अब कोई नहीं।"

"क्या? मैंने लिखा है?" ललिताजी का स्वर आश्चर्य से भरा था। शास्त्रीजी हँस रहे थे।

"मैं सत्य समझता हूँ। बस आपको समझा रहा हूँ। इमरजेंसी एक तानाशाही प्रवृत्ति का प्रमाण था। आप उसका पक्ष कतई नहीं ले सकती थीं। पर एक पूर्व प्रधानमंत्री की पत्नी का स्टेटमेंट महत्त्व का होता है, इसलिए आपकी लेखनी का इस्तेमाल कर लिया गया। इमरजेंसी के लिए ललिता शास्त्रीजी ने भी क्लीन चिट दे दी। यह भी माया ही है।"

"ओफ! इतनी गहराई से तो मैं चीजों को कभी न समझ सकी।"

उनके स्वर में क्षोभ था।

"समझ भी नहीं सकती थीं। खैर, छोड़िए, कोई हल्की बातें करते हैं। इतने बड़े अंतराल के बाद हम मिले हैं।" शास्त्रीजी ने बात बदल दी।

"क्या हल्की बात करूँ? सभी तो टीस ही देती रहीं।"

"नहीं, बहुत सी ऐसी बातें भी हुईं ललिताजी, जो टीस के भीतर भी मुसकराने के लिए बाध्य कर सकती हैं।"

"जैसे?" उनके स्वर में उत्सुकता थी। शास्त्री बता रहे थे—

"जैसे आपने एक बार अपना पति ही बदल दिया था।" वे हँस रहे थे।

"क्या?" उनके आश्चर्य की सीमा बहुत दीर्घ हो उठी थी।

"याद नहीं आ रहा है आपको? आप ही ने तो मुझे बताया था एक दिन, जब मैं जेल से छूटकर वापस आया था। नमक सत्याग्रह में 19 दिसंबर, 1930 को मुझे कठोर कारावास की सजा सुनाई गई थी और पचास रुपए जुर्माना न देने के

कारण छह मास के कठोर कारावास की अतिरिक्त सजा भुगतनी थी। मेरी सजा 18 दिसंबर, 1932 तक के लिए बढ़ा दी गई थी और मुझे नैनी जेल से फैजाबाद जेल भेज दिया गया था।"

"हाँ, वह तो याद है मुझे।" ललिताजी याद करने की कोशिश कर रही थीं।

"जुर्माना अदा न करने के कारण मजिस्ट्रेट ने हमारे मकान की कुर्की का आदेश दे दिया था। दरोगा के साथ कई पुलिसकर्मी घर पर पहुँचे थे। आप उस समय घर पर अकेली थीं शायद। अम्मा गंगा नहाने गई थीं। दरोगा ने पूछा तो आपने बताया कि इस घर के लोग गंगा नहाने गए हैं।"

"हाँ, याद आ गया।" ललिताजी हँस पड़ी थीं। उन्होंने ने ही आगे की कहानी बताते हुए कहा, "दरोगा ने मुझसे पूछा कि आप कौन हैं? तो मैंने बता दिया कि पड़ोस में रहती हूँ। उसने फिर पूछा—आपके पति का क्या नाम है? तो मैंने तपाक से कह दिया—चंद्रिका प्रसादजी। वे कानपुर गए हैं अभी।"

ललिताजी के स्वर में लज्जा समा गई थी।

"अच्छा, ये चंद्रिका प्रसादजी थे कौन?" शास्त्रीजी हँसते हुए पूछ रहे थे।

"कोई नहीं भाई। बस एकाएक यही नाम सूझ गया था।"

"वाह, नाम अच्छा चुना था आपने।" वे आनंदित थे। ललिताजी आगे बता रही थीं—"कुर्की के लिए गए सिपाही ने मेरे द्वारा चकमा दिए जाने का अच्छा बदला ले लिया था। जब आपको नैनी जेल से फैजाबाद जेल भेजा जा रहा था तो मैं छोटी वाली ननद के साथ आपसे मिलने नैनी जेल पहुँची थी। फाटक पर तैनात उस सिपाही ने मुझे देखते ही पहचान लिया था, पर मैं नहीं पहचानती थी। मैंने उसी से पूछा—शास्त्रीजी से मिलना है।"

उसने मुझसे पूछा—आप कौन हैं उनकी? मैंने बता दिया—पत्नी हूँ। तो वह मुसकराते हुए बोला, आने वाले हैं, इंतजार कीजिए।

वह मुझे देखकर मुसकराता रहा। कुछ देर में उसने बगल वाले सिपाही से मुझे सुनाते हुए कहा, "जानते हो, ये कौन हैं? ये हैं श्रीमती चंद्रिका प्रसाद उर्फ लाल बहादुर शास्त्रीजी। क्या समझे? ये कांग्रेसियों की औरतें भी बहुत चालाक होती हैं।"

"मैं एकदम से चौंक पड़ी थी। कुछ न बोलते हुए आपकी प्रतीक्षा में खड़ी रही। एक दूसरा सिपाही आया तो उसने धीरे से मुझे बताया कि आप लोगों के आने से पहले ही शास्त्रीजी स्टेशन जा चुके हैं। मिलना है तो आप दोनों स्टेशन जाइए।

"हम लोग जल्दी से सवारी करके स्टेशन पहुँचे थे और गाड़ी के सीटी देने से पहले ही टंडनजी के सहयोग से आपसे कुछ देर के लिए भेंट हो सकी थी।"

कुछ देर के लिए दोनों मौन हो गए थे। एक स्तब्ध सन्नाटा पसर गया था। आकाश में काले बादलों के टुकड़े रह-रहकर चंद्रमा को ढक ले रहे थे। चंद्रमा के साथ बादलों का यह लुका-छुपी का खेल अच्छा लग रहा था। दर्शनार्थियों की भीड़ और विजयघाट तक ललिताजी के पार्थिव शरीर को लेकर आने में ही काफी समय निकल गया था। अंतिम संस्कार से पूर्व के कर्मकांड में भी समय लगा था, इसलिए मुखाग्नि देने में ही शाम होने लगी थी।

दोनों ही अपने-अपने ढंग से अतीत में खोए हुए थे। शास्त्रीजी ने मौन तोड़ते हुए कहा, "अगस्त 1942 से लेकर नवंबर 1945 तक का समय हमारे परिवार के लिए सबसे संकट का काल था। आर्थिक संकट के साथ-साथ स्वास्थ्य का भी संकट आ गया था। पहले जेल में रहते हुए परिवार के पालन पोषण के लिए लोक सेवक मंडल की ओर से कुछ आर्थिक सहायता मिलती रहती थी, पर इस अवधि में सरकार ने कांग्रेस के सभी सहयोगी संस्थाओं के कार्यालयों में ताला लगवा दिया था। मेरे नैनी जेल में रहते हुए ही आप भी बीमार पड़ी थीं। खून की उल्टियाँ होनी शुरू हो गईं तब किसी तरह मुझे एक दूसरे व्यक्ति से सूचना मिली थी कि आपको क्षय रोग हो गया था। आपने तो उसे भी मुझसे छिपाया कि कहीं मैं परेशान न होऊँ। उस समय वह बीमारी कितनी खतरनाक मानी जाती थी।" शास्त्रीजी के स्वर में चिंता समा गई थी।

"तब भी तो आप सत्ताईस वर्ष पहले ही मुक्त हो लिए। मैं ये सब दुर्दिन देखने के लिए पड़ी रही धरती पर।" ललिताजी की आवाज में अपने ही प्रति कड़ुवाहट थी।

"हाँ, आपका क्षोभ बिल्कुल सही है ललिताजी। जिस स्त्री का पति, दो पुत्रियाँ, एक पुत्र, सास सभी कुछ वर्षों के अंतराल पर दिवंगत हो जाएँ, वह महिला कैसे जीती होगी धरती पर? आपके सारे संघर्ष को मैं महसूस कर सकता हूँ, लेकिन प्रारब्ध को क्या कहा जाए?"

"बड़े बेटे को जब मियादी बुखार हुआ तो मैं तो डर ही गई थी। बेटी पुष्पा की मृत्यु भी तो इसी बीमारी में हुई थी।"

"उस समय तक देश इतना पिछड़ा था कि ये सारी बीमारियाँ खतरनाक लगती थीं। घटनाएँ होती भी थीं। छोटी बेटी मंजू को भी तो चेचक ही निकला था। उस समय तक उसका कोई टीका विकसित नहीं हुआ था। मेरी डेढ़ वर्ष की बच्ची चेचक से मर गई थी।"

शास्त्री की आत्मा अपनी दोनों बेटियों को याद कर दुःखी थी और ललिताजी

को वह समय स्मरण हो आया था, जब मंजू बीमार थी और उस समय भी शास्त्रीजी जेल में थे। किसी तरह जिलाधीश ने उन्हें बेटी की बीमारी का ध्यान रखते हुए बिना किसी शर्त पैरोल पर एक महीने के लिए रिहा कर दिया था। शास्त्रीजी जिस दिन घर पहुँचे थे, उसी दिन मंजू की मृत्यु हो गई। उसका अंतिम संस्कार करने के बाद वे उसी दिन टूटे हुए हृदय से वापस जेल चले गए। जेल अधिकारी आश्चर्य में थे। कैसा है यह व्यक्ति? चाहता तो अपने परिवार के साथ एक महीना बिता सकता था, पर वापस चला आया। उन्होंने शास्त्रीजी से पूछा तो उनका उत्तर हृदय को विदीर्ण कर देने वाला था—"जिसके कारण पैरोल स्वीकृत हुआ था, जब वह कारण ही नहीं रहा दुनिया में तो मैं बाहर रहकर क्या करूँगा?"

"याद है ललिताजी, आर्थिक संकट कभी-कभी ऐसा आ पड़ता था कि घर की जरूरतें भी पूरी नहीं हो पाती थीं। आप सब्जियाँ रसदार बनातीं, जिसमें सब्जी कम, रसा अधिक होता था। दाल का भी यही हाल रहता था।"

"अपना भी तो याद करिए, कामराज योजना के अधीन जब आपने गृह मंत्री पद से इस्तीफा दे दिया था। बिजली का बिल अधिक आ रहा था तो बच्चों से आपने कहा था कि जाड़े में हीटर से पानी गरम करने के कारण बिल अधिक आता है। आप लोग ऐसा करिए कि लोहे की बाल्टी में पानी भरकर धूप में रख दीजिए। गरम हो जाएगा। स्कूल से लौटकर नहा लिया कीजिए।"

बताते हुए ललिताजी हँस रही थीं। उस हँसी में एक विवशता छिपी थी।

"हाँ, याद है ललिताजी। हम परिवार को सुख देने की जगह अभाव और संघर्ष ही तो देते रहे थे। मुझे वह दिन भी याद है, जब आप शहर में लगी नुमाइश देखने जाना चाहती थीं, पर मेरे पास पैसे नहीं थे। आपने अपनी सहेली से पाँच रुपए उधार लिए और बड़ी बेटी को लेकर मेरे साथ नुमाइश देखने गई थीं। एक स्टॉल से दूसरे स्टॉल, दूसरे से तीसरे पर मैं यह कहते हुए लेकर आगे बढ़ जाता कि अगले पर यह सामान और अच्छा मिलेगा।" शास्त्रीजी की बात को पूरी करते हुए ललिताजी बोल पड़ीं—

"मुझे बहुत नाराजगी भी हो गई थी उस समय आपसे कि न तो मेरे लिए और न ही बिटिया के लिए कोई सामान लिया जा सका। मेरी नाराजगी उस समय पश्चात्ताप में बदल गई थी, जब आपने मुझे घर पर मनाते हुए कहा था कि मैं जानता हूँ कि आप नाराज हैं। पर मेरे सामान न लेने का कारण आप जानती होंगी। मुझे कभी भी अच्छा नहीं लगता कि दूसरों से पैसा माँगकर अपने लिए कोई चीज खरीदी जाए। आप इसे मेरी सीख मान लीजिए कि आगे कभी भी ऐसे पैसे का उपयोग नहीं

करेंगी। तभी से मैंने मन-ही-मन व्रत ले लिया था कि जीवन में अभाव झेल लेना ठीक रहेगा, पर किसी से उधार लेकर मैं कुछ नहीं करूँगी।"

"आप एक अच्छे परिवार की थीं ललिताजी। आपका विवाह किसी संपन्न लड़के से भी हो सकता था, पर नियति में तो आपके संघर्ष और अभाव लिखा था, इसीलिए भगवान् शंकर की आराधना करके आपने माँगा भी तो मेरे जैसा गरीब और सिद्धांतवादी व्यक्ति। सिद्धांत भी तो तभी अच्छे लगते हैं, जब आप रोटी और कपड़े की चिंता से मुक्त हों। आपके पास मुश्किल से दो-तीन खादी की साड़ियाँ हुआ करती थीं। आपसे एक बार किसी ने पूछा था तो आपने कहा था कि ज्यादा वस्त्र रखना धन का अपव्यय है। एक ही फ्रॉक रोज-रोज पहनकर स्कूल जाते हुए बेटी जब एक दिन आपसे जिद कर बैठी थी नई फ्रॉक दिलाने के लिए, तो आपने जिस तरह उसे समझाया था, उसे सुनकर मेरा हृदय गर्व से भी भरा था और अपने ऊपर क्षोभ से भी। आपने उससे कहा था कि देश में तमाम बच्चों के पास खाने की रोटी और कपड़े नहीं हैं। बाबूजी उनको कपड़े दिलाने और देश को आजाद कराने के लिए ही जेल में हैं। जब देश आजाद हो जाएगा, बाबूजी बाहर आ जाएँगे, तब तुम्हें ढेर सारे फ्रॉक खरीदवा दूँगी।"

"अभी हम दोनों माया की ही बात कर रहे थे न? नाम लेने मात्र से किस तरह हमें माया घेरकर यहाँ भी खड़ी हो गई?"

ललिताजी शास्त्रीजी को कड़वी स्मृतियों से बाहर ले आना चाह रही थीं। शास्त्रीजी यादों की वीथिका से बाहर नहीं आना चाह रहे थे शायद। वे बता रहे थे—"बहुत इच्छा थी कि देश के प्रति अपने कर्तव्यों को पूर्ण कर जब राजनीति से संन्यास लूँगा, तब मांडा में एक कुटिया बनवाकर आपके साथ उसी में रहूँगा। उसका नाम हम 'तपोवन' रखेंगे। पर कहाँ हो पाया?"

"आपके अनंत यात्रा पर जाने के बाद लगता था, जैसे आपके अधूरे कार्यों को पूरा करने के लिए ही विधाता ने मुझे धरती पर छोड़ रखा है। इस बीच कितने घाव मिले। बड़ी बेटी कुसुम और बेटा अशोक भी हमें छोड़ अनंत यात्रा पर निकल गए। मैं हृदय की बीमारी लिए हुए भी सब झेलती चली गई। शायद आपकी प्राणऊर्जा मुझे शक्ति देती रही थी। आपके आदर्शों की अलख जगाए रखने में मैं पता नहीं सफल हो सकी या नहीं, पर प्रयास बहुत किया। मैंने मांडा में आपकी आकांक्षाओं के अनुरूप ही 'श्री लाल बहादुर शास्त्री सेवा निकेतन' की स्थापना की। यहाँ खादी का काम शुरू किया। खादी ग्रामोद्योग आयोग ने विशेष रुचि ली। इसके माध्यम से वहाँ के लोगों को रोजगार देने का कार्य किया, ताकि आत्मनिर्भर बनें लोग।

विशेष रूप से स्त्रियों को जोड़ा। आर्थिक आत्मनिर्भरता का उनमें होना जरूरी था। चाहती थी कि देश के कोने-कोने में इसकी शाखाएँ खोलूँ, पर आर्थिक अभाव और सहयोग न मिलने के कारण बहुत आगे नहीं बढ़ा सकी। पर मांडा में यह बहुत अच्छा चल रहा था। महीने में दो-चार दिन के लिए मैं जरूर जाती थी मांडा। आपने ताशकंद जाने से पहले मांडा की यात्रा की थी और कहा था कि लौटकर आने पर मैं मांडा के लिए कुछ करूँगा। पता नहीं, आपका यह सपना पूरा कर सकी मैं या नहीं, पर प्रयास तो किया था।"

"हाँ, सबकुछ स्वप्नवत् पर स्पष्ट मेरे सम्मुख है, ललिताजी। 27 दिसंबर, 1965 का ही दिन वह था, जब मांडा में सार्वजनिक सभा का आयोजन किया गया था। तीन जनवरी को मुझे ताशकंद जाना था। मांडा मेरा चुनाव क्षेत्र भी था। वहाँ के राजा साहब ने संपूर्ण आयोजन का दायित्व अपने ऊपर ले लिया था। उनके मोती महल पैलेस के सामने ही रामलीला मैदान में यह आयोजन किया गया था। सब याद है ललिताजी। जनता की अपार भीड़ थी। सबसे अद्भुत बात यह लगी कि राजा साहब ने वीरोचित ढंग से अपना अँगूठा चीरकर अपने खून से मेरे माथे पर तिलक लगाया था। मैंने उन्हें अँगूठा चीरते नहीं देखा, अन्यथा रोक देता। इतनी भावुकता भी ठीक नहीं थी।"

शास्त्रीजी थोड़े चिंतित हो उठे। ललिताजी ने स्पष्ट किया—"दरअसल वे ही भावुक नहीं हुए थे, बल्कि पूरे देश की जनता भावुक थी। जिस तरह से आपने पाकिस्तान के छल-युद्ध का मुँहतोड़ जवाब दिया था और जवानों तथा किसानों का हौसला बढ़ाया था, उसने पूरे देश में आपके प्रति अपार निष्ठा का एक ज्वार-सा उठा दिया था। लोग पागल थे आपके पीछे। आपका एक-एक शब्द भगवान् का शब्द मानकर चल रही थी जनता। आपने कहा, एक मीटिंग खाना बंद करो तो सभी देशवासियों ने खाना बंद कर दिया। सोमवार का व्रत सबका व्रत बन गया। असल में आपकी इतनी प्रसिद्धि दूसरे कुछ नेताओं को पच नहीं पा रही थी। इसीलिए तो सब षड्यंत्र रचा गया।"

वे उदास हो गई थीं, फिर भी आगे अपने मन की पीड़ा व्यक्त करने से स्वयं को रोक न सकीं—"उन्हें यह डर था कि आपकी इतनी लोकप्रियता कहीं उनका आगे का भी रास्ता न रोक दे। शायद इसीलिए बड़े स्तर पर यह साजिश रची गई कि आपको ताशकंद बुलाया जाए और वहाँ समझौते पर हस्ताक्षर के बाद सबकुछ समाप्त कर दिया जाए। देश में आपकी निंदा का एक माहौल पहले ही बना दिया गया था कि आपने दबाव में आकर जीती हुई जमीन पाकिस्तान को लौटा देने का

समझौता कर लिया है, जिसके लिए हमारे अनेक जवान शहीद हो चुके थे। अपने देश की इस द्रोही राजनीति का ठीकरा आराम से विदेशी प्रधानमंत्री के ऊपर डाला जा सकता है, क्योंकि मृत्यु वहाँ की जमीन पर हुई। इसमें यहाँ के लोगों के साथ ही अंतरराष्ट्रीय स्तर की वे एजेंसियाँ भी लगी थीं, जो सोवियत संघ की विरोधी थीं और नहीं चाहती थीं कि सोवियत संघ का वर्चस्व बढ़े।"

"ललिताजी, सचमुच मैं वापस आकर अपना निर्णय बदल देता। मैं नहीं लौटाता अपनी जीती हुई जमीन अथवा हाजी पीर और टिथवल जैसे सामरिक महत्त्व के क्षेत्र, जो हमारे कश्मीर का अविभाज्य अंग थे। मैं ताशकंद में लगातार इसका विरोध करता भी रहा। एक समय आया, जब लगा कि अब समझौता नहीं हो पाएगा। पर वहाँ के राष्ट्रपति की छवि अंतरराष्ट्रीय स्तर पर धूमिल होने से बचाने के लिए ही मैंने अपनी ओर से यह चाल चली थी कि इनकी प्रतिष्ठा भी बची रह जाए और अपने देश वापस जाकर मैं अपने देशवासियों के विरोध का हवाला देकर समझौते को अमान्य भी कर दूँगा। बहुत होता तो मेरी थोड़ी बदनामी हो जाती कि शास्त्री अपने समझौते से मुकर गए। हो जाने देता बदनामी, पर मेरा देश, मेरा अभिमान, मेरे जवानों की वीरता और कुर्बानी का प्रतिफल वह जीती हुई जमीन, सब सुरक्षित रह जाता। पर राष्ट्रद्रोही मुझसे अधिक चालाक निकले।" शास्त्रीजी के स्वर में हताशा थी।

"तभी आपने उस रात फोन पर कहा था कि आने पर मैं सब ठीक कर दूँगा?" ललिताजी आश्चर्य से पूछ रही थीं।

"हाँ, इस संबंध में मेरी कोसीगिनजी से एकांत में वार्त्ता भी हो चुकी थी। केवल मेरे और उनके बीच।"

"क्या?" ललिताजी का स्वर आश्चर्य से लंबा हो गया था।

"हाँ, चीन और अमेरिका पाकिस्तान के पक्ष में थे। सोवियत संघ को शुरू से ही भारत का मित्र देश माना जाता रहा है। उसी संबंध से बहुत विश्वासपूर्वक भारत को सोवियत संघ ने समझौते के लिए आमंत्रित किया था। उसे अपनी अंतरराष्ट्रीय छवि भी स्थापित करनी थी। ताशकंद में शुरुआती बैठकों में इस प्रकार के समझौते का मैं लगातार विरोध करता रहा था। जीती हुई जमीनें और सामरिक महत्त्व के ठिकानों को मैं पाकिस्तान को वापस देने के कतई पक्ष में नहीं था। मेरे लिए मेरे जवानों का बलिदान और वीरता का मान रखना ज्यादा जरूरी लग रहा था, बजाय सोवियत संघ के साथ मैत्री का निर्वाह करना। दस जनवरी तक यही स्थिति रही और लगभग सभी को विश्वास हो गया कि समझौता नहीं हो सकेगा। हमारे भारतीय

दल के लोग घूमने निकल गए, क्योंकि दूसरे दिन वापसी तय थी। कोसीगिनजी ने मुझसे एकांत में मिलने का समय माँगा। पाकिस्तान के किसी भी सदस्य को नहीं बुलाया गया। यह केवल उनके और मेरे बीच बात हुई थी। मित्रता की लाज रखते हुए मैं समझौते पर फौरी तौर पर हस्ताक्षर करने को तैयार हो गया, परंतु उन्हें मैंने अपने निर्णय से अवगत करा दिया था। उन्होंने आश्वासन भी दिया था कि अभी अंतरराष्ट्रीय स्तर पर सबकी निगाहें सोवियत संघ की ओर हैं। अभी फिलहाल हस्ताक्षर करके प्रतिष्ठा बचा लेते हैं। अपने देश वापस जाकर अपना निर्णय लेने के लिए आप स्वतंत्र हैं। मैं फँस चुका था, ललिताजी। एक तरफ देश था, देश का स्वाभिमान था, सैनिकों की निगाहें थीं, दूसरी तरफ एक मित्र देश था। मुझे यही रास्ता ठीक लगा। साँप भी मर जाए और लाठी भी न टूटे।"

"फिर आपके साथ वह हादसा क्यों हो गया?" ललिताजी जो हैरान थीं।

"मैं कोसीगिन के साथ वह समझौता न भी करता और सीधे-सीधे अपनी जीती हुई जमीनें वापस करने वाले समझौते पर सहमत होता तो भी मेरे साथ वही होना था, क्योंकि यह मित्र-देश की चाल नहीं थी। यह पटकथा पहले ही लिखी जा चुकी थी। समझौता न करता तो भी इस मृत्यु के बाद सोवियत संघ की ओर उँगली उठती और कर लिया तो भी यह हादसा हुआ और शक की सुई सोवियत संघ की ओर घूमी। जबकि व्यूह रचना तो हमारे अपने ही लोगों ने की थी, ललिताजी।

"वह भारत का मॉस्को में राजदूत कौल नेहरू का कोई रिश्तेदार लगता था न?" ललिताजी घृणा से उसके बारे में पूछ रही थीं।

"हाँ! इंदिरा से अच्छे संबंध थे।" शास्त्रीजी कुछ और सोचने लगे थे।

"खैर, छोड़िए ललिताजी। कहाँ मांडा की बात कर रहे थे और मॉस्को पहुँच गए। कड़वी स्मृतियों को क्या बार-बार याद करना? याद है आपको, जब एक बार हमारे बड़े सुपुत्र ने एक उद्योगपति को मुझसे मिलाने के लिए समय दे दिया था। उस समय मैं प्रधानमंत्री था। मैंने उनसे कहा कि यह काम मेरे कार्यालय के अधिकारियों का है। आप कब से प्रधानमंत्री का एपॉयंटमेंट दिलाने लगे?" वे हँस रहे थे।

"हाँ, आजकल तो घर में कोई एक मंत्री बना नहीं कि पूरे रिश्तेदार, परिवार सब खुद को मंत्री समझने लगते हैं। आपने बेटे को इतना सा भी अधिकार महसूस नहीं करने दिया।" वे भी पति के साथ हँस रही थीं।

"मैं भारत की जनता का सेवक था।" उन्होंने संक्षिप्त उत्तर दिया।

"जी, वह मैं जानती हूँ। आपकी निष्ठा और ईमानदारी की शपथ लोग लिया करते हैं अब भी। मुझे याद है वह दिन भी, जब बच्चे शौकिया आपकी ऑफिस

वाली गाड़ी लेकर कहीं घूमने चले गए थे। आपने ड्राइवर से उतने किलोमीटर के पेट्रोल का खर्च पता किया था और उसे अपने वेतन से सरकार के खाते में जमा किया था।"

ललिताजी के स्वर में गर्व का भाव था।

शास्त्रीजी कह रहे थे—"जिस देश में आम जनता इतने अभाव और कष्ट झेल रही हो, उस देश के प्रधानमंत्री के बच्चे अपने ऐशो-आराम के लिए सरकारी चीजों का उपयोग करें, यह मुझे बिल्कुल पसंद नहीं था। आपको याद है, जब छोटे बेटे के गले में सिक्का अटक गया था। खेलते-खेलते उसने अठन्नी अपने मुँह में डाल ली थी और वह गले में फँस गई। मैं उस समय रेलमंत्री था। एक सामान्य नागरिक की तरह ही मैं उसे उठाकर अस्पताल ले गया था। अपना परिचय मैंने मंत्री के रूप में जानबूझकर नहीं दिया था। डॉक्टर की लापरवाही देखकर उस दिन समझ में आया था कि आम जनता कितनी परेशान होती होगी। मेरे बच्चे का केस था, इसलिए मैंने कुछ नहीं कहा। मेरा केस न रहा होता तो मैं डॉक्टरों से बहुत कड़ाई के साथ पेश आता।"

"आप कितना व्यस्त रहते थे। रोज सुबह सात बजे घर से निकल जाते थे और रात दस-ग्यारह बजे से पहले नहीं लौटते थे। कभी-कभी तो बच्चों से भेंट हुए कई-कई दिन बीत जाते थे। जाते समय भी प्राय: वे सब सोए रहते और रात में भी बच्चे दस बजे तक सो जाते थे। यहाँ तक कि प्रधानमंत्री बन जाने के बाद भी हम लोगों ने कहा कि अपने कमरे में आप कालीन बिछवा लें, लेकिन आपने मना कर दिया था। कितनी तो बातें याद आ रही हैं आज। एक बार आपसे किसी अमेरिकी पत्रकार ने पूछा कि आपके बच्चे आधुनिक पोशाक में रहते हैं। पैंट-शर्ट पहनते हैं और आप सादा धोती-कुर्ता क्यों पहनते हैं? आपका दिया हुआ जवाब आज भी लोग सभा आदि में उद्धृत करते हैं। आपने कहा था—हमारे बच्चे एक देश के प्रधानमंत्री के पुत्र हैं, इसलिए वे आधुनिक पोशाक में रह सकते हैं, पर मैं एक गरीब स्कूल के अध्यापक का पुत्र हूँ। ललिताजी स्मृतियों के भँवर में थीं। एक के बाद एक स्मृति उन्हें अतीत में डुबोती जा रही थी। वे बता रही थीं—"एक बार आप अपने दाहिने हाथ में कुर्ते के ऊपर से घड़ी बाँधकर चले गए थे। मैंने भी ध्यान नहीं दिया। राजेंद्र कुमारी वाजपेयी ने आपसे पूछा था कि इस हाथ में आपने घड़ी क्यों बाँध रखी है। आपने उनसे हँसकर बताया था कि मेरा कुर्ता इधर से फटा है। दिखाई न दे, इसलिए मैंने घड़ी इधर बाँध रखी है। आपने घर आकर बताया था तो मुझे बहुत पश्चात्ताप हुआ था। हर सप्ताह मैं आपके सारे कपड़ों के टूटे बटन आदि खुद ही ठीक किया

करती थी। पता नहीं कैसे कुर्ते की वह फटी बाँह मुझे दिखाई नहीं दी, अन्यथा तुरपन या रफू कर देती।"

ललिताजी को शास्त्रीजी के व्यक्तित्व के वे दोनों पक्ष याद आ गए। एक ओर पुत्र को प्रणाम करने की सीख देता एक पिता और दूसरी ओर पाकिस्तान द्वारा युद्ध छेड़ दिए जाने पर पूरी ताकत से शत्रु का मुकाबला करने का सेनाध्यक्षों को आदेश देता एक प्रधानमंत्री। उस दिन लगभग शाम के आठ बजे थे। शास्त्रीजी जल्दी ही घर आ गए थे और खाने पर बैठ गए थे। प्राय: ऐसा नहीं होता था कि वे इतनी जल्दी भोजन कर लें। सभी को आश्चर्य हुआ, पर वे सामान्य ढंग से मुसकरा रहे थे। थोड़ी ही देर में उनके निजी सचिव ने आकर सूचना दी थी कि जनरल चौधरी और एअर मार्शल अर्जुन सिंह उनसे मिलने आए हैं। वे खाना बीच में छोड़कर उठ खड़े हुए। सभी को आश्चर्य हुआ कि दो सेनाध्यक्ष एक साथ प्रधानमंत्री से मिलने क्यों आए होंगे ? पूछा, तो उन्होंने सहज भाव से बताया कि पाकिस्तान से युद्ध छिड़ गया है। पाकिस्तानी सेना करीब सौ से अधिक पेटन टैंक लेकर भारत की सीमा रेखा पार करने वाली है। सेनाध्यक्ष उन्हें सूचना देने के साथ आगे की काररवाई के लिए आदेश लेने आए थे। उन्होंने भी तुरंत आदेश दे दिया था कि पूरी ताकत के साथ पाकिस्तान का मुकाबला किया जाए। उन्होंने आत्मविश्वास के साथ कहा कि उन्हें अपने सैनिकों पर पूरा विश्वास है। हम यह युद्ध जीतेंगे।

दूसरी तरफ एक पिता के रूप में उनका वह स्वरूप कितना अलग था, जब अपने बड़े पुत्र के प्रणाम करने की शैली से वे अप्रसन्न थे। एक रात सोने से पहले उन्होंने बेटे को अपने पास बुलाया और कहा कि इस बीच मैं देख रहा हूँ कि तुम अपने से बड़ों को प्रणाम ठीक ढंग से नहीं करते हो। बेटे ने प्रतिरोध करते हुए कहा कि नहीं, मैं तो ठीक से प्रणाम करता हूँ। शास्त्रीजी ने बहुत शांति से कहा कि हाँ, हो सकता है कि मेरे देखने में कोई गलती हुई हो। फिर भी एक पिता होने के नाते मैं बताना चाहूँगा कि बड़ों को प्रणाम कैसे किया जाता है और उन्होंने झुककर बेटे का चरण स्पर्श कर लिया। "यदि आप इस ढंग को अपनाने की कोशिश करें, शायद ठीक रहेगा।" वे मुसकराते हुए बेटे को पैर छूने का ढंग समझा रहे थे।

"क्या सोचने लगीं, ललिताजी ?" शास्त्रीजी ने ललिताजी की चुप्पी तोड़ी थी।

"कुछ नहीं, सोचती हूँ कि आपको जितना मैं समझ सकी थी, उससे भी महान् हैं आप। एक प्रधानमंत्री के रूप में भारत के लिए आप एक मानक हैं। एक पति और पिता के रूप में भी आपका व्यक्तित्व पारदर्शी रहा है। सोचती हूँ, इतने गुण आपमें कैसे

आ पाए होंगे? भगवान् की पूजा मैं घंटों करती थी, परंतु सारे सद्गुण आप में थे।"

ललिताजी की बातें सुन शास्त्रीजी खिलखिलाकर हँस पड़े थे। हँसते हुए बोले, "सूरज के पास इस बात का हिसाब रखने की कहाँ फुरसत कि कौन-कौन नक्षत्र, जीव, जंतु, वृक्ष, प्राणी उसकी रश्मियों का कितना अंश ले रहे हैं? आपकी आस्था और पूजा से ही थोड़ा-थोड़ा अंश हमें, बच्चों और समाज को मिलता रहा है, ललिताजी। आपने मांडा में शास्त्री सेवा निकेतन की स्थापना की। इसमें बच्चों के लिए शिक्षा और महिलाओं के लिए कढ़ाई, बुनाई सीखने का प्रबंध किया, ताकि वे आर्थिक रूप से आत्मनिर्भर हो सकें। कई शाखाएँ खोलीं आपने दूसरे-दूसरे शहरों में। क्या लगता है कि आपके भीतर भगवान् ने ये सद्गुण नहीं दिए थे? दूसरों के प्रति इतना संवेदनशील होना ही तो पारदर्शी और ईमानदार होना है। आप दूसरों को सुखी और हँसते हुए देखना चाहती थीं। यही तो आपकी ममता थी, जो स्व से सर्व में विसर्जित हो गई थी।"

"मेरे पास जीने का कोई और सहारा नहीं था। आपके जाने के बाद आपके आदर्शों को जीने की कोशिश करती रही। लोगों का दुःख-दर्द बाँटकर लगता था, जैसे मेरी पीड़ा कुछ कम हो रही है। इस संस्था में देश के कोने-कोने से लोग आते रहे। कभी-कभी लोग भाव-विभोर होकर मुझे दीर्घायु होने की शुभकामना देते थे, पर मैं मन-ही-मन सोचती थी कि अब किसके लिए जीना है? जिन्हें जीना था, वही नहीं रहे तो मेरे रहने की क्या सार्थकता? पर समय बीतते देर भी तो नहीं लगती। 27 वर्षों के बीच समय के थपेड़ों ने मेरे शरीर और मन को जर्जर बना दिया था। इसी बीच बड़ी बेटी और छोटे बेटे का भी विछोह देखना पड़ा मुझे। ये दो बड़े आघात भी आपके बाद मिले मुझे। सोच ही नहीं पाती थी कि आपके बिना मैं कैसे जी पाऊँगी? पर नियति ने इतने आघातों के बाद भी मुझे जीवित रहने दिया और मैं दिल की बीमारी लिए इसी सेवा निकेतन से जुड़े उद्देश्यों के सहारे जीवन काटने का प्रयास करती रहीं। साधनों की कमी के कारण सेवा निकेतन की शाखाएँ पूरे देश के कोने-कोने में खोलने की बात मन में ही रह गई। केवल आठ शाखाएँ ही खोल सकी। कल तक जो अपने थे, वे दूर होते चले गए। कुछेक ही ऐसे रहे, जिनके मन में तब और अब ने कोई प्रभाव नहीं डाला।

मैं शुरू से ही मांडा केंद्र को एक आदर्श केंद्र बनाना चाहती थी। महीने में कम-से-कम तीन-चार दिन मैं वहीं बिताती थी। वहाँ गए बिना एक बेचैनी सी बनी रहती। खादी ग्रामोद्योग आयोग ने विशेष रुचि ली थी वहाँ। वहाँ की बेरोजगारी दूर करने में उनका सहयोग मिला। आदर्श शिक्षा के विचार से ही मैंने नर्सरी स्कूल भी

खोला वहाँ। बड़े बच्चों की शिक्षा के लिए भी आपके नाम पर मैंने वहाँ विद्यालय खोला। सूखे एवं बाढ़ की स्थिति में मैं इक्के से जाकर लोगों के बीच गेहूँ और कपड़ा बँटवाती थी। आपके आदर्शों को जीने का प्रयास कर रही थी, साथ ही आपकी छोड़ी हुई अधूरी जिंदगी को भी जी रही थी।"

ललिताजी के स्वर में उदासी थी। शास्त्रीजी ने पूछा था—"कब स्थापना की थी आपने उस केंद्र की?"

"19 अक्तूबर, 1966 को। हमेशा आपके साथ-साथ रही, पर उसी समय...।"

"कौन जानता था कि नियति ने यह सब निर्धारित कर रखा था।"

शास्त्रीजी बोल रहे थे और ललिताजी सुन रही थीं। बहुत शीतल स्वर में जवाब दिया—"याद आता है। टंडनजी उस समय बीमार चल रहे थे। व्यासजी से कहकर उन्होंने मुझे और आपको भी बुलाया था। आपने उनसे पूछा कि क्या आज्ञा है बाबूजी? तो उन्होंने कहा था कि तुमसे नहीं, ललिता से कुछ कहना है। मैंने हाथ जोड़कर पूछा था—कहिए बाबूजी। उन्होंने आज्ञा दी थी—ललिता, तुम लाल बहादुर के चुनावी दौरों में सदैव इनके साथ रहना। जहाँ भी जाएँ, साथ जाना। उनका स्वास्थ्य और सफलता तुम्हारी संगत पर निर्भर है।

"तब से मैं सदा कोशिश करती कि आपके साथ ही रहूँ। देश-विदेश सभी जगह मैं छाया की तरह साथ लगी रहती। हारी-बीमारी में भी साथ नहीं छोड़ा। ताशकंद जाते समय तो आपको कोई हारी-बीमारी भी नहीं थी। दो दिन पहले ही सारी जाँच हुई थी आपकी। मैं छलावे में आ गई। मेरी ताशकंद जाने की जिद आपने नहीं मानी। आखिरी समय में मैं आपका साथ नहीं दे पाई। मैं रही होती तो शायद आप इतने तनाव में भी न होते और वह दूध और पानी भी न पीते।"

"दूध नहीं, पानी।" वे हँसे थे। उनकी हँसी में तिक्तता थी।

"तो पानी वाले थर्मस का वहाँ से गायब होना सोची-समझी चाल थी देशद्रोहियों की?"

"छोड़िए ललिताजी। इस मुद्दे पर भी बात करेंगे, लेकिन जरा ठहरकर। अभी तो हम अपनी माया नगरी में उलझे हैं। दोनों पौत्र, भांजे, भांजियाँ सब ठीक तो हैं न ललिताजी?"

शास्त्रीजी ने बात बदल दी थी। ललिताजी का स्वर खोया-खोया सा था। बोलीं, "हाँ, सब ठीक ही है। छोटे से बड़े हो गए सभी।"

"आप तो दार्शनिक उत्तर दे रही हैं। छोटे से बड़ा होना एक प्राकृतिक क्रिया है और सांसारिक भी।"

दोनों की मद्धिम हँसी घंटियों की रुनझुन की तरह दिशाओं में फैल गई थी। समाधि पर बिखरे बासी फूलों की सुगंध हवा में तिर रही थी। कुछ देर पहले हुई बारिश के कारण मिट्टी से एक सोंधी गंध बिखर रही थी।

"अब आप मुझे ही देखिए। मैं लाख चाहता कि धरती पर मैं छोटे से बड़ा बन जाऊँ तो क्या हो सकता था?"

शास्त्रीजी के इस परिहास पर ललिताजी हँस पड़ी थीं। उन्हें वह घटना याद आ गई थी, जब एक पत्रकार ने उनसे पूछा, "आप अहिंसा में विश्वास करते हैं, पर आपके इस विश्वास का आधार क्या है?" शास्त्रीजी ने इसी तरह हँसते हुए जवाब दिया था—"आप मेरा कद देख रहे हैं न? मेरे जैसा व्यक्ति अहिंसा में विश्वास करने के सिवाय और कर ही क्या सकता है?"

"आप हँस रही हैं ललिताजी?" शास्त्रीजी परिहास की मुद्रा में पूछ रहे थे।

"जी, याद आ रहा है, जब आप अपने ही कद का मजाक उड़ाकर सबको हँसा देते थे।"

"अच्छा? कौन सी?" उन्होंने पूछा।

"सन् 1965 में पाकिस्तान के साथ युद्ध खत्म हुआ तो पाकिस्तान के जिस क्षेत्र पर हमारे सैनिकों ने जीत हासिल की थी, उस क्षेत्र में आप जवानों से मिलने गए थे। आपके लिए एक बड़ी मेज सजाई गई थी, जिस पर खड़े होकर आपको उन्हें संबोधित करना था। कर्तव्यनिष्ठा और सम्मान में कोर कमांडर और डिवीजन कमांडर भी उसी मेज पर आपके दाएँ-बाएँ खड़े हो गए थे। ऐसा लग रहा था कि भारी-भरकम कमांडरों के भार से मेज चरमराकर टूट जाएगी। आपने उन दोनों से धीरे से कहा कि आप लोग बैठ जाइए, पर वे दोनों आपके अगल-बगल और सावधान की मुद्रा में खड़े हो गए। आपने जवानों को संबोधित करते हुए कहा कि मैं अपने देश का गौरव बढ़ाने वाले वीर जवानों से मिलने आया। बड़ी इच्छा थी कि मेरे जवान भी अपने प्रधानमंत्री को देख लें। मैं यह चाहता था कि प्रधानमंत्री के रूप में मैं जब जवानों के सम्मुख आऊँ तो मैं भी कुछ जँच सकूँ। परंतु जब दो कद्दावर जनरल मेरे दाएँ-बाएँ खंभों की तरह खड़े हैं, तो मैं क्या जँच सकता हूँ?" इतना सुनते ही सैनिकों की हँसी छूट गई और दोनों कमांडर झट मेज पर से कूदकर नीचे खड़े हो गए थे, बताते हुए ललिताजी हँस रही थीं।

शास्त्रीजी विनोदप्रियता के साथ कह रहे थे—"अच्छा, आपको यह घटना मैंने ही बताई होगी।"

"जी, आपने ही।"

"और कुछ याद है आपको?" वे पूछ रहे थे।

"हाँ, उसी समय की वह भी घटना आपने बताई थी, जब हाजीपीर दर्रे के पास आपने दूसरे जवानों को संबोधित करते हुए कहा था, पाकिस्तानी समझते हैं कि हिंदुस्तान केवल हिंदुओं का देश है। हिंदू जो धर्म-कर्म और पूजा-पाठ में लगे रहते हैं। पाकिस्तानी हिंदुओं को केवल लाला या धोती वाला समझते हैं और यह मान बैठे हैं कि धोती वाला कभी लड़ नहीं सकता। आप जवानों में कोई धोती नहीं पहनता। मैं घर में तो सदा धोती ही पहनता हूँ। आप ही बताइए कि ज्यादा जोरदार फैसले मैंने धोती पहनकर लिए या राष्ट्रपति अयूब ने पैंट पहनकर? धोती वाला आज पाकिस्तान की भूमि में खड़ा है।" शास्त्रीजी हँस रहे थे। ललिताजी उनका साथ दे रही थीं।

"धोती के अलावा किसी दूसरे कपड़े में मैं सहज नहीं महसूस कर पाता था। नेहरूजी जब एक बार इंग्लैंड जा रहे थे, शायद अंतिम बार, तब उन्होंने मुझे भी साथ ले जाने की जिद की और कहा कि "तुम्हें भी मेरे साथ चलना होगा और धोती नहीं, चूड़ीदार पायजामा पहनना होगा। मैंने अपना पिछला अनुभव सुनाते हुए कहा—पंडितजी, एक बार गलती से मैंने चूड़ीदार पायजामा पहन लिया था, पर उतारते समय वह फँस गया था और दूसरों को मेरी मदद करनी पड़ी थी। यह तब की बात है, जब मैं दूल्हा बनकर घोड़ी पर सवार हुआ था। खूब जगहँसाई हुई थी।"

ललिताजी की खिलखिलाहट समाधि के चारों ओर बिखर रही थी।

"और भी सुनिए ललिताजी। गरीबी में आटा कैसे गीला होता है। एक बार मैं चित्रकूट धाम राजकीय यात्रा पर गया था। सन् 1949 की बात है। तब मैं उत्तर प्रदेश का गृहमंत्री था। रात में नई बाजार के पेंचघर में स्थानीय कांग्रेसी कार्यकर्ताओं की सभा में शामिल था। इसी बीच किसी ने मेरी चप्पलें गायब कर दीं। बाहर निकलने पर मुझसे ज्यादा कार्यकर्ता परेशान थे। मैंने उनसे हाथ जोड़कर मजाक किया—"नाथ हमारि यहै सेवकाई। लेहि न बासन बसन चुराई॥"

"आपकी इसी वेशभूषा और सादगी पर तो इंदिरा को और चिढ़ होती थी आपसे कि उनको पीछे छोड़ आप प्रधानमंत्री बन गए। उनका मानना था कि वे नेहरू की बेटी थीं। उस कुरसी पर पहला अधिकार उन्हीं का था। आपने उनकी कुरसी छीन ली थी। 18 दिसंबर, 1970 को राज्यसभा में राजनारायण ने तो खुलकर इंदिरा पर आरोप लगाया था और कहा था कि "पूरे देश के लोग यही कह रहे हैं कि शास्त्रीजी को उनके इशारे पर मारा गया, जो खुद प्रधानमंत्री बनना चाहती थी।" उन्होंने तो यहाँ तक कहा, "इंदिरा अकसर अफसोस जताया करती थीं कि वह

हमारा घर का नौकर प्रधानमंत्री बन गया और मैं ऐसी ही रह गई।"

"ताशकंद से लौटकर आने पर मैं उन्हें कैबिनेट से भी हटाने वाला था, क्योंकि मुझे पहले से ही आभास हो रहा था कि वे मुझसे असंतुष्ट थीं। मेरा विचार था कि मैं उन्हें उच्चायुक्त बनाकर ब्रिटेन भेज दूँ। मैं राष्ट्र की उन्नति और आत्मनिर्भरता के लिए पूरी तरह समर्पित होकर काम करना चाहता था। इसके लिए जरूरी था कि हमारे मंत्रिमंडल में ऐसा कोई प्रतिद्वंद्वी न हो, जो मेरे काम में रुकावट पैदा करे।" शास्त्रीजी स्पष्ट शब्दों में बता रहे थे।

"हाँ, इंदिरा को भी आभास हो गया था। आपकी मृत्यु के बाद उनके लोगों ने मुझे और मेरे परिवार वालों को अपरोक्ष रूप से परेशान भी किया। जिस आवास में आप हम लोगों को छोड़ गए थे, उसे खाली करवा लिया गया। मैंने इंदिरा को पत्र भी लिखा था कि "श्री बनर्जी और आवास मंत्रालय के अधिकारी मेरे पास आए थे। मैंने उन्हें अपनी बातों से अवगत करा दिया है। जहाँ तक शास्त्रीजी के व्यक्तिगत प्रयोग में आने वाली वस्तुओं का प्रश्न है, उन्हें छोड़कर बाकी सामान मैं आवास मंत्रालय को लौटा रही हूँ और आज तक का जो उचित किराया है, उसे भी दे दूँगी।"

अभी पिछले वर्ष, यानी 1992 में मैंने प्रधानमंत्री नरसिम्हाराव को भी एक पत्र लिखा था कि "मोतीलाल नेहरू प्लेस में स्व. लाल बहादुर शास्त्री सन् 1952 से अपने जीवन के अंतिम समय तक रहे। इस घर से उनकी तमाम स्मृतियाँ जुड़ी हुई हैं। पारिवारिक एवं राजनीतिक उतार-चढ़ाव का यह भवन मौन साक्षी रहा है। जनता की माँग पर इसके बड़े बरामदे को घेरकर एक संग्रहालय का रूप दे दिया गया, जिसमें शास्त्रीजी के प्रयोग में आने वाली वस्तुओं, मानपत्र, उपहार में प्राप्त वस्तुएँ एवं फर्नीचर आदि को सँजोकर रखा गया है, जिसे देखने के लिए भारत के हर कोने से सैकड़ों लोग प्रतिदिन आते हैं। इस संग्रहालय का उद्घाटन शास्त्रीजी की दसवीं पुण्यतिथि 11 जनवरी, 1976 को तत्कालीन प्रधानमंत्री श्रीमती इंदिरा गांधी के हाथों हुआ था। मैं चाहती हूँ कि अब इस पूरे भवन को शास्त्रीजी की स्मृति में संग्रहालय के रूप में परिवर्तित कर एक राष्ट्रीय धरोहर देशवासियों को आप प्रदान करें।

"इंदिरा से तो मैं यह उम्मीद नहीं कर सकती थी, क्योंकि प्रधानमंत्री बनते ही उनका रुख मैं देख चुकी थी।" ललिताजी कह रही थीं। उनकी वाणी में क्षोभ था।

"हाँ, मुझे भी उसी समय ऐसा महसूस हुआ था। क्योंकि मेरे प्रधानमंत्री बनने पर देश-विदेश के लोगों ने अपनी शुभकामनाएँ भेजीं, पत्र-पत्रिकाओं ने अपने विचार निकाले, पर इंदिरा की कोई शुभकामना या टिप्पणी मुझ तक नहीं पहुँची

थी। सुचेता कृपलानी ने कहा था कि हम लोगों ने श्री लाल बहादुर शास्त्रीजी को अपना नेता चुना है तथा हमारी शुभकामनाएँ उनके साथ हैं। हमारा पूर्ण समर्थन उन्हें प्राप्त है। गुलजारी लाल नंदा ने भी अपना उद्गार प्रकट करते हुए कहा था कि हम उन्हें हर घड़ी में सहायता देने की प्रतिज्ञा करते हैं। हमारी कठिनाइयाँ और समस्याएँ पहाड़ की तरह हैं। उनके समाधान के लिए बड़ी शक्ति चाहिए। मुझे आशा है, हम समय पड़ने पर अपना उत्तरदायित्व निभाएँगे।"

"वे क्या उत्तरदायित्व निभाते? नेहरूजी की मृत्यु के बाद भी कुछ दिनों के लिए वे कार्यवाहक प्रधानमंत्री बने थे और आपके बाद भी। ताशकंद से आपका पार्थिव शरीर आया था। पूरा शरीर सूजा हुआ। चेहरे पर दाग और नीला पड़ चुका शरीर। घर पर आपकी पार्थिव देह देखकर अम्मा चिल्ला पड़ी थीं—"हमरे बचवा के जहर देवल गयल हौ।" मैंने भी सब अपनी आँखों से देखा, लेकिन मुझे मौन रहना पड़ा था। आप तो सब समझ ही रहे होंगे, क्यों? फिर भी मैंने उसी समय पोस्टमार्टम कराने के लिए माँग की थी और जाँच करवाने की जिद की थी। मुझे आपके साथ हुई किसी साजिश का आभास हो गया था उसी समय। गुलजारीलाल नंदा चाहते तो आदेश कर सकते थे कि देश के सामने पूरी तस्वीर स्पष्ट करने के लिए और परिवार वालों का संदेह दूर करने के लिए भी शास्त्रीजी के पार्थिव देह का पोस्टमार्टम किया जाए। पर उन्होंने पता नहीं किन दबावों के चलते ऐसा नहीं किया। एक रहस्य जो रहस्य ही रह गया। जबकि आप यहाँ से बिल्कुल स्वस्थ और फिट गए थे। ताशकंद जाने के दो दिनों पहले ही तो आपकी सारी जाँचें हुई थीं।"

ललिताजी के स्वर का क्षोभ विस्तारित हो गया था। उन्हें याद हो आया—"11 जनवरी, 1966 को इस समाचार को सुनकर गुलजारीलाल नंदा की शुष्क प्रतिक्रिया से हर कोई हतप्रभ था। उन्होंने विदेशी भूमि पर हुई अपने प्रधानमंत्री की मृत्यु पर कोई भी आशंका न प्रकट करते हुए बस सपाट बयान दिया था कि शास्त्रीजी की मृत्यु के हृदय विदारक संवाद से मुझे जो सदमा पहुँचा है, उससे मैं अभी तक उबर नहीं पाया हूँ। उनकी मृत्यु से देश की जो महान् क्षति हुई है, उसका आज अंदाजा नहीं लगाया जा सकता। सहजता, विनम्रता और भलेपन आदि गुणों के साथ उनमें राजनीतिक दूरदर्शिता और सेवा-परायणता भी पूरी मात्रा में थी। वह जानते थे कि क्या जरूरी और बुनियादी है। इन बुनियादी और जरूरी चीजों को पूरा करने के लिए वह प्रयत्न करते थे।

"ताशकंद में उनका महान् कार्य केवल पहला कदम था। अभी कितना कुछ किया जाना बाकी है। शास्त्रीजी की सही याद यह होगी कि हम आज के संकट-

काल में पूरी ताकत और एकता के साथ काम करें। उन्होंने देश की बिना कोई परवाह किए सेवा की। उन्होंने अपना सर्वस्व देश को दे दिया। उनके जैसा नेता अब इस देश में हमें कहाँ मिलेगा? उन्होंने जो कुछ किया था, उससे कितनी ही आशाएँ हमारे मन में जगी थीं। वह शांति के साथ काम करते थे और बिना शोरगुल किए बहुत कुछ कर जाते थे।"

ललिताजी ने कुछ कसैले स्वर में कहा, "जरा उनके इस वाक्य पर ध्यान दीजिए—ताशकंद में उनका महान् कार्य केवल पहला कदम था।" ऐसा लग रहा है, जैसे आप पाकिस्तान को उसकी जमीन वापस लौटाने जैसा महान् कार्य करने ताशकंद गए थे।"

"यदि ऐसा रहा होता तो अटल बिहारी जैसे अनेक नेता मेरे उस समझौते का विरोध क्यों करते? मेरी जब 10 जनवरी की रात में आप लोगों से फोन पर बात हुई थी तो यही बताया गया था कि देश में लोग आपके इस कदम से खुश नहीं है। मैंने भारत में छपने वाले अखबारों की प्रतियाँ दूसरे दिन काबुल भेजने को कहा था, क्योंकि दूसरे दिन सुबह मुझे ताशकंद से वहीं जाना था।" शास्त्रीजी बोल उठे थे।

"जनसंघ दल के नेता श्री अटल बिहारी वाजपेयी जैसे अन्य नेताओं को भीतर से पश्चात्ताप भी हुआ था कि उन लोगों ने आपके फैसले का विरोध किया और आप स्वयं भारत लौटकर आ न सके। अटलबिहारी की प्रतिक्रिया भी खुलकर सामने आई थी। उन्होंने उसी समय कहा था कि पता नहीं ताशकंद समझौते से स्थायी शांति हो सकेगी या नहीं, यह समय बताएगा।"

ललिताजी उन्हें बता रही थीं—"जापान के एक पत्र में छपी वह श्रद्धांजलि भी भारत में चर्चा का विषय बनी रही थी कई दिनों तक।"

"क्या था?" शास्त्रीजी पूछ रहे थे।

"'असाही शिम्बून' नाम था उस पत्र का। उसमें साफ शब्दों में लिखा था— इस प्रकार शास्त्रीजी की यह नाटकीय मृत्यु व्यर्थ नहीं जाएगी। भारत को घरेलू और विदेशी मामलों में अपना मध्यवर्ती मार्ग कायम रखना चाहिए तथा आंतरिक स्थिति को सुदृढ़ करना होगा।"

"भारत के कुछ लोगों के लिए ताशकंद समझौता महान् कार्य था, वहीं पर एक विदेशी पत्र मृत्यु को नाटकीय कह रहा है, तब भी लोगों का ध्यान उस ओर नहीं गया?" शास्त्री की आवाज में घोर वितृष्णा भरी थी।

"आप जब ताशकंद गए थे, उसके बाद घटना वाली रात पूरी रात बाहर बैठा कुत्ता रोता रहा। मेरा दिल जोर-जोर से धड़क रहा था। कोई अनहोनी न हो, इसके

लिए मैं बार-बार शंकर भगवान् से हाथ जोड़कर प्रार्थना कर रही थी। लेकिन तब तक तो ताशकंद से फोन ही आ गया।"

ललिताजी का स्वर भी उद्धिग्नता से भरा था। वे बीते दिनों को याद करते हुए कह रही थीं—"जरा सोचिए, जिस व्यक्ति के घर में बिस्तर की भी कमी रही हो, उसकी ईमानदारी और देशसेवा का यह प्रतिफल मिला? अंतरात्मा काँपी नहीं हत्यारों की? मुझे याद है वह दिन, जब विवाह के कुछ महीनों बाद हमारे घर मेहमान आ गए थे। जाड़े के दिन थे। हम दोनों ने अपनी-अपनी रजाई मेहमानों को दे दी। आप दो पतली चादरें ओढ़कर सोए और मुझे आपने अपनी ओवरकोट ओढ़ने के लिए दे दी थी। मैंने कितना कहा कि आपको ठंड लग जाएगी, पर आप नहीं माने। इतने दयालु और सरल इनसान के साथ इतना बड़ा विश्वासघात करते किसी को यह समझ में नहीं आया कि मनुष्य से चाहे छिपा लो अपने अपराध, पर ईश्वर तो सब देखता है। वह किए अपराध की सजा जरूर देता है। कर्म अपने कर्ता को उसी तरह ढूँढ़ लेता है, जैसे बछड़े झुंड में चरने वाली अपनी माँ को ढूँढ़ लेते हैं। यही तो गीता का भी वचन है।

"आपको मैंने अड़चनों के सिवा दिया ही क्या? एक स्कूल मास्टर की पत्नी के रूप में जीवन की यात्रा शुरू हुई तो, पर अगला पड़ाव जेल में कैद पति के परिवार की संरक्षिका के रूप में ही रहा। केंद्रीय मंत्री की पत्नी, फिर प्रधानमंत्री की जीवनसंगिनी भी रहीं आप, पर आपके जीवन के संघर्ष खत्म कहाँ कर पाया मैं? आपकी गृहस्थी में कितने उतार-चढ़ाव आते रहे। आप शंकर भगवान् की सही मायने में भक्त थीं। सारे विष पीती रहीं, पर उफ्फ तक नहीं किया। मुझसे विवाह करके आपको क्या सुख मिला?" शास्त्रीजी की आवाज में पश्चात्ताप था।

"आप क्या समझेंगे कि मुझे क्या मिला? एक इतने महान् व्यक्ति की पत्नी कहलाने का सौभाग्य क्या सभी स्त्रियों के भाग्य में होता है? मैंने तो बचपन में ही जब आपको मिर्जापुर के उस घर में देखा तो भगवान् शिव से यही कहा था—बरौं शंभु न तो रहौं कुँवारी। पहले आपसे विवाह के लिए मेरी बड़ी बहन का रिश्ता गया। पर भगवान् ने मेरी प्रार्थना स्वीकार की थी।" ललिताजी के स्वर में विगत दिनों की मिठास घुल गई थी।

"क्या आपको मुझसे विवाह करके कभी अफसोस नहीं हुआ?" शास्त्रीजी पूछ रहे थे।

ललिताजी ने धैर्य से जवाब दिया—"क्यों नहीं? हुआ तो था। एक बार तब, जब आप जेल में थे और मेरे घर की कुर्की हुई थी। वे सब मेरा चरखा उठा ले

गए। अफसोस हुआ था। दहेज में आपने वही एक चरखा ही तो लिया था।" वे हँस रही थीं।

"और दूसरा?" शास्त्रीजी ने पूछा।

"आपके साथ ताशकंद न जाने का भी बड़ा अफसोस हुआ था। आपकी मूँज से बुनी चारपाई, जिस पर आप प्रधानमंत्री बनने के बाद भी सोते थे, उसी तरह मैंने अपने कमरे में रखी था। बिस्तर बिछा था, पर खाली। वैसे ही जैसे आपके न रहने पर ताशकंद के उस विला में विस्तर खाली पड़ा था, जिसे मैं देखने पहुँची थी। वहाँ का भी खाली विस्तर देखकर मेरी आत्मा कचोट उठी थी। शहर के भीड़ से दूर, वह विला था, जहाँ पूरी तरह शांति थी। वहाँ पर एक शिलापट्ट पर उस घटना की जानकारी अंकित की गई थी। आपकी एक मूर्ति वहाँ स्थापित की गई थी। एक सड़क का नाम भी आपके नाम पर रखा गया था। 'शास्त्री विला' के नाम से वह जगह सुरक्षित कर दी गई थी। मैंने लौटकर कोसिगिन को पत्र भी लिखा था कि आपने मुझे ताशकंद आने का निमंत्रण दिया, उसके लिए मैं हृदय से धन्यवाद देती हूँ। मेरी यात्रा के लिए विशेष विमान का प्रबंध और आदर-सत्कार के लिए मैं आपकी सरकार की कृतज्ञ हूँ। मेरी और मेरे परिवार की लालसा थी कि हम उस स्थान को देखें, जहाँ मेरे पति लाल बहादुर शास्त्री ने अपनी अंतिम साँस ली थी। वहाँ जाकर पुरानी स्मृतियाँ जाग उठीं। हृदय भर आया था।"

"खैर, छोड़िए ललिताजी। हम लोग संसार की इस माया से मुक्त हो चुके हैं अब।"

दोनों ने एक ठंडी साँस भरी थी और मौन होकर पास ही बह रही यमुना का कल-कल स्वर सुनने लगे थे।

□

—: चार :—

राष्ट्र पर्व

"राष्ट्र मेरे लिए सर्वोपरि था, ललिताजी। पता नहीं क्यों? मैं कारण नहीं जानता था। देखा जाए तो परिवार में वैसा राजनीतिक वातावरण भी न था। पिताजी एक साधारण शिक्षक, माँ एक सीधी-सादी धर्मनिष्ठ घरेलू स्त्री। माँ का संघर्ष और मेरा बचपन आप जानती ही हैं। फिर भी मेरे मन में राष्ट्र राग न जाने कहाँ से आकर जड़ें जमाकर बैठ गया। एक जुनून सा समा गया था मेरे भीतर।"

शास्त्री बता रहे थे। ललिताजी सुन रही थीं।

"जबकि मेरे छोटे नाना दरबारी लाल नहीं चाहते थे कि मैं राष्ट्रीय आंदोलनों से जुड़ूँ। वे मुझे किसी सरकारी नौकरी में देखना चाहते थे, ताकि मेरे साथ-साथ उनकी बेटी, यानी मेरी अम्मा का जीवन-स्तर भी सुधर सके। उन्हें अम्मा के सारे कष्ट याद थे। पर नाना की इच्छा पूरी न हो सकी। सन् 1919 में जलियाँवाला बाग कांड हो गया। हजारों निपराध लोग मारे गए। इस घटना ने देश के युवा वर्ग को भी क्षुब्ध किया। गांधीजी के आदेश पर मैंने अपने मित्र त्रिभुवन और अन्य छात्रों के साथ विरोध स्वरूप एक दिन का उपवास रखा। मेरी राजनीतिक दीक्षा का यह प्रस्थान बिंदु था। सन् 1920 में लाला लाजपत राय की अध्यक्षता में कलकत्ता कांग्रेस ने एक प्रस्ताव पारित किया, जिसमें छात्रों से सरकारी तथा सरकारी सहायता प्राप्त कर रहे विद्यालयों में पढ़ने वाले छात्रों से विद्यालय छोड़कर बाहर आ जाने का आह्वान किया, ताकि असहयोग आंदोलन को सफल बनाया जा सके। आचार्य कृपलानी उस समय काशी हिंदू विश्वविद्यालय में अध्यापक थे। उन्होंने अपनी नौकरी छोड़ दी और छात्रों को प्रेरित करने के लिए जगह-जगह सभाएँ कीं। इसी क्रम में वे हमारे विद्यालय हरिश्चंद्र स्कूल में भी आए। उस समय हमारी परीक्षाएँ होने वाली थीं। हमारे गुरु निष्कामेश्वरजी स्वयं अंग्रेजी के शिक्षक होते हुए भी राष्ट्रीय विचारों के व्यक्ति थे। आचार्य कृपलानीजी का उद्बोधन सुनकर हम तीस

छात्रों में से छह ने पढ़ाई छोड़ दी और बाहर आ गए।"

"कौन-कौन लोग थे?" ललिताजी को उत्सुकता हुई। शास्त्री नाम गिनवा रहे थे—"त्रिभुवन, अलगू राय, हरिहरनाथ, बालकृष्ण, ज्ञान स्वरूप आदि थे। उसी समय धरना देते हुए मैं पहली बार गिरफ्तार हुआ था, लेकिन मेरी कम उम्र को देखते हुए दिनभर कोतवाली में रोककर फिर छोड़ दिया गया था।"

"किसी ने आपको डाँटा नहीं? बच्चे ही तो थे आप उस समय? मुश्किल से पंद्रह-सोलह वर्ष के रहे होंगे?"

ललिताजी को शास्त्रीजी की बातें सुनकर उत्सुकता हो रही थी। विवाह के बाद से उनके पति को घर में रहने की फुरसत ही कितनी मिल पाती थी कि वे पत्नी के साथ बैठकर अपने बचपन की यादें साझा कर पाते। विवाह से पूर्व की इन घटनाओं को सुनना अच्छा लग रहा था उन्हें।

"स्वाभाविक बात है, ललिताजी। मेरे इस कदम पर घर के बड़े-बुजुर्ग बहुत नाराज हुए थे। कह रहे थे—कितना नालायक लड़का है। पढ़ाई का एक वर्ष बरबाद कर दिया। विधवा माँ का भी ध्यान नहीं इसे। बेचारी कब से आस लगाए बैठी है कि बेटा पढ़-लिखकर लायक बन जाएगा तो उसके दुःख भरे दिन दूर हो जाएँगे। कब तक वह दूसरे के भरोसे अपना दिन काटेगी?"

"कौन-कौन नाराज हुआ था? एक तो नानाजी हुए होंगे। दूसरा कौन?"

ललिताजी पूछ रही थीं। शास्त्री बता रहे थे—

"दूसरे गुरुजी स्वयं नाराज थे मेरे इस कदम से।"

"कौन गुरुजी?"

"निष्कामेश्वर जी?"

"क्यों?"

"उनका कहना था कि तुम्हें अपने निर्णय पर पुनः विचार करना चाहिए, क्योंकि तुम्हारी माँ कितनी कठिनाई से तुम लोगों को पाल रही है। बहन भी तुम्हारी शादी के योग्य हो चुकी है। देशभक्ति अच्छी चीज है, पर परिवार को भिक्षाटन के मार्ग पर डालकर कोई कार्य नहीं करना चाहिए।"

"अम्मा क्या कह रही थीं?" ललिताजी ने पूछा।

"अम्मा से एक दिन मैंने एकांत में जाकर पूछा कि आप जैसा कहेंगी, मैं वैसा ही करूँगा। मुझे दूसरों की परवाह नहीं है। पर आपको भी क्या मेरा यह कदम गलत लगता है?" शास्त्री बता रहे थे।

"फिर?"

"अम्मा कुछ देर तो मेरे निर्णय पर असमंजस में रहीं, पर अगले ही पल मेरे सिर को सहलाते हुए बोली थीं—बचवा, तुम्हारे ऊपर हमें भरोसा है। तुम जो करोगे, सही करोगे। बस एक बात कहूँगी कि सोच समझकर कदम बढ़ाना और फिर कभी पीछे मत हटाना।"

"अम्मा आप पर आँख मूँदकर विश्वास करती थीं।" ललिताजी का स्वर स्नेह से सना था।

"और आप?"

"मुझे तो ज्योतिषी ने विवाह से पहले ही बता दिया था।" ललिताजी हँसी थीं।

"क्या बताया था?" वे पूछ रहे थे।

"जब मैं छोटी थी, तब मेरे घर मथुरा से एक पंडितजी आया करते थे। माँ ने मेरा हाथ उन्हें दिखलाया था। उन्होंने ही भविष्यवाणी की थी कि जिस लड़के से इसकी शादी होगी, वह राजदंड और राजभोग दोनों देखेगा। मेरी सहेलियाँ कभी-कभी इस भविष्यवाणी का मजाक भी बनाती थीं कि तेरी शादी एक चोर से होगी, जो राजदंड भोगेगा और जेल में चक्की पीसेगा। पर चोरी के माल से ऐश भी करेगा। मैं उदास हो जाती थी। पर बाद में महसूस हुआ कि पंडितजी ने कितनी सटीक भविष्यवाणी की थी। प्राय: आप आंदोलन में भाग लेने के कारण जेल में भी रहे और आजादी के बाद मंत्री पद से प्रधानमंत्री पद तक का राजभोग भी किया।"

"इसे राजभोग न कहिए। राजसेवा कहिए। मैं सेवक था जनता का। मैंने कोई सुख भोग नहीं किया, ललिताजी। इस बात का मुझे संतोष है और गर्व भी। मेरे बाद मेरे बैंक खाते में आपको कितने रुपए मिले थे?" शास्त्रीजी पूछ रहे थे।

"शायद तीन सौ पैंसठ रुपए थे। यही कुल जमा।" ललिताजी ने बहुत गंभीरता से बताया।

"इसलिए राजभोग नहीं था यह। जहाँ दूसरे बड़े कांग्रेसी नेताओं के कपड़े विदेश में तैयार होते थे, महँगे-महँगे शौक थे, वहाँ लाल बहादुर शास्त्री अपने फटे कुर्ते को सदरी के नीचे छिपाकर पहनते थे, ताकि किसी को पता न चले कि भारत के प्रधानमंत्री का कपड़ा फटा हुआ है। ऐसा इसलिए करता था कि मेरी अंतरात्मा स्वीकार ही नहीं कर पाती थी कि जिस देश की जनता अभावों और गरीबी से जूझ रही हो, उसका प्रधानमंत्री अपनी सुख-सुविधाओं पर इतना ध्यान देता रहे।"

"मैं जानती हूँ। आप अपने कपड़े नौकरों से भी नहीं धुलवाते थे। स्वयं अपने हाथ से धुलते थे। यहाँ तक कि ताशकंद जाने से पहले भी आप अपने कपड़े धुलकर सूखने को डाल गए थे। मैंने उसे सहेजकर रखा था, अंत समय तक।" ललिताजी

बीते दिनों को याद कर भावुक हो उठीं।

"नौकर यदि सोया रहता था, तो आप उसे धीरे से ताली बजाकर जगाते थे, ताकि वह नींद में चौंक न जाए। आप प्रधानमंत्री बन गए थे, उस समय की वह घटना मुझे याद है। मैं आपकी सुरक्षा को लेकर बहुत चौकन्नी रहती थी। नौकरों की हर हरकत पर निगाह रखती थी। आपका खाने का बरतन मैं स्वयं साफ करके रखती। एक दिन आपका खाना ढका था और महाराज ने आकर उसका ढक्कन उठा दिया। मैं बहुत जोर से बिगड़ गई थी। आपने धीरे से मुँह पर उँगली रखकर शांत रहने का संकेत किया था और फुसफुसाकर बोले थे—कुदरत को नहीं पसंद है सख्ती बयान में, इसलिए नहीं दिया हड्डी जबान में।" ललिताजी बोल रही थीं।

"मुझे शेरो-शायरी और कविताएँ अच्छी लगती थीं। मेरे कई दोस्त कविताएँ लिखा करते थे।" शास्त्री ने अपने दोस्तों को याद करते हुए कहा।

"आपके शुरुआती दोस्त कौन-कौन से थे, जो आपके साथ आंदोलन में भाग ले रहे थे?"

"बहुत से दोस्त थे। कारवाँ बनता गया। नियति मिला ही देती है। दो-तीन वर्ष आंदोलन में भाग लेने के बाद मैंने फिर से पढ़ाई की ओर ध्यान दिया था। मिर्जापुर में तिलक विद्यालय से हाई स्कूल पास किया। इसी बीच शिवप्रसाद गुप्तजी ने हमारे जैसे पढ़ाई छोड़ने वाले आंदोलनकारी छात्रों के लिए बनारस में गांधी विद्यालय की स्थापना की, जो आगे चलकर काशी विद्यापीठ बन गया। 10 फरवरी, 1921 को इस विद्यापीठ का उद्घाटन गांधीजी ने किया था। मैंने यहाँ प्रवेश लिया और सबसे पहले काम किया कि अपने नाम के आगे से जाति सूचक शब्द 'वर्मा' हटा दिया। हमारे साथ अलगूराय, त्रिभुवन नारायण, राजाराम, विभूतिभूषण मिश्र, हरिहरनाथ, बालकृष्ण केसकर आदि हमारे सहयोगी मित्र भी काशी विद्यापीठ आ गए। वहाँ हमारे शिक्षकों में आचार्य कृपलानी, बाबू भगवान दास, श्रीप्रकाश, आचार्य नरेंद्र देव, डॉ. संपूर्णानंद जैसे लोग थे।"

शास्त्रीजी विगत स्मृतियों में लीन थे। एकाएक ललिताजी ने पूछ लिया—"पढ़ाई का खर्च कहाँ से आता था उस समय?"

"हाँ, सही पूछा आपने। सन् 1922 में अपने विद्यापीठ के एक साथी की खादी की दुकान पर मैं काम भी करने लगा था। रात में उसी दुकान में सो जाता था। सुबह उठकर दुकान की साफ-सफाई करके और दुकान खोलकर पढ़ाई करने चला जाता। एक छोटा-मोटा रोजगार भी चल रहा था, पढ़ाई भी और राष्ट्रीय आंदोलन भी। तीनों काम एक साथ। कभी-कभी विद्यापीठ से जल्दी आ जाता तो कुछ खादी

के कपड़े कंधे पर लादकर फेरी भी लगा आता। कुछ समय बाद ही वह दुकान बंद हो गई, क्योंकि जिस मित्र की दुकान थी, उसने शास्त्री परीक्षा उत्तीर्ण कर ली थी और वह शिक्षक बन गया था।"

"फिर?" ललिताजी का स्वर द्रवित था।

"बस, ऐसे ही कुछ-कुछ चलता रहा था। मैं विद्यापीठ में स्वयंसेवक दल का सदस्य भी था।"

"स्वयंसेवक तो बड़े समर्पित होते हैं अपने उद्देश्य के प्रति। है न?" ललिताजी पूछ रही थीं।

"हाँ, उन लोगों ने राष्ट्र-निर्माण में अपना बहुत योगदान दिया है।"

शास्त्रीजी के स्वर में आदरभाव था। वे बता रहे थे—"सन् 1923 में गया में कांग्रेस का अधिवेशन था। उस अधिवेशन के अध्यक्ष चितरंजन दास और स्वागताध्यक्ष डॉ. राजेंद्र प्रसाद थे। कांग्रेस का पंडाल बनाना था। मैं विद्यापीठ के स्वयंसेवक दल के एक सदस्य के रूप में वहाँ भेजा गया था। मैंने गया में एक महीने रहकर मिट्टी खोदने, ढोने और गड्ढे पाटने का काम किया।"

"क्या, बदले में आपने पैसे भी लिए थे?" ललिताजी सशंकित स्वर में पूछ रही थीं।

शास्त्रीजी उनके भोले प्रश्न पर हँस रहे थे। "राम-राम। मैं सेवा कार्य के पैसे क्यों लेता? यही तो राष्ट्रसेवा थी शुरू-शुरू की।"

"ओह, मैं तो चौंक ही गई थी।"

शास्त्रीजी आगे बता रहे थे—"विद्यापीठ में पढ़ाई के दौरान ही मैं नेहरूजी के संपर्क में आया था। सुल्तानपुर में हमारे दल के युवा सदस्यों से नेहरूजी ने भेंट की थी। यह कोई 1921 के आसपास की घटना है। बहुत देर तक उनके साथ हम आंदोलनों और राजनीति की चर्चा करते रहे। विद्यापीठ तो राजनीतिक आंदोलनों का एक गढ़ ही बन चुका था। नेहरूजी हम सभी विद्यार्थियों से प्रभावित हुए। नए-नए उभरते हुए नेता थे वे भी। उनके यहाँ विजयालक्ष्मी पंडित का विवाह पड़ा था। उन्होंने हमारे दल को अपने यहाँ आने का आमंत्रण दिया था। उसी समय मैं उनके करीब आया था।"

"उनकी और उनके खानदान की बात छोड़िए। हम विद्यापीठ की बातें जानना चाहती हैं।" ललिताजी पंडितजी के परिवार की बातें सुनना नहीं चाहती थीं। शास्त्रीजी कारण समझ रहे थे। उन्होंने बात बदल दी और बताने लगे—

"घर से विद्यापीठ तक पहुँचने के लिए मेरे पास साइकिल नहीं थी। छह

किलोमीटर पैदल चलकर जाना पड़ता था। इसलिए हम कई मित्रों ने मिलकर एक व्यवस्था की। शहर में ही किराए पर एक मकान लिया, जिसमें हमारे जैसे कई छात्र मिलकर रहते थे और जो खर्च आता था, उसे आपस में बाँट लेते थे। एक गुट और बनाया गया, जिसमें वे छात्र भी शामिल थे, जो दोपहर के भोजन के लिए अपने घर नहीं जा पाते थे। हम लोग वहीं परिसर में किसी पेड़ के नीचे चूल्हा जलाकर एक साथ दाल पका लेते थे और सभी मित्र अपनी-अपनी रोटियाँ उसी चूल्हे पर सेंक लेते। इस गुट का नाम हम लोगों ने मजाक में 'दाल फेडरेशन' रखा था। खाना खाने के बाद गरमी में पेड़ की छाया या जाड़े में खुली धूप में बैठकर किताबें पढ़ते। कक्षा में अध्यापक और छात्र जमीन पर दरी बिछाकर आमने-सामने बैठते और पढ़ाई के साथ-साथ राजनीति पर अधिक चर्चा करते। एक तरह से राष्ट्रीय राजनीति का अड्डा था विद्यापीठ।"

"आप राजनीति विषय पढ़ रहे थे उस समय?"

उनके प्रश्न पर शास्त्रीजी की मंद हँसी बिखरी थी। उन्होंने बताया—"नहीं, मैंने दर्शन विषय लिया था। मुझे लगता था कि भारतीय दर्शन शास्त्र में अध्यात्म, जीवन, परम तत्त्व आदि के साथ सामाजिक और राजनीतिक जीवन का भी सशक्त विश्लेषण है। भगवद्गीता को ही ले लीजिए। राष्ट्र समाज के प्रति स्वधर्म और कर्तव्य की शिक्षा ही तो देते हैं श्रीकृष्ण। पर सबसे बड़ा दर्शनिक और धर्म ग्रंथ भी वही है।"

"जी।" ललिताजी सुन रही थीं।

"विद्यापीठ में ही हम लोगों ने गुप्त रूप से एक क्रांति पर केंद्रित पत्रिका भी निकाली। उसकी साइक्लोस्टाइल प्रतियाँ निकालकर लोगों में बाँटते थे। पुलिस वालों को पता भी नहीं चलने पाता था। हम सब अपना काम कर जाते थे। 1925 में मैं विद्यापीठ से उत्तीर्ण हुआ और अगले ही वर्ष लाला लाजपत राय ने मुझे लोकसेवक मंडल में कार्य करने के लिए लाहौर बुला लिया। 1927 में मुझे मुजफ्फनगर के अछूत उद्धार केंद्र का काम सँभालने के लिए भेज दिया गया।"

"आप विवाह से पूर्व भी इधर-उधर ही भाग-दौड़ करते रहे थे। अम्मा बेचारी कितनी अकेली रही होंगी। घर का खर्च कैसे चलता रहा होगा?"

ललिताजी के स्वर में अपनी सास के प्रति दया भावना थी। शास्त्रीजी बता रहे थे—"दरअसल मंडल के पूर्णकालिक कार्यकर्ता को पहले वर्ष में पचास रुपए और दूसरे-तीसरे वर्ष में साठ रुपए मासिक भत्ता मिलता था। विवाह होने पर दस रुपए की वृद्धि और बच्चे होने पर चार बच्चों तक प्रति बच्चा दस रुपए और अधिक

भत्ता मिलता था। पचीस रुपए अलग से मकान का किराया मिलता था। उसी में से बचाकर मैं माँ को कुछ रुपए भेजता रहता था। लेकिन सच कह रही हैं आप, उससे घर का पूरा खर्च तो चल ही नहीं पाता होगा। और अम्मा का अकेलापन? उसे तो···।"

शास्त्रीजी चुप हो गए थे। उन्हें माँ का अकेलापन और संघर्ष याद आ गया था।

ललिताजी ने बात जारी रखी—"क्या मंडल के सभी पदाधिकारी इतने ही रुपयों में निर्वाह करते थे?"

"दरअसल उस समय मंडल की सदस्यता प्राप्त कर लेना एक गौरवपूर्ण बात होती थी, क्योंकि इसके नियम इतने कठोर थे कि कम ही लोग इसकी ओर आकृष्ट हो पाते थे। सर्वप्रथम तो सदस्यों को अपनी पूरी संपत्ति संस्था को देनी पड़ती थी और बदले में जो भत्ता मिलता था, उसी से अपना जीवन निर्वाह करना होता था। स्वयं लाला लाजपत राय ने ही अपना निजी भवन, पुस्तकालय आदि इस संस्था को दान कर दिया था।"

"और आपकी संपत्ति?" ललिताजी पूछ रही थीं।

वे ठठाकर हँसे थे, फिर बोले, "मेरा अपना क्या था इस धरती पर?"

"हूँ।" ललिताजी गंभीर थीं।

"मंडल की शपथ लेते समय ही कहा जाता था कि मेरे विचारों में देश-सेवा प्रथम रहेगी। अपने और अपने परिवार के लिए अधिक धन कमाने के लिए मैं किसी और काम-धंधे में भाग नहीं लूँगा।"

"यही वह बात थी, जिसे आपने प्रधानमंत्री बनने तक भंग नहीं किया।" ललिताजी का स्वर गर्व से भरा था।

"हाँ। मैं उसे अपना परिवार मानता था। बाद में इस परिवार से पुरुषोत्तम दास टंडन, मोहनलाल, अलगूराय आदि भी आकर जुड़े। सबसे दुःखद घटना 1947 में आजादी मिलने के बाद भारत विभाजन की थी। इसके कारण मंडल को बहुत नुकसान पहुँचा था। लगभग बीस लाख रुपए की संपत्ति पाकिस्तान में छूट गई थी। उसे वहाँ के शासकों ने नष्ट-भ्रष्ट कर दिया था।"

"हाँ, नवंबर 1928 में ही तो साइमन कमीशन के विरोध में निकाले गए जुलूस का नेतृत्व करते हुए लाला लाजपत राय के ऊपर पुलिस वालों ने लाठी चार्ज किया था और वे शहीद हो गए थे?" ललिताजी मानो याद कर रही थीं।

"हाँ, उनके बाद टंडनजी ही मंडल के अध्यक्ष बने थे और उन्होंने मुझे मेरठ

से इलाहाबाद बुला लिया था। 1936 में वहीं रहते हुए मैंने जिला कांग्रेस का अध्यक्ष पद सँभाला। यह मेरा प्रत्यक्ष राजनीति में प्रवेश था। 1962 में जब टंडनजी का देहावसान हुआ, उसके बाद मुझे मंडल का अध्यक्ष बना दिया गया था। राजनीति के साथ मैं मंडल की सेवा भी करता रहा आजीवन।" शास्त्री स्मृतियों में खोए हुए बता रहे थे।

ललिताजी ने याद दिलाया—"जब आप जेल में थे, तब इसी मंडल से भत्ते के कुछ रुपए मेरे पास आते थे और घर का खर्च चलता था। बाद में सरकार ने सारे कार्यालयों पर ताला लगवा दिया तो वह भी बंद हो गया था।"

"हूँ।" शास्त्री विचारों में डूबे थे।

"पहली बार जब आप जेल गए थे तो मुझे कितना अजीब सा लगा था, मैं बता नहीं सकती। दो-तीन दिन पहले ही भोजन करते समय आपने संकेत किया था कि मुझे भी शायद जल्दी ही जेलयात्रा करनी पड़े। हम लोगों ने उसे यों ही हल्के में लिया था। गांधीजी नमक कानून तोड़ने के जुर्म में यरवदा जेल में बंद थे। उनके आंदोलन को चुपचाप आप आगे बढ़ा रहे थे और सत्याग्रहियों को भेजने की व्यवस्था करते रहे थे। हम लोगों के विवाह को मात्र दो वर्ष ही तो हुए थे उस समय। मई 1930 की ही तो यह घटना थी, जब गांधीजी नमक कानून तोड़ने अपने सहयोगियों के साथ दांडी पहुँचे थे। आप उस समय साबरमती आश्रम में ही थे।"

"हाँ, इलाहाबाद, वाराणसी और साबरमती आना-जाना लगा रहता था उस समय। किराए के घर में रहना था, तो कभी भी बदल लेता था। जैसे मेरी आत्मा किराए के घर में रह रही थी। छोड़कर आ गया।" वे हँस रहे थे।

क्षण भर को ललिताजी मौन हो गईं, मानो बीता हुआ वह दिन याद आ गया हो। अगले ही क्षण बातों के सूत्र को जोड़ते हुए बोलीं, "आप छह महीने तक चुपचाप सत्याग्रहियों को भेजने की व्यवस्था करते रहे और किसी को कोई खबर नहीं होने पाई।" वे विस्मित थीं।

"पर दिसंबर आते-आते मुझे आभास हो गया था कि अब मुझे भी किसी दिन गिरफ्तार कर लिया जाएगा।" शास्त्रीजी बता रहे थे।

"हाँ, तभी आप खाना खाकर हाथ धोते हुए भूमिका बना रहे थे कि मेरे जेल जाने पर जो भी रोएगा, मैं समझूँगा, उसे मुझसे प्रेम नहीं है। सच्चा प्रेम उसी का होगा, जो बिल्कुल नहीं रोएगा।" वे बिना कोई उत्तर दिए हँस रहे थे।

ललिताजी बता रही थीं। उनके स्वर में एक थरथराहट थी—"दो-तीन दिन बाद ही तो यह हुआ था। अम्मा दोनों ननदों को लेकर एक पूजा करने विंध्याचल

गई थीं। आपने मेजा जाने की बात कही। मैंने पूछा था कि कब आएँगे? आपने कहा, जल्दी। आपने यह नहीं बताया कि वहाँ आप नमक कानून तोड़ने जा रहे हैं। उस समय हम सब लोग इलाहाबाद में ही एक मकान में किराए पर रहते थे। ऊपरी मंजिल पर हम लोग और नीचे की मंजिल पर गौतम का परिवार रहता था। शाम को देर तक आप नहीं लौटे तो चिंता हुई। एकाएक सड़क पर एक लॉरी गुजरी। उसके अंदर से 'इनकलाब जिंदाबाद' का नारा लग रहा था। मैंने कौतूहलवश ही ऊपर से झाँककर देखा तो हृदय धक्क से रह गया। लॉरी में किनारे वाली सीट पर आप बैठे थे और आप भी ऊपर की ओर ही देख रहे थे। मुझे देखकर आपने हाथ हिलाया तो मैं कुछ देर के लिए सोच में पड़ गई थी कि क्या यह सच है? वह आप ही थे?"

"कैसे पता चला कि वह वाकई मैं था?" शास्त्रीजी के स्वर में परिहास का पुट था।

"अरे, अम्मा लौटकर आईं तो मैंने बताया, लेकिन उनको भी विश्वास नहीं हुआ। पर रात ग्यारह बजे एक सज्जन ने दरवाजा खटखटाया और बताया कि शास्त्रीजी कोतवाली में बंद हैं।"

"और आप और अम्मा तुरंत पूड़ियाँ छानकर मेरे खाने-पीने की व्यवस्था कर कोतवाली पहुँच गईं?" वे हँस रहे थे।

ललिताजी सफाई दे रही थीं—"मैंने अम्मा को मना किया था कि वहाँ पर घर का खाना शायद ही ले जाने दें, पर वे नहीं मानी थीं। पुलिस वाले तैयार नहीं थे पहले, लेकिन अम्मा की बुढ़ौती देख उन पर तरस खा गए और पूड़ियाँ अंदर ले जाने दिए। अगले दिन आपको मलाका जेल भेज दिया गया।"

"हाँ, यह मेरी पहली जेल-यात्रा थी, जो पचास रुपए जुर्माना न भरने के कारण डेढ़ वर्ष से बढ़ाकर दो वर्ष कर दी गई थी। बाद में मलाका से हटाकर नैनी जेल भी भेज दिया गया था।"

"सब याद है मुझे।" वे विचलित थीं।

"खाने-पीने, सोने, सभी चीजों की तकलीफ वहाँ होती रही होगी। परिवार की याद आती रही होगी, पर जेल में बंद आप किससे कह सकते थे?" वे मानो स्वयं से कह रही थीं।

"वहाँ की एक यातना अधिक याद है।" शास्त्रीजी ने कहा।

"क्या?" उन्होंने उत्सुकता प्रकट की, क्योंकि अपने जेल के अनुभव प्रायः कम ही साझा किए थे शास्त्री ने।

"एक बार आपने पूछा था ललिताजी कि आपको जेल के भीतर मारा-पीटा

तो नहीं जाता है न?" तो मैं हँसकर टाल गया था। जानता था कि बता देने पर मेरे आंदोलन को आपका प्रेम कमजोर कर देगा। मारपीट का मुझ पर बहुत असर तो नहीं पड़ा था, पर जिस यातना से मेरे रोंगटे खड़े हो जाते थे, वह थी हमारे नाखूनों में पिनें चुभाया जाना। उसमें असहनीय पीड़ा होती थी, ललिताजी।"

शास्त्रीजी की आवाज दु:ख भरी थी। ललिताजी की आवाज घुटन से भर गई थी—"आपने पहले क्यों नहीं बताया? उन घायल उँगलियों को मैं सहलाना चाहती हूँ अब भी।"

"मेरे मृत्यु के सबूतों की तरह ही धरती पर वे उँगलियाँ भी पार्थिव देह के साथ अग्नि की लपटों में समा गई हैं, ललिताजी। ढूँढ़ने से भी उनके सबूत अब नहीं मिल सकेंगे। बस अनुमान लगाया जा सकता है।"

"हाँ, वह अनुमान भी तो बिल्कुल स्पष्ट है। दर्शनशास्त्र एक तर्क देता है कि जहाँ धूम है, वहाँ अग्नि भी होगी, ऐसा अनुमान स्पष्ट प्रमाण है।" ललिताजी ने तर्क दिया।

"कई बार दूर से कुहरे में भी धुएँ का अनुमान होने लगता है। तब आप क्या कहेंगी? कौन सा अनुमान?" वे हँसते हुए अपने तर्क से ललिताजी को परास्त करना चाह रहे थे।

ललिताजी ने दूसरा तर्क दिया—"घी दूध से बनता है, स्वत: सिद्ध है। पर नंगी आँखों से दूध में घी कहीं दिखाई नहीं पड़ता। एक विशेष प्रक्रिया के द्वारा उसे मथना पड़ता है, तब घी का अस्तित्व सामने आता है। उसी प्रकार आपकी मृत्यु का रहस्य भी है। मंथन तो करना पड़ेगा भारतभूमि पर रहने वाली अगली पीढ़ियों को।" ललिताजी के स्वर में एक जिद थी।

"तनाव के सिवा और क्या मिलेगा मंथन से? मैं तो वापस नहीं जाने वाला लाल बहादुर शास्त्री बनकर।"

"कम-से-कम आगे के लिए सावधान तो होंगी पीढ़ियाँ। कुछ कड़वी स्मृतियों को याद रखना इसलिए भी जरूरी होता है कि उनसे आगे समाधान का प्रकाश मिलता है। उसे याद रखेंगे, तभी समझ पाएँगे कि छल-छद्म और अति महत्त्वाकांक्षा का परिणाम क्या होता है? कम-से-कम उन्हें यह पता चलेगा कि भारत में जनता की सेवा के लिए किस तरह आपके विचार, कर्तव्यनिष्ठा और ईमानदारी हर काल में जरूरी है। आने वाली सरकारों के लिए भी आपके विचार और सिद्धांत मार्गदर्शक बनेंगे।" ललिताजी बोल रही थीं।

"छोड़िए ललिताजी। यह मंथन आने वाली पीढ़ियों के लिए छोड़िए। उस

समय आंदोलन के लिए जो सजा दी जाती थी, वह भी तो अपने लोगों द्वारा ही दी जाती थी। आजादी के बाद भी मुझे यदि कष्ट मिला तो अपने ही कुछ अति महत्त्वाकांक्षी कांग्रेस के नेताओं के द्वारा ही न। तो यह दुनिया की रीति है, मानकर हम भुला देते हैं उसे।" वे बात को टालना चाह रहे थे।

"क्या मतलब?" ललिताजी का स्वर उत्सुक था।

"मतलब यह कि नमक आंदोलन में जो पूरे दो वर्ष की सजा मुझे हुई थी, वह पूरी नहीं करनी पड़ी। राजनीतिक घटनाक्रम के चलते मुझे 10 दिसंबर, 1931 को फैजाबाद जेल से रिहा कर दिया गया, पर लगानबंदी आंदोलन में हजारों किसानों ने जब अपनी गिरफ्तारी दी तो सरकार ने मोर्चाबंदी करते हुए संयुक्त प्रांतीय आपात्कालीन अध्यादेश जारी कर आंदोलन के प्रमुख नेताओं के सार्वजनिक सभाओं में भाग लेने और भाषण देने पर रोक लगा दी। मैंने इस आदेश की अवहेलना करते हुए पुरुषोत्तम दास टंडन पार्क में आयोजित सभा को संबोधित किया। मुझे दंड दिया गया और मजिस्ट्रेट सोहनलाल श्रीवास्तव ने अपना फैसला दिया—

"26 दिसंबर, 1931 को अभियुक्त लाल बहादुर शास्त्री ने एक सार्वजनिक सभा में भाग लेकर और उसमें भाषण देकर इस आदेश का उल्लंघन किया है, इस बात की गवाही कोतवाली के थानाध्यक्ष द्वारा प्रमाणित है। अभियुक्त अदालत की काररवाई में भाग लेने से इनकार करता है और उसने सफाई देने या जिरह करने या गवाही पेश करने से इनकार किया है। इसलिए मैं लाल बहादुर शास्त्री अभियुक्त को संयुक्त प्रांत आपात्कालीन अधिकार अध्यादेश की धारा तेरह के अधीन दोषी पाता हूँ और तदनुसार मैं उसे एक वर्ष के कठोर कारावास का दंड दे रहा हूँ।"

"ये सोहन लाल श्रीवास्तव कौन थे, ललिताजी ने पूछा? अंग्रेज तो नहीं ही थे। अपने देश के ही थे?"

शास्त्रीजी बता रहे थे और ललिताजी को याद आ रहा था सन् 1975 की इमरजेंसी का वह दौर, जब सभी नेताओं को पकड़कर जेल में डाला जा रहा था। किसी को सार्वजनिक सभा करने या भाषण देने का अधिकार नहीं था। कांग्रेसी नेता चापलूसी की हदें पार कर रहे थे। इंदिरा गांधी ने अपने निजी संकट को राष्ट्र का संकट बना दिया था और अदालत का फैसला मानने के स्थान पर संसद्, न्यायपालिका, कार्यपालिका, मीडिया आदि को कुचलकर रख दिया था। विपक्ष के प्राय: सभी नेता और अन्य विरोध करने वाले नागरिकों को जेलों ठूँस दिया गया। इस त्रासदी को पूरा देश इक्कीस महीनों तक झेलता रहा था। मार्च 1977 में चुनाव हुआ और जनता ने इंदिरा की इस करनी का फल दे दिया। वे चुनाव हार गईं थीं।

"कर्म का फल मिलता ही मिलता है।" ललिताजी के एक-एक शब्द में आक्रोश समाया हुआ था।

"क्या आप मुझे कह रही हैं कि कर्म का फल मिलता ही है? मैंने तो बस किसानों का समर्थन किया था और भाषण दिया था।" शास्त्रीजी समझ रहे थे कि ललिताजी कुछ और ही सोच रही हैं, इसलिए उन्होंने विनोद किया। ललिताजी झट बोल पड़ीं—"अरे नहीं जी, आपका कर्म क्यों खराब होने लगा। मैं तो आजादी के बाद और वह भी आपके नहीं होने के नौ वर्ष बाद के कर्मफल के बारे में सोच रही थी। ऐसा ही इमरजेंसी उस समय भी इंदिरा ने लगाया था। चुनाव में हार गईं।"

"अंग्रेजों वाली ही मानसिकता थी यह तो।"

"बिल्कुल।"

वे मौन होकर सामने देखने लगी थीं।

"ललिताजी, कभी-कभी लगता है कि अतीत का एक-एक पल, एक-एक घटनाचक्र तरल होकर सामने फैल गया है। किसी पिघलते ग्लेशियर की तरह।"

"रोकिए मत। पिघल जाने दीजिए उस ग्लेशियर को। तरल बनकर पूरी धरती पर फैल जाने दीजिए अपने पूरे जीवन को। देखे दुनिया कि कैसे जल की तरह एक निर्मल व्यक्तित्व जमकर ठोस बन गया, बर्फ की तरह ठंडा, बेजान।" लाल बहादुर शास्त्री नाम का वह व्यक्तित्व, जो अखबारों में अपना नाम छपने पर भी संकोच में पड़ जाता था। एक बार एक मित्र ने इसका कारण पूछा तो उन्होंने लाला लाजपत राय के उस कथन का उल्लेख किया था, जब लोकसेवक मंडल के लिए दीक्षा-उपदेश देते हुए उन्होंने कहा था—लाल बहादुर, ताजमहल में दो तरह के पत्थर लगे हैं। एक बढ़िया संगमरमर है, उसी के मेहराब और गुंबद हैं, उसी में मीनाकारी और पच्चीकारी की गई है। दुनिया उन्हीं को देखती है और प्रशंसा करती है। दूसरे प्रकार के पत्थर टेढ़े-मेढ़े, बेढंगे हैं। वे सब नींव में दबे पड़े हैं। उनकी किस्मत में केवल अँधेरा और घुटन है। लेकिन नींव के इन्हीं पत्थरों पर ताजमहल की इमारत खड़ी है। मैं चाहता हूँ कि लोकसेवक मंडल के सदस्य भारत निर्माण में नींव के पत्थर बनें। लाल बहादुर शास्त्री नाम के उस महान् व्यक्ति ने मित्र को जवाब देते हुए कहा था—मैं भी नींव का पत्थर रहना चाहता हूँ।"

"हाँ, ललिताजी। एक बेचैनी, जो मुझे मुक्त नहीं होने दे रही थी। आपसे कभी फुरसत में बातें कर पाने का कोई लंबा अवसर न मिला। आप बच्चों और गृहस्थी को किस तरह सँभाल रही थीं, मैं समझता था, पर विवश था। देश को आजाद कराने का सपना न चैन से सोने देता था और न घर-परिवार में बैठने देता था।

प्राय: जेल में ही तो जीवन बीता मेरा। कुछ दिनों के लिए परिवार में आता, फिर जेल। 1934 में गांधीजी के सुझाव पर कांग्रेस ने कुछ समय के लिए सविनय अवज्ञा आंदोलन स्थगित कर दिया था, परंतु फिर भी मैं जेल जाने से कहाँ बच पाया? किसानों और मजदूरों का आंदोलन तो जारी था और मैं तब तक किसान नेता के रूप में जाना जाने लगा था। एक अध्यादेश जारी कर आपात अधिकारों के अधीन मुझे फिर गिरफ्तार कर लिया गया। मोहनलाल गौतम पहले से गिरफ्तार थे। उनके विरुद्ध अदालत में मुकदमा चालू था। मैं मुकदमे की तारीखों पर अदालत जरूर जाता। एक दिन अदालत में ही एक पुलिस इंस्पेक्टर आया और मुसकराते हुए मुझसे पूछा, "कहिए शास्त्रीजी, कब तक बाहर रहने का इरादा है? मैंने भी उसी तरह जवाब दिया—"जब तक आप अंदर न ले चलें।"

उसने कहा—"तो आप आज ही चलें मेरे साथ।" और उसने मुझे गिरफ्तारी का वारंट दिखाते हुए गाड़ी में बैठाकर कोतवाली पहुँचा दिया। मैं आपको बता भी न सका था, ललिताजी। उसके पहले भी 1932 का पूरा वर्ष जेल में बीता था। बस जेल-जीवन की मेरी उपलब्धि यही थी कि वहाँ रहकर मुझे अध्ययन करने का पूरा समय मिलता रहा। वहीं पर मैंने कांट, हीगेल, हक्स्ले आदि को पढ़ा। लेनिन और मार्क्स के विचारों को भी समझा। महिला वैज्ञानिक मैडम क्यूरी की जीवनी का अनुवाद हिंदी में किया।"

"आपने जेल से मुझे एक पत्र भी भेजा था कि मैं आपके लिए एक किताब लिख रहा हूँ। क्या मैडम क्यूरी के हिंदी अनुवाद के बारे में आपने लिखा था पत्र?" ललिताजी पूछ रही थीं।

"हाँ, उस समय आप बहुत अस्वस्थ थीं। क्षय रोग हुआ था आपको। मैं जेल में था। कीमती दवाएँ, पौष्टिक आहार आपके लिए जरूरी था। पर मैं विवश था। आपका उपचार ठीक से करवा पाने की स्थिति नहीं थी। मैं एक मानसिक दबाव से गुजर रहा था। मैडम क्यूरी की जीवनी भी कुछ ऐसे ही ताने-बाने से बुनी थी। उनकी माँ तपेदिक से ग्रस्त थीं। आर्थिक हालत शोचनीय थी, परंतु उनमें आत्मविश्वास और संकल्पशक्ति की कमी नहीं थी, जिसके बल पर वे मुसीबतों को पार कर आगे बढ़ रही थीं और अंत में विश्व की महान् वैज्ञानिक बनीं। अनुवाद करने के बाद मैंने उस पुस्तक की भूमिका में लिखा था—"साधन बहुत क्षीण तथा मार्ग कंटकाकीर्ण रहते हुए भी एक बालिका ने स्वत: प्रयास से जितनी सफलता प्राप्त की, वह प्रत्येक नर-नारी के लिए अनुकरणीय है। हमारे देश के रहने वालों में यह धारणा बनी हुई है कि यूरोप की महिलाएँ केवल सुखी जीवन बिताने की खोज में रहती हैं तथा

सब सुविधाएँ सुलभ होने से उनको कुछ काम नहीं करना पड़ता और उनकी रुचि सिनेमा, खेल, वेश-भूषा और प्रेमालाप में ही रहा करती है। मैडम क्यूरी का जीवन इस धारणा को समूल नष्ट करने के लिए पर्याप्त है।

"हमारे देश में कन्याओं ने जहाँ कुछ शिक्षा प्राप्त की, वे काम से दूर भागती हैं। कौटुंबिक जीवन के छोटे-मोटे उत्तरदायित्व से घबराने लगती हैं। सेवक और सेविकाओं की उन्हें प्रतिक्षण आवश्यकता प्रतीत होती है और अपने से काम करने का अभ्यास छूट जाता है। मैडम क्यूरी ने उच्चतम शिक्षा प्राप्त की और कुछ धनोपार्जन भी किया, परंतु अपने हाथ से काम करना बंद नहीं किया। गृहकार्य, बच्चों की सेवा-शुश्रूषा तथा कुटुंब का सब उत्तरदायित्व वे अंत तक निःसंकोच भाव से निभाती रहीं। महान् वैज्ञानिक होते हुए भी वे समाज और देश को नहीं भूली थीं। पोलैंड की स्वतंत्रता उन्हें सदा प्रिय रही। बुद्धिप्रधान होते हुए भी नैतिकता को वे किसी तरह कम महत्त्व नहीं देती थीं। उनमें ज्ञान और कर्म का सुंदर समन्वय दिखाई पड़ता था। अपने दूसरे नोबेल पुरस्कार के धन को महायुद्ध के समय उन्होंने फ्रांस को अर्पित कर दिया था। आइंस्टाइन ने क्यूरी के बड़प्पन के बारे में कहा था—ख्यातिप्राप्त व्यक्तियों में मेरी क्यूरी ही एक ऐसी थीं, जिसे प्रसिद्धि ने किसी प्रकार नष्ट नहीं किया।"

"इतनी पुस्तकें कहाँ से मिलती थीं?" ललिताजी पूछ रही थीं।

"स्पष्ट सी बात है कि जेल में तो नहीं मिलती थीं। जो लोग मुझसे मिलने आते थे, उन्हीं लोगों से कहता था कि अगली बार ये किताबें लाइएगा। किताबें लाने पर रोक नहीं थी। हाँ, खाने-पीने की चीजें कोई सीधे कैदी को नहीं दे सकता था, जैसे आप महीनों बाद मुझसे मिलने आई थीं तो दो आम आँचल में छिपाकर ले आई थीं। मैं बिगड़ तो पड़ा उस समय, पर बाद में बहुत पश्चात्ताप हुआ। आपके उस निश्छल प्रेम को समझने में चूक हो गई थी। मैंने जेल से ही आपको पत्र लिखा था और अपने उस कृत्य के लिए माफी भी माँगी थी। आपका उस दिन मेरी डाँट खाकर रो पड़ना महीनों तक मेरे चित्त को मथता रहा। मेरे लिए किस भावना से आप छिपाकर आम ले आईं और मैं आदर्श के चक्कर में आपको डाँटने लगा।" पश्चात्ताप भरा स्वर था शास्त्रीजी का।

"कोई बात नहीं। कोई अपनों को ही न डाँटता है। मैंने गलत तो किया था कि आँचल में छुपाकर ले आई, पर मन नहीं माना था। आपको आम पसंद थे, इसलिए लेकर चली गई। किसी भी फसल की नई चीज पहले आपको खिलाकर ही मैं खाती थी।"

"हाँ, मैं आपकी भावुकता समझ सकता हूँ, ललिताजी। दरअसल उस समय इतने तरह के तनाव आ गए थे हम लोगों के सामने कि परिवार बिल्कुल गौण हो चुका था। आपकी कोई गलती नहीं थी। आप तो हमारे लिए लगातार चिंतित थीं। हमारे सामने मात्र अंग्रेजी शासन ही चुनौती नहीं थी, हमारे अपने देशवासी भी अनेक चुनौतियाँ खड़ी कर रहे थे।"

"आपने तो कभी चर्चा ही नहीं की मुझसे।" ललिताजी हतप्रभ थीं।

"क्या करता? आप भी परेशान ही होतीं। सन् 1933 में कांग्रेस ने हरिजनों की समस्या पर अपना ध्यान केंद्रित किया, क्योंकि इस वर्ग को बहलाने-फुसलाने वाले भी समाज में तैयार थे और अंग्रेज शासक इसका लाभ उठाना चाह रहे थे। कांग्रेस के आंदोलन को दबाने के लिए और एक सांप्रदायिक भावना भड़काने के लिए ब्रिटिश प्रधानमंत्री ने दस अगस्त, 1932 को एक चाल चली थी। उन्होंने हिंदुओं, मुसलमानों को बाँटने के साथ-साथ हरिजनों को भी अलग करने की कोशिश की। उन्होंने केंद्रीय विधान परिषद् में हिंदुओं और मुसलमानों के साथ हरिजनों के लिए भी अलग निर्वाचन मंडल की व्यवस्था की। हरिजन नेता के रूप में डॉ. भीमराव अंबेडकर ने अंग्रेजों का साथ दिया। वे ब्रिटिश प्रधानमंत्री की इस कूटनीतिक चाल का मोहरा बन गए। यह एक तरह से हिंदुओं को कमजोर करने का षड्यंत्र था। गांधीजी की भूमिका उस समय बहुत महत्त्वपूर्ण थी। उस समय वे यरवदा जेल में नजरबंद थे। अगस्त में ब्रिटिश प्रधानमंत्री के इस कूट निर्णय के विरोध में उन्होंने सितंबर 1932 में आमरण अनशन कर दिया था। गांधीजी हरिजनों के लिए हिंदुओं की सीटों में ही आरक्षण की व्यवस्था चाहते थे। बहुत कोशिशों के बाद डॉ. अंबेडकर गांधीजी के प्रस्ताव पर सहमत हुए। बाद में यही 'पूना समझौता' कहलाया।"

"आजादी की लड़ाई एक साथ न लड़कर अपनी जाति, अपना धर्म के नाम पर बाँट-बाँटकर हो रही थी।" ललिताजी के स्वर में वितृष्णा थी।

"हाँ, यही सब वे कारण थे, जिनसे आजादी मिलने में देर हुई। 1935 से 1938 तक मैं संयुक्त प्रांतीय कांग्रेस कमेटी का महासचिव था, तो गाँव-गाँव घूमकर किसानों से मिलकर उनकी दशा का पता लगाया। पता चला कि जमींदारी प्रथा अलग ही ढंग से अपने भाई-बंधुओं का शोषण कर रही थी। जनवरी 1936 में जब मैं इलाहाबाद नगरपालिका का सदस्य चुना गया तो नगरपालिका की भूमि पर भंगियों और निराश्रितों के लिए आवास बनाने की व्यवस्था की। उस समय नगर पालिका के सदस्यों में मेरे साथ तेज बहादुर सप्रू, डॉ. कैलासनाथ काटजू, भगवान्

दास टंडन, राम प्रसाद मिश्र, गणेश प्रसाद सेठ, विजयलक्ष्मी पंडित जैसे लोग थे।"

"कुछ वर्षों के लिए आप लोगों की सरकार भी तो बनी थी कोई? उसी में आप सोरांव, इलाहाबाद यमुना पार से चुनाव लड़े थे?" ललिताजी को अकस्मात् याद आया।

शास्त्री ने भी याद करते हुए बताना प्रारंभ किया था—"दरअसल अंग्रेज सरकार ने हम लोगों के आंदोलनों से घबड़ाकर 1935 में ब्रिटिश संसद् में भारत कानून पास किया, जिसमें प्रांतों में व्यवस्थापिका सभा के रूप में सरकारों की स्थापना का प्रस्ताव किया। इन सरकारों को कुछ सीमित अधिकार देते हुए चुनाव कराने का आदेश दिया गया था कि आंदोलनों पर रोक लग सके। इधर कांग्रेस के लोग भी निरंतर आंदोलनों से थक रहे थे, इसलिए उस कानून की तमाम विसंगतियों पर असंतोष जताते हुए कुछ राजनीतिक सुधारों के अवसर प्राप्त होने के नाम पर उसे स्वीकार कर लिया गया था। 1937 में इस नए कानून के अंतर्गत चुनाव कराए गए। सात प्रांतों—बंबई, मद्रास, संयुक्त प्रांत, मध्य प्रांत, बिहार, उड़ीसा तथा उत्तर पश्चिमी सीमा प्रांत में कांग्रेस विजयी हुई और अपनी सरकार बना पाई। उसी में मैं सोरांव से चुनाव लड़ा था। हुआ यह था कि टंडनजी पर उस क्षेत्र के किसानों ने मुझे चुनाव लड़ाने के लिए दबाव डाला था। नेहरूजी के दबाव में टंडनजी ने नर्मदा प्रसाद सिंह को वहाँ से कांग्रेस का उम्मीदवार घोषित कर दिया, क्योंकि नर्मदा प्रसाद नेहरू के अधिक निकट थे। उन दिनों आनंद भवन में उनका बराबर आना-जाना लगा था। मेरा नामांकन तो डमी उम्मीदवार के रूप में किया गया था। चुनाव अधिकारी ने नर्मदा प्रसाद सिंह का परचा इसलिए निरस्त कर दिया, क्योंकि वह संयुक्त प्रांत के निवासी न होकर रीवां रियासत के निवासी थे। इस तरह मेरा नाम आगे आ सका। जनता ने चुना मुझे और 1937 में मैंने प्रदेश की व्यवस्थापिका सभा में प्रवेश किया।"

"शुरू से ही आपको सरकार में न आने देने के तमाम उपाय किए जाते रहे थे।" ललिताजी व्यंग्य से हँस रही थीं।

"ये सरकारें टिक भी कहाँ पाईं ललिताजी! दो ही वर्ष बाद तो 2 सितंबर, 1939 को हिटलर ने पोलैंड पर आक्रमण कर दिया था। दूसरा विश्वयुद्ध छिड़ गया था। ब्रिटेन ने इस युद्ध में भारत को भी लपेट लिया। कांग्रेस ने इसका विरोध किया। ब्रिटेन ने तर्क दिया कि वह इस युद्ध में विश्व की फासिज्म से रक्षा के लिए शामिल है। भारत, विशेष रूप से कांग्रेस को भी उसमें साथ देना चाहिए। हम लोगों ने एक अच्छा अवसर पा लिया था। युद्ध में शामिल होने की शर्त हम लोगों ने भी ब्रिटिश

शासन के समक्ष रख दी थी कि हमें ब्रिटेन से स्वतंत्रता चाहिए। हमारी स्वतंत्रता की माँग को अंग्रेजी सरकार ने ठुकरा दिया था और विरोधस्वरूप सभी प्रांतीय कांग्रेसी सरकारों ने 31 अक्तूबर, 1939 को अपना त्यागपत्र दे दिया था।"

"कितना तो ऊथल-पुथल रहा आपके जीवन में। उसी समय स्वास्थ्य भी खराब हुआ। उसी के बाद तो फिर से आपको गिरफ्तार कर लिया गया था।"

"हाँ, याद है मुझे। 9 अगस्त, 1941 का दिन था। सत्याग्रह करते हुए सभी लोग अपनी गिरफ्तारी दे रहे थे। आचार्य विनोबा ने सबसे पहले सत्याग्रह शुरू किया था। एक वर्ष तक चला था यह सत्याग्रह। मैंने भी अपनी गिरफ्तारी दी और नैनी जेल में बंद कर दिया गया। बीस हजार सत्याग्रहियों ने अपनी गिरफ्तारी दी। बाद में सरकार ने गिरफ्तार करना ही बंद कर दिया। हम लोगों का यह सत्याग्रह भी कमजोर पड़ गया, क्योंकि सरकार इसे कोई महत्त्व नहीं दे रही थी।"

शास्त्रीजी ललिताजी को बता रहे थे। ललिताजी को याद आया था—"उसी समय तो बेटी मंजु को चेचक निकली थी। हालत खराब हो गई थी। सूचना पाकर आपको पैरोल पर बिना शर्त एक महीने के लिए रिहा कर दिया गया था। पर जिस दिन आप घर आए, उसी दिन बेटी हमेशा के लिए हमसे दूर चली गई। आप भी अंत्येष्टि करने के बाद तुरंत जेल वापस चले गए थे। यह कहते हुए कि जब पैरोल पर रहने का कारण ही खत्म हो गया तो मैं बाहर क्यों रहूँ?"

ललिताजी का स्वर गहन उदासी में डूबा हुआ था। शास्त्रीजी किंचित् पश्चात्ताप वाले स्वर में बोल रहे थे—"हाँ, ललिताजी, आपका क्षोभ और दुःख दोनों बहुत स्वाभाविक है। मैं कैसा पिता और पति था, जो अपनी बच्ची का इलाज भी न करा सका और उसके न होने पर ममता से तड़पती अपनी पत्नी को कुछ दिनों रुककर अपने प्यार से ढाढ़स भी न बँधा सका। आदर्शों और देश की स्वाधीनता के पीछे मैं भी पागल था।"

"नहीं, आपने जो भी किया, वह देश के लिए किया। आज तक आपके उन्हीं योगदानों की चर्चा पूरा विश्व कर रहा है न। आपके कारण ही मुझ जैसी साधारण नारी को भी इतना सम्मान भारत की जनता देती है न। अन्यथा कितनी ललिताएँ घर-गृहस्थी में खपकर मर जाती हैं, कौन जानता है? आप अपने मन पर कोई भार न लें।" ललिताजी सांत्वना दे रही थीं उन्हें।

"आपका यह सहारा ही तो जीवन भर मेरे लिए काम करने की शक्ति देता रहा। ब्रिटिश सरकार ने कितने तरह से हम लोगों को तोड़ने की कोशिशें कीं, पर हम लड़ते रहे अपनी आजादी के लिए। सितंबर 1941 में ब्रिटिश सरकार ने

'अटलांटिक घोषणा-पत्र' जारी किया, जिसमें सभी देशों की जनता को स्वराज पाने और इच्छानुसार सरकार चुनने का अधिकार दिया गया, परंतु ब्रिटिश प्रधानमंत्री चर्चिल ने कह दिया था कि यह घोषणा-पत्र भारत, बर्मा और ब्रिटिश सरकार के अन्य उपनिवेशों पर लागू नहीं होगा। यानी भारत को स्वराज पाने का कोई अधिकार नहीं होगा।"

"हाँ, चारों ओर वे ही सब शासन कर रहे थे, तभी तो कहते थे कि ब्रिटिश सरकार में कभी सूरज नहीं डूबता।" ललिताजी तिरस्कार भाव से बोल रही थीं।

शास्त्रीजी आज वे सारी बातें ललिताजी को बताना चाहते थे, जो वे नहीं जानती थीं या जानती भी थीं तो सतही तौर पर। जो कुछ दूसरों से सुना, बस उतना ही। शास्त्रीजी बता रहे थे—"आज आपको वह घटना भी बता रहा हूँ, जिसे मैंने आपसे केवल इसलिए छिपाए रखा कि आप फिर मुझे किसी भी तरह स्वाधीनता की लड़ाई में भाग न लेने देतीं शायद।"

"क्या था?" उनका प्रश्न आश्चर्य से भरा था। उन्हें विश्वास नहीं हो रहा था कि उनके पति उनसे कुछ छुपा भी सकते थे।

"1930 में मुझे नमक सत्याग्रह में गिरफ्तार कर जेल में डाल दिया गया था। पहले मलाका डिस्ट्रिक्ट जेल में रखा गया, बाद में फैजाबाद जेल भेज दिया गया मुझे। तो सश्रम सजा मिली थी मुझे भी। रहँट खींचने का काम मुझे जेल के भीतर करना था। बैलों के स्थान पर यह काम कैदियों से लिया जाता था, ताकि सश्रम कारावास हो सके। मेरी आत्मा तो मजबूत थी, पर आप तो जानती ही हैं कि शरीर से मैं बहुत सशक्त नहीं था। जल्दी ही श्रम करके मैं थक जाता था।"

बताते-बताते शास्त्रीजी थोड़ा रुके थे। ललिताजी को लगा कि आगे की घटना शायद वह नहीं बताना चाह रहे हैं। उन्होंने कुरेदते हुए पूछा, "फिर, क्या हुआ था?"

"एक दिन रहँट खींचते हुए मैं बहुत थकान महसूस करने लगा तो थोड़ी देर के लिए रुक गया था। हमारे कामों की देख-रेख करने वाला वार्डन बहुत क्रूर स्वभाव का था। वह तुरंत पास आया और मेरे गाल पर तीन-चार थप्पड़ जड़ दिए। यह कहते हुए कि इसी दम पर भारत माता की आजादी के गीत गाते फिरते हो?"

शास्त्रीजी बताते-बताते ठहर गए, क्योंकि ललिताजी की चीख जैसी आवाज निकली थी—"हरामजादे की इतनी मजाल? सत्यानाश हो जाए उसका। कैसे पड़ी हिम्मत?"

शास्त्रीजी हँस पड़े। बताया—"आप ही की तरह उस समय वहाँ बंद हमारे साथी भी आक्रोश में आ गए थे। बैरकों में हंगामा मच गया। लगा कि लोग जेल

तोड़कर फेंक देंगे। मैंने स्वयं उन्हें समझाया कि मुझे तो केवल थप्पड़ लगे हैं, किंतु बंबई में तो हमारी देशसेविका बहनें हँसते-हँसते लाठी और संगीनों की चोटें बर्दाश्त कर रही हैं। धरसाना और बडाला में हमारे सत्याग्रही गोलियों की बौछार भी झेल चुके। हमें अपनी प्रतिज्ञा पर दृढ़ रहना है कि हम उग्र नहीं होंगे।"

"हे राम! आज महसूस हो रहा है कि वे सारे थप्पड़ मेरे मुँह पर लगे हैं। घोर पीड़ा हो रही है मुझे।"

"शोक न करिए ललिताजी। वह एक दौर था। यह सब होना ही था। किसी विदेशी शासन को जड़ से उखाड़ने के लिए फूलों की सेज पर लेटकर काम करने से तो नहीं चलेगा न? मैं अकेला थोड़े ही था। बहुत से लोग थे। खैर, छोड़िए उन बातों को। मैं आपको नेताजी सुभाष चंद्र बोस के बारे में बता रहा था न?"

"जी।" ललिताजी का उत्तर संक्षिप्त था। वे आगे की कहानी भी सुनना चाह रही थीं।

शास्त्रीजी ने नेताजी के बारे में बताना शुरू किया—"दो वर्ष पहले से ही सुभाष चंद्र बोस का गांधीजी के साथ मनमुटाव हो गया था। वे गांधीजी की नीतियों से प्रसन्न नहीं थे। उनका मानना था कि सरकार के साथ नरमी दिखाने से स्वाधीनता नहीं मिलेगी। उन्होंने 1938 में ही कांग्रेस से अलग होकर 'फारवर्ड ब्लाक' की स्थापना कर ली थी। उनके उग्र विचारों के कारण ब्रिटिश सरकार ने उन्हें जेल में डाल दिया था, जहाँ से एक रात वे भाग निकले थे और छिपते-छिपाते काबुल पहुँचे थे। वहाँ से वे मार्च 1941 में मॉस्को गए और फिर वहीं से बर्लिन पहुँचे थे। बर्लिन के सहयोग से ही उन्होंने 7 जनवरी, 1942 को 'आजाद हिंदुस्तान रेडियो' का प्रसारण शुरू किया। यह एक बहुत बड़ा क्रांतिकारी कदम था सुभाष चंद्र बोस का, जिसमें बर्लिन ने सहयोग किया। हमारी स्वतंत्रता में इन देशों का सहयोग मायने रखता है, ललिताजी।"

"अच्छा, एक बात बताइए। आपके ताशकंद समझौते पर हस्ताक्षर करने के पीछे एक और चर्चा होती रही है अपने देश में।"

"क्या?" ललिताजी के प्रश्न पर शास्त्रीजी चौंके थे।

"कि अपनी जीती हुई सामरिक महत्त्व की जमीनें पाकिस्तान को लौटाने के बदले में आप सुभाष चंद्र बोस को वापस भारत लाना चाह रहे थे, जो उस समय तक जीवित थे और शायद मॉस्को की जेल में बंद थे?"

ललिताजी का सीधा-सपाट प्रश्न हवा में तीर की तरह उछला था। सामने पेड़ों को डालियों में छिपे पक्षियों ने शायद अपने पंख फड़फड़ाए थे। एक मद्धिम आवाज

के साथ पत्तियाँ हिलकर खामोश हो गई थीं। कुछ देर के लिए शास्त्री भी खामोश होकर कुछ सोचने लगे थे। फिर धीमे स्वर में बताने लगे—

"हाँ, ताशकंद जाने का कार्यक्रम मैंने इसलिए भी स्वीकार कर लिया था कि देश में और मीडिया में भी बार-बार ये खबरें आ रही थीं कि नेताजी सुभाष चंद्र बोस 18 अगस्त, 1945 के उस विमान हादसे में मरे नहीं थे। अपनी मृत्यु की खबरें उन्होंने प्रसारित करवाई थीं, ताकि उन्हें अंग्रेजी सरकार 'युद्ध बंदी' के रूप में पकड़कर सजा न दे सके। विश्वयुद्ध के दौर में लाखों भारतीय बंदी बना लिए गए थे। हालाँकि सुभाष चंद्र बोस के साथ ही उस विमान में सवार उनके सहयोगी हबीबुर रहमान ने बाद में पाकिस्तान से आकर भारतीय जाँच कमेटी, जो शाहनवाज की अध्यक्षता में गठित की गई थी, के सामने गवाही दी थी कि नेताजी विमान हादसे में मारे गए थे और उनके सामने ही उनका अंतिम संस्कार किया गया था।"

"एक बच्चा भी इस बात पर विश्वास नहीं करेगा कि उसी विमान में सवार नेताजी मर जाएँगे और हबीबुर रहमान इस हाल में जिंदा बच जाएँगे कि नेताजी का अंतिम संस्कार भी आँखों से देख लेंगे।" ललिताजी भड़क उठी थीं।

"हाँ, नेताजी की मृत्यु को रहस्य बना दिया गया। शाहनवाज जाँच समिति के ही सामने नेहरू के स्टेनोग्राफर श्यामलाल जैन ने गवाही देते हुए कुछ दूसरी कहानी बताई। उसने आयोग के सामने बताया कि एक रात एकाएक नेहरू ने उसे बुलाया और ब्रिटिश प्रधानमंत्री एटली के लिए एक पत्र डिक्टेट करवाया। उसमें उन्होंने लिखवाया कि उन्हें स्टालिन से संदेश मिला है कि सुभाष चंद्र बोस जीवित हैं और उनके कब्जे में हैं। सुभाष चंद्र बोस के पारिवारिक सौगत बोस ने भी यह आरोप लगाया कि नेहरू के कार्यकाल में इंटेलिजेंस ब्यूरो उनके पिता, चाचा और सुभाष चंद्र बोस की पत्नी एमिली की चिट्ठियाँ खोलकर पढ़ता रहा और उसकी प्रतियाँ बनाता रहा। इससे स्पष्ट होता है कि कहीं-न-कहीं नेहरू को भी संदेह था कि बोस उस विमान दुर्घटना में मरे नहीं थे।"

"यदि वे जीवित थे तो उन्हें आजादी मिलने के बाद भारत क्यों नहीं लाया गया?" ललिताजी भोलेपन से पूछ रही थीं।

"यही तो वे कारण थे, जिन पर आज तक तमाम जाँच एजेंसियाँ बैठाई गईं और उनकी रिपोर्ट को माना गया या सिरे से खारिज कर दिया गया, ललिताजी। सबसे बड़ा कारण, जो मैं समझ सकता हूँ, वह यह था कि सुभाष चंद्र बोस ने जिस दिलेरी से विश्व में घूम-घूमकर अपनी आजाद हिंद फौज और आजाद हिंद सरकार की स्थापना की और उस सरकार के पहले प्रधानमंत्री के रूप में कार्य करते हुए

भारत से अंग्रेजों को खदेड़ने के लिए दृढ़ता से आक्रामक मुद्रा में आगे बढ़े, उसने जनता में यह विश्वास पैदा कर दिया था कि नेताजी जैसे क्रांतिकारी ही इस देश को आजाद करा सकते हैं। इसलिए यदि वे आजादी मिलने के बाद भारत वापस आ गए होते तो देश की तस्वीर कुछ और ही हो गई होती। देश उन्हें ही सत्ता सौंप देता।" शास्त्रीजी भेद भरे ढंग से बता रहे थे।

"कब की थी उन्होंने आजाद हिंद सरकार की स्थापना ?" ललिताजी की रुचि जाग्रत हो गई थी।

"21 अक्तूबर, 1943 को। उन्होंने ही इस संगठन का प्रतीक-चिह्न एक ध्वज बनाया, जिस पर दहाड़ते हुए बाघ का चित्र होता था। उनका मानना था कि सशक्त विद्रोह से ही आजादी मिल सकती है। इसके लिए विदेश में घूम-घूमकर उन्होंने सैन्यबल को संगठित किया। एक ऐसी फौज, जो दुनिया में किसी भी सेना को टक्कर देने की हिम्मत रखती थी। पूर्ण स्वतंत्रता के लिए उन्होंने क्रांतिकारी हुंकार भरी—'तुम मुझे खून दो, मैं तुम्हें आजादी दूँगा।' इस संगठन का ध्येय गीत ही था— 'कदम-कदम बढ़ाए जा, खुशी के गीत गाए जा।' इस फौज में महिलाओं की भी एक रेजीमेंट थी।"

"यह शाहनवाज कमेटी कब बनी थी ?" ललिताजी पूछ रही थीं।

"सन् 1956 में शाहनवाज कमेटी बनी और उसके बाद एक और कमेटी 1970 के आसपास बनी जस्टिस खोसला कमेटी। इन दोनों ही आयोगों ने नेताजी की मौत को विमान दुर्घटना में होना बताया, परंतु आश्चर्यजनक ढंग से इन दोनों ही आयोगों ने ताइवान, जहाँ पर यह दुर्घटना हुई थी, उस देश की सरकार से कोई पूछताछ की ही नहीं। बाद में अटल बिहारी वाजपेयीजी की सरकार में नेताजी की मृत्यु के रहस्य की जाँच करने के लिए मुखर्जी आयोग बनाया, जिसमें ताइवान सरकार से पूछताछ की गई। ताइवान सरकार ने अपने पुराने रिकॉर्ड्स की छानबीन करके बताया कि 18 अगस्त, 1945 को ताइवान की भूमि पर कोई हवाई जहाज दुर्घटनाग्रस्त हुआ ही नहीं था। हालाँकि विपक्षी सांसदों के दबाव में आकर जस्टिस खोसला के आयोग के दो सदस्यों के साथ अध्यक्ष जस्टिस खोसला को भी जाँच करने के लिए जुलाई 1973 में ताइवान भेजा गया। ताइवान उस समय तक जापान के कब्जे में था। जहाँ नेताजी का विमान दुर्घटनाग्रस्त हुआ था, उस हवाई पट्टी का उपयोग एक लंबे समय से बंद था। खोसला ने ताइवानी अधिकारियों से औपचारिक बातचीत की। वहाँ बोस की मृत्यु के प्रमाण के तौर पर जिस मलबे की तस्वीर उन लोगों को दिखाई गई, उसमें और उसे हवाई पट्टी की भौगोलिक स्थितियों में

काफी अंतर था। साथ गए सदस्यों ने अध्यक्ष खोसला का ध्यान इस ओर खींचा भी, लेकिन उन्होंने बहुत रुचि नहीं दिखाई इस प्रकरण में और अपनी पुरानी थ्योरी पर ही दृढ़ रहते हुए रिपोर्ट सरकार को सौंप दी कि विमान हादसे में ही नेताजी की मौत हुई थी।"

"पर इस मौत की झूठी कहानी गढ़ने के पीछे क्या कारण रहे होंगे?"

ललिताजी हैरान थीं। शास्त्रीजी ने उनकी शंका का समाधान किया— "दरअसल उस समय की स्थितियों की जरा कल्पना कीजिए। पूरे विश्व में युद्ध की स्थिति। अमेरिका और ब्रिटेन, चीन एक ओर। जापान पर छह और नौ अगस्त को परमाणु हमला हो चुका था। जापान भारत का मददगार देश होते हुए भी अमेरिका के आगे घुटने टेक चुका था। उसके मित्र देश ब्रिटेन के खिलाफ आजाद हिंद फौज के सिपाहियों ने युद्ध का बिगुल बजा दिया था। ब्रिटिश शासन को भारत से निकाल फेंकने में नेताजी के मित्र देशों में एक जापान भी था। इसलिए जापान नहीं चाहता था कि उसके देश में नेताजी युद्धबंदी की तरह गिरफ्तार कर लिए जाएँ और उन पर कठोर मुकदमा चले या वे जेल की यातनाएँ झेलें। भारत की आजादी की लड़ाई इस आजाद हिंद फौज और अन्य गरम दल के क्रांतिकारियों के कारण निर्णायक मोड़ पर आ चुकी थी। ऐसे में नेताजी यदि बंदी बनाकर जेल में डाल दिए जाते तो भारत के स्वतंत्रता संग्राम की कहानी वहीं रुक जाती। इसलिए योजना के तहत ही नेताजी ने अपनी मृत्यु की कहानी गढ़ी और 23 अगस्त को प्रसारित कारवाई। किसी महत्त्वपूर्ण व्यक्ति की मृत्यु की खबर चार दिन बाद थोड़े ही प्रसारित होती है। हबीबुर रहमान ने नेताजी का साथ दिया था उस समय। बाद में भारत विभाजन के बाद वे पाकिस्तान चले गए थे।"

"यह शाहनवाज कौन थे, जो पहले आयोग के अध्यक्ष बने थे?"

ललिताजी उत्सुक थीं जानने को।

"यह शाहनवाज भी एक समय नेताजी सुभाष चंद्र बोस के साथ आजाद हिंद फौज के साथ जुड़े थे, लेकिन बाद में वह नेहरू के करीबी हो गए और स्वतंत्र भारत में कांग्रेस के सांसद भी बने। उन पर यह आरोप था कि अपनी इसी जाँच रिपोर्ट के कारण उन्हें सांसद बना दिया गया। अब सत्यांश तो होगा। बिना आग के धुआँ कहाँ? नेताजी के एक पारिवारिक सदस्य सुरेश बोस को भी उस जाँच कमेटी के एक सदस्य के रूप में रखा गया था। बाद में उन्होंने आयोग के अध्यक्ष और नेहरू पर तथ्यों को प्रभावित करने का आरोप लगाकर अपने को अलग कर लिया था। उनका यह मानना था कि प्राप्त तथ्यों के आधार पर जब यह प्रमाणित हो

रहा है कि जापान ने अपने सहयोगी और मित्र नेताजी सुभाष चंद्र बोस को सुरक्षित सोवियत संघ भाग निकलने में सहायता की थी और उनकी मृत्यु की झूठी कहानी प्रसारित की थी तो भारत में स्वतंत्रता-प्राप्ति के बाद इस तथ्य को स्वीकार क्यों नहीं किया जा रहा है ?"

"आखिर क्या रहा होगा ?" ललिताजी सोच में पड़ गई थीं।

"उड़ती-उड़ती सी खबर मुझ तक भी पहुँची थी कि 1946 में माउंट बेटन ने भावी प्रधानमंत्री के रूप में नेहरू को सिंगापुर बुलाया था। 'जन्मभूमि' के संपादक अमृतलाल सेठ भी उनके साथ गए थे। सेठ ने लौटकर नेताजी सुभाष चंद्र बोस के भाई को बताया था कि एडमिरल लुई माउंट बेटन ने नेहरू को चेताया था कि हमें खबर मिली है कि बोस विमान दुर्घटना में नहीं मरे हैं। यदि आप नेताजी के प्रकट होने पर भारत को उनके हाथों में सौंपने का संकल्प ले रहे हों तो आजाद हिंद फौज को भारतीय सेना में शामिल करने का निर्णय लें।" यही कारण था कि आजादी के बाद भारत ने आजाद हिंद फौज को भारतीय सेना में शामिल नहीं किया। इसीलिए मैंने कहा आपसे कि नेताजी के जीवित होने को कुछ ने माना, कुछ ने नहीं माना।"

"हाँ, बिल्कुल सही कह रहे हैं आप। नेताजी वापस लौटते तो देश उनका स्वागत ही करता।" ललिताजी मानो स्वयं से कह रही थीं।

"हाँ, डर का एक कारण यह भी था।"

शास्त्री ने संक्षिप्त उत्तर दिया।

"तो क्या, गांधीजी का अहिंसक आंदोलन किसी काम का नहीं था ?"

ललिताजी पूछ बैठीं।

शास्त्रीजी कुछ देर के लिए अचकचा गए थे। सँभलकर बोले, "एक लंबे समय से अहिंसक आंदोलन का एक दबाव तो बन रहा था अंग्रेजी शासन पर, लेकिन उसकी गति नेताजी जैसे उग्र-क्रांतिकारियों की सशक्त काररवाई से जोर पकड़ता गया। आप देखिए—अक्तूबर 1943 में आजाद हिंद फौज सक्रिय होती है और 1947 में अंग्रेज विवश हो जाते हैं, सत्ता भारतीयों को सौंपने के लिए। जाते-जाते देश का बँटवारा भी कर जाते हैं। उसमें नेहरू और गांधी की भूमिका को पूरा जनमानस जान ही रहा है। आजादी मिल जाने के बाद एक भारतीय नेता ने पूर्व ब्रिटिश प्रधानमंत्री एटली से पूछा था कि भारत को सत्ता सौंपने के पीछे अहिंसक संघर्ष की भूमिका क्या थी तो उन्होंने व्यंग्य में कहा था—'न्यूनतम।' निर्णायक भूमिका तो सुभाष चंद्र बोस और आजाद हिंद फौज की थी।"

"यह आजाद हिंद फौज के लिए इतने सिपाही कहाँ से मिले होंगे नेताजी

को?" ललिताजी को जिज्ञासा थी यह जानने की।

"नेताजी का जब गांधीजी की अहिंसक नीतियों से मतभेद हुआ, उस समय वे जेल में थे। 1941 के शुरुआती दिनों में ही उन्होंने जेल से निकल भागने की योजना बना ली थी। जेल से फरार होकर वे छिपते-छिपाते अफगानिस्तान पहुँचे। वहाँ से इटली और फिर जर्मनी चले गए। वहाँ उन्होंने युद्ध कैदियों को संगठित किया और सैन्य दल की स्थापना की। हिटलर से भी मिले थे वहाँ पर। वे चाहते थे कि हिटलर अंग्रेजों को भारत से खदेड़ने के लिए आक्रमण करे। यह भी बहुत सफल नहीं हुआ तो किसी तरह जापान पहुँचे थे। वहीं सिंगापुर में उन्होंने एक स्वतंत्र भारत सरकार की घोषणा की और ब्रिटेन के खिलाफ युद्ध छेड़ दिया। आजाद हिंद फौज की साठ हजार सिपाहियों की एक सेना खड़ी की और जापान को इस बात के लिए तैयार कर लिया कि कोहिमा और इंफाल होते हुए भारत में अंग्रेजों के ऊपर आक्रमण कर दिया जाए। वैसा ही हुआ। इस युद्ध में ब्रिटिश सेना के पैर उखड़ गए। आजाद हिंद फौज के भी लगभग छब्बीस हजार सैनिक मारे गए इस युद्ध में। उधर रॉयल इंडियन नेवी और ब्रिटिश भारतीय सेना की कुछ इकाइयों में भी विद्रोह जाग उठा था। अंग्रेजों को समझ में आ गया था कि अब इस देश में टिके रहना संभव नहीं। इसलिए आनन-फानन में उन लोगों ने भारत के टुकड़े किए। लोगों को धर्म के नाम पर बाँटा, जातियों के नाम पर भड़काया और नेताजी की वीरता को स्वीकार न करने का बहाना करते हुए अहिंसक संघर्ष के नाम सत्ता सौंपकर चले गए।"

"आपको भी तो यह पता ही रहा होगा कि नेताजी कहाँ हैं?" ललिताजी का निष्कपट प्रश्न हवा में तैरकर शास्त्रीजी के पास पहुँच गया था।

"दरअसल औरों की तरह ही मुझे भी अमेरिकी खुफिया एजेंसी सीआईए की उस सूचना से बल मिला था कि नेताजी 1964 में निर्वासन से लौट आएँगे। दरअसल यह सूचना भी 1950 में भारतीय राजनीतिक परिदृश्य से पैदा हुई थी, जिसमें यह पता चला था कि नई दिल्ली में प्रमुख लोगों के बीच यह चर्चा का विषय बन गया था कि बोस साइबेरिया में हैं, जहाँ से वे अपने वापसी की संभावना का इंतजार कर रहे हैं।"

"आपने अपने प्रधानमंत्री बनने के बाद क्या किया?" ललिताजी का प्रश्न तीर की तरह लगा था उन्हें। गंभीर स्वर में बोले, "ताशकंद जाने के पीछे एक बड़ा कारण यह भी था, अन्यथा समझौता तो भारत की धरती पर भी हो सकता था। अपनी अंतरराष्ट्रीय प्रतिष्ठा बचाने के लिए कोसीगिन आ भी जाते।"

"क्या आपको भी विश्वास था कि नेताजी तब तक जीवित थे?"

"अरे भाई, उनकी उम्र ही क्या थी? मुझसे लगभग सात वर्ष ही तो बड़े थे।"

"तब तो?" ललिताजी के प्रश्न में कई उत्तर समाए थे।

"वे भारत के मित्र देश में थे। कोई खतरे की बात नहीं थी। मेरे प्रधानमंत्री बनने के बाद 29 मार्च, 1965 को एक सांसद ने प्रश्न किया था मुझसे कि क्या नेताजी यदि जीवित हों, जैसा कि देशवासियों को विश्वास है, तो भारत में उनके साथ कैसा व्यवहार करेगी आपकी सरकार? मैंने उन्हें जवाब दिया था कि उनका हमेशा देश के महानतम नायकों की तरह स्वागत किया जाएगा। किसी भी हिंदुस्तानी को इसे लेकर मन में रत्ती भर भी संदेह नहीं रखना चाहिए। और सच कह रहा हूँ ललिताजी, मैंने आप लोगों से जो फोन पर ताशकंद समझौते के बाद कहा था कि मेरे आने पर फिजाँ बदल जाएगी, तो उसके पीछे मेरी मंशा अपने देशवासियों को एक अलग खुशी देने की भी थी। जीती हुई जमीनें तो वापस न करने का निर्णय मैं ले ही चुका था। इस बात की दबी-दबी सूचना भारतीय दूतावास और प्रमुख लोगों को भी हो चुकी थी। सूचना भारत भी आ चुकी थी। कुछ लोगों को डर हो गया था कि कहीं वे इस वापसी से सत्ता से बहुत दूर न हो जाएँ। दुर्भाग्य देखिए कि न मैं लौट सका और न वे।

"पहली बार मैं कोई छल करने जा रहा था, पर इसे छल कैसे कहेंगे? अपने देश के हित में कोई निर्णय पलट देना छल की श्रेणी में नहीं आता। तो मैं मन-ही-मन निर्णय ले चुका था कि टिथवाल और हाजीपीर नहीं लौटाऊँगा। कह दूँगा कि हमारे देशवासी विरोध करने लगे इस समझौते का। लेकिन मेरे साथ तो शुरू से ही छल-छद्म हो रहा था। समझौते पर हस्ताक्षर के बाद उसकी खुशी में आयोजित पार्टी में कोसीगिन ने मुझसे अकेले में कहा कि कुछ अंतरराष्ट्रीय स्तर के दबाव के कारण इस यात्रा में नेताजी की वापसी उचित नहीं होगी। इस प्रकरण पर निर्णय लेने के लिए हम शीघ्र ही फिर मिलकर बैठेंगे और आप जैसा चाहते हैं, वैसा हो जाएगा। मुझे धक्का लगा था। लगा, मैं जाल में फँसा दिया गया। वही मैंने अपने सोने से पहले एक छोटे से चिट पर लिखा था कि मेरे साथ धोखा हुआ। और उस चिट को चश्मे के कवर के भीतर डाल दिया था।"

"ओह, तो वही चिट थी। मुझे आपका सामान वापस किया तो उसमें चश्मा के कवर को बाद में मैंने खोला। नीचे की ओर वह चिट पड़ी थी। मैंने घबराहट में कुछ लोगों को बताया भी, पर उसको लेकर इतना विवाद बढ़ गया कि एक दिन मैंने उसे पानी के साथ निगल लिया। आप राजनीति के शिकार हुए थे। मेरा घाव ताजा था। मैं अपने बच्चों की सुरक्षा चाहती थी।" ललिताजी भावुक हो उठीं।

"आपने जो कुछ भी किया, वह परिस्थितियाँ करवा रही थीं।" शास्त्रीजी मौन हो गए थे।

"आप दोनों की ही मौत एक रहस्य बनी रह गई।" ललिताजी उदास हो गई थीं। शास्त्रीजी ने कहा, "हाँ देशवासियों के लिए यह रहस्य है। हम आप तो अब साक्षी हैं उस पूरे घटनाक्रम के। छोड़िए इस प्रकरण को यहीं। आने वाली हमारी पीढ़ियाँ कभी चाहेंगी तो दस्तावेजों के आधार पर इस रहस्य को सुलझा लेंगी, ताकि फिर कोई मौत रहस्य न रह जाए देश में। नहीं खोजेंगी तो भी क्या करना है? देश तो चल ही रहा है।"

"आखिर सरकार को भी तो उत्सुकता होनी चाहिए थी कि शास्त्रीजी को किसने मारा? देश की जनता को बताने के लिए क्यों नहीं सरकार ने जानने की कोशिश की?" ललिताजी के स्वर में अब भी हैरानी थी।

"इसलिए कि वे तो पहले से जानते थे।" शास्त्री का स्वर निराश था।

उनके सामने 9 अगस्त, 1942 का वह दिन घूम गया था, जब सभी युवाओं के भीतर अंग्रेजी शासन के विरुद्ध 'करो या मरो' वाला भाव भर गया था। रातोरात कांग्रेस कार्य समिति के सभी सदस्य और अन्य प्रमुख नेता गिरफ्तार कर लिए गए थे। कुछ गिने-चुने नेता गिरफ्तारी से बच भी गए थे। युवाओं का आक्रोश चरम पर था। सरकार की चेतावनी के बावजूद एक भारी जुलूस बंबई के चौपाटी मैदान में इकट्ठा हुआ था। एकाएक अरुणा आसफ अली ने वहाँ राष्ट्रीय ध्वज फहरा दिया था। वंदे मातरम् की तुमुल ध्वनि सुन जब तक पुलिस वाले कुछ समझ पाते, अरुणा आसफ अली वहाँ से गायब हो चुकी थीं। उस दिन लाल बहादुर शास्त्री भी बंबई में ही थे और संयोग से अपनी गिरफ्तारी से बच गए थे। वे तुरंत बंबई से इलाहाबाद के लिए चल पड़े थे। उनके पास 'भारत छोड़ो आंदोलन' संबंधी प्रस्ताव की प्रतियाँ और अन्य पत्रावलियाँ थीं। इलाहाबाद से पहले ही पड़ने वाले स्टेशन मानिकपुर में शास्त्रीजी ने तुरंत सवार हुए अपने सहयोगी शर्माजी को बंबई से अपने साथ लाए हुए सारे कागजात सौंप दिए। उस दिन बंबई मेल को नैनी स्टेशन पर ही रोक लिया गया, ताकि पुलिस वाले तलाशी ले सकें। मौके का लाभ उठा शास्त्री और उनके मित्र अलगूराय दूसरी ओर के दरवाजे से झाड़ियों में उतर गए और बचते-बचाते दूसरे दिन सुबह आनंद भवन पहुँच गए थे। उनके लिए यह स्थान सुरक्षित था, क्योंकि पुलिस की सतर्कता के बावजूद वे अपने संगठन का कार्य यहाँ से चला सकते थे। एक कार्यकर्ता के माध्यम से उन्होंने अपने यहाँ होने की सूचना भिजवा दी थी। ललिताजी निश्चित हो गई थीं कि वे बंबई में गिरफ्तार नहीं हुए थे।

आनंद भवन में रहते हुए वे जनता के नाम संदेशों की प्रतिलिपियाँ तैयार करते, पुलिस के अत्याचारों व अपने आंदोलन को जारी रखने की सूचनाएँ भेजते और आंदोलनकारियों को अगले कार्यक्रम की रूपरेखा बताते। यह एक मुश्किल काम था और पुलिस की नजरों से बचकर ही करना था। कुछ दिनों बाद उन्होंने आनंद भवन छोड़ दिया, क्योंकि पुलिस को शक हो गया था कि यहाँ से जनता को भड़काने वाले परचे छापकर बाँटे जाते हैं। शास्त्रीजी अपने एक परिचित पुलिस अधिकारी के घर आ गए। एक दिन उन्होंने एक आदमी से संदेश देकर ललिताजी को बुलवा लिया और बातचीत करने के बाद एक परचा हाथ में पकड़ाते हुए मिर्जापुर के एक सज्जन के पास पहुँचाने को कहा। इस परचे को अधिक-से-अधिक छपवाकर लोगों में बँटवाना है। काम जरूरी है, पर बहुत सावधानी से करना है। उन्होंने ललिताजी से यह भी कहा कि परसों घंटाघर पर भाषण देने के बाद मैं गिरफ्तार कर लिया जाऊँगा। उससे अगले दिन आप मिर्जापुर चली जाइएगा। सचमुच वे गिरफ्तार हुए थे। पहले छह-सात महीने तो परिवार वालों को यह पता ही नहीं चला कि वे किस जेल में बंद हैं? उसके बाद महीने में एक बार परिवार वालों को पत्र लिखने की छूट मिली। लगभग डेढ़ वर्ष बाद उन्हें अपने परिजनों से भेंट करने की सुविधा मिली। ललिताजी मिलने आई थीं परिवार के साथ। चिंता और संघर्ष से बिल्कुल दुबली हो गई थीं।

लगभग दो वर्ष ग्यारह महीने जेल में काटकर शास्त्रीजी रिहा हुए थे। इन तीन वर्षों में भारत और पूरे विश्व की हवा बिल्कुल बदल चुकी थी। इटली के तानाशाह मुसोलिनी की हत्या हो चुकी थी। हिटलर ने आत्महत्या कर ली थी। हिरोशिमा और नागासाकी पर अगस्त 1945 में परमाणु बम से हमला होने के कारण जापान घुटने टेक चुका था। सिंगापुर के पतन के बाद जापान पहुँचे नेताजी सुभाष चंद्र बोस आजाद हिंद फौज का नेतृत्व अपने हाथों में लेकर सशक्त आक्रमण कर चुके थे। 23 अक्तूबर, 1943 को उन्होंने ब्रिटिश शासन के विरुद्ध युद्ध की घोषणा कर दी थी। यह समय देश के लिए भारी ऊथल-पुथल वाला था।

2 जून, 1947 को इटली ने ब्रिटिश पार्लियामेंट में 15 अगस्त को भारत विभाजन करने और दोनों भागों में उनकी अपनी स्वतंत्र सरकार बनाने के अपने निर्णय की घोषणा कर दी थी। देशी रियासतों को ब्रिटिश शासन की शर्तों से मुक्त करते हुए उन्हें यह छूट दे दी गई कि वे विभाजित भारत के जिस भाग की सरकार के साथ अपना विलय चाहते हों, कर सकते हैं। प्रांतों की अंतरिम सरकार ने 1947 के अंत तक कार्य किया था। उसके बाद ही स्थायी सरकारों का गठन हुआ। पुनर्गठन

के बाद शास्त्री को संयुक्त प्रांत का गृहमंत्री नियुक्त किया गया। उनके अधीन पुलिस और यातायात विभाग थे। 1951 तक ही वे उत्तर प्रदेश में रह सके थे। उसके बाद उन्हें नेहरू के आग्रह पर दिल्ली जाना पड़ा और पार्टी के महासचिव का पद सँभालना पड़ा।

1952 में आम चुनाव होने थे। यह चुनाव इसलिए भी खास था, क्योंकि 1950 में नया संविधान लागू होने के बाद यह पहला आम चुनाव था। चुनाव के उत्तरदायित्व से मुक्त होने के बाद उन्हें 13 मई, 1952 में केंद्र सरकार में रेल मंत्री बनाया गया।

"आप जब उत्तर प्रदेश में पुलिस मंत्री थे, तब छात्रों पर लाठी चार्ज को लेकर आप में और आपके मित्र त्रिभुवनजी में मनमुटाव हो गया था न?" ललिताजी को वह घटना एकाएक याद हो आई।

शास्त्रीजी के विचारों की शृंखला भंग हुई थी। उन्होंने ललिताजी के प्रश्न का जवाब देते हुए कहा—"हाँ, लेकिन बाद में वे मेरी विवशता समझ गए थे। दरअसल स्वतंत्रता-प्राप्ति का अर्थ छात्रों ने अनुशासनहीनता से लगा लिया था।"

"कहाँ के थे छात्र?"

"लखनऊ विश्वविद्यालय के थे। उन लोगों ने कुछ ऐसी माँगें उपकुलपति और डॉ. संपूर्णानंदजी के सामने रख दी थीं, जिन्हें उसी रूप में स्वीकार करना उचित नहीं था। माँगें नहीं माने जाने पर छात्रों ने आंदोलन कर दिया और डॉ. संपूर्णानंद का घेराव करने के लिए उनके आवास पर इकट्ठा हो गए थे। घर पर केवल उनके परिवार के सदस्य ही थे। संपूर्णानंदजी काउंसिल हाउस गए थे उस समय। छात्र वहाँ पत्थरबाजी और अपशब्दों की बौछार करने लगे थे। आप ही बताइए ललिताजी, नए-नए आजाद हुए देश में अपने ही नेताओं और उनके परिवारों का यह अपमान क्या सहनीय था? वह भी तब, जब इस स्वतंत्रता को प्राप्त करने में उस नेता ने कितने तरह के कष्ट उठाए हों? मेरे पास सूचना पहुँची थी, तो मैंने पुलिस बल भेजकर छात्रों को पहले शांति से समझाने का प्रयास किया था, परंतु फिर भी उनके उग्र प्रदर्शन करने पर विवशता में लाठी चार्ज का आदेश देना पड़ा। क्या करता मैं? उनके घर की स्त्रियों और बच्चियों की मर्यादा को तार-तार होते देखता?"

"नहीं, आपने बिल्कुल सही निर्णय लिया था।" ललिताजी ने त्वरित निर्णय सुनाया।

"इस लाठी चार्ज में कई पुलिस वाले भी छात्रों के पत्थरों से घायल हुए। कुछ छात्र भी घायल हुए। यह तो होना ही था। संघर्ष का परिणाम प्रायः ऐसा ही होता है।

मुझे दु:ख हुआ, पर मैं विवश था यह निर्णय लेने के लिए।"

"तो फिर त्रिभुवनजी क्यों आपसे नाराज हो गए थे? वे भी तो परिस्थिति समझ सकते थे?" ललिताजी हैरान थीं।

"दरअसल भ्रम हो गया उन्हें। उनके एक भाई लखनऊ विश्वविद्यालय में गणित के प्रोफेसर थे। लाठीचार्ज से क्रोधित छात्र अपना दुखड़ा सुनाने और सहानुभूति प्राप्त करने के लिए उनके आवास पर चले गए। संयोग से उसी समय त्रिभुवन भी वहाँ पहुँच गए। जब उन्होंने छात्रों के मुख से पुलिस की ज्यादती सुनी और छात्रों ने उन्हें बताया कि शास्त्रीजी के आदेश पर लाठी चार्ज हुआ तो वे बहुत नाराज हुए। मुझे तुरंत फोन मिलाया और कहा कि यह अंग्रेजों का जमाना नहीं है कि पुलिस अत्याचार करती फिरे। और गुस्से में फोन रख दिया। मेरी एक बात उन्होंने न सुनी। कुछ दिनों के लिए हमारे बीच बातचीत, आना-जाना सब बंद हो गया था। पर कुछ दिनों बाद ही पंडित निष्कामेश्वरजी ने हमारे मनमुटाव दूर करवाते हुए एक दूसरे के गले मिलवा दिया था। पंडितजी के हम दोनों ही प्रिय शिष्यों में से थे।"

शास्त्रीजी की आवाज मित्र को याद कर भावुक हो उठी थी।

"बहुत मानते थे पंडितजी हम लोगों को। उनकी पत्नी, जिन्हें वे 'भावो' कहते थे और हम छात्र लोग भी 'भावो माता' कहते थे, का पुत्रवत् स्नेह मिलता रहा। उनके हाथ का भोजन बहुत बार किया था मैंने। केले की सब्जी और नीबू वाली चाय मुझे पसंद थी। प्राय: बनाकर कहतीं—'आ, तेरे लिए आज केले की सब्जी बनाई हूँ।'

"उन्हें याद आ गई थी बचपन की वह घटना जब वे बनारस के हरिश्चंद्र हाई स्कूल में आठवीं कक्षा में थे। वे अवकाश के समय में कक्षा से बाहर चाट-मिठाई बेचने वालों के सामने चुपचाप खड़े थे। उनके मौसेरे भाई ज्ञान प्रकाश, मित्र अलगू राय समेत कई छात्र खड़े होकर कुछ-कुछ खरीदकर खा रहे थे। उनके पास पैसे नहीं थे, इसलिए चुपचाप सभी को देख रहे थे। एकाएक निष्कामेश्वर मिश्र गुरुजी की दृष्टि उन पर पड़ी थी और उन्होंने पूछ लिया, "क्यों तुम कुछ नहीं खा रहे हो?"

"नहीं, मैं नहीं खाता।" उन्होंने तुरंत उत्तर दिया।

पंडित निष्कामेश्वरजी समझ गए थे कि वह चाट क्यों नहीं खा रहे हैं। पंडितजी ने चाट खरीदकर उन्हें दी। एक दिन वे उन्हें और त्रिभुवन तथा अलगू को लेकर अपने घर गए थे और अपनी पत्नी से परिचय दिया था। माताजी का स्नेह उसी समय से मिलने लगा था उन्हें। तीनों को वे त्रिमूर्ति कहा करती थीं।

"जानती हैं ललिताजी, माताजी मुझे मोहनी मूर्ति कहती थीं। हम तीनों दोस्त उनके लिए त्रिमूर्ति थे।"

"अच्छा? आप त्रिमूर्तियों में से कौन थे?" ललिताजी पूछ रही थीं। उनके स्वर में आनंद का पुट था।

"उनकी दृष्टि में त्रिभुवन 'ब्रह्मा' थे। सीधे-सादे अलगूराय उनके 'भोले बाबा शंकर' थे। अब आप समझ सकती हैं कि मैं कौन था?" शास्त्रीजी अतीत को याद कर रहे थे और ललिताजी सुन रही थीं।

"एक बार अलगूराय की बेटी बहुत बीमार थी। अस्पताल में भर्ती थी। उसे मैंने अपनी गोद में खिलाया था। मैं उस समय गृहमंत्री था। तो बेटी विद्यावती को देखने मैं अलगू राय के यहाँ गया। विद्या की शादी हो चुकी थी, उसके बाद ही वह बीमार पड़ी थी। उसके पति भी उसे मायके में देखने आए थे। गंभीर बीमारी थी। बचना मुश्किल था। उसने मुझे देखते ही अपने पति की ओर संकेत करते हुए कहा, "चाचाजी, आप गृहमंत्री हैं और ये लोग बेकार घूम रहे हैं?"

मैंने उसके पति को देखा था और तुरंत विद्या से कहा, "बेटी, तुम्हारे पति तो पुलिस की सेवा के योग्य हैं।"

मैंने अलगू से तुरंत उनके जामाता के सारे शैक्षिक कागजात देने को कहा। अलगू संकोच में पड़ गए। उन्होंने कहा, "शास्त्री जी, आपकी यह कृपा आपकी बदनामी का कारण बन सकती है कि मित्र के दामाद को नौकरी दी।" मैंने कहा, "जिस बच्ची को मैंने गोद में खिलाया है। वह इतनी बीमार है। पता नहीं, बचे कि न बचे। उसने मुझसे एक बात कही तो मैं उसे भी पूरा ना करूँ।

"अलगू की आँखें भी भर आई थीं और मेरी भी। जीवन कितना अनिश्चित सा होता है, ललिताजी। अपनी बच्ची को तो मैं नहीं बचा सका था, लेकिन विद्या के रूप में मैं अपनी बच्ची को ही देख पा रहा था।" शास्त्रीजी यादों में भटक रहे थे।

न जाने कितनी अनगिन यादें। एक क्षितिज सा सामने खड़ा हो गया था अतीत का। थोड़ा ललछौंहा, थोड़ा सफेद। चाँद के चारों ओर एक रक्तिम वलय सा बन गया था। कृष्ण पक्ष की सप्तमी तिथि थी। इसलिए चाँद एक ओर से थोड़ा कटा सा दिखाई पड़ रहा था। बादलों की आवाजाही के कारण चाँदनी धरती की ओर नहीं आ पा रही थी। समाधि के चारों ओर मद्धिम विद्युत् प्रकाश फैला हुआ था। सामने सड़क की ओर से आती-जाती गाड़ियों का हॉर्न कभी-कभी सन्नाटे को तोड़ देता था। दो प्राणऊर्जाएँ जागतिक प्रपंच की साक्षी बनी वहाँ विद्यमान थीं।

□

—: पाँच :—

युद्ध पर्व

"युद्ध ही करता रहा मैं पूरे जीवन। कभी अपनी अंतरात्मा ललकारती रही, तो कभी देश के भीतर अपने लोग और कभी शत्रु-देश युद्ध के लिए विवश करते रहे।" एकाएक शास्त्रीजी ने मौन तोड़ते हुए बताना शुरू किया।

"राजनीति में कोई अजातशत्रु तो नहीं होता। सबको प्रसन्न रखने में लोकहितों का नुकसान भी तो हो सकता है। आपने वही दिया, जो देश चाहता था। करोड़ों देशवासियों का प्यार आपको मिला, वह आपकी थाती है।" ललिताजी ने उत्तर दिया।

"अब यदि कोई भारत को बार-बार छेड़ता जाए, उकसाता जाए, तो हम अहिंसा पर टिके रहकर कायरता कैसे दिखला सकते थे भला? हमें तो यह बताना जरूरी हो गया था कि अहिंसावादी भारत भी ईंट का जवाब पत्थर से दे सकता है।"

जैसे शास्त्रीजी युद्ध के पीछे के कारणों पर अपनी सफाई दे रहे थे। ललिताजी ने बात सँभाली—"बिल्कुल सही कहा आपने। दुनिया ने जाना कि हमारी अहिंसा के पीछे भी अदम्य साहस और शक्ति छिपी है। आपके नेतृत्व में सेना का लुटा हुआ गौरव वापस आया था। चीनी आक्रमण के समय भारतीय सेना का गौरव क्षत-विक्षत हो गया था। देश की आत्मा उस आक्रमण से अपमानित महसूस कर रही थी। हमारी अहिंसा को कुछ लोगों ने कायरता के रूप में स्वीकार कर लिया था। आपने उस कायरता को वीरता में रूपांतरित कर दिया था। राष्ट्र की आत्मा तृप्त हो गई थी। आजादी के बाद किसी बाहरी देश के आक्रमण में पहली बार हमारे देश ने जीत हासिल की थी। हर भारतवासी का हृदय गर्व से भर उठा था। पराजय से झुके सिर को आपने ऊँचा उठा दिया था। पूरा देश 'जय जवान, जय किसान' के नारों से गूँज उठा था।"

"वास्तव में चीनी आक्रमण के समय हम उतने सावधान नहीं थे। कभी

चीन हमारा निकटतम मित्र भी बनता था। हमने भी उन पर 'भारत-चीनी, भाई-भाई' कहकर विश्वास किया था। उनका भारतभूमि पर आक्रमण और सीमा का अतिक्रमण अप्रत्याशित और आकस्मिक था। फिर भी हमारे सैनिकों ने अपनी पवित्र मातृभूमि और सीमाओं की रक्षा के लिए यथासंभव प्रयास किए। मैं उस समय प्रमुख पद पर तो नहीं था, परंतु इस आकस्मिक घटना से उद्वेलित हुआ था। हमें उसी समय महसूस हो गया था कि अपनी सशक्त सेनाओं को त्वरित गति से सीमाओं पर भेजने की व्यवस्था अत्यंत जरूरी है, साथ ही राष्ट्र की अखंडता की रक्षा के लिए एक आपातकालीन व्यवस्था भी होनी चाहिए। संयोग से ही मैं प्रधानमंत्री बना। प्रधानमंत्री बनते ही मैंने सबसे पहला ध्यान जवानों और किसानों पर दिया। जवानों की संख्या बढ़ाई। उन्हें आधुनिक अस्त्र-शस्त्रों से सुसज्जित किया। उनमें युद्ध कौशल विकसित किया, ताकि वे विदेशी आक्रमणों का मुँहतोड़ जवाब दे सकें। पाकिस्तान के साथ युद्ध में हमारे जवानों ने उसी वीरता का परिचय दिया था।" शास्त्रीजी का स्वर गर्व से भरा हुआ था।

"आपने जवानों के साथ-साथ किसानों को भी तो मजबूत बनने का संदेश दिया था कि देश की इस संकटकालीन स्थिति में खेतों में पैदावार अधिक-से-अधिक बढ़ाकर मातृभूमि की सेवा करें।" ललिताजी ने याद दिलाया था।

"हाँ, एक अक्तूबर, 1964 को ही मैंने वह संदेश किसान भाइयों को आकाशवाणी के माध्यम से दिया था। दरअसल दूसरे ही दिन मुझे अरब गणराज्य के काहिरा शहर में जाना था, जहाँ दुनिया भर के पचासों देशों के प्रेसिडेंट, प्रधानमंत्री, विदेश मंत्री इकट्ठा होने वाले थे। वहाँ इस मुद्दे पर विमर्श होने वाला था कि दुनिया को न्युक्लियर युद्ध से कैसे बचाया जाए और कैसे शांति स्थापित की जाए। पर धूर्त पाकिस्तान को अपनी गरीबी और अभाव छोड़कर युद्ध के लिए उकसावे में आनंद आ रहा था।

"उसी समय तो आपने सभी पार्टी के नेताओं से भी अपील की थी कि यह समय देश की पुकार सुनने का है। आप सभी लोगों से मैं आग्रह करता हूँ कि देश के प्रति आप अपना धर्म निभाएँ। कृषि आंदोलन का झंडा उठाएँ और गाँव-गाँव जाकर किसान भाइयों की समस्याएँ सुनें, उन्हें दूर करने का प्रयास करें और खेती की पैदावार बढ़ाने में उनकी मदद करें।"

ललिताजी को भी याद आ गया था। उसी के दूसरे दिन के अखबारों में भी यह खबर छपी थी।

"हाँ, ललिताजी, किसी भी राष्ट्र की समृद्धि वहाँ के कृषि और औद्योगिक

उत्पादन पर ही निर्भर होती है। देश का धन या तो जमीन से या कारखाने में पैदा होता है। कारखानों की पैदावार भी बहुत हद तक खेती की सफलता और उसकी उपज पर ही आधारित है। प्रत्येक कृषिप्रधान देश अपने राष्ट्र की आय बढ़ाने और देश को समृद्ध बनाने के लिए किसान के विशाल कंधों का ही सहारा लेता है। इसके लिए सरकार की जिम्मेदारी होती है कि उन्नत बीज, सिंचाई की उचित व्यवस्था, कीटनाशक दवाइयाँ, खाद, आवश्यक खरीद-फरोख्त के लिए उचित दर पर कर्ज के द्वारा धन उपलब्ध कराना, सभी कुछ की व्यवस्था करे। कई बार देखा जाता था कि जिन खेतों से दो फसलों का लाभ लिया जा सकता था, उसे किसान नहीं लेते थे। कई बार जुताई न होने या तैयारी न होने के कारण भी बहुत से खेत बिना बोए रह जाते थे। इसलिए जवान यदि देश की सुरक्षा के प्रति स्वधर्म निभाते हैं तो किसानों को भी देश की समृद्धि के प्रति स्वधर्म निभाना चाहिए। 'जय जवान, जय किसान' इसीलिए मैंने कहा था।"

शास्त्रीजी ने कहा तो ललिताजी को एक उदाहरण याद आ गया। उन्होंने कहा, "मैं गीता रोज पढ़ा करती थी। वहाँ भी कृष्ण अर्जुन को स्वधर्म का ही उपदेश देते हैं। जहाँ ये दोनों साथ हैं, वहाँ विजय निश्चित होती है। कृष्ण गोपाल थे। गाएँ चराते थे। यानी कृषि से जुड़े हुए और अर्जुन जवान।"

"वाह, वाह! कितना सटीक उदाहरण दिया है आपने ललिताजी। देश को युद्धभूमि मान लिया जाए तो भी ठीक ही रहेगा। स्वजन भी प्रहार की मुद्रा में मिलते हैं, बाहरी शत्रु तो होते ही हैं। ऐसे में कृष्ण और अर्जुन ही सँभाल सकते हैं विषम स्थिति को।"

"हाँ, विषम ही कहेंगे। कितनी विषम स्थिति में ही तो आपने प्रधानमंत्री पद सँभाला था।" ललिताजी स्मृतियों में खोई हुई थीं।

"हाँ, मुझे याद है ललिताजी। शाम के समय हम सब नेहरूजी का शरीर अग्नि को सुपुर्द कर लौटे थे। मैं और कुलदीप नैयर बगीचे में बैठे बातें कर रहे थे। नैयर ने मुझसे पूछा था—अब प्रधानमंत्री कौन होगा? मैंने जवाब दिया था कि सबसे पहले तो मोरारजी भाई अपनी दावेदारी पेश करेंगे। पर बहुत से लोग अपनी ही पार्टी के नहीं चाहेंगे कि वे बनें। इंदिरा को भले स्वीकार कर लें, क्योंकि वह नेहरूजी की पुत्री भी हैं। पर पता नहीं कैसे, लोगों का विचार मेरे पक्ष में आ गया। इंदिरा को बहुत अच्छा तो नहीं लगा था मेरा प्रधानमंत्री बनना।"

"हाँ, वह तो पूरे देशवासी भी समझ गए थे।" ललिताजी ने कहा। शास्त्रीजी बोल रहे थे—"कुछ लोगों के मन में मेरे दुबले-पतले और सीधे-सादे व्यक्तित्व को

लेकर शंकाएँ भी उठी थीं कि क्या यह व्यक्ति कांग्रेस के सभी लोगों को अपने पक्ष में रख पाएगा? क्या आर्थिक नीतियों की जानकारी इस व्यक्ति को है? कहीं यह भी समाजवाद के पुस्तकीय ज्ञान के पीछे न भागे? क्या चीन और पाकिस्तान के सामने यह डटकर खड़ा हो सकेगा? क्या कांग्रेस की गिरती साख को उठा सकेगा? आदि आदि।"

"क्या कांग्रेस सचमुच अपने मिशन से भटक रही थी?" ललिताजी का प्रश्न उछला था। शास्त्रीजी संयत स्वर में उत्तर दे रहे थे—"कामराज प्लान के अंतर्गत 1963 में भारत के गृह मंत्री पद से जब मैंने इस्तीफा दिया था, तभी से मुझे ऐसा महसूस हो रहा था। मैंने राजेश्वर प्रसाद को एक पत्र में लिखा भी था कि पंडितजी ने बहुत चाहा कि मैं अपने पद पर बना रहूँ, परंतु अपने पद से हटना मुझे उचित लगा। जिस तेजी से हम कांग्रेस में नीचे की ओर खिसक रहे हैं, वह भयावह मालूम देता है। गवर्नमेंट का शासन जिलों में वेग से निम्न स्तर की ओर जा रहा है। कोई स्वस्थ विरोधी दल बन नहीं पाया है। ऐसी स्थिति में यदि हम सरकार से बाहर आकर कुछ कर सकें तो इस त्याग का स्वागत ही करना चाहिए।"

शास्त्रीजी आगे बता रहे थे—"मैंने राजेश्वर प्रसाद की उस चिंता को दूर करते हुए, जिसमें उन्होंने मेरी आर्थिक स्थिति की ओर शुभेच्छु की तरह संकेत किया था, मैंने उन्हें पत्र में लिखा था—अपने इस निर्णय से कठिनाइयाँ तो घर में उठानी ही पड़ेंगी। आदमी अपने को साध ही लेता है। मकान अभी बदला नहीं है, पर छोटे मकान में जाऊँगा। एक सब्जी कम कर दी गई है, दूध भी। कपड़ा भी थोड़ा हाथ से धोने लगे हैं। रामजी की मोटर इस्तेमाल करता हूँ। पेट्रोल अपना दूँगा। और भी बातें सँभालकर करनी पड़ेंगी। दो बार पहले हट चुका हूँ, यह तीसरा नंबर है। पिछले दो बार से तो इस बार सुविधाएँ अधिक ही हैं। सच तो यह है कि मेरी पत्नी का सच्चा और अनुपम सहयोग है और उनसे मुझे बड़ा बल तथा सहारा मिलता है, अतः काम चल ही जाएगा।"

"आप तो बस मुझे यों ही श्रेय देते रहे। मैं तो आपके चरणों की एक धूल के बराबर भी न थी।" ललिताजी भावुक हो उठीं।

" नहीं, आप उस योग्य थीं ललिताजी। मेरी पत्नी न होकर आप किसी और नेता की पत्नी रही होतीं तो न जाने किन-किन संस्थानों के नामकरण वह आपके नाम पर कर देता।"

वे हँस रहे थे। ललिताजी भी हँस पड़ी थीं। उन्हें याद आई थी वह घटना, जो महेवा गाँव में स्थित हिंदी विद्यापीठ नामक संस्था से जुड़ी थी और जिसकी

चर्चा शास्त्रीजी ने उनसे की थी। शास्त्रीजी उस संस्था के मंत्री 1935 से 1941 तक रहे थे। इलाहाबाद में यमुना के दूसरे तट पर लगभग सत्तर एकड़ भूमि में यह हिंदी विद्यापीठ नामक संस्था स्थापित थी। शास्त्रीजी उस संस्था को ग्रामीण विश्वविद्यालय के रूप में विकसित करना चाहते थे और जब वे केंद्र में गृहमंत्री थे, तब उनके सुझाव पर एक राजकीय प्रतिनिधि मंडल इस संस्था का निरीक्षण करने भी गया था। प्रतिनिधि मंडल ने वहाँ ग्रामीण विश्वविद्यालय की स्थापना के लिए संस्तुति भी दी थी। इसी बीच एक अन्य सज्जन ने चाटुकारिता में जवाहरलाल नेहरू से मुलाकात की और वहीं एक अन्य स्थान पर कमला नेहरू के नाम से ग्रामीण विश्वविद्यालय खोलने का प्रस्ताव रखा। परिणाम यह रहा कि उस व्यक्ति के बताए स्थान पर कमला नेहरू विश्वविद्यालय स्थापित करने की स्वीकृति प्रदान कर दी गई और विद्यापीठ के संबंध का प्रस्ताव निरस्त हो गया। यह बात अलग थी कि बाद में कुछ कारणों से वहाँ कमला नेहरू विश्वविद्यालय भी न खुल सका।

"क्या सोचने लगीं, ललिताजी ?" शास्त्रीजी उन्हें किंचित् मौन देखकर पूछ बैठे।

"कुछ नहीं। बस याद कर रही थी कि नेहरू खानदान के लगभग सभी लोगों के नाम पर भारत के बड़े-बड़े संस्थानों का नामकरण तो हो ही गया।"

"पद पर आने के बाद बहुत कम लोग ही आत्मसंयम रखते हुए कमल-पत्र पर जल की बूँद की तरह निस्पृह रह पाते हैं। उपकार की भावना प्राय: समाप्त हो जाती है और स्वार्थ एवं अहंकार प्रभावी हो जाता है। एक घटना और थी, जब मैंने मन बना लिया था अपने पद से इस्तीफा देने का।" शास्त्रीजी बता रहे थे।

"क्या ?" ललिताजी पूछ रही थीं। बहुत सी बातों से वे अनभिज्ञ थीं। कभी समय का अभाव रहा, तो कभी इन छोटी बातों को बताकर उन्हें तनाव में न डालने की शास्त्रीजी की भावना। शास्त्रीजी ने नहीं बताया था उन्हें इन बातों को।

"जब मैं रेल मंत्री था, उस समय इलाहाबाद के रेलवे स्टेशन के नए भवन का शिलान्यास हुआ था। नेहरूजी ने शिलान्यास किया था। जब वे भाषण देने के लिए खड़े हुए, तभी लाउडस्पीकर फेल हो गया। नेहरूजी आवश्यकता से अधिक क्रोधित हो गए। मंच प्रबंधकों को डाँट-फटकार लगाने के बाद उत्तर रेलवे के उस जनरल मैनेजर एम.के. कौल को बर्खास्त करने की उद्घोषणा कर दी। मुझे बहुत बुरा लगा था नेहरूजी का व्यवहार। मैं रेल मंत्री के नाते वहाँ उपस्थित था और रेलवे के जनरल मैनेजर को उन्होंने इतनी छोटी सी गलती के लिए बर्खास्त कर दिया। मैंने अपने एक मित्र जो, वहाँ उपस्थित थे, उनसे कहा भी कि यह मेरे स्वाभिमान

पर एक चोट है। मैं दिल्ली जाकर अपना त्यागपत्र दे दूँगा। नेहरूजी को किसी तरह भनक लग गई थी। उन्होंने मुझे बुलाकर कहा कि मेरे द्वारा क्रोध में कही बात को गंभीरता से न लीजिएगा।"

"अच्छा ही किया आपने। नेहरूजी भी कहाँ उसके बाद बहुत दिन जिंदा रह पाए।" ललिताजी के स्वर में दया भावना थी। शास्त्री भी उस समय की परिस्थितियों पर विचार करने लगे थे।

27 मई, 1964 को एकाएक नेहरूजी की तबीयत खराब हो गई थी। 26 मई, 1964 को ही वे देहरादून से दिल्ली लौटे थे। रात में बहुत देर तक फाइलें निपटाते रहे। दूसरे दिन अपराह्न एकाएक वे सबकुछ छोड़कर अनंत यात्रा पर निकल गए थे। राष्ट्र स्तब्ध था। पाँच दिन पहले ही एक विदेशी पत्रकार ने उनसे प्रश्न किया था कि आपका उत्तराधिकारी कौन होगा? तो उन्होंने कहा था, उत्तराधिकारी नियुक्त करना मेरा काम नहीं है, और फिर मेरे जीवन की अवधि इतनी जल्दी समाप्त होने वाली नहीं है।"

एकाएक उत्तराधिकारी बनाने की स्थिति आ गई थी।

नेहरूजी की मृत्यु के बाद राष्ट्रपति डॉ. राधाकृष्णन ने उनके मंत्रिमंडल के सबसे वरिष्ठ सदस्य गुलजारीलाल नंदा को प्रधानमंत्री के औपचारिक चुनाव होने और प्रधानमंत्री पद की शपथ लेने तक कार्यवाहक प्रधानमंत्री की शपथ दिलाई। नेहरूजी के जीवनकाल में ही प्रधानमंत्री पद के दावेदारों के नामों पर अटकलें लगाई जा रही थीं, जिनमें मोरारजी देसाई, जयप्रकाश नारायण, कृष्ण मेनन, जगजीवन राम, इंदिरा गांधी, कामराज, लाल बहादुर शास्त्री आदि के नाम थे। लाल बहादुर शास्त्री का नाम बहुत पीछे था। मोरारजी देसाई नेहरू के बाद प्रधानमंत्री पद के प्रबल दावेदार थे। इंदिरा गांधी नेहरू की पुत्री होने के नाते स्वयं को सबसे अधिक सशक्त दावेदार समझ रही थीं। देसाई ने जब अपनी दावेदारी प्रकट कर दी तो किसी भी तरह का संघर्ष टालने के लिए सदस्यों की आम राय माँगी गई थी। लगभग दो-तिहाई सदस्यों ने शास्त्री के नाम का समर्थन किया। इस प्रकार नेहरू के उत्तराधिकारी का ताज शास्त्रीजी के सिर पर बँधा।

"सचमुच वह ताज मेरे लिए काँटो का ताज था, ललिताजी। शायद ही दुनिया के किसी भी प्रधानमंत्री ने इतने अल्प समय के अपने कार्यकाल में इतनी समस्याओं का सामना किया हो।" शास्त्रीजी के स्वर में ठहराव था।

ललिताजी ने स्वीकार करते हुए कहा, "हाँ, काम इतना अधिक था कि आपको अपने परिवार तक के लिए समय निकालना मुश्किल था। खाने-पीने की

भी कोई फुर्सत नहीं। रात देर तक फाइलें निपटाते और सुबह नाश्ता करके निकल जाते। वही नाश्ते के समय जो बातें हो पाती थीं, होती थीं।"

"हाँ, मेरे सामने समस्याओं की त्रिवेणी लहरा रही थी। एक, राष्ट्रीय-अंतरराष्ट्रीय समस्याएँ, दो, सरकार और प्रशासन की समस्याएँ और तीन, पार्टी की अपनी समस्याएँ।"

"पार्टी की कौन सी समस्याएँ थीं?" ललिताजी पूछ बैठीं।

"दरअसल कांग्रेसियों में पदलोलुपता आ गई थी और इस कारण भ्रष्टाचार को बढ़ावा भी मिलने लगा था। यह स्थिति नेहरू के समय से ही शुरू हो गई थी। दरअसल सिंडिकेट के प्रतिनिधि के रूप में मुझे प्रधानमंत्री के पद के लिए चुना ही इसीलिए गया था कि मैं उनके इशारे पर या उनसे परामर्श करके अपना कार्य करूँगा। मैं उन लोगों की दृष्टि में सीधा-सरल था और देसाईजी थोड़ा अड़ियल और बेबाक थे। इस प्रकार सिंडिकेट उस सरकार से बाहर रहते हुए भी सत्ता की बागडोर अपने हाथ में रखना चाहती थी। मैंने मंत्रिमंडल के सहयोगियों के चुनाव में जब पार्टी के अध्यक्ष कामराज तक से परामर्श नहीं लिया तो मनमुटाव शुरू हो गया। होना ही था। मैंने तो लोकसभा के अपने पहले भाषण में भी स्पष्ट कह दिया था कि आवश्यकता पड़ने पर अतीत में जो कुछ भी किया गया था, उसमें संशोधन या परिवर्तन भी किया जाएगा। हर मामले का निर्णय मैं उसके गुण-दोष के आधार पर करूँगा। जवाहरलाल ने क्या कहा या क्या किया, इसका यंत्रवत् पालन करके नहीं।"

"यही सब तो कारण थे कि आप से बहुत से लोग अंदर-अंदर चिढ़ने लगे थे। ललिताजी की मद्धिम आवाज गूँजी थी।

"हाँ, यह भी एक बड़ा कारण था, कांग्रेस के ही लोगों का मुझसे चिढ़ने का। लोग अपने-अपने कोण से नेहरू की नीतियों से हटने की गंध महसूस कर रहे थे। मैंने उन लोगों से एक दिन स्पष्ट कह दिया कि मैं नेहरू के प्रति पूरी तरह से निष्ठावान हूँ, लेकिन प्रधानमंत्री होने के नाते मुझे नई परिस्थितियों और आवश्यकताओं के अनुरूप अपना मार्ग चुनने का पूरा अधिकार है।"

शास्त्रीजी की बात को बीच में ही काटते हुए ललिताजी बोल पड़ीं—"नेहरू गांधी के प्रति निष्ठावान कहे जाते थे, पर उन्होंने भी तो प्रधानमंत्री रहते गांधी की कई नीतियों में आवश्यकतानुसार परिवर्तन किया।"

"हाँ, वही तो। हमारी उनकी जमीनी सच्चाइयाँ भी बिल्कुल अलग थीं। मेरा और उनका परिवेश भिन्न था। मैंने स्वयं उस गरीबी और अभाव को महसूस

किया था, जिसमें उस समय हमारे देश की जनता पड़ी हुई थी। नेहरू ने उसे नहीं भोगा था। मैंने भोगा था। इसलिए मैं जमीनी सच्चाई जानता था। मुझे याद आता है ललिताजी, मेरे प्रधानमंत्री बनने के बाद एक पत्रकार ने छापने के लिए मेरे बचपन की फोटो माँगी थी। मैंने उससे हँसकर साफ-साफ बता दिया था कि जिसके पास बचपन में नाव का किराया न रहा हो, उससे आप बचपन की फोटो की उम्मीद कैसे कर सकते हैं? ऑस्ट्रेलिया के एक अखबार ने मेरे प्रधानमंत्री बनते ही छाप दिया कि शास्त्रीजी का नेतृत्व नेहरूजी से मर्यादित एवं भिन्न होगा। पाकिस्तान के पत्र 'आब्जर्वर' ने लिखा था कि शास्त्रीजी नेहरूजी की तरह आधे भारतीय नहीं हैं। गांधी का अनुयायी होने से हम यह आशा करते हैं कि वह भारतीय मुसलमानों के साथ पूर्ण न्याय करेंगे।"

"कितनी दोमुँही बातें करता था पाकिस्तान। एक ओर भारतीय मुसलमानों की रक्षा की बात कर रहा था और दूसरी ओर भारत पर आक्रमण भी कर रहा था। साँप बनकर भारत से अलग हुआ था। बार-बार फुफकारता रहा है। 26 सितंबर, 1965 को बीबीसी ने तो अपने प्रसारण में यहाँ तक कह दिया था कि शास्त्रीजी हिंदू हैं, इसलिए उन्होंने एक मुसलिम देश के विरुद्ध युद्ध छेड़ा।"

"हाँ, बहुत से लोग विरोध में बोलने लगे थे। 1947 में भारत से टूटकर पाकिस्तान बना और पंद्रह वर्षों के भीतर दुनिया उसे मुसलिम देश कहने लगी और जिस भारत में सदियों से हिंदू रहते आए; वेदों, उपनिषदों की रचना हुई, आयुर्वेद से लेकर वास्तु शिल्प, ज्योतिष आदि का ज्ञान पूरे विश्व को दिया गया, उस स्थान को हिंदू देश कहने में लोगों की जुबान काम नहीं करती। बीबीसी द्वारा उस प्रसारण के बाद मैंने स्पष्ट रूप से बता दिया था, चाहे पाकिस्तान से युद्ध हो या चीन से रहा हो, हम उनका मुकाबला भारतीय रूप में करते रहे। किसी धर्म विशेष के बनकर नहीं।"

"मुसलिमों की पक्षधरता बहुत से देश करते हैं। पता नहीं, भारत को नीचा दिखाने के लिए या उनसे डरकर।" ललिताजी कह रही थीं।

"नीचा उसे ही दिखाने की कोशिश करते हैं लोग, जिसे स्वयं से ऊँचा समझते हैं। भारत हमेशा से उन्नत देश रहा है। दुनिया को पता है कि कोई भी देश बिना धर्म के जीवित नहीं रह सकता। भारत का भी अपना सनातन धर्म है। दुनिया को यह भी पता है कि सनातन का अर्थ क्या होता है? यह धर्म किसी महापुरुष द्वारा चलाया गया पंथ या मजहब नहीं है कि यदि उस महापुरुष को आप मानना बंद कर दें तो आप उस धर्म के व्यक्ति नहीं माने जाएँगे। इसके उलट सनातन में राम, कृष्ण, शिव अनेक देवी-देवता हैं। आप इन्हें न भी मानें, तो भी आप सनातन धर्म के हैं, क्योंकि

सनातन में धर्म का आशय बहुत व्यापक है। पूरे ब्रह्मांड के साथ मानव का कोमल नाता होता है। धरती माँ, आकाश पिता, पशु, पक्षियों और वनस्पतियों तक से नाता है एक-दूसरे का। हवा, अग्नि, सूर्य, पृथ्वी, जल आदि सभी का अपना-अपना धर्म है। जल का धर्म शीतलता और सभी की प्यास बुझाना है तो हवा का धर्म सभी को प्राणवायु देना है। सूर्य का धर्म ऊर्जा देना तो पृथ्वी शस्य-श्यामला माँ की तरह प्राणियों का पोषण करती है। मानव-समाज में भी सभी अपने-अपने धर्म से बँधे होते हैं। पिता का धर्म, पत्नी का धर्म, पुत्र का धर्म, भाई का धर्म आदि-आदि। ऐसे ही नहीं पूरे विश्व को भारत ने 'वसुधैव कुटुम्बकम्' का नारा दे दिया। इतना आसान भी नहीं है भारत के जीवन-दर्शन को समझ पाना।" शास्त्रीजी बोल रहे थे और ललिताजी सुन रही थीं।

"आपने धर्म-दर्शन का कितना अध्ययन किया था?"

वे आश्चर्य से भरी बोल रही थीं। शास्त्रीजी हँस पड़े थे। कुछ क्षण के लिए वातावरण हल्का हो उठा था। शास्त्रीजी कह रहे थे—"मैंने तो केवल धर्म-दर्शन का अध्ययन किया था, आप उसे साक्षात् जी रही थीं, ललिताजी।"

वे भी हँसी थीं। एक हल्की हँसी। एक ममतामयी चाँदनी पलभर को चारों ओर फैल गई थी। उसी चाँदनी में पाकिस्तान के साथ का रक्त रंजित इतिहास भी झलक उठा था।

पाकिस्तान के राष्ट्रपति अयूब स्वयं एक सैनिक अधिकारी थे, इसलिए उन्हें यह पता था कि शत्रु को नीचा दिखाने के लिए सबसे पहले उसके सबसे कमजोर भाग पर वार करना चाहिए। इसलिए जनवरी 1965 के अंतिम दिनों में भारत के कच्छ क्षेत्र में पाकिस्तानी सेना की घुसपैठ शुरू हुई। कच्छ का एक भाग दलदल है और वर्षा में समुद्र का पानी उसे और दलदली बना देता है, इसलिए उस क्षेत्र में सड़कें बनाना या अन्य संचार माध्यमों का विकास कठिन था। यहाँ की जनसंख्या अत्यंत कम और आवाजाही भी वर्ष के कुछ महीनों में ही हो पाती थी। यही कारण था कि इस क्षेत्र में जंगली गधे बहुतायत में पाए जाते हैं। पाकिस्तान ने कच्छ के इसी क्षेत्र को आक्रमण के लिए चुना और मार्च 1965 तक पाकिस्तानी टैंक भी यहाँ गरजने लगी। भारतीय सेना इस अप्रत्याशित आक्रमण के लिए बहुत तैयार नहीं थी, इसलिए कंजरकोट की चौकी और कुछ भारतीय क्षेत्रों पर पाकिस्तानी सेना ने कब्जा कर लिया। अयूब ने अपनी सोची-समझी रणनीति के अंतर्गत शांति वार्त्ता का प्रस्ताव भारत के पास भेजा। उसका आशय यह भी था कि इस बहाने भारत कच्छ के साथ-साथ कश्मीर पर भी वार्त्ता करने को बाध्य हो जाएगा और वह अपनी शर्तें

मनवा सकेगा। अयूब की इस चाल को शास्त्री ने सफल नहीं होने दिया। उन्होंने अपनी शर्त रखी कि पहले कंजरकोट चौकी खाली करो, फिर शांति प्रस्ताव पर चर्चा होगी।

दोनों ही देशों के अड़ियल रवैये के कारण अप्रैल 1965 में इस क्षेत्र में फिर से युद्ध शुरू हो गया। इस बार भारतीय सेना ने पाकिस्तानी सेना को पीछे ढकेल दिया। दोनों देशों के बीच लगातार युद्ध की स्थिति देख ब्रिटिश प्रधानमंत्री हैराल्ड विल्सन ने मध्यस्थता करते हुए युद्ध विराम करवा दिया, परंतु 25 मई, 1965 को पाकिस्तानी सेना ने एक भारतीय दल पर आक्रमण कर इस युद्ध विराम को भंग कर दिया। 27 जून, 1965 को लंदन में राष्ट्र मंडलीय सम्मेलन के दौरान भारत-पाकिस्तान के बीच हो रही छिटपुट झड़पों का मुद्दा भी उठाया गया और औपचारिक समझौते की घोषणा हुई। जुलाई 1965 में यहाँ युद्ध विराम हुआ, परंतु पाकिस्तान द्वारा लगातार कश्मीर में युद्ध विराम का उल्लंघन किया जाता रहा।

सितंबर 1965 के युद्ध के दौरान भारतीय सैनिकों के हाथ एक पाकिस्तानी सैन्य अधिकारी की डायरी लग गई थी, जिसमें भारतीय वायुसेना के जामनगर, आदमपुर, हलवाड़ा, अंबाला, पालम, आगरा आदि में होने वाले प्रशिक्षण उड़ानों का विवरण और उन पर हमले करने की योजना का ब्योरा था। जामनगर में पाकिस्तान ने बमबारी का प्रयास भी किया था, परंतु भारतीय सैनिकों ने 7 सितंबर, 1965 को उस विमान को मार गिराया था।

कश्मीर में घुसपैठियों को भेज कर सत्ता परिवर्तन करवाने के उद्‌देश्य को पाकिस्तान ने 'ऑपरेशन जिब्राल्टर' नाम दिया था। प्रशिक्षण के बाद इन्हें छह टुकड़ियों में पाकिस्तान ने दुर्गम जंगलों और पर्वतीय रास्तों से कश्मीर में घुसपैठ करवा दिया था। संयोग से कश्मीरी चरवाहों की दृष्टि इन पर पड़ गई और उन चरवाहों ने भारतीय पुलिस और सैनिकों को इसकी सूचना दे दी थी। इस योजना की विफलता पर पाकिस्तान बौखला उठा था। उसके सामने बस एक रास्ता था—सीधे युद्ध का। 10 अगस्त, 1965 को सशस्त्र हमलावर भारत की सीमा में घुस आए थे। 13 अगस्त को प्रधानमंत्री के रूप में शास्त्री ने राष्ट्र को इन सब बातों से अवगत कराते हुए अपना राष्ट्र के नाम संदेश दिया था, जिसमें उन्होंने कहा—

"सरकार को यह सूचना एक सप्ताह पूर्व मिल चुकी थी कि पाकिस्तान अधिकृत कश्मीर से सशस्त्र हमलावरों ने नागरिक वेश में युद्ध विराम रेखा पार कर ली है और वे कई जगहों पर तोड़फोड़ तथा विनाश कार्य कर रहे हैं। इसमें कोई शक नहीं कि यह हमारे देश पर एक ऐसा हथियार बंद हमला है, जो चोरी-छुपे

किया गया है और यही समझकर हमें उसका मुकाबला करना है। हमारी बहादुर सुरक्षा सेना और पुलिस इस स्थिति का मजबूती और सफलता से सामना कर रही है। हमलावरों का पता लगाने के लिए फौरन काररवाई की जा चुकी है। कई जगहों पर मुकाबले हुए हैं और हमलावरों को भारी क्षति पहुँची है। अभी तक 126 हमलावर मारे जा चुके हैं। हमारी सुरक्षा सेना ने उनके 83 ऑफिसरों और जवानों को गिरफ्तार भी किया है। हमलावरों के दूसरे दलों को घेर लिया गया है और वे पकड़े जाने वाले हैं। कश्मीर में गड़बड़ी पैदा करने की पाकिस्तान की सबसे हाल की कोशिश को दबाना और खत्म करना ही है।"

"आप मौन हो गए? कुछ सोचने लगे क्या?" ललिताजी ने चुप्पी तोड़ते हुए कहा।

"हाँ, पाकिस्तान के साथ का युद्ध याद आ गया था। उसे शायद मेरी शांति की पहल ठीक नहीं लगती थी, इसीलिए उसने 14 अगस्त को छंब क्षेत्र में घुसपैठ करने की कोशिश की और 17 अगस्त तक हमारी चार चौकियों पर अधिकार भी कर लिया। निस्संदेह यह हमारे लिए बड़ा हमला और कुछ हद तक अपमानजनक भी था। इसके दो दिन पहले उसने श्रीनगर और लेह मार्ग को काटकर चीन के लिए भी रास्ता साफ कर दिया था। अब भारतीय सेना के क्रोध को रोकना संभव न था। 24 अगस्त, 1965 को हमारी भारतीय सेना ने टिथवाल क्षेत्र में युद्ध विराम रेखा पार कर ली और उसके अगले दिन तीन पाकिस्तानी चौकियों पर अधिकार कर लिया था। 28 अगस्त, 1965 को भारतीय जवानों ने हाजीपीर पहाड़ी पर अधिकार जमा लिया। हमारे हमले से और उनके भूभाग पर अधिकार कर लेने से पाकिस्तानी सेना घबड़ा गई थी और उसके पास आत्मसमर्पण के अलावा दूसरा रास्ता नहीं बचा। सभी आत्मसमर्पण करने वाले उन पाकिस्तानी सैनिकों को बंदी बना लिया गया।"

"यह हाजीपीर और टिथवाल क्षेत्र था न; जिसे पाकिस्तान को वापस लौटाने के लिए आपको ताशकंद बुलाया गया था?" ललिताजी के स्वर में एक कसक थी।

"हाँ। और भी बहुत कुछ था ललिताजी। एक बार लड़ाई छिड़ गई थी तो भारत की पूरी सीमा ही युद्ध के लिए खुल गई थी, इसलिए भारत को उसमें अपनी पूरी शक्ति लगानी पड़ी थी। भारतीय सेनाएँ जिस जोश के साथ आगे बढ़ी थीं, उससे लगता था कि हम जल्दी ही लाहौर और सियालकोट नगरों पर भी अपना अधिकार जमा लेंगे। हमारी सेना नगर की बाहरी बस्तियों तक पहुँच गई थी। सियालकोट के चारों ओर जो खेत थे, उसमें हमारी सेना ने अपना डेरा डाल दिया था। भारत की यही रणनीति थी कि इन नगरों के लिए संकट पैदा करके सबसे पहले पाकिस्तानी

टैंकों को बाहर खींच लिया जाए, क्योंकि अमेरिका से दान में मिले इन पैटन और शैफी टैंकों पर उसे सबसे अधिक भरोसा था। भारतीय सैनिकों ने तीन दिन में सत्तर पाकिस्तानी टैंक नष्ट किए। बदले में उसे भी अपने कुल छह टैंक गँवाने पड़े थे। इसमें हमारी थलसेना का वायु सेना ने बहुत सहयोग किया। द्वितीय विश्वयुद्ध के बाद का यह सबसे भीषण टैंक युद्ध था। जब वह युद्ध समाप्त हुआ तो वहाँ के मक्का के खेतों में चारों ओर टैंकों का मलबा बिखरा हुआ था।"

शास्त्रीजी के स्वर में ओज भरा था। वे युद्ध की कहानी ललिताजी को सुना रहे थे। पूरा दृश्य एक-एककर मूर्तिमान हो रहा था। ललिताजी भी निःस्तब्ध सुन रही थीं। एकाएक उन्होंने पूछ लिया—"उसी जगह को 'पैटन टैंकों का कब्रिस्तान' कहने लगे थे क्या लोग?"

"हाँ, युद्ध विराम के समय तक भारत ने कारगिल की तीन चौकियाँ, उड़ी, पुँछ क्षेत्र में लगभग 200 वर्गमील जमीन, टिथवाल में बीस वर्गमील, सियालकोट क्षेत्र में 180 वर्गमील, लाहौर क्षेत्र में 140 वर्गमील और राजस्थान सिंध क्षेत्र में 150 वर्गमील पाकिस्तानी भूमि पर कब्जा कर लिया था। उनकी कुछ महत्त्वपूर्ण चौकियाँ भी हमारे सैनिकों ने अपने अधिकार में कर ली थीं।"

"फिर क्या हुआ था? युद्ध बंद कैसे हुआ?"

ललिताजी जानना चाह रही थीं। शास्त्रीजी ने कहा, "परेशान राष्ट्रपति अयूब ने 15 सितंबर, 1965 को युद्ध विराम के लिए हस्तक्षेप करने की अपील के साथ अमरीकी राष्ट्रपति जॉनसन को पत्र लिखा। उन्होंने घुमा-फिराकर अयूब को समझाया कि इस हस्तक्षेप के लिए संयुक्त राष्ट्रसंघ ही सर्वोत्तम माध्यम बन सकता है। दूसरी ओर पाकिस्तान का साथ देते हुए चीन भी भारत की सीमा पर लगातार तनाव पैदा कर रहा था। 20 सितंबर, 1965 को सुरक्षा परिषद् ने भारत और पाकिस्तान से माँग की कि वे 22 सितंबर तक युद्ध पूरी तरह से रोक दें और सभी सशस्त्र सैनिक 5 अगस्त, 1965 के पहले के अपने ठिकानों पर लौट जाएँ।"

"अरे, यह क्या बात हुई? हमारे कितने सैनिक शहीद हुए। देश का कितना आर्थिक नुकसान हुआ और सुरक्षा परिषद् ने यह निर्णय दे दिया? यह तो एक तरह से पाकिस्तान का पक्ष लेना हुआ?" ललिताजी का आक्रोश उछलकर बाहर आ गया था।

"हाँ, वही तो मैं कह रहा था आपसे कि मेरा जीवन युद्ध में ही बीत गया। कभी बाहरियों से, तो कभी भीतर से घात करने वालों के साथ। अक्तूबर से दिसंबर 1965 तक मैं पूरे भारत में भ्रमण कर करके अपने भाषणों से यह संदेश देता रहा कि

युद्ध हमारे ऊपर थोपा गया है। हम हमेशा शांति के इच्छुक थे। इन तीन महीनों में सौ से अधिक जगहों पर मैंने भाषण दिए। इस बीच दो अक्तूबर को मेरा जन्मदिन था। जवानों के बीच मैंने 'पैटन टैंक' के नमूने पर बना एक हरे रंग का केक काटा और जवानों को खिलाते हुए कहा था—लो, मैंने भी एक पैटन टैंक नष्ट कर दिया।" शास्त्रीजी आनंदित थे याद कर।

"पता नहीं कब से मनुष्य जाति के साथ यह युद्ध शब्द जुड़ गया। छोड़ने का नाम ही नहीं लेता। लाखों जिंदगियाँ उजाड़ कर भी युद्ध के लिए प्यासा रहता है मनुष्य।"

ललिताजी बोल रही थीं।

शास्त्रीजी उन्हें समझा रहे थे—"हाँ ललिताजी, इस संसार से संघर्ष अभी मिटा नहीं। यह हिंसा और अहिंसा का जो द्वैत है, पता नहीं कब से चला आ रहा है और कब तक चलेगा। लेकिन हम सब मानते हैं कि इस संसार में शांति रहनी चाहिए और बड़ा कोई युद्ध नहीं होना चाहिए। पर संघर्ष जारी है। यह मिटा नहीं जान पड़ता। अप्रैल 1961 से सितंबर 1963 तक जब मैंने केंद्र में गृह मंत्रालय का भार सँभाला, वह भी एक तरह का काँटों का ताज ही था। 1962 का चीनी आक्रमण भी इसी समय हुआ। असम, पंजाब, तमिलनाडु के आंदोलन अपने आप में किसी गृहयुद्ध से कम नहीं थे।"

"आपके प्रधानमंत्री बन जाने के बाद भी तो भाषा को लेकर आंदोलन हुए थे?" ललिताजी मानो याद दिला रही थीं।

"हाँ, भारत की अंग्रेजों से आजादी के बाद भाषाई गुलामी से हमारी सरकार मुक्ति चाहती थी, परंतु दक्षिण के कुछ राज्यों ने इतना विरोध किया कि हिंसा, आगजनी, लूटपाट, पुलिस की गोलीबारी तक की नौबत आ गई थी। दो महीने तक दंगे होते रहे थे। अर्धसैनिक बलों को बुलाना पड़ा। पुलिस कर्मियों समेत सैकड़ों आम आंदोलनकारी नागरिक मारे गए थे। अंत में स्थिति को सामान्य करने के लिए मुझे आश्वासन देना पड़ा कि जब तक गैरभाषी राज्य चाहते हैं, तब तक अंग्रेजी आधिकारिक भाषा के रूप में उपयोग की जाती रहेगी। इस आंदोलन के पीछे गहरी साजिशें थीं। युवाओं को भड़काया गया था। मेरी सरकार को कमजोर करने की ये सब चालें थीं। मुझे विवशता में अपना वक्तव्य देना पड़ा कि अहिंदीभाषी राज्यों पर हिंदी को जबरदस्ती लादने का कोई सवाल नहीं है। अहिंदीभाषी राज्य जब तक जरूरी समझें, तब तक अंग्रेजी का इस्तेमाल कर सकते हैं। विद्यार्थियों के मन में इसी सवाल पर गंभीर आशंकाएँ और डर था कि अब तक यूनियन पब्लिक

सर्विस कमीशन की परीक्षाओं में बैठने के लिए केवल अंग्रेजी ही माध्यम रहा है। मुझे कहना पड़ा ललिताजी, कि आगे भी अंग्रेजी माध्यम रहेगा और इसे तब तक नहीं हटाया जाएगा, जब तक अहिंदी भाषी इलाकों के लोग खुद नहीं कहेंगे। इससे अधिक खून-खराबा वह भी अपने ही देश के लोगों का मैं नहीं देख सकता था।" शास्त्रीजी का स्वर बुझा सा था।

"ये बातें आपने तमिलनाडु में कही थीं न?" ललिताजी ने पूछा।

"हाँ, 11 फरवरी, 1965 को आकाशवाणी से संदेश प्रसारित करवाया मैंने। तमिलनाडु में हिंदी विरोधी आंदोलन के बारे में व्यापक दृष्टिकोण अपनाने की अपील करनी पड़ी थी मुझे। मैंने पहले भी देशवासियों से कहा था कि यदि हमारा देश गुजरात, बंगाल, महाराष्ट्र, तमिलनाडु आदि टुकड़ों में हो तो हम टूट जाएँगे। इसलिए भारत देश को यदि एक बनाना हो तो भाषा के प्रश्न को हमें हल करना पड़ेगा। अंग्रेजी कभी हमारी राष्ट्रभाषा नहीं बन सकती। हमारे देश में कुछ ही लाख लोग हैं, जो अंग्रेजी में पंडित हैं। कुछ लोग हैं, जो बांग्ला, गुजराती, कन्नड़ बोलते हैं। तो, एक भाषा ऐसी तो होनी चाहिए जो पूरे देश में बोली और समझी जा सके। हिंदी हमारी है। उसकी भूमिका हमने स्वाधीनता आंदोलन में देखी है। गुजरात हिंदी को बढ़ाने में बहुत आगे है। हमारे दिमाग में एक गुलामी है अंग्रेजी के प्रति। मैं अंग्रेजी से घृणा करने की बात नहीं करता, लेकिन जब लोग तमाम जिंदगी भर के लिए भारत में अंग्रेजी रखना चाहते हैं, और उसे सरकारी भाषा के रूप में रखना चाहते हैं तो यह बात बर्दाश्त नहीं की जा सकती। हम अपने करोड़ों देशवासियों को तो अंग्रेजी नहीं पढ़ा सकते। अंग्रेजी को भारत में पढ़ाई का माध्यम या मीडियम तो नहीं बनाया जा सकता।"

"आपने ये बातें प्रधानमंत्री बनने के कुछ ही महीनों बाद कही थीं और पूरे देश में छोटे-छोटे बच्चों को कॉन्वेंट स्कूल में भेजा जा रहा है अब भी। अंग्रेजी बोल पाएँ या न बोल पाएँ, घरों में माँ उनसे भोजपुरी में बोलती है और स्कूल में उन्हें अंग्रेजी में बोलने के लिए कहा जाता है। बेचारे छोटे-छोटे बच्चे कुंठित से हो जाते हैं। भाषा की बेचैनी आज भी हमारे देश में बनी हुई है।"

ललिताजी चिंतित थीं। अपने पोते-पोतियों, नातियों और अड़ोस-पड़ोस के नन्हे बच्चों को उन्होंने देखा था।

"इसके ठीक उलट गुटनिरपेक्ष देशों के सम्मेलन में मैं गया था तो विभिन्न देशों के प्रतिनिधि अपनी-अपनी भाषा में गर्व से बोल रहे थे। हमारे भारत में तो जब-तब केवल अंग्रेजी बोलना ही नहीं, पर उसे शान बाँधकर, मुँह ऐंठकर जरा

ठाट-बाट के साथ बोलो, तभी समझा जाता है कि यह आदमी कुछ सभ्य है, इसमें संस्कृति है। लोगों में यह शौक है कि अंग्रेजी जल्दी-से-जल्दी पढ़ना शुरू कर दो, हिंदी बाद में पढ़ो। अपनी भाषा के प्रति निष्ठा नहीं होगी तो उसके लिए आत्मगौरव भी नहीं होगा।" शास्त्रीजी कह रहे थे।

ललिताजी ने पुनः एक प्रश्न उछाला था—

"आखिर तमिलनाडु या दक्षिण के वे क्षेत्र, जो हिंदी का विरोध कर रहे थे, उनकी मातृभाषा अंग्रेजी तो है नहीं। माँ उनकी अंग्रेजी नहीं न बोलती होगी घर में, कि बच्चा आसानी से सीख गया बोलना। अंग्रेजी को भी स्कूल में जाकर सीखते ही होंगे। अंग्रेजों के इस देश में आने से पहले, पूछो कि वे कौन सी भाषा में पढ़ते थे? उसी तरह सीखना ही है तो अपनी राष्ट्रभाषा हिंदी सीख लो। क्या समस्या है?"

"समस्या नहीं है, खड़ी करनी रहती है। एक आनंददायक बात बताता हूँ। 17 मार्च, 1963 को दिल्ली में एक पत्रकार सम्मेलन होना था, जिसमें सरकार की हिंदी नीति का विरोध किया जाना था। मैं गृह मंत्री था उस समय। संयोग से इस सम्मेलन के उद्घाटन के लिए मुझे आमंत्रित किया गया। मैंने उद्घाटन प्रस्ताव देखकर हँसते हुए कहा था कि मुझसे इस सम्मेलन का उद्घाटन करवाया जा रहा है, जिसमें मुझे और मेरी सरकार को ही कोसा जाएगा। मैंने उन लोगों से कहा कि मैं हिंदी का इतना ऋणी हूँ और कृतज्ञ हूँ कि इस बात को कोई नहीं जानता। आप पत्रकार हैं। कल को मेरा यह भेद अवश्य जान लेंगे, इसलिए मैं ही बता देता हूँ।

सभी पत्रकार मेरी ओर आश्चर्य से देख रहे थे। मैंने उनको बताना शुरू किया था—"मेरी पत्नी पुरानी विचारधारा की हिंदी पढ़ी-लिखी महिला हैं। इसलिए हिंदी की धार्मिक पुस्तकों को पढ़-पढ़कर वे पतिसेवा को सबसे बड़ा पुण्य मानती हैं। यदि वे अंग्रेजी पढ़ी-लिखी होतीं और तलाक प्रथा को जान जातीं तो शायद मुझे कभी का तलाक दे देतीं। हिंदी की कृपा से ही आज मेरा घर बसा हुआ है। ऐसी स्थिति में मैं हिंदी विरोधी कैसे हो सकता हूँ।"

ललिताजी हँस पड़ी थीं, वैसे ही जैसे उस दिन सभागार में उपस्थित पत्रकार ठहाका मारकर हँस रहे थे।

क्षणभर के लिए शास्त्रीजी भी हँस पड़े थे। ललिताजी और शास्त्रीजी की मिली-जुली हँसी का आनंद वातावरण में घुल गया था। अगले ही पल शास्त्रीजी गंभीर हो उठे। उन्होंने बताना शुरू किया—

"तो मैं यही कह रहा था कि सबकी आँखों में मैं खटक क्यों रहा था? जो परंपरा चल निकली थी आजादी के बाद से कि भ्रष्टाचार के मामलों में लीपा-पोती

करके सरकार में बैठे लोगों के कृपापात्रों को बचा लेना, तो मैंने उसे बिल्कुल बंद कर दिया। वित्त मंत्री ने मारे विरोध में ही तो अपना त्यागपत्र सौंपा था। उन्हें मनाने की जगह मैंने उसे स्वीकार कर लिया था, तो इसी तरह की न जाने कितनी बातों से लोग नाराज थे और मुझे उखाड़ फेंकना चाहते थे। भाषा का युद्ध उसी रणनीति का हिस्सा था। अन्यथा 1949 में राजभाषा हिंदी को स्वीकार किया। सीखने-सिखाने के लिए साथ में पंद्रह वर्षों की अवधि भी दी गई थी, ताकि पूरी तरह से हिंदी में कामकाज होने लगे। जनवरी 1965 में मैंने कहा भी कि अब समय आ गया है, जब हमें अपनी भाषा को पूर्ण रूपेण लागू कर देना चाहिए। पंद्रह वर्षों पहले जब यह निर्णय लिया जा रहा था, तब क्यों नहीं तमिलनाडु या अन्य राज्यों ने विरोध किया? मेरे प्रधानमंत्री बनते ही सारी समस्याएँ क्यों आ गईं एकाएक? क्योंकि हमारे बीच ही के कुछ लोग चाहते थे कि मेरे पाँव उखड़ जाएँ। मैं स्वयं इस पद से इस्तीफा दे दूँ, तो उनका काम बन जाए। एक कसमसाहट तो थी लोगों में।"

"हाँ, एक बार का तो वे लोग देख ही चुके थे कि आपने रेल मंत्री पद से त्यागपत्र दे दिया था स्वयं ही।" ललिताजी को याद आया।

"हाँ, वह भी मेरी अंतरात्मा और नैतिकता के साथ युद्ध था, जिसमें मैं ही विजयी हुआ था। नवंबर 1956 में मैंने अपने रेल मंत्री पद से त्यागपत्र दे दिया था, क्योंकि मेरे ही कार्यकाल में कर्मचारियों की लापरवाही से उस वर्ष कई रेल दुर्घटनाएँ हो गई थीं। जिसमें बहुत से यात्रियों की मृत्यु हो गई थी। उसमें सबसे भयंकर रेल दुर्घटना नवंबर 1956 में दक्षिण भारत के अरियालूर क्षेत्र में हुई थी, जिसमें दो रेलगाड़ियाँ टकरा गई थीं और लगभग डेढ़ सौ यात्री मारे गए थे। त्यागपत्र मैंने उससे पहले वाली दुर्घटना के समय भी दिया था, किंतु नेहरू ने उसे स्वीकार नहीं किया। परंतु नवंबर वाली घटना के बाद मेरी अंतरात्मा ने नहीं स्वीकार किया कि मैं इस पद पर बना रहूँ। मैंने नवंबर के अंत में ही अपना त्यागपत्र दे दिया और नेहरू से आग्रह भी किया कि इसे स्वीकार कर लें, ताकि जनता का क्षोभ दूर हो सके।"

"जी याद है। नेहरू ने स्वीकार किया और लोकसभा में उसकी चर्चा करते हुए कहा भी कि न सिर्फ सरकार बल्कि कांग्रेस में भी यह मेरा सौभाग्य है कि उन जैसा सहयोगी मुझे मिला है। आदर्श के प्रति निष्ठा, कठोर परिश्रमी और ईमानदार। लाल बहादुर शास्त्री आत्मा की आवाज सुनने वाले व्यक्ति हैं, इसलिए जब भी उन्हें सौंपे गए कार्य के संपादन में किसी त्रुटि का अनुभव होता है, उन्हें भावनात्मक ठेस लगती है। उन्होंने रेल मंत्री पद से त्यागपत्र दिया है। उसे स्वीकार करते हुए मुझे

विश्वास है कि वे भविष्य में भी हमारे पथ के साथी बने रहेंगे।" ललिताजी ने कहा।

"हाँ, वही तो मैं बता रहा था कि युद्ध ने कभी साथ नहीं छोड़ा मेरा। कभी देश के भीतर तो कभी बाहर और कभी आत्मा के भीतर।"

वे हँसे थे। उनकी हँसी में एक तटस्थता थी, जो किसी वीर सैनिक के जंग जीत लेने के पश्चात् अवकाश के क्षणों में अपने परिवार के बीच जाकर महसूस होती है।

"बाहरी युद्ध तो पूरी दुनिया ने देखा। किस तरह आपने सैनिकों का मनोबल ऊँचा उठाया, उन्हें अस्पताल जाकर ढाढ़स बँधाया, उनके परिवार वालों को सांत्वना दी, सब जानता है पूरा देश।" ललिताजी बोल रही थीं।

"हाँ, ललिताजी! देश की रक्षा के लिए हमारे जवानों ने अपने जान की बाजी लगा दी थी। हम उनका ऋण कभी नहीं चुका सकते। वे भी तो आम नागरिकों की तरह अपने बच्चों और पत्नी की चिंता में कोई चैन वाली नौकरी कर सकते थे। लेकिन नहीं, सभी एक तरह सोचने लगेंगे तो वीरता, ओज, जोश, शौर्य आदि शब्द हमेशा के लिए समाप्त हो जाएँगे। फिर कोई राष्ट्र कैसे सुरक्षित रह सकता है? इसलिए इन वीर जवानों को ईश्वर ने कुछ अलग ही मिट्टी से बनाया होता है। विशेष कृपा होती है ईश्वर की उनके ऊपर। हँसते-हँसते हर घाव सह जाते हैं। मैं पाकिस्तान से युद्ध के समय घायल हुए कुछ सैनिकों को अस्पताल में देखने गया था। कितने घायल थे वे, पर किसी की आँखों में आँसू नहीं देखा मैंने। एक अफसर जिसके पैर पर गोला गिरा था और जिसका पैर घुटने से काट दिया गया था, उसने मुझसे कहा—जब यहाँ पर मेरे गोला आकर गिरा और घाव हो गया, तब मेरा पैर आधा कटकर लटक रहा था, उसके बाद भी मैंने पाकिस्तान के अफसर को अपनी गोली से मार गिराया।"

एक दूसरे अफसर को देखकर तो मेरा मन ही भर आया ललिताजी। मुश्किल से मैंने अपने उमड़ते आँसुओं को नियंत्रित किया था। उसका नाम था भूपिंदर सिंह। सारा बदन खून से लथपथ था उसका। एक टुकड़ा कपड़ा भी उसके शरीर पर रहना मुश्किल था। पूरा शरीर खून से तर था। आँखें बंद थीं। पट्टी बाँधी गई थी। एक स्टाफ ने उसको बताया कि प्रधानमंत्री महोदय आए हैं देखने आपको। उसने लड़खड़ाती आवाज में कहा—

"सर, मुझे अफसोस है कि मैं बेअदबी कर रहा हूँ। हमारे प्राइम मिनिस्टर आए हैं और मैं लेटा हूँ।" मैंने धीरे से उसके हाथ का स्पर्श किया, ताकि उसे महसूस हो सके मेरी संवेदना। उसने आगे बताया था कि मैंने अकेले सात टैंक मार गिराए थे और मेरी यूनिट ने 31 टैंकों को समाप्त कर दिया था। मैं अच्छा होऊँ या

न होऊँ, लेकिन हमने देश का सिर नीचे नहीं होने दिया।"

अब जरा सोचिए ललिताजी, जहाँ के जवान ऐसे वीर योद्धा हों, वहाँ के प्रधानमंत्री को समझौतावादी होना चाहिए था? नहीं न? जिस युद्ध के लड़ने वाले सैनिकों ने इतने कष्ट उठाए हों, वहाँ का प्रधानमंत्री सैनिकों द्वारा जीती जमीन को कैसे वापस करने के लिए राजी हो जाता? इसलिए यह तो मानने की चीज ही नहीं कि जो शास्त्री लड़ते-लड़ते लाहौर तक पहुँच सकता है, वह किसी दबाव में आकर समझौता कर लेगा। ताशकंद समझौते का वह कागज कोई ईश्वरीय दस्तावेज थोड़े ही था, जिसे नष्ट न किया जा सके या जिसे मानने के लिए बाध्य ही हो इनसान?" शास्त्रीजी ने अपने जवानों को याद करते हुए कहा।

"आपको ताशकंद जाना ही नहीं चाहिए था। बेचारे कोसीगिन भी बदनाम हुए पूरी दुनिया में कि उनकी धरती पर भारत का प्रधानमंत्री रहस्यमय परिस्थितियों में दिवंगत हुआ। चाल किसी और की और मुहरा बन गया कोई और। भारत में आज तक उस मुद्दे का खुलासा करने के लिए माँग करने पर सरकार यही कहती है कि इससे हमारे कुछ देशों के साथ संबंध खराब होंगे। अरे, मैं कहती हूँ कि यदि कोई देश इसमें संलिप्त रहा है तो अब तो रिपोर्ट सार्वजनिक कर दो। इतने वर्षों में तो वे सब भी मर-खप गए होंगे, जो इसमें संलिप्त रहे होंगे। फिर ऐसे घाती देशों से संबंध अच्छे रखने का ही क्या मतलब?" ललिताजी का भी आक्रोश बाहर आ गया।

"दरअसल, मैं न भी जाता ताशकंद तो काम चलता, पर नेताजी सुभाष चंद्र बोस के बारे में आई रिपोर्टों और उन्हें देखे जाने की अफवाहों को सुन-सुनकर मैं उस तथ्य की वास्तविक स्थिति को भी जानने के लिए वहाँ जाना चाहता था। बहुत हद तक सबकुछ सकारात्मक हो भी गया था वहाँ पर, यदि अपने ही लोगों की आँख का पानी मर जाए तो पानी भी जहर बन सकता है, किसी की जान लेने के लिए।" शास्त्रीजी ने फुसफुसाकर कहा।

"बृजभूषण ग्रामवासी ने तो आपके पार्थिव शरीर को सूजा और नीला देख वहीं शव के पास खड़े पूर्व विधायक विश्वनाथ पांडे और सोवियत संघ के प्रधानमंत्री कोसीगिन के सामने ही जहर दिए जाने की शंका करते हुए जोर-जोर से शोर मचाया था। पास खड़ी इंदिरा से भी उन्होंने पोस्टमार्टम कराने की माँग की थी, पर उन्होंने अनसुनी कर दी। उन्होंने बाद में इस घटना को अपने पत्र 'ग्रामवासी' में प्रकाशित भी किया था। उफ्फ, क्या मनहूस दिन थे वे भी। मेरा परिवार किस अग्निपरीक्षा से गुजरा है, क्या बताएँ?" ललिताजी के स्वर में हताशा थी।

"नहीं ललिताजी, केवल आपका परिवार ही नहीं, पूरा राष्ट्र मेरे कार्यकाल

और उसके बाद भी एक अग्निपरीक्षा से गुजरा है। हमने सिद्ध किया कि हम अग्नि परीक्षा से घबड़ाते नहीं हैं, तो हम अग्नि से खिलवाड़ करना भी उचित नहीं समझते। हमने हमेशा शांति के लिए प्रयत्न किए हैं। भीषण युद्ध की ज्वाला के बीच भी हमें शांति की याद भूली नहीं।"

"हाँ, इसीलिए नेहरू से आपकी तुलना करते हुए एक बार अटल बिहारी वाजपेयी ने कहा था कि जहाँ नेहरू कहा करते थे कि भारत 'कभी' अणु-अस्त्र नहीं बनाएगा, वहाँ शास्त्रीजी ने कहा कि भारत 'अभी' अणु अस्त्र नहीं बनाएगा। 'कभी' और 'अभी' का यह अंतर शब्दों का अंतर नहीं है। यह दो व्यक्तित्वों का अंतर है।"

"हाँ, यह संदेश देना आवश्यक भी था। आपने देखा होगा ललिताजी, कि जब हिंदुस्तान पाकिस्तान की ओर से शुरू किए गए युद्ध के संकट में पड़ा था, उस समय चीन ने भी हमें धमकी देने की कोशिश की थी युद्ध की। मैंने उस समय उसे जवाब दिया था कि हम दोनों दुश्मनों से एक साथ भिड़ने को तैयार हैं।"

शास्त्रीजी बता रहे थे। उन्होंने आगे कहा, "जब चीन ने यह अल्टीमेटम दिल्ली भेजा तो उसी समय पश्चिम के एक राजदूत मुझे सलाह देने आए कि अब पाकिस्तान के साथ समझौता कर लेने में ही भारत का कल्याण है। मैंने उन्हें कहा कि क्या आप भी मुझे अल्टीमेटम देने आए हैं?

ऐसे ही भुट्टो ने जब राष्ट्रसंघ के मंच से भारत को गालियाँ सुनाने की कोशिश की तो मैंने कहा था कि हम गालियों का जवाब गोलियों से देंगे। अमरीका ने जब खाद्यान्न आपूर्ति पर रोक लगाकर भारत को झुकाने की कोशिश की, तब मैंने अपनी जनता से सप्ताह में एक दिन व्रत रखने का आग्रह किया। हम पेट पर पत्थर बाँधकर स्वाभिमान से जिएँगे, पर किसी राष्ट्र के सामने सिर नहीं झुकाएँगे। इसीलिए जब अमरीका ने अपना निमंत्रण रद्द कर मेरा अपमान किया और मुझे वहाँ नहीं आने दिया तो मैं भी अपनी कनाडा यात्रा के दौरान जब नियाग्रा झरना देखने गया तो मैंने खुलकर कहा कि हम झरने को उतना ही देखेंगे, जितना वह कनाडा की जमीन से दिखाई पड़ेगा। अमरीका की भूमि पर मैं कदम नहीं रखूँगा।" शास्त्रीजी हँस रहे थे।

"हाँ, यह सही कह रहे हैं आप। जो लोग अपने देश की रक्षा कर सकते हैं, वे ही विश्वशांति की भी रक्षा कर सकते हैं।"

ललिताजी बोलकर चुप हो गई थीं। वातावरण में रातरानी और मधुमालती के फूलों की भीनी-भीनी गंध हवा के साथ तैर रही थी। आसमान निरभ्र हो गया था। चाँदनी रात शांत थी।

□

—: छह :—

शांति पर्व

"शांति-साधन के मार्ग पर हम लगातार आगे बढ़ने की कोशिश कर रहे थे कि अचानक चीन का विश्वासघात, पाकिस्तान तथा उसके मित्र देशों और हिंदुस्तान में भी छिपे अपने दुश्मनों ने हमें यह नई सीख दे दी थी कि जो देश निहत्थे या कमजोर होंगे, उन्हें सम्मानपूर्वक जीने नहीं दिया जाएगा। उस सीख का तात्पर्य यही था कि यज्ञ करने वाले तपस्वी के हाथ में भी शस्त्र होना चाहिए, अन्यथा उसका यज्ञ पूरा नहीं होगा। भारत को युद्ध कभी प्रिय नहीं था, परंतु विश्व-शांति की बातें वह तभी कर सकेगा, जब वह अपनी सीमा में सशक्त और सुरक्षित हो।" शास्त्रीजी ने शांति की अपनी बातें दुहराईं।

"जीवन भर तो आप शांति की ही बातें दुहराते रहे, लेकिन आपके ऊपर युद्ध थोपा जाता रहा।"

"हाँ, ललिताजी, अपने देश में भी हम शांति और सुलह ही चाहते थे, दुनिया में भी वही चाहते थे। हम चाहते थे कि दुनिया के अलग-अलग देश अपने अलग-अलग विचार रखें, लेकिन तब भी वे मिलकर रह सकते हैं। हरेक देश आजाद है अपने ढंग पर चलने के लिए, लेकिन उसका अर्थ यह नहीं कि कोई आपस में लड़े। हम शांति से रहें, आजादी से काम करें, लेकिन तब भी एक दूसरे से मेल रखें, दोस्ती रखें, ताकि विश्व में शांति बनी रहे। इतना सा ही मेरा सिद्धांत था, जो मैं हर जगह दोहराता था।"

"जी, युद्ध भी किया आपने तो शांति की स्थापना के लिए ही न? कोई शौक या आवश्यकता तो न थी आपको इसकी।" ललिताजी ने हामी भरी।

शास्त्रीजी ने अपने विचार पुनः रखे—"दरअसल ललिताजी, मैं अपने देशवासियों की गरीबी मिटाकर उनके आर्थिक स्तर को ऊपर उठाना चाहता था, किंतु जब-जब मैं उस कार्य के लिए गंभीरता से लगा, तब-तब शत्रु देशों द्वारा

या अपने ही देश के कुछ कुटिल षड्यंत्रकारियों के कारण मुझे अपने उद्देश्य से भटककर दूसरी समस्याओं से जूझना पड़ा। भारत का शांति और अंतरराष्ट्रीय सद्भाव में अडिग विश्वास पहले से था। हम भी सभी से, विशेषतः अपने पड़ोसियों से मित्रता का संबंध रखना चाहते थे। हम अपनी शक्ति को देश की आर्थिक अवस्था को सुधारने और अपने लोगों के जीवन स्तर को ऊँचा उठाने के बड़े काम में लगाना चाहते थे। जो धन रक्षा के काम में मजबूरन लगाना पड़ता था, हम उसे गरीबी से लड़ने में खर्च करना चाहते, यदि हमारे देश को भारी खतरा न होता।" शास्त्रीजी बताकर चुप हो गए थे।

"ताशकंद सम्मेलन में जो आपने भाषण दिया था, वह भी तो शायद ऐसा ही था। यहाँ आपके अनंत यात्रा पर जाने के बाद उसी अंतिम भाषण के अंश सभी लोग याद करते थे।" ललिताजी की पीड़ा उनकी आवाज में छलक उठी।

"हाँ, वहाँ भी मैंने कहा था कि लड़ाई से समस्याएँ सुलझती नहीं, और पैदा होती हैं। इससे सुलह-समझौते में बाधा पड़ती है। शांति के वातावरण में ही आपस के मतभेद दूर किए जा सकते हैं। एक-दूसरे से लड़ने के बजाय, आइए हम गरीबी, बीमारी और अभाव से लड़ें। दोनों देशों के मामूली लोग भी चाहते हैं कि उनको शांति से तरक्की करने का मौका मिले। वे लड़ाई-झगड़ा नहीं चाहते। उनको जरूरत गोला-बारूद, अस्त्र-शस्त्र की नहीं, खाना, कपड़ा और मकान की है।"

"आप शांति की बातें करते हुए भी दुनिया छोड़कर चले गए और दूसरा नामुराद अपनी जमीनें भी वापस पा गया। चीन का सहयोग भी पा गया और शांति की तो बात ही न करिए। पाकिस्तान ने वहाँ आपके साथ समझौता किया और 1971 में ही फिर से युद्ध शुरू कर दिया। क्या फायदा हुआ उस ताशकंद समझौते का? मेरा परिवार उजड़ा, बस। और सब तो ठीक ही थे।"

ललिताजी आक्रोशित थीं। शास्त्रीजी ने सांत्वना दी—"नहीं ललिताजी, मुझसे पहले भी हमारे कितने सैनिक तो शहीद हो गए थे। उनके भी तो घर-परिवार थे?"

"मैं सैनिकों की महानता या कुर्बानी पर प्रश्न नहीं खड़ा कर रही। मैं तो कह रही हूँ कि ताशकंद शांति प्रस्ताव किसके लिए किया गया था, जब उसे पाँच वर्ष भी शांत नहीं रहना था? क्या केवल आपकी जान लेने के लिए वह शांति प्रस्ताव लाया गया था?" ललिताजी क्रोध में फुफकार रही थीं।

शास्त्रीजी ने उन्हें पुनः समझाने का प्रयास किया—"दरअसल यह युद्ध भी तेरह दिनों तक चला था और भारतीय सैनिकों के शौर्य के कारण 93000 पाकिस्तानी सैनिकों ने आत्मसमर्पण कर दिया था। इसी 1971 के युद्ध का परिणाम

था कि पाकिस्तान से अलग होकर नए देश बांग्लादेश का जन्म हुआ। यह हमारी कूटनीतिक विजय ही तो थी।"

"विजय तो आपकी भी हुई थी उस युद्ध में। फिर क्यों दुनिया भर के देशों के पेट में दर्द उठा था समझौता कराने का? समझौते में किसी देश के प्रधानमंत्री की जान चली गई। समझौते का क्या प्रभाव रहा आखिर? इंदिरा के प्रधानमंत्री रहते फिर छेड़ा उसने युद्ध। क्यों नहीं दुनिया के देशों ने तब कोई समझौता कराया?" ललिताजी बिफर पड़ी थीं।

शास्त्रीजी समझ गए थे कि प्राय: शांत रहने वाली ललिताजी को इस समय शांत करवाना मुश्किल कार्य है। उन्होंने बात बदल दी—

"जानती हैं ललिताजी, एक बार मैं अपनी विदेश यात्रा के दौरान पाकिस्तान गया तो खाने की मेज पर अयूब खान के साथ पाकिस्तान में घी की कमी की चर्चा छेड़ दी। मैंने मजाक में कहा कि आपके यहाँ, चूँकि दुधारू पशुओं को भी मार दिया जाता है, इसलिए घी की कमी मालूम होती है। अयूब खान ने व्यंग्य से कहा, 'हाँ, शास्त्रीजी, हमारे लोग जानवरों को तो मारकर खा गए, अब तो कुछ और खाने की सोच रहे हैं।' उनके इस व्यंग्य के पीछे छिपा कूटनीतिक संकेत मैं समझ गया था और आकर अपने जवानों को सतर्क कर दिया था। उसी के कुछ महीनों बाद अयूब खान ने युद्ध की घोषणा भी कर दी थी। मेरा तो मानना रहा है कि दुर्बल हाथों से न तो महाकाल की अर्चना की जा सकती है और न ही शांति की महादेवी की।"

"हाँ, शक्तिशाली भी बनना तो जरूरी है, अन्यथा बड़े देश जीने ही नहीं देंगे।" ललिताजी की मद्धिम आवाज सुनाई पड़ी।

"जहाँ तक भारत का संबंध है, हम शांति से अधिक किसी अन्य बात को महत्त्व नहीं देते। कोई अन्य देश ऐसा उदाहरण नहीं दे सकता, जैसा कि भारत ने अपनी शांतिप्रियता की निष्ठा को व्यक्त करने के लिए आणविक हथियार न बनाने का निश्चय करके दिया। यद्यपि इस निश्चय के फलस्वरूप हमारे सामने क्या खतरे आ सकते थे, यह मुझे भी समझ में आ रहा था। हमारी उत्तरी सीमा पर जो स्थिति थी, उसे देखते हुए यदि हम अपनी रक्षा के लिए अणु-अस्त्र बनाते तो इस बात की पूरी तरह समझा जा सकता था। लेकिन हमारी या दो अन्य ऐसे देशों की इस काररवाई से अणु-अस्त्र बनाने की होड़ और तेज होती और यह एक ऐसी होड़ होती, जिसके चालू हो जाने पर रोकना बड़ा मुश्किल था। हम एशिया-अफ्रीका की एकता को साध्य नहीं, वरन् कुछ ऊँचे आदर्शों की सिद्धि का साधन मानते थे। हमारा लक्ष्य था कि एशिया और अफ्रीका की जनता स्वतंत्र हो, जिससे सब राष्ट्रों

के बीच मेल और शांति का क्षेत्र बढ़े। पिछड़े हुए देशों का विकास हो और वहाँ के लोगों की दशा सुधरे। हम एशिया और अफ्रीका के अपने साथी देशों के साथ मिलकर विश्व शांति और सब राष्ट्रों की भलाई के लिए काम करना चाहते थे। इस आशय को मैंने तब भी दुहराया था, जब प्रधानमंत्री पद की शपथ लेने के बाद मैंने 11 जून, 1964 को राष्ट्र के नाम संदेश दिया। पर हमें लगता है कि साथी देश बनने की जगह पर सब शत्रु देश बनने में अधिक विश्वास रखने लगे थे। मेरे शांति के प्रस्तावों की कोई महत्ता नहीं थी, ललिताजी।"

शास्त्रीजी की वेदना सघन थी। ललिताजी ने स्मरण दिलाया—"आपने तो नेहरूजी के यहाँ जो मीटिंग की थी, उसमें भी अमरीका द्वारा किए गए अणुबम परीक्षण का विरोध किया था। सभी लोग अमरीका के उस परीक्षण पर अपने-अपने ढंग से चर्चा कर रहे थे और आप क्षुब्ध होकर बिना रात्रि-भोज किए ही वापस आ गए थे।"

"हाँ ललिताजी, लोग कह रहे थे कि समुद्र में परीक्षण करेगा अमरीका, परंतु मैं नहीं चाहता था कि समुद्र में भी किसी प्रकार परमाणु बम का परीक्षण हो। वहाँ अनगिनत जीव-जंतु रहते हैं, वे मारे जाते और प्रदूषण फैलता वह अलग से। पर कौन सुनता था मेरे जैसे लोगों की बात? आखिर हिरोशिमा और नागासाकी में क्या हुआ? लाखों लोग परमाणु हमले में एकाएक भाप बन बादलों में जा समाए थे। जापान को घुटने टेक देने पड़े अमेरिका के सामने। नेताजी सुभाष चंद्र बोस जिस जापान की मदद से अपने आजाद हिंद फौज की सेना ले भारत से अंग्रेजी शासन को समाप्त करने के लिए आक्रामक मुद्रा में आगे बढ़ रहे थे, उस अभियान को एक बड़ा झटका लगा था। परमाणु हमले के दस दिनों के भीतर ही नेताजी को जापान छोड़ने के लिए विवश होना पड़ा। जापान उनका सहयोगी देश था। उसने उनकी भागने में मदद की और उसे मृत्यु की झूठी खबरें प्रचारित करनी पड़ीं, ताकि सुभाष चंद्र बोस को युद्ध अपराधी के रूप में गिरफ्तार न किया जा सके। वे भागकर सोवियत संघ पहुँचे थे। उथल-पुथल की सारी कहानी, आपको भी नहीं लगता कि इसी एक परमाणु हमले के इर्द-गिर्द घूमती है। मैं इसीलिए विरोधी था, परमाणु बमों के परीक्षण या निर्माण पर।"

"आप तो सदा से ही परमाणु हथियारों पर नियंत्रण के पक्ष में रहे। मानवता को विनाश से बचाने के लिए विश्व के सभी राष्ट्रों को मिलकर प्रयत्न करना चाहिए, यह तो आप हमेशा ही कहा करते थे।" ललिताजी ने हामी भरते हुए कहा।

"मैं चाहता था कि यूरोप, एशिया और अफ्रीका आदि जिन देशों के पास

परमाणु हथियार नहीं है, उन्हें मिलकर दुनिया के लोगों को परमाणु हथियारों के खतरे को समझाना चाहिए और इसके खिलाफ जनमत तैयार करना चाहिए था। इसका असर उन देशों पर भी अवश्य पड़ता, जिनके पास परमाणु अस्त्र थे। परंतु हुआ ठीक उल्टा। आज लगभग सभी देशों के पास परमाणु हथियार हैं। जिसे अपने देश में रोटी, कपड़े की भी समस्या से जूझना पड़ रहा है, वे भी परमाणु बम बनाने की दिशा में तेजी से बढ़ रहे हैं। शस्य-श्यामला धरती को विनाश के मुहाने पर लाकर खड़ा कर दिया है मनुष्य ने। आज भी मैं होता धरती पर तो चीख-चीखकर यही दोहराता कि मनुष्य जाति के सामने मूल समस्या शांति की है। जाने कितनी पीढ़ियों से मनुष्य जाति शांति के लिए व्याकुल रही है। अब भी सँभल जाओ मानव जाति!"

शास्त्रीजी उद्वेलित थे। उन्होंने आगे कहा—"काठमांडू में भी मैं 23 अप्रैल, 1965 को अपनी इसी बात को दोहराया था कि आज जरूरत इस बात की है कि दुनिया में शांति बनी रहे, दुनिया लड़ाई का रास्ता अख्तियार न करे और जरूरत इस बात की भी है कि हथियारों की दुनिया में कमी हो। हथियारों का इस्तेमाल और खासतौर से न्यूक्लियर वेपन, एटम बम, इसका इस्तेमाल न हो। यह दुनिया को बिल्कुल तबाही की ओर ले जाने वाली चीज है, यह मानवता को, ह्युमेनिटी को खत्म करने वाली चीज है।"

"ताशकंद घोषणा-पत्र भारत और पाकिस्तान के बीच शांति और सद्भावना की ही तो घोषणा थी। दुनिया के लोगों ने इसे राजनीतिक सूझबूझ का महान् कार्य और विश्वशांति के लिए महत्त्वपूर्ण योगदान बताया था। दुनिया को स्थायी शांति तो न मिल सकी, लेकिन आपको चिर-शांति दे दी गई। वाह रे ताशकंद! कितने रहस्यों के साक्षी हो ताशकंद।" ललिताजी के स्वर में व्यंग्य और हताशा का सम्मिलित भाव था।

वातावरण बिल्कुल शांत हो गया था। हवा न के बराबर चल रही थी। पेड़ों की पत्तियाँ मौन थीं। ऐसा लग रहा था कि पूरी प्रकृति उस रहस्य को सुनना चाह रही है, जो इस विजयघाट की समाधि के नीचे दबा पड़ा है। एक सरसराहट हुई थी। एक विषैला साँप रेंगते हुए समाधि के सामने सजावटी झाड़ियों में जाकर गायब हो गया। झाड़ियों के चारों ओर बिजली के छोटे-छोटे बल्ब टिमटिमा रहे थे। उनकी झिलमिलाहट देखकर कोई अनुमान भी नहीं लगा सकता था कि यहाँ कोई विषधर भी छिपा हो सकता है।

□

—: सात :—

ताशकंद-पर्व

"ताशकंद में क्या हुआ था आपके साथ?" ललिताजी के स्वर में एक पीड़ा भरी जिज्ञासा थी।

"हाँ, आज तो हम उस विषय पर खुलकर बात कर ही सकते हैं। हमारी आपकी वह देह अब भौतिक दबावों और जकड़न से मुक्त हो चुकी है।" शास्त्रीजी की हँसी में तिक्तता छिपी हुई थी।

"आप तो पहले ही मुक्त हो चुके थे। एक हम ही थे, जिसे सत्ताईस वर्ष तीन महीने और तीन दिन का बंधन और लिखा था। कैसे-कैसे बीता, क्या बताऊँ? वह सब तो आप देख और महसूस कर ही रहे होंगे।" ललिताजी की निश्श्वास सुदीर्घ हो चारों ओर फैल गई थी।

"हाँ, निरंतर महसूस करता रहा और बेचैन रहा। देह से मुक्त होकर भी मैं कहाँ मुक्त हो पाया था? बस एक पश्चात्ताप निरंतर मेरी आत्मा का पीछा करता रहा ललिताजी, कि जिस राष्ट्र को गुलामी से मुक्त कराने के लिए प्रायः मैं जेल में, या यहाँ-वहाँ भागता-फिरता रहा और आपको जीवन में कोई सुख न दे सका, वही राष्ट्र मुझसे किस तरह मुक्त हो गया? किस तरह एक दूसरे राष्ट्र की भूमि पर मुझे तथाकथित मुक्ति दे दी गई?" वे फिर हँसे थे। उस हँसी में व्यंग्य के साथ क्षोभ भी था।

"ओह, अब तो देह भी नहीं है मेरी कि मैं कह सकती कि हे प्राण, तुम शरीर से निकल जाओ। अत्यंत दारुण दुःख है मुझे। बस, इस समय प्राणऊर्जा भी मेरी तड़प रही है। फिर भी सुनना चाहती हूँ आपसे।"

"क्या-क्या सुनाएँ, ललिताजी। युद्धखोर इस दुनिया में शांति के मेरे सारे प्रयास तपती धरती पर ओस की बूँद की तरह थे। मैंने कई बार इस बात को दोहराया था कि हम आदमियों को बचाने की कोशिश करें, हम आदमियों को खत्म करने

और मारने की कोशिश न करें। यह आज एक बड़ा लक्ष्य हमारे सामने है। हमें उम्मीद थी कि दुनिया इसे अपनाएगी। आज नहीं तो कल, कल नहीं तो परसों, वह इसे मानेगी। क्योंकि अगर दुनिया में सभ्यता और मानवता को बनाए रखना है तो शांति बनाए रखने के अतिरिक्त दूसरा कोई रास्ता नहीं है। हमें हथियारों को छोड़कर शांति को स्वीकार करना होगा। पर मानव जाति को बचाने और शांति की बात करने वाले को ही पहले चिरशांति दी गई।" वे हँसे थे, एक फीकी हँसी।

"सच तो यह है कि आपका दल ही आपके साथ आधे-अधूरे मन से था। मजबूरी में आपको स्वीकार कर पा रहा था।" ललिताजी ने एक और उद्घाटन किया।

"वह कैसे?" उन्हें आश्चर्य हुआ था।

"जब ताशकंद से आपका पार्थिव शरीर दिल्ली आया था, तो कांग्रेस की ही एक लॉबी नहीं चाहती थी कि आपका अंतिम संस्कार दिल्ली में हो। पर जब मैंने कड़ाई से कहा कि नेहरू, गांधीजी का भी अंतिम संस्कार उनके जन्मस्थान में क्यों नहीं हुआ? शास्त्रीजी भी देश के प्रधानमंत्री थे, उनका अंतिम संस्कार दिल्ली में ही होगा। उस समय ऐसी परिस्थितियाँ थीं कि उन लोगों को चुप हो जाना पड़ा। तुरंत बात बदलते हुए उन लोगों ने कहा कि यह तो हम एक सुझाव दे रहे थे, क्योंकि शास्त्रीजी को अपनी मिट्टी से बहुत लगाव था। मैंने भी कड़े शब्दों में कहा कि पूरे राष्ट्र की मिट्टी उनकी अपनी मिट्टी है। इसी राष्ट्र के लिए उन्होंने अपना सर्वस्व अर्पण कर दिया। मेरी हिचकियाँ बँध गई थीं। मैं आगे कुछ बोल नहीं पाई थी।" ललिताजी की पीड़ा ध्वनि-तरंगों में छलक उठी।

"ओह! कोई बात नहीं। मेरे लिए नगर पालिका और प्रधानमंत्री की कुरसी एक सी थी। कभी अंतर मैंने समझा ही नहीं, ललिताजी। बस सेवाभाव से कार्य करता रहा। दायित्व निभाता रहा।"

"आपने देश की आत्मा को झकझोरकर जगाया था। उसके भीतर की आग को पुन: जलाया। चीन से पराजित देश का स्वाभिमान, जो थोड़ा कमजोर पड़ गया था, उसे पाकिस्तान की विजय और उसके कई क्षेत्रों को जीतकर आपने ऊँचा उठा दिया था। मात्र अठारह महीनों के प्रधानमंत्रित्व काल में आपने जो अमिट छाप अपने देशवासियों के दिलों पर छोड़ी, वह आज भी उनमें एक दायित्व-बोध की भावना भरती रहती है। कुछ तो हर युग में होंगे, जो आपके द्वारा स्थापित मूल्यों पर चलना चाहेंगे। आप उनमें हमेशा जीवित रहेंगे।"

"वे मूल्य केवल मेरे नहीं, बल्कि भारत के सनातन शाश्वत मूल्य हैं। मैं तो

बस उन मूल्यों का एक सामान्य सा पुजारी था। आप सत्य के साथ चलिए। तमाम समस्याएँ अपने आप सुलझ जाती हैं। इसलिए सत्य का साक्षात्कार मानवमात्र का सर्वोच्च मूल्य है। इस प्रकार भारतीय संस्कृति का आधार ही बन बैठा है सत्य का साक्षात्कार। इस सत्य को देखने की कई आँखें, कई कलाएँ, दर्शन, आचार पद्धतियाँ, इतिहास, पुराण और इतिहास पुरुष हैं। विश्व की अनेक संस्कृतियाँ हैं, जो आशा पर जीती हैं। उम्मीद दिलाती हैं—तुम्हें स्वर्ग मिलेगा, हूरें मिलेंगी, पाप से मुक्ति मिलेगी, ईश की कृपा मिलेगी, पर अकेली सनातन संस्कृति है, जो आशा नहीं दिलाती, बल्कि आमंत्रण देती है कि चलो, संपूर्णता की ओर, व्यक्त से अव्यक्त की ओर, परम सत्य की ओर। हमारे वेद कहते हैं—सर्व खल्विदं ब्रह्म। यानी सबमें वही एक सत्य, परब्रह्म प्रतिभासित हैं। जब आप स्वयं को दूसरों में और दूसरों को स्वयं में देखने लगेंगे, तब सृष्टि का छोटा-से-छोटा प्राणी उपेक्षित नहीं रहेगा। समानता का यह सिद्धांत हमारा धर्म है और इस प्रकार हमारी संस्कृति भी। समान भाव के सिद्धांत की स्थापना के लिए ही मैं समझौता करने ताशकंद गया था। हम कहते हैं कि हमने शत्रु देश के इतने सैनिक मार गिराए, पर सैनिक कहीं का भी मरता है तो उसका दुःख पूरे परिवार को उठाना पड़ता है। बच्चे बिलखते हैं, स्त्रियाँ करुण-क्रंदन करती हैं। वातावरण में सिसकियाँ, दारुण विलाप भर जाती है। यह स्थिति धरती के किसी कोने में भी हो तो ठीक नहीं है। नहीं होनी चाहिए। इसीलिए मैं हमेशा युद्ध के पहल के पक्ष में कभी नहीं रहा। हाँ, युद्ध थोपा गया तो मैंने कभी पीठ भी नहीं दिखाई। मैं कायर देश का प्रतिनिधि नहीं था। हमारे देश के जवान असीम शक्ति और आत्मबल से भरे हैं। इसीलिए निरस्त्रीकरण और शांति स्थापना के लिए मैं हमेशा तत्पर रहा, क्योंकि मेरा देश सदियों से यह मानता रहा है कि उसे ही क्षमा करना शोभा देता है, जिसके पास शक्ति हो। कमजोर व्यक्ति किसी को कहे कि मैंने तुम्हें क्षमा किया, तो लोग उसका उपहास करेंगे। इसलिए मुझे युद्धभूमि में हुंकार तो भरनी ही थी, ललिताजी।" शास्त्रीजी की वाणी में ओज था।

"जी, आपने शायद इसीलिए 'जय जवान-जय किसान' का मंत्र दिया था, क्योंकि आपकी दृष्टि में किसानी केवल व्यवसाय नहीं, बल्कि भारत की पूरी संस्कृति थी। जीवन-शैली थी। गीत संगीत, उत्सव, मेले-ठेले से भरा-पूरा एक जीवन चक्र था। कृष्ण गो-पालन से जुड़े तो बलराम हलधर थे। भूमिपुत्रों की एक पूरी लंबी परंपरा। उसी तरह से आपने जय जवान कहकर देश की बाहरी और भीतरी सुरक्षा का एक मंत्र देशवासियों को दिया। आपके एक आह्वान पर जवानों ने जय लाकर आपकी हथेली पर रख दी।"

ललिताजी की बात को बीच में ही काटते हुए शास्त्रीजी दु:खी स्वर में बोल पड़े—"बस करिए ललिताजी, पीड़ा हो रही है मुझे। हथेली पर रखे जवानों के इसी जय ने मुझे ताशकंद में समझौते पर हस्ताक्षर करने से बराबर रोका था। बार-बार अपने सैनिकों का चेहरा मेरी दृष्टि में घूम जाता था। अंतिम दिन जब मैं ऊपरी मन से ही सही, समझौते पर हस्ताक्षर कर रहा था तो हमारे सैनिकों की दृष्टि मुझसे मानो पूछ रही थी कि हमने युद्धक्षेत्र में जो जीता था, उसे आप वार्त्ता की टेबुल पर हारकर आ रहे हैं? मैं रात में काफी देर तक बेचैनी में अपने कमरे में टहलता रहा था। उस पर से जब आप लोगों से फोन पर बात की और पता चला कि परिवार के साथ ही मेरे देशवासी भी इस समझौते से खुश नहीं हैं, तो मुझे मन-ही-मन यह निर्णय लेना पड़ा था कि मैं कोसीगिन की अंतरराष्ट्रीय साख बचाने के लिए हस्ताक्षर तो कर दे रहा हूँ, पर मैं उस निर्णय को भारत वापस लौटते ही मना कर दूँगा। मैं बहुत बेचैन था।"

"जब आपने निर्णय ले ही लिया था, फिर क्यों बेचैन थे?" ललिताजी का एक निश्छल प्रश्न गूँजा।

"मैं इसलिए बेचैन था कि बार-बार मेरे सामने कोसीगिन का चेहरा नाच उठता था। बेचारे अपनी प्रतिष्ठा बचाने के लिए कितने परेशान हुए थे और समझौते को लेकर कभी मेरे पास तो कभी अयूब खान के पास चक्कर लगा रहे थे।"

"क्यों? इसमें उनका क्या हित होने वाला था?" ललिताजी पूछ बैठीं।

"दरअसल पूरा विश्व-समाज ही अपने-अपने वर्चस्व की लड़ाई लड़ रहा है। पाकिस्तान अपनी जगह शांति से रह सकता है, चीन अपनी जगह। पर अपने को शक्तिशाली दिखाने और दूसरे देश के भूखंड पर अपना विस्तार करने की इच्छा लिए ये सब भारत में घुसपैठ करते हैं, युद्ध के लिए उकसाते हैं। अमेरिका अपने को श्रेष्ठ समझता है, तो सोवियत संघ अपने को। यानी सबके भीतर वही माया-मोह है, जो एक सामान्य व्यक्ति के भीतर अपनी देह, भोग-विलास और परिवार के प्रति होता है। वह चाहे राष्ट्र स्तर पर हो या व्यक्ति स्तर पर।" शास्त्रीजी ने स्पष्ट किया।

"हूँ।" ललिताजी का स्वर दीर्घ हो उठा था।

"ताशकंद प्रस्ताव का जन्म भी ऐसी ही परिस्थिति में हुआ। 20 सितंबर 1965 को सुरक्षा परिषद् ने भारत और पाकिस्तान से माँग की कि वे बुधवार 22 सितंबर को भारतीय समयानुसार साढ़े बारह बजे तक युद्ध रोक दें। इस प्रस्ताव का किसी ने विरोध नहीं किया था। परिषद् ने इस बात पर भी विचार किया कि युद्ध विराम लागू हो जाने के बाद इस संघर्ष के मूल राजनीतिक कारणों के समाधान का भी

प्रयास किया जाएगा। भुट्टो ने राष्ट्रपति अयूब के एक संदेश के रूप में पाकिस्तान की स्वीकृति की घोषणा की थी। अयूब का संदेश था कि "परिषद् का प्रस्ताव असंतोषजनक है, लेकिन अंतरराष्ट्रीय शांति के हित में मैं लड़ाई बंदी स्वीकार कर रहा हूँ।" भुट्टो ने अपना भाषण देते हुए भारत की कड़ी आलोचना की और परिषद् से आग्रह किया कि अब कश्मीर के दीर्घकालीन गतिरोध का राजनीतिक हल खोजना चाहिए। परिषद् यदि इस मुद्दे का समाधान करने में विफल रही तो पाकिस्तान संयुक्त राष्ट्र से अलग हो जाने के लिए बाध्य हो जाएगा।"

"नाशपीटा कहीं का। हमारी सेना लाहौर तक पहुँच चुकी थी, फिर भी कश्मीर का राग अलाप रहा था पाकिस्तान?" ललिताजी का आक्रोश फूट पड़ा था।

"दरअसल उसका मन इसलिए बढ़ा हुआ था, क्योंकि सुरक्षा परिषद् ने ही यह प्रस्ताव कर दिया था कि दोनों देशों की सेनाएँ 5 अगस्त, 1965 के पहले के अपने-अपने ठिकानों पर लौट जाएँ। हमारे सैनिकों ने पाकिस्तान के सैनिकों को पीछे धकेलकर हाजीपीर दर्रा, टिथवल समेत लाहौर के बाहरी इलाकों तक अपने कब्जे में ले लिया था। विश्व के तमाम देशों को यह नागवार लग रहा था कि भारत अपनी सैन्य क्षमता से एक नई शक्ति बनकर एशिया महाद्वीप में उभरे। वे नेहरू के समय 1962 में चीन से भारत की पराजय देखकर वैसी ही छवि बनाए बैठे थे। मुझसे यह उम्मीद नहीं थी कि मैं शांति की बातें करते-करते पाकिस्तान द्वारा युद्ध के लिए उकसाए जाने पर ऐसा पलटवार कर दूँगा।"

"हाँ, आपको भी वे औरों की तरह कठपुतली समझ लिए रहे होंगे।" ललिताजी बोल रही थीं।

शास्त्रीजी ने उन्हें बताया—"दरअसल सुरक्षा परिषद् के इस प्रस्ताव के दो दिनों पूर्व ही 18 सितंबर, 1965 को मॉस्को में ताशकंद प्रस्ताव का जन्म हो गया था। सोवियत प्रधानमंत्री कोसीगिन ने मुझे और अयूब खाँ को पत्र लिखा था और कहा कि आप दोनों हमारा आतिथ्य स्वीकार करें और सोवियत संघ के शीतल वातावरण में ठंडे दिमाग से युद्ध विराम पर बातचीत करते हुए समस्या का स्थायी समाधान निकालने का प्रयास करें। इसीलिए उन्होंने ताशकंद में इस समझौते का आयोजन किया। पहले भी जब हम ताशकंद के दौरे पर गए थे, तो वहाँ उन लोगों ने हम लोगों का बहुत भव्य स्वागत किया था। आपको तो याद ही होगा, ललिताजी?"

"जी सब याद है।" ललिताजी ने संक्षिप्त उत्तर दिया।

"कुछ लोग यह भी अनुमान लगा रहे थे कि सोवियत संघ ने यह प्रस्ताव इसलिए भी रखा है कि कहीं चीन इस स्थिति का लाभ न उठा ले। मैंने उनके

प्रस्ताव-पत्र की सूचना संसद् में दी थी और कहा था—कोसीगिन ने बड़े ऊँचे विचारों से प्रेरित होकर यह प्रस्ताव किया है। इससे कोई इनकार नहीं कर सकता है कि भारत और पाकिस्तान को अंत में शांति से रहना है। इसलिए जो लोग हमारे मित्र हैं और सच्चे दिल से मेल कराने की कोशिश करना चाहते हैं, उनको हम कभी न नहीं कर सकते। मैंने आज श्री कोसीगिन को सूचित कर दिया है कि हम उनके प्रयत्नों का स्वागत करेंगे।"

"कौन सा नया प्रस्ताव दे दिया था कोसीगिन ने। सुरक्षा परिषद् वाले ही प्रस्ताव को तो दुहरा रहे थे। बस अपने बिचौलिया का काम कर रहे थे, ताकि सेहरा अपने सिर बाँध सकें।" ललिताजी नाराज थीं।

"अक्तूबर 1965 से दिसंबर 1965 के बीच तीन महीनों में मैंने पूरे देश का व्यापक द्वारा किया, क्योंकि जनवरी के प्रथम सप्ताह में ही ताशकंद समझौते में शामिल होना था। इन्हीं तीन महीनों में मैंने सौ से अधिक भाषण दिए। एक भाषण में मैंने लोगों से मजाक में ही कहा भी कि जनरल अयूब सोचते थे कि धोती वाला क्या लड़ेगा, पर उन्हें नहीं मालूम था कि यह धोती वाला टहलते हुए लाहौर भी जा सकता है।"

ललिताजी की मद्धिम हँसी फूट पड़ी थी।

वे भी क्षणभर को आनंदित हो उठे। उन्हें याद आया वह समय, जब 3 जनवरी, 1966 को दिल्ली से रवाना होने से पूर्व उन्होंने एक दिन पहले विपक्षी नेताओं से भी उनके विचार लिए कि ताशकंद वार्त्ता में भारतीय पक्ष क्या दृष्टिकोण अपनाए। यह परंपरा उन्होंने अपने प्रधानमंत्रित्व काल में शुरू की थी कि राष्ट्रीय समस्याओं पर विपक्ष के साथ भी विचार-विमर्श होना चाहिए। ताशकंद वार्त्ता के संबंध में उन्होंने सैनिक कमांडरों से भेंट कर सैनिक स्थिति का जायजा लिया था। 31 दिसंबर, 1965 को डॉक्टरों के दल ने उनका संपूर्ण स्वास्थ्य परीक्षण किया था और उन्हें पूरी तरह से स्वस्थ घोषित किया। उन्हें ताशकंद के लिए विदा करते हुए ललिताजी की आँखों में आँसू तैर रहे थे। उन्होंने दही-चीनी की कटोरी में से एक चम्मच दही निकालकर उनकी ओर बढ़ाया था तो शास्त्रीजी ने हँसते हुए टोका—

"भाई, पहले आप यह बरफी तो खा लेने दीजिए पूरी।"

"नहीं, पूरी नहीं खानी है आपको।" ललिताजी ने सामान्य होने की कोशिश करते हुए कहा।

"क्यों?"

"क्योंकि बची हुई अपने पास रखूँगी। जब तक आप ताशकंद से लौटकर

आएँगे, तब तक इसे आपका प्रसाद मानकर खाती रहूँगी।"

शास्त्रीजी कुछ बोल न सके थे। बस एक स्नेह और आत्मीयता से भरी गहरी दृष्टि उन पर डाली थी और ठंडी श्वास लेते हुए कहा था—"देश की तमाम उलझनों में घिरकर मुझे कभी समय ही नहीं मिला कि मैं अपनी इस स्नेहमयी जीवनसंगिनी के साथ फुरसत के पल बिता सकूँ। आप तो जानती ही हैं कि कितना कठिन है, करोड़ों लोगों की आशाओं और विश्वास पर खरा उतरना।"

"जी, जानती हूँ।" ललिताजी ने उनकी खाई हुई बर्फी को सहेजकर प्लेट में रख लिया था और चम्मच की दही उनके ओठों से लगा दी। बोली थीं—

"आप वहाँ भी अपने उद्देश्य में विजयी होकर लौटें।"

"मैं आपको अपने साथ नहीं ले जा रहा हूँ। इस बात का केवल आपको ही नहीं, हमें भी मलाल है। हर यात्रा में आप मेरे साथ छाया की तरह रहती थीं। इस बार अपनी छाया के बिना वहाँ रहूँगा। पर जानता हूँ कि वहाँ दूसरे ढंग की व्यस्तताएँ रहेंगी। मौसम भी आपके अनुकूल नहीं रहेगा।" शास्त्रीजी ने मानो स्वयं को ही कारण बताया।

"अपना ध्यान रखिएगा।" ललिताजी का स्वर बुझा था।

"आप निश्चिंत रहिए। मैं आपके बताए अनुसार ही सबकुछ करूँगा। बाहर का खाना नहीं खाऊँगा। ठंड से बचकर रहूँगा।" वे मुसकराते हुए गिनवा रहे थे।

"बाहर जा रहे हैं और बाहर का खाना नहीं खाएँगे? ऐसा संभव है क्या?"

"इस दुनिया में सबकुछ संभव है। फिर आपका सबसे विश्वासपात्र सेवक रामनाथ तो साथ जा रहे हैं। वे मेरे लिए भोजन पानी का इंतजाम करेंगे।"

ललिताजी झट से बाहर निकलकर रामनाथ को हिदायत देने लगी थीं, जो उनके साथ ही ताशकंद जा रहा था।

वे माँ के कमरे की ओर बढ़े थे, जाने से पहले चरण स्पर्श कर आशीर्वाद लेने के लिए। अम्मा ने उनको बहुत ही दुलार से निहारते हुए अपने दोनों हाथ उनके सिर पर रख दिए थे और बोली थीं—"अपना खाने-पीने का बहुत ध्यान रखना। वहाँ ठंड बहुत है। अच्छे से कान-वान बाँधकर रखना। ठंड न लगने पाए।"

"यहीं से गांती बाँधकर चले जाते हैं अम्मा। आप भी देख लें कि हम ठीक से कपड़ा पहने हैं।" वे ठहाका लगाकर हँस पड़े थे। अम्मा की आँखों के उमड़ते आँसू भी हँस पड़े थे। अम्मा ने उन्हें धीरे से एक चपत लगाते हुए कहा था—

"एक्कै सहारा हो तुम। मजाक उड़ाओ, चाहे बात मानो।"

"अम्मा, आप बिल्कुल निश्चिंत रहिए। मैं एकदम ठीक से रहूँगा वहाँ।"

उन्होंने अम्मा को आश्वस्त किया।

"दुलहिन को भी लिए जाते साथ में। तुम्हारी देखभाल कायदे से करतीं वे।" अम्मा शिकायती लहजे में बुदबुदायी थीं।

"दुलहिन नहीं उतना बढ़िया देखभाल कर पाएँगी, अम्मा। आपको मैं लेता चल रहा हूँ। मेरे साथ चलिए।" शास्त्रीजी ने विनोद किया। अम्मा झट बोल पड़ीं—"राम, राम। अब यह उमिर में हम कहाँ विदेश जाएँगे। हवाई जहाज में नहीं बैठ पाएँगे भइया।"

"हम हैं न? अपने पास बैठाएँगे।"

"ना-ना। पता चले कि जा रहे कुछ और काम से, और ले के बैठ गए अम्मा को। हमें डर लगता है बचवा, जहाज में बैठने से।"

उन्होंने प्यार से अम्मा को अपनी दोनों बाँहों में थाम लिया।

"आशीर्वाद दीजिए, अम्मा।"

"जाओ बचवा, कुशल-कुशल जाओ। कुशल-कुशल वापस आओ।"

अम्मा आशीष दे रही थीं। बाहर कार लग गई थी। पत्रकारों की भीड़ ताशकंद जाने से पूर्व उनके विचार जानना चाह रही थी। उन्होंने अपना संक्षिप्त सा बयान दिया था—'राष्ट्रपति अयूब के साथ बातचीत के परिणामस्वरूप दोनों देशों के मतभेदों और झगड़ों का कोई-न-कोई हल निकल आएगा। हमें अच्छे परिणामों की आशा रखनी चाहिए। मेरी शक्ति की द्योतक समस्त देश की शुभकामनाएँ साथ हैं। यह कठिन परीक्षा का समय है।"

ताशकंद हवाई अड्डे पर जब उनका विमान उतरा था, तब सोवियत संघ के प्रधानमंत्री कोसीगिन तथा अन्य उच्च पदाधिकारी उनके स्वागत के लिए उपस्थित थे। भारतीय प्रतिनिधिमंडल में विदेश मंत्री स्वर्ण सिंह एवं रक्षा मंत्री यशवंत राव चव्हाण के साथ कई भारतीय उच्चाधिकारी भी शामिल थे। ताशकंद में हवाई जहाज से उतरते ही उनका परिचय ताशकंद के वरिष्ठ अधिकारियों और गण मान्य लोगों से करवाया गया। छोटे-छोटे बच्चों ने उन्हें फूलों के गुलदस्ते भेंट किए। उन्होंने भी बच्चों को दुलराकर, थपथपाकर अपना स्नेह उन पर लुटाया। ताशकंद एयरपोर्ट से लेकर उनके ठहरने के स्थान तक सड़क के दोनों ओर भारत और सोवियत संघ के झंडे लहरा रहे थे, साथ ही दोनों ओर खड़ी जनता ने गर्मजोशी से हाथ हिलाकर उनका स्वागत किया था।

वहाँ के प्रमुख अखबारों ने ताशकंद वार्त्ता के संबंध में अपने पत्रों के मुख पृष्ठ पर उनकी एवं अयूब खाँ की बड़ी-बड़ी फोटो और व्यक्तित्व के बारे में

खबरें प्रकाशित की थीं। 3 जनवरी से 10 जनवरी तक लगातार आठ-नौ दिन तक ताशकंद में यह वार्त्ता चलती रही, जिसकी अध्यक्षता कोसीगिन ने की।

तीन जनवरी को पहले दिन दोनों नेताओं की अनौपचारिक वार्त्ता चालीस मिनट तक कोसीगिन की उपस्थिति में हुई, उसके पश्चात् राष्ट्रपति अयूब और शास्त्रीजी में डेढ़ घंटे एकांत में वार्त्ता हुई। उसके बाद दोनों नेताओं ने कॉन्फ्रेंस वाले बँगले की सीढ़ियों पर खड़े होकर फोटो खिंचवाई। दुनिया भर के पत्रकारों एवं एजेंसियों की निगाहें समझौते पर लगी थीं।

दूसरे दिन चार जनवरी को वार्त्ता के प्रारंभिक औपचारिक समारोह में उन्होंने श्री कोसीगिन को संबोधित करते हुए अपना भाषण दिया—

"अध्यक्ष कोसीगिन, आपके जिस साहसपूर्ण कदम ने मुझे और पाकिस्तान के राष्ट्रपति अयूब खाँ को इस ऐतिहासिक एशियाई नगर में एक स्थान पर मिलाया है, मेरी जनता, मेरी सरकार और मैं, उस कदम की हृदय से सराहना करते हैं। सबसे पहले मैं उसी भावना को व्यक्त करना चाहता हूँ। मुझे यह कहते हुए अपार हर्ष हो रहा है कि हमें इस नगर में जो आतिथ्य मिल रहा है, हमारी जिस तरह प्रेमपूर्वक देखभाल की जा रही है, उसके लिए मैं और मेरा प्रतिनिधिमंडल हृदय से आपका आभारी है। ताशकंद की जनता ने हमारा जो भव्य स्वागत किया, वह सचमुच हमारे हृदय को छू गया।

"मुझे ज्ञात है कि हमारे दोनों देशों के बीच अनेक ऐसे मतभेद हैं, जिसका हल नहीं हो सकता। जिन देशों में बहुत अच्छे संबंध होते हैं, उनके बीच भी मतभेद और विवाद पाए जाते हैं। हमारे सामने आज प्रश्न यह है कि क्या हमें उन मतभेदों और विवादों को हल करने के लिए शक्ति के तरीके के बारे में सोचना है या हमें यह तय करके घोषणा कर देनी है कि हम शक्ति का कभी इस्तेमाल नहीं करेंगे। यदि दूसरे देश, जो बहुत साधन-संपन्न हैं और जिनके बीच मतभेद हैं, सशस्त्र संघर्ष बचाकर शांतिपूर्ण सहअस्तित्व के आधार पर साथ-साथ जीवित रह सकते हैं तो क्या भारत और पाकिस्तान जैसे देशों का, जिनके सामने मुख्य समस्या अपने-अपने जनगण की आर्थिक दशा सुधारने की है, यह कर्तव्य नहीं कि वे हथियारों की मदद से समस्याओं को हल करने का विचार त्याग दें?

"ताशकंद सम्मेलन के लिए आपके निमंत्रण को हमने तुरंत स्वीकार कर लिया। आपने शांति के उद्देश्य से प्रेरित होकर हमें निमंत्रित किया है। इस उद्देश्य की जितनी प्रशंसा की जाए, थोड़ी है। शांति, भारत और पाकिस्तान के लिए तो परम आवश्यक है ही, सारी दुनिया के लिए भी जरूरी है। हमें भारत-पाक संबंधों में एक

नए अध्याय का सूत्रपात करने का प्रयत्न करना चाहिए। मैं पुरानी बातें नहीं दुहराना चाहता। मैं समझता हूँ और मेरा खयाल है कि हमारे दोनों के बीच यह युद्ध बहुत ही दुर्भाग्यपूर्ण घटना रही। हमें इस सम्मेलन में अपने पुराने गुस्से निकालने की जरूरत नहीं, बल्कि हमें भविष्य की ओर देखना है।

"अंतरराष्ट्रीय संबंधों के प्रसंग में आक्रमण का जवाब देने के लिए ही शक्ति-प्रयोग का औचित्य माना जा सकता है, इसलिए यदि हम एक-दूसरे को शक्ति का प्रयोग न करने का आश्वासन देते हैं तो इसका अर्थ यह होगा कि हम एक-दूसरे की प्रादेशिक अक्षुण्णता का सम्मान करते हैं। हमारा सदा से यह कहना है और आज भी मैं कहता हूँ कि हम पाकिस्तान की प्रभुसत्ता और प्रादेशिक अक्षुण्णता को बिना किसी हिचक के स्वीकार करते हैं। इसी प्रकार हमें भी अपनी प्रभुसत्ता और प्रादेशिक अक्षुण्णता की रक्षा करनी है। शांति और अच्छे संबंधों के लिए दूसरे की प्रभुसत्ता का सम्मान अत्यंत आवश्यक होता है।

"यदि इस सिद्धांत को एक बार स्पष्ट रूप से स्वीकार कर लिया जाए, तो भारत-पाक संबंधों के पूरे स्वरूप को दोनों के जन-गण के हित में बदल दिया जा सकता है। मैं आपकी अनुमति से यहाँ स्पष्ट शब्दों में और पूरी सच्चाई के साथ कहना चाहता हूँ कि हमारी कामना है कि पाकिस्तान की जनता फूले-फले। हम स्वयं अपनी जनता के जीवन में सुधार लाने का प्रयत्न कर रहे हैं। हमारा विश्वास है कि यदि भारत और पाकिस्तान के बीच अच्छे संबंध बन जाएँ, तो यह उपमहाद्वीप शीघ्र ही समृद्ध हो सकता है।

"जैसा कि हमने कहा कि इस तरह के संबंध की आधारशिला शांतिपूर्ण सह-अस्तित्व की नीति की स्वीकृति होनी चाहिए। इस नीति का पालन करते हुए अनेक मोरचों पर कदम उठाने होंगे। मसलन शीतयुद्ध के वातावरण को समाप्त करना होगा। यदि समाचार-पत्रों और रेडियो के प्रचार द्वारा दोनों देशों के जनगण में वैर या अविश्वास की भावना भरने का क्रम जारी रहेगा, तो हम दोनों सरकारों के प्रधान चाहे जो कुछ कहें, संघर्ष का खतरा सदैव बना रहेगा। दोनों देशों के सारे संबंधों में सुधार लाने को ही हमें अपना लक्ष्य बनाना चाहिए। हमारा व्यापार संकुचित होता जा रहा है, उसमें विकास होना चाहिए। भारत और पाकिस्तान से होकर अनेक नदियाँ बहती हैं, आज वे विवाद का स्रोत बनी हैं। होना यह चाहिए कि उनके द्वारा सहयोग और बढ़े। इससे हमारे दोनों देशों को लाभ पहुँचेगा। इसी प्रकार आर्थिक सहयोग के अनेक क्षेत्र हैं। इन्हें और समझदारी के आधार पर परस्पर हित की दिशा में आगे बढ़ाया जा सकता है।

यह सब कहते समय मेरा यह सुझाव नहीं है कि हमें दोनों देशों के बीच पाए जाने वाले अनेक मतभेदों से अपनी आँखें बंद कर लेनी चाहिए। मैं उन मतभेदों को गिनाना नहीं चाहता। लेकिन मेरा यह कहना जरूर है कि इन समस्याओं को शक्ति प्रयोग से नहीं, बातचीत के द्वारा हल करना चाहिए। सशस्त्र संघर्ष समस्याओं को हल करने के बजाय नई समस्याएँ पैदा करता है, इससे शांति और सुलह के रास्ते में रोड़े आते हैं। दूसरी ओर शांतिपूर्ण वातावरण में अपने विवादों को हल करने की दिशा में हम सही अर्थों में प्रगति कर सकते हैं।

"यदि सम्मेलन में, जिसे अध्यक्ष कोसीगिन ने बुलाया है, हमारे मतभेदों के हल के लिए शक्ति का प्रयोग न करने का समझौता हो जाता है, तो यह सचमुच एक महत्त्वपूर्ण उपलब्धि होगी। इससे हमारे बीच अच्छे पड़ोसियों के संबंधों का मार्ग प्रशस्त होगा, जिसकी दोनों देशों को बड़ी आवश्यकता है और जिससे हमारी अन्य समस्याओं के हल आसान हो जाएँगे। हम अन्य प्रश्नों पर भी बात कर सकते हैं, ऐसा करना भी चाहिए, लेकिन उन पर हमारा मतभेद भी हो और तुरंत सुलझाने को कोई रास्ता नहीं निकल पा रहा हो तो भी हमें शांति का रास्ता नहीं छोड़ना चाहिए।

"हमारे कंधों पर एक बहुत बड़ी जिम्मेदारी है। हमारे उपमहाद्वीप में साठ करोड़ जनता बसती है। यह पूरी मानव जाति का पाँचवाँ भाग है। यदि भारत और पाकिस्तान को प्रगति करनी है, तो उन्हें शांतिपूर्वक रहना होगा। यदि संघर्ष और वैर बना रहा तो हमारे जन-गण और बड़ी-बड़ी मुसीबतों में फँसते जाएँगे। इसके बजाय कि हम आपस में लड़ें, हमें आज गरीबी, बीमारी और भूख के विरुद्ध लड़ना है। दोनों देशों के जनसाधारण की समस्याएँ, आशाएँ तथा सपने एक हैं। वे संघर्ष और युद्ध नहीं, शांति और प्रगति चाहते हैं। उन्हें अस्त्र-शस्त्र की नहीं, भोजन की आवश्यकता है, वस्त्र और घर की जरूरत है। यदि हमें अपनी जनता की इन आवश्यकताओं को पूरा करना है तो हमें इस सम्मेलन में कुछ ठोस और विशिष्ट उपलब्धियों के लिए प्रयत्नशील होना होगा।

"यह एक ऐतिहासिक सम्मेलन है। सारी दुनिया की निगाहें हमारे ऊपर लगी हुई है। हमें दुनिया को यह कहने का मौका नहीं देना है कि पाकिस्तान के राष्ट्रपति और भारत के प्रधानमंत्री ताशकंद में मिले तो जरूर, लेकिन कोई समझौता न कर सके। आइए, हम अपने कार्यों से दिखा दें कि हममें अपनी समस्याओं को विश्व के संदर्भ में रखकर देखने की क्षमता है।"

देर तक सम्मेलन हाल उनके इस भाषण पर तालियों से गूँजता रहा। जनरल अयूब खाँ भी तालियाँ बजा रहे थे, पर भुट्टो के चेहरे पर एक अनमना सा और

खिसियाहट का भाव था। वे चुपचाप बैठे थे।

लगभग पूरे सप्ताह ताशकंद वार्त्ता अनिश्चय की स्थिति में थी। अयूब जम्मू कश्मीर पर जनमत संग्रह कराए जाने की माँग पर अड़े थे और वे जम्मू कश्मीर के भविष्य पर कोई समझौता या वार्त्ता करने को तैयार नहीं थे। उनके विचार में यह प्रश्न जम्मू कश्मीर की जनता बहुत पहले ही हल कर चुकी है। वार्त्ता के अंतिम दिन दस जनवरी को स्थिति ऐसी हो गई थी कि कोई नहीं बता सकता था कि उनकी खुली पूर्ण बैठक भी होगी या नहीं। पत्रकारों के बार-बार पूछने पर पाकिस्तानी प्रवक्ता अल्ताफ गौहर ने कहा था—"विज्ञप्ति महत्त्वपूर्ण नहीं है, महत्त्वपूर्ण एक-दूसरे को समझना है। भारत ने संयुक्त वक्तव्य के मसविदे के रूप में हमें कागज का एक टुकड़ा दिया है। हम उसे स्वीकार नहीं करते। हमने भी एक कागज का टुकड़ा दिया है और उस पर भारत की प्रतिक्रिया की प्रतीक्षा कर रहे हैं।"

कोसीगिन दोनों पक्षों में समझौता कराने के लिए निरंतर भागदौड़ कर रहे थे। कभी इस पक्ष से बात करते, कभी उस पक्ष से। अंत में कोसीगिन की अंतरराष्ट्रीय प्रतिष्ठा बचाने के लिए उन्होंने दस जनवरी को सायं चार बजे ताशकंद घोषणा-पत्र पर हस्ताक्षर कर दिए थे। यह घोषणा-पत्र हस्ताक्षर होने से एक घंटे पूर्व ही तैयार किया गया था। इसमें दोनों देशों ने कुछ शर्तों को मानने की स्वीकृति देते हुए अपने-अपने हस्ताक्षर कर दिए थे। उन शर्तों में कुछ ऐसी थी, जो भारत के लिए ठीक नहीं थी और जिन्हें जानने के दो-चार घंटे बाद ही भारत से विपक्षी नेताओं की आलोचना और प्रतिक्रियाएँ उन तक आनी शुरू हो गई थीं। उनमें सबसे महत्त्वपूर्ण बिंदु वह था, जिसमें भारत और पाकिस्तान ने संयुक्त रूप से स्वीकार किया था कि दोनों देशों के सभी सशस्त्र सैनिक अधिक-से-अधिक 25 जनवरी, 1966 से 5 अगस्त, 1965 से पूर्व के ठिकानों पर वापस बुला लिए जाएँगे और दोनों पक्ष युद्ध-विराम रेखा पर युद्ध-विराम की शर्तों का पालन करेंगे। दूसरा बिंदु यह था कि दोनों देश अपने संबंधित अधिकारियों को युद्धबंदियों की वापसी के लिए निर्देश देंगे। यह नौ सूत्रीय घोषणा-पत्र रूसी भाषा में तैयार किया गया, जिसे रूसी अनुवादक ने अंग्रेजी में सभी के सामने पढ़ा।"

"आप कुछ सोचने लगे क्या ? इतनी देर से चुप हैं ?" ललिताजी ने शास्त्रीजी के अतीत की वह श्रृंखला तोड़ दी थी।

"हाँ, नहीं तो। बस ताशकंद पहुँच गया था। समझौते पर हस्ताक्षर के बाद कोसीगिन ने जो भव्य पार्टी दी थी, उसी में।" शास्त्रीजी व्यंग्य से हँसे थे।

"क्या किसी दबाव में आपने निर्णय लिया था ?" ललिताजी पूछ बैठीं।

"यदि पिछले छह दिनों तक मैं विरोध करता रहा उस प्रकार के समझौते का, तो एकाएक किसी के दबाव में आकर हस्ताक्षर क्यों कर देता? दबाव उन छह दिनों में भी तो पड़ा ही होगा। अंतिम दिन अंतिम समय में मैं ऐसा फैसला क्यों लेता भला? मैं कश्मीर के वे हिस्से लौटाने को कतई तैयार नहीं था, जिनको भारत ने पाकिस्तान से दोबारा युद्ध करके जीत लिया था। पाकिस्तान कश्मीर में हारे हुए अपने दूसरे इलाकों के साथ ही हाजीपीर दर्रा भी वापस माँग रहा था, जो हमारे लिए सामरिक दृष्टि से अत्यंत महत्त्व का था और जिसे भारतीय सेना ने इस युद्ध के दौरान जीत लिया था। भारतीय सेना नहीं चाहती थी कि हाजीपीर दर्रा पाकिस्तान को वापस दिया जाए। यह वही दर्रा था, जहाँ से पाकिस्तानी घुसपैठिए कश्मीर में चोरी-छिपे घुसपैठ करते थे और हमारे देश को अस्थिर करते थे। निस्संदेह अयूब खाँ किसी भी तरह से उन स्थानों को फिर से पा जाने का दबाव तो बनवा ही रहे थे, लेकिन मैं झुकने को तैयार नहीं था।"

"वही तो मुझे लगा कि आपने जीवन में कभी कोई निर्णय किसी के दबाव में नहीं लिया। यह कैसे हो गया? बल्कि बाद में जब धर्मयुग पत्रिका वालों ने मेरा साक्षात्कार लिया, तो मैंने साफ कहा था कि मैं जानती हूँ, मेरे पति कभी कोई निर्णय दबाव में नहीं ले सकते। यदि लिया भी हो तो भारत आने पर स्पष्ट हो जाता कि वे कौन से कारण थे?" ललिताजी ने अपने अनुभव साझा किए थे।

"पहले कोसीगिन ने हमारे डाचा पहुँचकर भारतीय विदेश मंत्री स्वर्ण सिंह से आग्रह किया था कि वे मुझे सहमत कर लें इस समझौते के लिए, लेकिन स्वर्ण सिंह ने भी इनकार कर दिया था, यह कहते हुए कि मैं अपनी राय उन पर कैसे थोप सकता हूँ। यह तो उन्हें ही तय करना है। फिर कोसीगिन हमसे भी मिलने आए। बहुत सी बातें हुईं। इसके पहले आठ जनवरी को ही वार्त्ता की मेज पर वार्त्ता रद्द हो चुकी थी। ग्यारह को वापस आना था। दस को ही भारतीय प्रतिनिधिमंडल ने वापस लौटने का ऐलान भी कर दिया था। मैंने छह जनवरी को ताशकंद से ही प्रेसिडेंट जॉनसन को एक पत्र लिखा था, जिसमें इस वार्त्ता में आड़े आ रही गंभीर चुनौतियों की चर्चा की थी। मैं जानता था कि मेरे द्वारा जीती गई पोस्टों को पाकिस्तान को लौटा देने के समझौते की भारत में कड़ी आलोचना होगी। इसलिए मैं कोई भी ऐसा निर्णय लेने के पक्ष में नहीं था। फिर मैं अपनी भारतीय सेना को क्या मुँह दिखाता? इसलिए मैं कुछ ऐसा भी चाहता था, जिसे समझौते की इन शर्तों से बढ़कर जीत के रूप में देशवासियों को दिखा सकता। वह जीत होती मेरी नेताजी सुभाष चंद्र बोस की देश वापसी के रूप में। इस संबंध में कोसीगिन से मेरी सकारात्मक बातचीत

हो चुकी थी।" शास्त्रीजी की बात को बीच में ही काटते हुए ललिताजी की तीव्र जिज्ञासा फूट पड़ी—

"तो क्या सचमुच नेताजी जीवित थे वहाँ? वे सब बातें जिन्हें लोग अफवाहें मानते रहे, वे सत्य थीं?

"हाँ, आजादी मिलने से पहले ही नेताजी जियाउद्दीन बनकर अंग्रेजों को और खुफिया तंत्र को चकमा देते हुए भारत से भागकर आधी दुनिया का चक्कर लगाते हुए जापान पहुँचे थे। वहाँ उन्होंने अपनी गठित की हुई सेना 'आजाद हिंद फौज' और जापानी सैनिकों की मदद से भारत को अंग्रेजों के चंगुल से मुक्त कराने के लिए सशस्त्र आक्रमण कर दिया था। आजाद हिंद फौज के अलावा विश्व के इतिहास में दूसरा कोई उदाहरण नहीं, जहाँ तीस-पैंतीस हजार युद्ध बंदियों ने संगठित होकर देश की आजादी के लिए आक्रामक संघर्ष छेड़ा हो। 6 और 9 अगस्त, 1945 को जापान के हिरोशिमा और नागासाकी शहरों पर अमरीका ने परमाणु बम से हमला कर दिया। विश्वयुद्ध चल ही रहा था। विवशता में जापान को आत्मसमर्पण करना पड़ा। जापान ने नेताजी की भागने में मदद की। कूटनीतिक रूप से नेताजी ने अपने निधन की खबर फैलाई, क्योंकि 18 अगस्त को किसी विमान दुर्घटना का कोई रिकॉर्ड जापान में नहीं है, जहाँ नेताजी की तथाकथित मृत्यु हुई थी। वे ब्रिटेन द्वारा युद्ध अपराधी बनने से बचने के लिए और अपनी आजादी की लड़ाई को जारी रखने के लिए सोवियत संघ से सहयोग लेने किसी तरह छिपते-छिपाते सोवियत संघ पहुँचे थे। लेकिन वहाँ वे गिरफ्तार कर लिये गए।"

"क्यों गिरफ्तार कर लिये गए?"

"इसलिए कि तब तक सोवियत संघ भी जर्मन हमले के कारण ब्रिटेन अमरीकी गुट में शामिल हो गया था। अर्थात् मित्र राष्ट्रों के समूह से समझौता कर चुका था। ब्रिटेन के खिलाफ युद्ध छेड़ने वाले नेताजी सुभाष चंद्र बोस उस समय सोवियत संघ के लिए भी एक युद्ध बंदी की तरह बन गए। दूसरा एक कारण और था कि उन्होंने हिटलर से भी अपने देश की आजादी के लिए सहायता माँगी थी। जर्मनी की ही एक लड़की एमली से उन्होंने विवाह किया था और उन दोनों की एक पुत्री भी थी। पर इस विवाह के बारे में बहुत कम लोगों को ही पता चल पाया था। नेताजी की तथाकथित मृत्यु के बाद एमली ने उनके भाई को पत्र लिखकर अपने विवाह के बारे में बताया था। तो इस तरह नेताजी सोवियत संघ पहुँचते ही गिरफ्तार कर लिए गए थे।

"अभिमन्यु को जैसे घेरकर मार दिया गया, वैसे ही बेचारे नेताजी भी जिसे

अपना समझकर सहयोग माँगने गए, उसी के द्वारा गिरफ्तार कर लिये गए।" ललिताजी के स्वर में सहानुभूति थी।

"हाँ, उस समय विश्व की परिस्थितियाँ ऐसी बन गई थीं। पर सोवियत संघ ने एक तरह से उनकी सुरक्षा ही की। ब्रिटेन को पता नहीं चलने दिया। पर इस तरह की बातें छिपती कहाँ हैं?" शास्त्रीजी की आवाज खोई-खोई सी थी।

"क्या नेहरू को भी पता था नेताजी के बारे में?" ललिताजी ने अपना प्रश्न उछाला था।

"हाँ, बिल्कुल पता था। उन्हें ही नहीं, उस समय के कई बड़े नेताओं को भी पता था। नेताजी के परिवार के सदस्य सौगत बोस ने तो बाद में यह आरोप भी लगाया था कि नेहरू के कार्यकाल में इंटेलिजेंस ब्यूरो उनके पिता, चाचा और नेताजी की पत्नी एमली की चिट्ठियाँ खोलता, पढ़ता था। यानी नेहरू को यह पता था कि नेताजी जीवित हैं। उनके संकेत पर ही यह हो सकता था। मॉस्को में तत्कालीन राजदूत रहीं विजयलक्ष्मी पंडित ने भी स्वीकार किया था कि नेताजी जीवित थे और रूस में थे।"

"उन्हें स्वदेश लाने की काररवाई क्यों नहीं की गई? या उनके बारे में और जाँच क्यों नहीं की गई?"

"भारत की जनता भावुक थी नेताजी को लेकर। देश वापस आते ही वह सत्ता उन्हें सौंप देती, क्योंकि उनके शौर्य और सशस्त्र बल द्वारा अंग्रेजों के विरुद्ध छेड़े संघर्ष को जनता ने अपने हृदय में स्थान दिया था। नवंबर 1945 में जब लाल किले में आजाद हिंद फौज पर मुकदमा चलाया गया था तो उसी के बाद से नेताजी और अधिक लोकप्रिय हो गए थे। लोक ने उन्हें अपना नायक स्वीकार कर लिया था, भले ही वे सशरीर विद्यमान नहीं थे।" शास्त्रीजी ललिताजी को बता रहे थे।

ललिताजी व्यंग्य से बोल पड़ीं—"हाँ, तब तो देश में भूचाल ही आ जाता।"

"मेरी मृत्यु से सारे भूचाल थम गए थे। सरकार ने भी मान लिया कि शास्त्री हार्ट अटैक से मर गए। कुछ लोगों ने संदेह भी किया तो सरकार ने उसे अनसुना कर दिया और अपने आधिकारिक स्टैंड पर दृढ़ रही। धीरे-धीरे जाँच की आवाजें भी उठनी बंद हो गई थीं। नेताजी और मेरी दोनों की रहस्यमयी मौत को किनारे लगा दिया गया।" शास्त्रीजी का स्वर गंभीर था।

ललिताजी ने उन्हें बताया—"जाँच की माँग उठाई गई थी। 1970 के शुरुआती दिनों में संघ के मुखपत्र 'ऑर्गनाइजर' और एक दूसरी पत्रिका ने भी आपकी मृत्यु की जाँच कराए जाने की माँग की सूचना प्रकाशित की। राजनारायण ने उस मुद्दे

को सदन में भी उठाया और जोरदार माँग की कि शास्त्रीजी की ताशकंद में मृत्यु कैसे हुई, इस पर सरकार जवाब दे, पर राज्यसभा के तत्कालीन उपसभापति ने इस विषय पर बहस करने से इनकार कर दिया था। आपके मित्र त्रिभुवन नाथ सिंह, जो पहले मुख्यमंत्री थे उत्तर प्रदेश के और बाद में पश्चिम बंगाल के गवर्नर बना दिए गए, उन्होंने भी राजनारायण का समर्थन किया। और भी कई नेताओं ने समर्थन में बोलते हुए कहा था कि सरकार द्वारा स्पष्टीकरण दिया जाना चाहिए, क्योंकि यह हमारे एक ईमानदार और जुझारू नेता की मृत्यु का सवाल है और पूरा देश इसे जानना चाहता है। पर उपसभापति तैयार नहीं हुए। बल्कि यह कहिए कि 14 फरवरी, 1966 को, आपकी मृत्यु के लगभग एक महीना बाद ही अटल बिहारी वाजपेयी ने इस मुद्दे को राज्यसभा में उठाया था। दरअसल उन्होंने ही ताशकंद में आप द्वारा समझौते पर हस्ताक्षर कर देने की तुरंत कड़ी आलोचना की थी। आपको इसकी सूचना मिल गई होगी, यह सोचकर वे पश्चात्ताप से भर उठे होंगे कि आखिरी समय में उन्होंने आपके मन को कष्ट पहुँचाया। इसीलिए सबसे पहले उन्होंने ही यह सवाल भी खड़ा किया कि क्या ताशकंद में शास्त्रीजी की मौत को रोका जा सकता था? उन्होंने और भी कई प्रश्न उठाए थे, जैसे कमरे में फोन क्यों नहीं था? ऑक्सीजन आदि की व्यवस्था क्यों नहीं थी वहाँ, जबकि किसी भी देश के प्रमुख के लिए इमरजेंसी सेवाएँ हर क्षण तैयार रहती हैं, आदि कई प्रश्न थे उनके। आपके करीबी लोग भी इस मुद्दे पर दबी जुबान से चर्चा करने लगे थे। यह सब आपके निधन की खबर आते ही, जब संसद् में शोक संदेश पढ़ा गया, उसी के बाद से शुरू हो गया था।"

ललिताजी बता रही थीं और शास्त्रीजी सुन रहे थे। उन्होंने कहा, "यहीं पर सरकार की मंशा स्पष्ट हो जानी चाहिए थी। पार्थिव शरीर का पोस्टमार्टम करवाकर पूरी रिपोर्ट देश के सामने रख देनी चाहिए थी। पर नहीं हुआ क्यों?"

"मैंने भी इसकी माँग की थी, लेकिन मेरी आवाज को अनसुना कर दिया गया था। ताशकंद में भी कोसीगिन और अन्य सोवियत अधिकारी चाहते थे कि पोस्टमार्टम किया जाए, क्योंकि वहाँ किसी भी उच्च अधिकारी के सामान्य मौत का भी पोस्टमार्टम होता था। पर जैसा कि मुझे बताया गया कि भारत ने सोवियत संघ के इस अनुरोध को यह कहते हुए अस्वीकार कर दिया कि भारत में पोस्टमार्टम को अच्छा नहीं माना जाता। यह धार्मिक मान्यता है कि पोस्टमार्टम से शव अपवित्र हो जाता है। यह निर्णय टी.एन. कौल और स्वर्ण सिंह ने आपस में सलाह-मशविरा करके लिया था। शक का बीज यहीं से शुरू होता है। वे कैसे ऐसा निर्णय ले सकते

थे कि पोस्टमार्टम की जरूरत नहीं है। जबकि सोवियत संघ के अधिकारियों को यह शक था कि आपको जहर दिया गया है और उसी शक के आधार पर टी.एन. कौल के उस समय मॉस्को में निजी रसोइया रहे खानसामे मोहम्मद जान को गिरफ्तार किया गया था, क्योंकि उस रात शास्त्रीजी का भोजन टी.एन. कौल के यहाँ से ही मोहम्मद जान ने बनाकर दिया था। इतना ही नहीं, सोवियत संघ के अधिकारियों ने अहमद सतारोव और अन्य रसोइयों को भी जहर देने के शक में गिरफ्तार कर लिया था, क्योंकि उन लोगों ने मिलकर आपके लिए डिनर तैयार किया था।" ललिताजी ने एक ही बार में अपने मन की बात बता डाली।

"अब आप इसी से अनुमान लगा लीजिए कि यदि भारत के प्रधानमंत्री को सोवियत संघ ही षड्यंत्र के तहत मारना चाहता तो क्यों इन लोगों को गिरफ्तार करता? वह भी तो अपने भारत के उच्चाधिकारियों, नेताओं की तरह इसे हार्ट अटैक ही मान लेता। वह पोस्टमार्टम कराए जाने का अनुरोध क्यों करता? फिर यह बात कहीं से भी उचित नहीं लगती कि कोई भी देश अपने मित्र देश के प्रधानमंत्री को अपने यहाँ आमंत्रित करके उसका स्वागत करते हुए मौत के घाट उतार दे। यह बात कोई भी नहीं स्वीकार कर सकता। ऐसा हुआ भी नहीं, क्योंकि वहाँ पर पूरे समय भारतीय प्रतिनिधि मंडल आसपास था। दुनिया भर की निगाहें हमारी ओर लगी थीं। पत्रकारों का आना-जाना लगा था। ऐसी स्थिति में एक मित्र देश ऐसा खौफनाक कदम उठा ही नहीं सकता। उसे विश्व-समाज में अपनी प्रतिष्ठा का भी तो ध्यान रखना होता है।" शास्त्रीजी ने सोवियत संघ की संलिप्तता को सिरे से नकारते हुए कहा।

"मैंने भी 'धर्मयुग' को दिए अपने साक्षात्कार में यही कहा था कि मुझे सोवियत संघ पर कोई शक नहीं है। मैं मानती हूँ कि कोसीगिन एक बहुत अच्छे इनसान हैं। वैसे भी कोई देश अपने ही मित्र देश के मुखिया को अपने देश में आमंत्रित कर क्यों मारेगा? कोसीगिन ने व्यक्तिगत रूप से मुझसे भेंट की और जो कुछ भी हुआ, उस पर संवेदना व्यक्त की, थी। इतना ही नहीं, कुछ ही महीनों बाद उन्होंने मेरे ताशकंद आने की व्यवस्था की ताकि मैं उस स्थान को देख सकूँ, जहाँ पर आपने अंतिम साँस ली थी।"

"आप गई थीं वहाँ पर तो कैसा लगा था?" शास्त्रीजी जानना चाह रहे थे।

"क्या बताऊँ, कैसा लग रहा था। बस कलेजा मुँह को आ रहा था। पुरानी स्मृतियाँ जाग उठीं। आँसुओं को रोक नहीं पा रही थी। मन को एक ही संतोष मिला कि उस स्थान पर, मैं अपने आँसुओं से आपका तर्पण कर सकी। मृत्यु के समय

हममें से कोई भी आपके पास नहीं था। न जाने क्या-क्या आपके मन में अंतिम समय में विचार उठे होंगे। हम रहते साथ में तो शायद आप कह पाते। हो सकता था कि मृत्यु न भी आती। पर सबकुछ पूर्व निर्धारित था।"

"बिल्कुल सही कह रही हैं आप। सबकुछ पूर्व निर्धारित था।"

शास्त्रीजी के इन गूढ़ वाक्य पर बिना ध्यान दिए, ललिताजी उन दिनों को याद कर रही थीं—मई 1965 में वे शास्त्रीजी के साथ ताशकंद गई थीं। सोवियत संघ के लोगों ने बहुत प्यार और सम्मान दिया था उन्हें। अक्तूबर 1966 में जब शास्त्रीजी के निधन के बाद वे ताशकंद गईं तो कोसीगिन और वहाँ की जनता ने पहले से अधिक उन पर प्यार लुटाया। शायद इसलिए भी कि कहीं-न-कहीं उनके दिलों में यह पश्चात्ताप था कि इस स्त्री के पति ने अपने घर परिवार से दूर ताशकंद की इसी धरती पर अंतिम साँस ली थी। यहीं पर संसार लुटा था एक सती भारतीय नारी का। शायद इसीलिए एयरपोर्ट से लेकर उस स्थल तक सड़क के दोनों किनारों पर बच्चे, स्त्रियाँ, पुरुष हाथों में फूल लिए भावुक मन से खड़े ललिताजी को निहार रहे थे। मई में आई हुई उस ललिता और इस ललिता में साफ अंतर देख पा रही थी वहाँ की जनता। मई 1965 में जब वे शास्त्रीजी के साथ ताशकंद की धरती पर उतरी थीं तो रंगीन खादी की साड़ी में उनका भारतीय गेहुँआ रंग दमक रहा था। नाक में हीरे की लौंग और माथे पर बड़ा सा गोल कुमकुमी टीका, माँग में सिंदूर एवं हाथों में काँच की चूड़ियाँ उनके सौभाग्य को प्रदर्शित कर रही थीं। पर इस बार की ललिता के चेहरे पर कोई बिंदी या माँग में सिंदूर नहीं था। सफेद किनारीदार सूती साड़ी के ऊपर सफेद शॉल लिए वे उदास सी एयरपोर्ट से बाहर आई थीं। हाथों में एक-एक कड़ा उनके अकेलेपन और जीवन में आ गई वीरानी की कहानी कह रहे थे। चेहरे पर पहले वाली मुसकराहट नहीं थी। एक गहरी उदासी के साथ वे सड़क के दोनों ओर देख रही थीं। बार-बार आँखें भर आ रही थीं, जिसे बीच-बीच में वह अपने आँचल से पोंछ रही थीं। उन्हें लग रहा था कि इसी एयरपोर्ट से कुछ महीनों पहले ही तो शास्त्रीजी गुजरे होंगे। यहीं की हवाओं में उन्होंने पूरे एक सप्ताह साँस ली होगी। ललिताजी ने तड़पकर एक गहरी साँस ली थी, मानो अपने पति की छोड़ी हुई साँसों को अपने भीतर समेटकर छिपा लेना चाहती हों।

ललिताजी उस डाचा में पहुँची थीं, जहाँ शास्त्रीजी को ठहराया गया था। एक महिला अधिकारी उन्हें अपने साथ लेकर वह बेडरूम दिखाने ले गई थी, जहाँ शास्त्रीजी ठहरे थे और जिसमें उन्होंने अंतिम साँस ली थी। ललिताजी के आँसू उमड़ पड़े थे। वे धम्म से उसी बेड पर बैठ गई थीं, जिस पर शास्त्रीजी उस रात कुछ देर

के लिए सोए थे। पता नहीं सो भी पाए थे कि नहीं? ललिताजी ने अपने आँचल से उस बेड के सिरहाने को सहलाया था और दोनों हाथों में अपना मुँह छिपा फफक पड़ी थीं। वह उज्बेकी महिला अपने सांत्वना भरे हाथ उनके कंधे पर रखे खड़ी थी। वह उन्हें रो लेने देना चाहती थी, ताकि मन के भीतर का गुबार थोड़ा कम हो जाए।

ललिताजी को याद आ रहा था, जब शास्त्रीजी भारत से ताशकंद के लिए चले थे। उन्हें खिचड़ी और आलू का भरता बहुत पसंद था। ललिताजी ने उस रात उनके लिए खिचड़ी ही बनाई थी। उनका मन अधीर तो हो रहा था कि पूरे एक हफ्ते के लिए वे ताशकंद विदेश दौरे पर जा रहे हैं। हर बार तो वे साथ जाती थीं, पर इस बार शास्त्रीजी ने ही मना कर दिया कि मैं व्यस्त रहूँगा। आप क्या करेंगी वहाँ जाकर? पति की आज्ञा मान ली थी उन्होंने। शास्त्रीजी ने खिचड़ी खाई और हाथ धोते हुए प्रेम से पूछा था—"आपने नमक नहीं डाला था क्या?"

"ओह, आपने पहले क्यों नहीं बता दिया? आपके ताशकंद जाने की तैयारी करने में भूल गई थी नमक डालना।"

शास्त्रीजी ने मुसकराते हुए कहा, "कोई बात नहीं। लौटकर आऊँगा तो नमक की भरपाई कर लीजिएगा।"

इस बात पर दोनों की सम्मिलित हँसी गूँज उठी थी। दूसरे दिन 3 जनवरी, 1966 को देशभर के लोगों की शुभकामनाओं के साथ शास्त्रीजी ने ताशकंद के लिए प्रस्थान किया था। परिवार के सभी सदस्य उन्हें एयरपोर्ट तक छोड़ने गए थे। परिवार के एक-एक सदस्य से जाते हुए वे प्यार से मिले। ललिताजी को ध्यान से निहारते हुए उन्होंने हल्के से उनके कंधे को थपथपाया था। स्नेह की सघन अनुभूति ललिताजी के भीतर उतरती चली गई थी। उन्होंने फुसफुसाकर कहा था—

"अपना बहुत ध्यान रखिएगा।"

"हाँ।" शास्त्रीजी का स्वर भी भावुक था। वे बस इतना ही बोल सके थे और सबको हाथ हिलाते हुए हवाई जहाज के अंदर चले गए थे। किसे पता था कि यह उनका अंतिम स्पर्श था। ललिताजी डाचा के उस बेड पर बैठी हिलक-हिलक कर रो रही थीं। आसपास खड़े अधिकारियों को समझ में नहीं आ रहा था कि वे उन्हें किस तरह सांत्वना दें।

"अब आप कहीं खो गईं, ललिताजी?" शास्त्रीजी के स्वर ने ललिताजी की तंद्रा भंग की थी। वे मानो उस तारीख से निकल ही नहीं पा रही थीं। फुसफुसाहट भरा उनका स्वर उभरा—

"अपशकुन का आभास तो पहले ही हो गया था। आपके ताशकंद जाने के

बाद सोमवार को सपना आया था, मुझे कि बहूरानी के पिताजी का देहांत हो गया है और उनकी माताजी सफेद कपड़ों में बैठी हैं। तभी मेरा मन डर गया था। मैंने बहूरानी को सपना बताया और धीरज दिया कि यह तुम्हारे पिताजी के लिए शुभ है। उनकी आयु बढ़ गई। उसी दिन गणेश चौथ का भी व्रत था। सभी लोग पूजा के लिए इकट्ठा हुए थे। रामनाथ की औरत ने मेरा थाल देखकर कहा कि थाल सूना-सूना लग रहा है। हमने कहा कि थाल बड़ा है और चढ़ाने का समान कम है, इसलिए सूना लग रहा है। कुछ और फल-फूल लाकर इसमें रख दो। गिलास में हमने पानी डाला तो लगा, जैसे पानी में मिट्टी घुली है। हमारा मन तो बहुत घबड़ा गया। जैसे लगा कि कोई अनहोनी न हो जाए। पर मन को किसी तरह समझाया हमने। लेकिन रात होते-होते ताशकंद से वज्रपात की सूचना मिल ही गई थी। पहाड़ टूट पड़ा था हमारे ऊपर। बस एक ही बात निकल पाई मुँह से, अब हमारे लिए दुनिया में कुछ बाकी नहीं रहा।"

"हाँ, ताशकंद में इतनी व्यस्तता हो गई थी कि हम टेलीफोन से बात भी नहीं कर पाते थे आप लोगों से।" शास्त्रीजी के स्वर में अपराध-बोध था।

ललिताजी उस घड़ी को कोस रही थीं, जब दस जनवरी की रात बारह बजे के आसपास शास्त्रीजी ने ताशकंद से उन्हें फोन किया था। फोन बड़े बेटे ने उठाया था। बात करने के बाद उन्होंने बेटे से अपनी अम्मा को फोन देने को कहा था।

"कुछ सुनाई ही नहीं पड़ रहा था। आपकी आवाज साफ नहीं आ रही थी। हमने बड़ी बेटी को थमा दिया फोन। उसको आपकी आवाज सुनाई देने लगी थी। मेरी किस्मत फूटी थी, जो अंतिम समय की बात ही मेरे कान में न जा सकी। बेटी से आपने 11 जनवरी का भारतीय अखबार काबुल भेजने को कहा। क्या हो गया था हमें उस दिन? क्यों आपकी आवाज मेरे कान में नहीं आ पाई? कुछ देर बाद फिर फोन आया तो आपकी तबीयत खराब होने की सूचना दी गई। हम लोग घबड़ा गए थे। भगवान् के सामने बैठकर हम मनौती मान रहे थे। रो रहे थे। आपको सकुशल भारत वापस भेजने के लिए प्रार्थना कर रहे थे। परिवार का कोई सदस्य साथ नहीं था आपके। हम निढाल होकर भगवान् के सामने गिड़गिड़ा रहे थे। हम लोगों की घबड़ाहट देख अम्मा अपने कमरे से उठकर हमारे पास आई थीं और पूछा था—

"क्या हुआ दुलहिन? बचवा ऊहाँ ठीक तो है न?"

पता नहीं क्यों उन्हें भी अनहोनी की आशंका हो गई थी। गणेशजी को पुकारा था उन्होंने। गणेश चौथ व्रत बच्चे की लंबी उम्र के लिए ही किया जाता है। उस दिन गणेश चौथ ही तो थी। हमने फोन पर मिली तबीयत की सूचना उन्हें दे दी थी।

वे वहीं निढाल होकर बैठ गई थीं। करुण स्वर में गणेश भगवान् को पुकारने लगी थीं—

"हे गणेश बाबा, हमरे नन्हकू का तुम ही वहाँ ध्यान रखना। कुशल-कुशल उनका घर ले आओ।" वे आँचल को दोनों हथेलियाँ में दबाकर बार-बार आकाश की ओर देखते हुए गुहार लगा रही थीं। कुछ ही देर में फिर फोन की घंटी बजी थी। सब खत्म हो गया था। हमारा जीवन उजाड़ हो गया था, पल भर में। अम्मा पछाड़कर खाकर गिर गई थीं। घर में कोहराम मच गया था।"

ललिताजी उन दारुण स्मृतियों की वीथिका में भटकते हुए धीमे स्वर में बता रही थीं। उनकी आवाज थरथरा रही थी।

"दोपहर ढाई बजे के करीब रूसी विमान से आपका पार्थिव शरीर भारत आ गया। दिल्ली के पालम हवाई अड्डे पर जब हवाई जहाज रुका तो एयरपोर्ट के बाहर खड़ी लाखों लोगों की भीड़ में एक अजीब सा सन्नाटा खिंच गया। उस सन्नाटे में बस हम लोगों की चीत्कारें सुनाई दे रही थीं। हवाई अड्डे पर पहले से ही राष्ट्रपति डॉ. राधाकृष्णन, उपराष्ट्रपति, कार्यकारी प्रधानमंत्री गुलजारीलाल नंदा, कांग्रेस के अध्यक्ष कामराज, कई राज्यों के मुख्यमंत्री, राज्यपाल, विदेशी राजदूत, महापौर आदि समेत अनेक अधिकारी उपस्थित थे।

जैसे ही हवाई आवाज ने हमारी पट्टी को छुआ, वैसे ही हम तो चीखते-चिल्लाते उस ओर दौड़े थे, लेकिन हमें लोगों ने सँभालते हुए रोक लिया था। हवाई जहाज का द्वार खुला तो मैं बहुत हताश होकर उधर ही देखने लगी थी। सबसे पहले भारतीय प्रतिनिधि मंडल के साथ ताशकंद गए भारतीय सैनिक सलाहकार लेफ्टिनेंट जनरल निकले। उनके बाद विदेश मंत्री सरदार स्वर्ण सिंह, रक्षा मंत्री चव्हाण और प्रतिनिधि मंडल के अन्य सदस्य सिर झुकाए निकले। नीचे आते ही चव्हाण सबसे पहले बड़े बेटे को विमान के भीतर आपके पार्थिव शरीर का दर्शन कराने ले गए। बेटा पिता का शव देखकर विक्षिप्त सा हो गया था और चव्हाण से लिपटकर चीख पड़ा था। चव्हाण ने उसे सांत्वना दी और किसी तरह सँभालकर नीचे ले आए। मैं वहाँ भी आपके पास नहीं पहुँच पाई थी हरी के बाबूजी।" ललिताजी की आवाज घुटी-घुटी सी थी।

शास्त्रीजी ने उन्हें सांत्वना दी—"कोई बात नहीं ललिताजी। अब हम मुक्त होकर साथ हैं। मैं तब से भटक रहा था।"

"मुझे पता नहीं क्यों लग रहा था कि आपकी आत्मा भटक रही है। आपकी मृत्यु मुझे स्वाभाविक नहीं लगी थी। पर उस तनाव में मुझे यह भी याद नहीं रहा

कि अकाल मृत्यु होने पर हमारे शास्त्रों में नारायण बलि दी जाती है। इससे आत्मा भटकती नहीं। पर कुछ भी तो न कर सकी थी मैं। होश ही नहीं था।"

कुछ देर के लिए दोनों ही अपने-अपने विचारों में डूब गए थे। एक मौन सन्नाटा खिंच गया था।

"कितना अजीब सा लग रहा है न ललिताजी, कि अब हम अपनी लौकिक देह की मृत्यु के बारे में आराम से बातें कर रहे हैं? जैसे लग रहा है कि हम उनसे अलग भी हैं और उनके साथ क्या हुआ था, यह पूरी तरह जानते भी हैं।" शास्त्रीजी ने चुप्पी तोड़ी।

"जी, बिल्कुल सही कह रहे हैं आप। उसी पार्थिव देह को जब भारत लाया गया, तो हम परिवार वालों को उसके पास भी नहीं जाने दिया जा रहा था। यकीनन मैं उस समय दुःख से बेसुध थी, पर बेटे ने बाद में बताया कि बहुत मुश्किल से उसे हवाई जहाज में ले जाया गया, पिता के शव को देखने के लिए। यहाँ तक कि शव को नहलाने के समय भी हमें वहाँ नहीं जाने दिया जा रहा था। बहुत आग्रह करने के बाद ही मुझे वहाँ तक जाने दिया गया। पूरा चेहरा नीला था और शरीर फूल गया था। इतना फूल गया था शरीर कि कुर्ता मुश्किल से निकाला जा सका और बनियान को फाड़कर निकाला गया। पेट पर धन के निशान जैसा चीरा लगा था, जिसे टेप से बंद कर दिया गया था। किसी को नहीं पता कि यह चीरा कैसे और कब लगा? जबकि शव को सुरक्षित रखने के लिए गरदन के पीछे चीरा लगाकर दवाएँ डाली गई थीं। मुझे तभी शक हो गया था कि आपकी मृत्यु के पीछे कुछ बड़ी साजिश तो है। मैंने उसी समय कांग्रेस के कुछ बड़े नेताओं से अपना शक जाहिर करते हुए पोस्टमार्टम करवाए जाने का अनुरोध किया। सोचिए, कितना कठोर हृदय रहा होगा उस स्त्री का उस समय, जब वह अपने पति के शव का पोस्टमार्टम कराने की गुहार लगा रही होगी। पर मेरी उस गुहार को शांत कराते हुए एक केंद्रीय नेता ने कहा था—

"इस बारे में अभी कोई बात मत करिए।"

"डॉक्टर चुग से नहीं पूछा कि चीरा किसने लगाया? वे मेरे निजी चिकित्सक के रूप में वहाँ मौजूद थे?" शास्त्रीजी पूछ रहे थे।

"वे कुछ बता ही नहीं पाए। या तो उन्हें भी षड्यंत्र में शामिल कर लिया गया था या फिर इस अप्रत्याशित स्थिति से बौखला उठे थे। लेकिन इतना तो निश्चित था कि वे लापरवाही के लिए निश्चित दोषी थे। उन्होंने गरदन के पीछे चीरा लगाने की बात को स्वीकार किया और कहा कि शव को खराब होने से सुरक्षित रखने के लिए एक दवा डाली जाती है। उसी के लिए यह चीरा लगाया गया था। लापरवाही

में शव का सिर नीचे लटकता रह गया होगा, इसके कारण चेहरा नीला पड़ गया था और सूज भी गया था। पेट पर बने निशान के बारे में उन्होंने उस समय कुछ नहीं बताया। आपके चेहरे के सूज जाने का जो कारण उन्होंने बताया था, इस पर भी मुझे विश्वास नहीं हुआ था, क्योंकि पूरा शरीर फूला हुआ था। उफ्फ, कितना मनहूस दिन था वह।"

ललिताजी के स्वर में गहन वेदना छिपी हुई थी। शास्त्रीजी ने व्यंग्य से हँसते हुए कहा, "पूछना चाहिए था कि ताशकंद से दिल्ली की दूरी मात्र तीन घंटे की है, तो शव को सुरक्षित करने के नाम पर यह चीरफाड़ क्यों? जबकि सही कारण जानने के लिए तो पोस्टमार्टम कराया जाना चाहिए था। लेकिन हमारे ही साथ गए कुछ केंद्रीय मंत्रियों ने वहाँ कहा कि भारत में इसे अच्छा नहीं माना जाता, इससे शव अपवित्र हो जाता है।"

थोड़ा ठहर कर उन्होंने फिर कहा, "कभी रूस के वरिष्ठ नेता ख्रुश्चेव ने अपनी भारत यात्रा के दौरान कहा था कि 'जब हमारी सहायता की आवश्यकता हो, कश्मीर के पर्वत पर खड़े होकर आवाज देना और हम आ जाएँगे।' उजबेकिस्तान जम्मू-कश्मीर की सीमा से मात्र चौदह किलोमीटर ही दूर है। उसी उजबेकिस्तान में था ताशकंद। अफगानिस्तान की एक पतली सी पट्टी दोनों महादेशों को अलग करती है। भारत और सोवियत संघ की ही नहीं, चीन, पाकिस्तान और अफगानिस्तान की सीमाएँ भी यहाँ टकराती हुई प्रतीत होती हैं। इसलिए इस भू-भाग पर भी पाकिस्तान और चीन की ललचाई दृष्टि हमेशा से बनी रही।"

"उस समय शव की जो तसवीरें ली गई थीं और वहाँ मौके पर मौजूद लोगों ने बाद में जो बयान दिए, वे भी इस ओर ही इशारा कर रहे थे कि चेहरा नीला पड़ गया था और बुरी तरह से फूल चुका था। इतना ही नहीं, जब मैंने चेहरे और माथे पर पड़े चकत्ते को देखकर कहा कि जहर दिया गया है तो किसी ने लाकर चंदन का लेप आपके माथे पर लगा दिया था। पर चंदन के लेप के बाद भी चेहरे पर पड़े धब्बे साफ दिखाई दे रहे थे। अम्मा तो पहली नजर में देखते ही चिल्ला उठी थीं—'हमरे बचवा को जहर देकर मार डाला।'

दिल्ली कांग्रेस के पूर्व अध्यक्ष कोदेसिया भी आपकी पार्थिव देह को अंतिम संस्कार से पूर्व नहलाने की रस्म में उपस्थित थे। उन्होंने भी तुरंत कुछ केंद्रीय मंत्रियों से पोस्टमार्टम कराए जाने की माँग की, क्योंकि उन्हें इस मृत्यु के पीछे कुछ गड़बड़ी की आशंका लग रही थी, परंतु उन्हें यह कहकर चुप करा दिया गया कि ऐसा करने से भारत के अंतरराष्ट्रीय संबंधों पर खराब असर पड़ेगा। आप ही सोचिए कि किसी

राष्ट्र प्रमुख की जान लेकर हम अपने अंतरराष्ट्रीय संबंध कैसे अच्छे रख सकते हैं? सीधे-सीधे अंतरराष्ट्रीय संबंधों के पीछे अपने पाप को छिपाने का काम हुआ। मुझे पूरा विश्वास है कि उसमें वहाँ का वह भारतीय राजदूत टी.एन. कौल जरूर जुड़ा हुआ था। उसको सब पता था। आपके रहने और खाने की व्यवस्था में उसी का पूरा योगदान था। उसी का रसोइया था, वहाँ पर मोहम्मद जान, जो आपके लिए टी.एन. कौल के यहाँ से तैयार खाना भी लेकर आया था और दूध, पानी भी। रामनाथ ने तो केवल आपको परोस कर दिया भर था।"

"आप लोगों ने रामनाथ से कुछ पूछा नहीं?" शास्त्रीजी सब जानते हुए भी अनजान बनकर पूछ रहे थे।

ललिताजी ने बताया—"कुछ दिनों तक तो वह बिल्कुल गुमसुम रहा। अपने क्वार्टर से जल्दी निकलता ही नहीं था। हम लोग भी अपने दुःख में डूबे हुए थे। यह स्वीकार करने में ही कई महीने लग गए कि अब आप नहीं हैं दुनिया में। पर बाद में मैंने एकांत में उससे पूछा था—"भइया, क्या हुआ था उस रात? कुछ बताओ।"

"क्या बताऊँ माताजी। मुझे कुछ भी नहीं पता चल पाया। बस खाना लाकर जान मोहम्मद ने दिया। मैंने साहब के सामने परोस दिया। दूध भी लाकर दिया तो मैंने गरम करके साहब को रात में सोने से पहले दे दिया। क्या पता, उसी दूध में कुछ मिला रहा हो।"

"नहीं, दूध पीने के बाद तो उन्होंने हम लोगों को फोन किया था। कुछ देर तक बच्चों से बातें करते रहे थे। दूध में कुछ मिला होता तो जरूर उन्हें बेचैनी होती और वे हमसे कहते। पर ऐसा कुछ नहीं था। क्या दूध गरम करते समय तुम्हें उसका रंग-वंग बदला दिखाई दिया था?" मैंने पुनः पूछा था रामनाथ से। उसने तुरंत कान पकड़कर कहा था—

"अरे रामो-राम माताजी। जरा भी कुछ शंका होती तो मैं तुरंत साहब को और अधिकारियों को बताता। मैं बीस सालों से सेवक रहा हूँ साहब का। जिंदगी भर उनको हमने खाना-पानी दिया माताजी। वहाँ जाकर मैं ऐसा गंदा काम कैसे कर सकता था? इतना बड़ा विश्वासघात? रामो-राम माताजी।"

उसकी आँखें डबडबा आई थीं। रामनाथ के मन पर कोई एक बोझ तो था। किसी और के ऊपर शक प्रकट करने के नाम पर वह चुप्पी ओढ़ लेता था। एक बार मैंने बहुत कुरेद-कुरेदकर पूछा था कि रामनाथ, कुछ तो याद करके बताओ कि वहाँ पर कोई ऐसा आदमी रहा हो, जो शास्त्रीजी को पसंद न करता रहा हो। रामनाथ चुप था। एकाएक बोल पड़ा—"मन पर एक बोझ है माताजी। इस बारे में

अभी बाजार से लौटकर आऊँगा तो आपसे चुपचाप अकेले में बताऊँगा। शायद मेरा बोझ हल्का हो जाए।"

मुझे उम्मीद बँधी कि शायद अब किसी का चेहरा स्पष्ट हो सके, क्योंकि टी.एन. कौल की भूमिका पर पता नहीं क्यों वह हर बार चुप हो जाता था। पर संयोग देखिए कि बाजार जाते हुए उसे किसी ट्रक ने टक्कर मार दी। अस्पताल ले जाया गया रामनाथ को, पर उसकी दोनों टाँगे बेकार हो गई थीं। कोई ऐसी नस घायल हो गई थी उसकी कि याददाश्त ही प्रभावित हो गई। ठीक होने पर भी कुछ-कुछ बड़बड़ाता रहता। साफ-साफ कुछ नहीं बोल पाता था।" ललिताजी के स्वर की पीड़ा शास्त्रीजी से छिपी न रह सकी।

उन्होंने बहुत संक्षिप्त उत्तर दिया—"रामनाथ के साथ संयोग नहीं था यह।"

"हाँ, मुझे भी तब समझ में आ गया, जब कुछ वर्षों बाद वह थोड़ा ठीक हो रहा था और अपनी व्हीलचेयर पर बैठकर बाहर-भीतर का थोड़ा-बहुत काम करने लगा था। तब एक दिन फिर सड़क पर उसके व्हीलचेयर में ही ट्रक ने टक्कर मार दी। इस बार रामनाथ को नहीं बचाया जा सका। ऐसे ही डॉक्टर चुग के भी कार का एक्सीडेंट ट्रक से हुआ था। उस दिन वे जाँच कमेटी के सामने अपना बयान दर्ज कराने आ रहे थे शायद। देखने वाले तो यह भी कहते हैं कि कार में टक्कर लगने के बाद डॉक्टर चुग जीवित थे और कार से निकलकर पीछे की ओर जाकर चेक कर रहे थे कि कार का कितना नुकसान हुआ है। लेकिन ट्रक ड्राइवर ने पहले ट्रक को बैक किया और फिर बाहर खड़े डॉक्टर चुग को दबा दिया, जिससे तत्काल उनकी मौत हो गई। अब यह तो सुनी-सुनाई खबर है मेरे पास। मैं वहाँ देखने नहीं गई थी, लेकिन इस हादसे को संसद् में उठाया गया था।" ललिताजी का स्वर घुटन से भर चुका था।

"ये सब अनायास नहीं था ललिताजी। मेरी मृत्यु से प्रत्यक्ष जिन्हें लाभ मिलना था और जो नहीं चाहते थे की मृत्यु के सही कारण जनता के सामने आएँ, उनकी यह मिलीभगत थी।"

"चर्चा तो यह भी चली थी की रक्षामंत्री वाई.बी. चव्हाण आपके बाद प्रधानमंत्री बनेंगे, लेकिन आश्चर्यजनक ढंग से सूचना एवं प्रसारण मंत्री इंदिरा गांधी प्रधानमंत्री बन गई। 11 जनवरी को आपका पार्थिव शरीर भारत आया था और 19 जनवरी, 1966 को ही उन्हें प्रधानमंत्री बना दिया गया। मोरारजी देसाई भी इस पद के दावेदार थे, लेकिन उन्हें कम सांसदों का समर्थन मिला था।" ललिताजी बता रही थीं।

शास्त्री ने हामी भरते हुए कहा, "हाँ, यह दूसरा मौका था, जब वह प्रधानमंत्री पद की दौड़ से बाहर हुए थे। इसके पहले नेहरू के निधन के बाद भी उन्होंने दावेदारी पेश की थी, पर मेरा नाम आगे आने पर उन्होंने स्वयं उम्मीदवारी से अपना नाम वापस ले लिया था।

"इतना ही नहीं, टी.एन. कौल को सन् 1967 में ही सोवियत संघ से बुलाकर भारत का विदेश सचिव बना दिया गया था। 1972 तक वे इस पद पर थे। 1973 में जब कौल को अमेरिका में भारतीय राजदूत बनाकर भेजा गया, तब दिल्ली में अमेरिकी राजदूत ने कौल के बारे में अपने देश वाशिंगटन डी.सी. को इनके बारे में एक रिपोर्ट भेजी थी, जिसका आशय था कि नेहरू परिवार की तरह कौल भी एक कश्मीरी पंडित है और थोड़ा अहंकारी भी है। मॉस्को में राजदूत के रूप में और उसके बाद भारत के विदेश सचिव के रूप में कौल का कामकाज और व्यवहार सोवियत समर्थक और अमेरिका विरोधी रहा है।"

ललिताजी ने खुलासा किया। शास्त्री ने कुछ व्यंग्य से कहा, "दरअसल वह नेहरू परिवार का चहेता भी था। इंदिरा गांधी उसे प्यार से 'टिक्की' संबोधित करती थीं। इसी से आप अनुमान लगा लीजिए कि क्या यह संबोधन कोई नेता अपने राजदूत को दे सकता है, जिससे केवल कार्यालयीय या औपचारिक नाता हो?"

"हाँ, आप सही कह रहे हैं। थोड़ा सिर चढ़ा तो था। उसने अपनी एक किताब छपवाई सन् 1982 में लांसर्स पब्लिकेशन से। उसमें उसने अपने जीवन की अनेक घटनाओं का खुलासा किया है। बड़े वाले बेटे ने उसे पढ़कर मुझे भी बताया था। मोरारजी देसाई के बारे में उसने अपनी इस पुस्तक में लिखा था शायद कि 1962 में जब कौल ब्रिटेन में भारत के उप उच्चायुक्त थे, तब एक बार मोरारजी देसाई लंदन आए थे। कौल ने लिखा था कि वे देसाई के आडंबर और सनक से तंग आ गए थे। वे देसाई और उच्चायुक्त एम.सी. छागला, जो केंद्रीय मंत्री भी थे, को एक नाटक दिखाने थिएटर ले गए। नाटक के बीच ही दो खूबसूरत अंग्रेज कलाकार दर्शकों के बीच टहलती हुई छागला और देसाई की गोद में आकर बैठ गईं। कौल ने छागला को मुसकराते हुए बताया कि सुंदरियों द्वारा किए जाने वाली इस हरकत की कहानी उन्होंने ही तैयार की थी। छागला भी मुसकराते हुए बोले कि मुझे यह मजाक अच्छा लगा। उन्होंने यह भी कहा कि देसाई भले न कुछ कह रहे हों, पर उन्हें भी यह बहुत पसंद आया।"

आप इसी से अनुमान लगा लीजिए कि वह कितना सिर चढ़ा था, जो नेताओं से इस तरह का मजाक करता था। तमाम लोगों ने आप के ऊपर किताबें लिखीं, पर

मृत्यु के सवाल पर वही लीपा-पोती और गोलमाल बातें। संसद् में अनेक बार जाँच की माँग की गई, पर कुछ हल नहीं निकला।"

ललिताजी हताश स्वर में बोल रही थीं—"जब मैंने 'धर्मयुग' पत्रिका में अपना इंटरव्यू दिया और अपना संदेह जाहिर किया, तब एक भूचाल सा फिर आया था देश में। एक राष्ट्रीय समिति का गठन किया गया, ताकि आपकी मृत्यु की जाँच को लेकर सरकार पर जोरदार तरीके से दबाव बनाया जा सके।"

"कौन आया था इंटरव्यू लेने ?" शास्त्रीजी पूछ बैठे थे।

"कोई प्रभात मित्तल थे। मैंने वो सारी बातें उन्हें बताई थीं, जो रामनाथ या अन्य लोगों से पूछताछ करके मैं जुटा सकी थी। यह इंटरव्यू मेरा अक्तूबर 1970 में छपा। एक हड़कंप मच गया था देश में, जब मैंने खुलासा किया कि ताशकंद में रुकने के सारे इंतजाम खुद टी.एन. कौल ने किए थे। शास्त्रीजी के लिए खाना उनके रसोइया जान मोहम्मद ने बनाया था। शास्त्रीजी को खाना उनके निजी सहायक रामनाथ ने परोसकर दिया। खाना बनाने में तीन अन्य रूसी शेफ शामिल थे। किसी भी राष्ट्र प्रमुख को खाना पहले चखकर ही परोसा जाता है, ताकि कोई षड्यंत्र न हो। तो खाने में तो जहर का संदेह नहीं था मुझे। प्रभात मित्तल ने दूध में कुछ गड़बड़ी की आशंका व्यक्त की, पर मुझे पता था कि दूध पीने के बाद आपने हम लोगों से बात की। भारत में अपने निजी सहयोगियों से उनकी प्रतिक्रिया माँगी समझौते पर। कुछ देर फाइलें निपटाने के बाद पानी माँगा। रामनाथ ने थर्मस से पानी निकालकर दिया, जो पहले से ही भरा रखा था वहाँ। मैंने मित्तल को बताया था कि शास्त्रीजी अपना पानी का थर्मस और निजी डायरी हमेशा अपने साथ रखा करते थे।"

ललिताजी की बात को बीच में ही रोककर शास्त्रीजी ने खुलासा किया—"इंदिरा गांधी को सलाह दी गई थी कि प्रतिक्रियाओं और आलोचना के दबाव में आकर वे जाँच की मंजूरी न दें।"

"हाँ, इसीलिए राष्ट्रीय कमेटी गठित की गई थी कि जाँच के लिए दबाव बनाया जा सके। इस कमेटी में सांसद और अन्य नामचीन लोगों को शामिल किया गया था। इसके अध्यक्ष स्वतंत्रता संग्राम सेनानी रह चुके सांसद हृदयनाथ कुंजरू थे और सचिव धर्मयश देव बने, जो एक खोजी पत्रकार भी थे। अपने कई लेखों में उन्होंने अपनी खोजी पत्रकारिता के आधार पर यह प्रमाणित करने का प्रयास भी किया था कि प्रधानमंत्री शास्त्रीजी की मृत्यु को लेकर आधिकारिक तौर पर जितनी भी जानकारियाँ आज तक दी गईं, उन सबमें अनेक झोल थे। उनके अलावा इस कमेटी में आपके मित्र टी.एन. सिंह, आचार्य कृपलानी, सुचित्रा कृपलानी, महावीर

त्यागी, एच.वी. कामथ, अटल बिहारी वाजपेयी, प्रकाशवीर शास्त्री, नाथ पई, एम.सी. छागला, एडीमनी, एम.पी. दास, के.एल. गुप्ता, पी. कोंडानाराव, एम.पी. भार्गव, राजनारायण, रामसेवक यादव, बी.पी. मंडल, लालकृष्ण आडवाणी, डी.वी. गुंडप्पा, एस.डी. मिश्रा, जगदीश कोदेसिया, दह्याभाई पटेल जैसे लोग थे। ललिताजी याद कर-करके सबके नाम बता रही थीं।

"वही जगदीश कोदेसिया जिन्होंने पार्थिव शरीर को नहलाने के समय देखकर किसी अनहोनी की आशंका की थी और सरकार से पोस्टमार्टम कराने की अपील की थी?"

शास्त्रीजी ने पूछा—

"हाँ, वही थे। सन् 1970 के अंत में दह्याभाई पटेल ने अपना एक 'बुकलेट' प्रकाशित किया, जिसका शीर्षक ही था—'क्या शास्त्री को मारा गया था?' इसमें उन्होंने लिखा था—जाँच न कराना साफ दरशा रहा था कि शास्त्री मामले में कुछ बेहद बुरा हुआ है। उन्होंने अपनी इस बुकलेट में धर्मयशदेव के एक लेख को उद्धृत किया। देव का यह लेख 'ऑर्गनाइजर' के 7 नवंबर, 1970 के अंक में छपा था, जिसका शीर्षक था—'दो मेडिकल रिपोर्ट्स का रहस्य'। इस लेख में दो मेडिकल रिपोर्ट की चर्चा थी। एक मेडिकल रिपोर्ट अंग्रेजी कॉपी थी, जिसे 16 फरवरी, 1966 को भारत के संसद् में पेश किया गया। दूसरी रिपोर्ट सोवियत संघ दूतावास की तरफ से 14 जनवरी, 1966 को, यानी आपकी मृत्यु के तीसरे दिन ही जारी की गई थी। इस जारी बुकलेट का शीर्षक था—'दु:ख की घड़ी में भारत के साथ सोवियत संघ'। दोनों ही मेडिकल रिपोर्ट आपके निधन से संबंधित ही जारी की गई थी, लेकिन भारतीय संसद् में प्रस्तुत की गई रिपोर्ट सोवियत संघ के दूतावास से जारी मेडिकल रिपोर्ट से कई मायने में अलग थी। जैसे संसद् में रखी गई रिपोर्ट के अनुसार—"शास्त्रीजी की मृत्यु की वजह हार्ट अटैक आना हो सकता है, वहीं सोवियत संघ की रिपोर्ट के अनुसार उनकी मौत की वजह हार्ट अटैक आना, माना जा सकता है।" बताया गया। इसे 'माना जा सकता है' और 'हो सकता है' के अंतर पर धर्म यश देव ने विश्लेषण किया था। उनके उसी लेख के अनुसार इस मेडिकल रिपोर्ट में आठ सोवियत डॉक्टरों के नाम और उनके हस्ताक्षर थे, जबकि भारत सरकार की तरफ से जारी की गई रिपोर्ट में छह नाम ही थे।

इस मुद्दे पर भी संसद् में जमकर बहस हुई थी। पटेल ने अपने लेख में यह भी लिखा था कि संसद् से लेकर भारतीय अखबारों ने भी कई बार यह कहा कि जब डॉक्टर एवेनिया येरमेंको वहाँ पहुँचीं, तब लाल बहादुर शास्त्री जिंदा थे। इन

रिपोर्टों या बयानों का सरकार ने कभी खंडन नहीं किया। जबकि रूसी रेडियो के प्रसारण के अनुसार डॉक्टर चुग के निवेदन पर डॉक्टर एवेनिया येरमेंको वहाँ पहुँचीं तो उन्होंने प्रधानमंत्री शास्त्री को मृत पाया। उन्होंने इस बात की ओर भी सभी का ध्यान खींचा कि स्वर्ण सिंह की तरफ से संसद् में पेश किए गए शास्त्रीजी के मृत्यु प्रमाण-पत्र पर डॉक्टर येरमेंको के नाम का कोई उल्लेख नहीं था, जबकि वहाँ पर वे सबसे पहले पहुँची थीं। उन्होंने यह भी आरोप लगाया था कि यदि अधिकतर साक्ष्य जब किसी खराब षड्यंत्र की ओर संकेत कर रहे थे, ऐसी स्थिति में शास्त्रीजी की मृत्यु को प्राकृतिक कैसे मान सकते हैं लोग?"

"हूँ।"

शास्त्रीजी चुपचाप सुन रहे थे। ललिताजी बता रही थीं—

"ऑर्गनाइजर में छपे लेख पर दो सांसदों ने सरकार का पक्ष जानने की कोशिश की तो गृहमंत्री बन चुके वाई.बी. चव्हाण ने जवाब दिया था कि सन् 1966 में ही शास्त्रीजी की मृत्यु किन परिस्थितियों में हुई थी, इस विषय पर विस्तृत जानकारी स्वर्ण सिंह ने सदन को दे दी थी। इसलिए इस मामले में अब किसी भी जाँच का कोई औचित्य नहीं है। गृहमंत्री के इस जवाब से तमाम सांसद नाराज हो उठे थे। संसद् में बहस के दौरान ही त्रिभुवन सिंह ने मॉस्को में उस समय के भारतीय राजदूत टी.एन. कौल के रसोइया मोहम्मद जान पर भी आरोप लगाया और सदन से पूछा कि मोहम्मद जान कहाँ है? वह न तो रूस में है और न ही भारत में है। क्या उसे दूसरे देश भेज दिया गया है? बहस के दौरान ही किसी 'तेजा' नाम के व्यक्ति के ताशकंद में मौजूद होने की बातें भी आईं। वही तेजा, जो नेहरू और इंदिरा का बड़ा करीबी था। बहुत बदनाम किस्म का आदमी था। एक बार आपसे मिलने का समय लिया था और अपनी पत्नी को भी साथ लेकर आपके ऑफिस में मिलने पहुँच गया था। आपने उसे डाँटते हुए कहा कि "मि. तेजा, मैंने मिलने के लिए समय आपको दिया था। आपकी पत्नी को नहीं।"

"तब से बहुत नाराज रहता था वह। आपके कार्यकाल में उसकी कोई दाल नहीं गल रही थी।"

"वह स्वार्थ और लोलुपता से भरा व्यक्ति था और कुछ नहीं।"

स्वर्ण सिंह ने फरवरी 1966 में जो रिपोर्ट सदन में पेश की थी, उसमें क्या-क्या था?" शास्त्रीजी ने अपनी उत्सुकता प्रकट की।

ललिताजी ने याद करते हुए बताया—"सरकार भी अपनी हो और नीयत भी खोटी हो, तो कोई भी कागजात तैयार किए जा सकते हैं। फिर भी, आपको बता रही

हूँ कि 16 फरवरी, 1966 को विदेश मंत्री स्वर्ण सिंह ने भारतीय संसद् में ताशकंद में आपकी मृत्यु को लेकर पहला स्टेटमेंट प्रस्तुत किया था। उसके अनुसार ताशकंद में अंतिम समय से पहले तक सबकुछ बिल्कुल ठीक-ठाक था। वे रक्षामंत्री चव्हाण के साथ अन्य भारतीय प्रतिनिधिमंडल के सदस्य घंटों प्रधानमंत्री शास्त्रीजी के साथ समय बिताते थे। उस दौरान वह प्रसन्न और सहज थे। उनका स्वास्थ्य भी सही था। उनके ठहरने की व्यवस्था मॉस्को में भारत के राजदूत टी.एन. कौल की सलाह और उन्हीं की निगरानी में हुई थी।

डाचा के उस सुईट में जहाँ शास्त्रीजी ठहरे हुए थे, उसमें दरअसल दो टेलीफोन मौजूद थे, जिनसे लोकल और इंटरनेशनल फोन कॉल की जा सकती थी। एक तीसरा फोन भी था, जो बजर से जुड़ा हुआ था और केवल रिसीवर उठाकर उसका प्रयोग हो सकता था। इससे फोन करके वे अपने निजी स्टाफ या डॉक्टर को बुला सकते थे। वहाँ ऑक्सीजन को लेकर भी सारे इंतजाम थे। प्रधानमंत्री को बचाने के लिए जितने भी उपाय थे, वे सब किए गए।

"तमाम बहसें, विरोध, लेख आदि प्रकाशित होते रहे, लेकिन क्या फायदा? आपको मैं दोबारा तो नहीं पा सकती थी। बच्चों को अनाथ छोड़कर आप चले गए। उन बच्चों को पिता नहीं लौटा सकती थी न मैं? एक बूढ़ी माँ बेटे की याद में तड़प-तड़पकर मात्र नौ महीने के भीतर ही इस दुनिया को छोड़कर चली गई, उस माँ की वेदना को कोई नहीं समझ सकता था न? सबकुछ लुट गया था।"

ललिताजी की पीड़ा बादलों की तरह धुँधुआई और नम थी।

"ललिताजी, इस समय भी आप शोक कर रही हैं? यही तो संसार है। धूप-छाँव का नाम है जीवन। उस पर से राजनीतिक जीवन? काँटों से भरा एक ताज सिर पर रखे आदमी भ्रम में जीता है कि वह बहुत कुछ है।"

"जी, किसने कहा था कि यह काँटों का ताज पहनिए।" ललिताजी का आक्रोश मुखर हो उठा।

शास्त्रीजी हँस पड़े थे। बोले, "आप तो गीता और मानस का पाठ करती थीं रोज। क्या आपको भी समझाना पड़ेगा कि सबकुछ पूर्व निर्धारित होता है? हम तो बस एक माध्यम भर होते हैं। प्रकृति ने सबकुछ पहले से ही तय कर रखा है। किसे, कब, किससे और कहाँ मिलना है? संसार में आपसे मिलना मेरा तय था। माँ और आपको पति-वियोग का दुःख लिखा था। मुझे राजनीति में जाना लिखा था, अन्यथा पढ़ाई करके कहीं मुनीम ही बन गया होता। क्यों प्रधानमंत्री बनता और लड़ाइयाँ लड़ता, ताशकंद जाता और मेरा खेल खत्म हो जाता?" वे एक फीकी हँसी हँस रहे थे।

"हाँ, तो अब बताइए कि आपके इंटरव्यू और जाँच कमेटी के गठन के बारे में सरकार का क्या रुख रहा?" शास्त्रीजी ने अपनी बात आगे बढ़ाई।

ललिताजी ने स्मृति पर जोर देते हुए बताना प्रारंभ किया—"सरकार ने दिसंबर 1970 के अंत में ताशकंद में हुई दुर्घटना को लेकर अपना विस्तृत स्टेटमेंट तथ्यों के साथ संसद् के दोनों सदनों में रखा। इसमें केवल अपनी सफाई ही नहीं दे रही थी सरकार, बल्कि अपने ऊपर लगे आरोपों का भी जवाब दे रही थी। सरकार के अठारह सूत्रीय इस स्टेटमेंट में सबसे पहले तो शास्त्रीजी के साथ गए सभी निजी स्टाफ की निष्ठा और ईमानदारी को रेखांकित किया गया था। डॉ. आर.एन. चुग शास्त्रीजी के विश्वसनीय निजी फिजीशियन थे, जो 1955 से लेकर ताशकंद तक उनके साथ थे। वे नियमित रूप से उनके स्वास्थ्य का परीक्षण करते थे और हर यात्रा में उनके साथ होते थे। ताशकंद जाने से पूर्व 31 दिसंबर, 1965 को भी शास्त्रीजी की पूरी जाँच की गई थी और शास्त्रीजी पूरी तरह फिट थे। ताशकंद दौरे के समय भी सभी इमरजेंसी दवाएँ डॉ. चुग के साथ थीं। इसके साथ ही किसी आपात् स्थिति में तुरंत ऑक्सीजन देने की व्यवस्था उनके पास थी। रामनाथ बीस वर्षों से अधिक समय से शास्त्रीजी के परिवार के साथ जुड़े थे। शास्त्रीजी का खाना या अन्य निजी जरूरतों का ध्यान रामनाथ ही रखते थे। ताशकंद में भी उनका वही काम था।"

"बेचारे यही दोनों एक्सीडेंट में मारे गए। इनका कोई दोष नहीं था, ललिताजी।" शास्त्रीजी बेचैनी में बता रहे थे।

ललिताजी क्षणभर ठहरकर सरकार के स्टेटमेंट के अगले पक्ष को बताने लगी थीं—"आर. कपूर प्रधानमंत्री के सुरक्षा अधिकारी थे। दौरों के दौरान वे प्रधानमंत्री के लिए पानी से भरे दो फ्लास्क हमेशा अपने साथ रखते थे, ताकि आवश्यकता पड़ने पर दिया जा सके। सरकार ने वर्ष 1966 में डॉक्टरों की ओर से जारी किया गया, मृत्यु प्रमाणपत्र और उसकी अनूदित आधिकारिक प्रति भी शामिल की थी। इसके साथ ही नवंबर 1970 में सोवियत डॉक्टरों की ओर से एक स्पष्टीकरण जारी किया गया, जिसे उन लोगों ने भारत में शास्त्रीजी की मौत के पीछे साजिश की आशंका जताए जाने के बाद जारी किया था। स्टेटमेंट के अनुसार सोवियत डॉक्टरों ने नवंबर 1970 में यह स्पष्ट किया था कि उन्होंने शास्त्रीजी के शरीर में उनकी गरदन के पास एक चीरे के जरिए रासायनिक मिश्रण का घोल शरीर में डाला, ताकि शव जल्दी खराब न हो। इस प्रक्रिया को मेडिकल भाषा में 'एंबाम' कहते हैं। बाद में इस चीरे को एक प्लास्टिक टेप से बंद कर दिया गया। इसके अलावा शास्त्रीजी

के शरीर पर न तो कोई दूसरा चीरा लगाया गया और न ही उनके किसी अंग या हिस्से को किसी जाँच या अन्य मकसद से निकाला गया। शास्त्रीजी के शरीर में आए कुछ बदलाव सामान्य और एंबामिंग के कारण हुए थे।

"सरकार द्वारा स्टेटमेंट में यह भी कहा गया कि जिस 'डाचा' में शास्त्रीजी को ठहराया गया था, उसके आसपास उज्बेकी स्वास्थ्य मंत्रालय ने विशेषज्ञ और सक्षम डॉक्टरों से लैस विशेष चिकित्सा सहायता केंद्र स्थापित किए थे। इन केंद्रों में चौबीस घंटे डॉक्टरों की ड्यूटी लगी थी और सभी जरूरी चिकित्सकीय उपकरण तथा दूसरी जरूरी चीजें मौजूद थीं। यह आरोप कि शास्त्रीजी को ताशकंद में पहले 'इनटूरिस्ट' होटल में भारतीय प्रतिनिधिमंडल के साथ ही ठहरने की व्यवस्था थी, बाद में उनके लिए 'डाचा' में ठहरने की व्यवस्था की गई, जो होटल से थोड़ी दूरी पर था, का भी सरकार ने स्पष्टीकरण सदन को दिया कि डाचा में प्रधानमंत्री की सुरक्षा से जुड़े सभी जरूरी इंतजाम सोवियत सरकार की तरफ से किए गए थे और इंतजामों की जाँच खुद प्रधानमंत्री शास्त्रीजी के सुरक्षा अधिकारियों ने भी की थी। सुरक्षा अधिकारी व्यवस्था से संतुष्ट थे। चूँकि पाकिस्तानी राष्ट्रपति और सोवियत नेताओं के ठहरने के लिए भी अलग से व्यवस्था की गई थी, इसलिए आयोजकों ने शास्त्रीजी के लिए अलग 'डाचा' में ठहरने की व्यवस्था की। यहाँ पर उनका निजी स्टाफ, डॉक्टर और सुरक्षा अधिकारी भी आसानी से ठहर सकते थे, जबकि 'इनटूरिस्ट' होटल में उन्हें प्रधानमंत्री से अलग किसी दूसरे फ्लोर पर ठहरना पड़ता।

"डाचा में शास्त्रीजी के लिए एक अलग गेस्ट रूम की सुविधा थी, जहाँ वे आगंतुकों से एकांत में वार्त्ता कर सकते थे, जबकि होटल में केवल एक कॉमन डाइनिंग रूम ही था। सरकार ने यह मान लिया था कि उनके कमरे में कोई टेलीफोन या घंटी नहीं थी, उससे सटे कमरे में तीन टेलीफोन थे। काले रंग का तीसरा फोन 'बजरफोन' था, जिसका रिसीवर उठाते ही डॉक्टर और उनके सुरक्षा अधिकारी के कमरे में लगे इससे कनेक्टेड बजर बजने लगते। सरकार ने यह भी स्पष्ट किया कि पहले कई बार शास्त्रीजी इस बजर का उपयोग कर चुके थे।"

शास्त्रीजी व्यंग्य से हँसते हुए बोले, "किसी को आवश्यकता हो तो पहले बिस्तर से उठकर उस कमरे में जाए, फिर बजर दबाए? डिसकनेक्ट भी तो किया जा सकता था उसे? खैर, आप आगे बताइए, ललिताजी।"

"जी, सरकार ने यह भी स्पष्ट किया कि शास्त्रीजी की पसंद का खाना उस रात रामनाथ के कहने पर मोहम्मद जान ने दूसरे सोवियत खानसामों की मदद से पकाया था। उस रात रामनाथ ने ही 'ईसबगोल' और थोड़ा दूध शास्त्रीजी को दिया

था। दूध को रामनाथ ने रसोई में स्वयं गरम किया था। रामनाथ ने ही शास्त्रीजी को उनके बेडरूम में रखे फ्लास्क से पानी निकालकर दिया था।"

"हाँ, रामनाथ रात में करीब बारह बजे तक मेरे पास थे। मैंने ही उनको खाना खाने के लिए कहा, क्योंकि रात ज्यादा हो रही थी। रामनाथ ने फाइलें दूसरे कमरे में एक मेज पर रखीं और मेरे सुईट की बत्तियाँ बुझाकर चला गया था। उस समय तक मैं ठीक था, पर मेरा सिर थोड़ा भारी लग रहा था।" शास्त्री ने कहा।

"पानी आपके कमरे में कौन लेकर आया था फ्लास्क में?" ललिताजी ने पूछा।

"मैं पार्टी से देर रात लौटा तो वहाँ पानी रखा था।"

"खाने के साथ आपने कौन सा पानी पिया था?"

"वह तो खाने के साथ आया था। उस पर कोई शक नहीं किया जा सकता, क्योंकि पूरी सुरक्षा के साथ खाना चखकर ही किसी भी राष्ट्राध्यक्ष को परोसा जाता है। खैर, आगे क्या हुआ?"

ललिताजी ने आगे बताना शुरू किया—"सरकार ने कहा कि भारतीय राजदूत का रसोइया मोहम्मद जान सोवियत रसोइयों की मदद के लिए ताशकंद में उपस्थित था। भारत विभाजन के पहले और बाद भी वह तमाम उच्च पदस्थ भारतीयों के लिए काम कर चुका था। सरकार ने स्वीकार किया कि शास्त्रीजी के निधन के बाद भी वह वर्ष 1966 के अंत तक मॉस्को में भारतीय राजदूत के लिए काम करता रहा। सरकार ने अपने स्टेटमेंट में यह स्वीकार किया कि वर्तमान में वह राष्ट्रपति भवन में काम कर रहा है। उसको लेकर वहाँ से कोई शिकायत नहीं आई है।"

ललिताजी को बीच में ही रोकते हुए शास्त्रीजी ने कहा, "मेरे निजी सहायक की मदद करने के लिए उस बाहरी व्यक्ति को बिना किसी खास कारण या आवश्यकता के मॉस्को से ताशकंद लाया गया। डाचा के भीतर प्रवेश दिया गया, वह भी बिना पर्याप्त सुरक्षा जाँच के। यहाँ सोवियत संघ के कई रसोइया थे ही। रामनाथ मेरी जरूरतों को पूरा करने के लिए पर्याप्त थे। पर उसे किसके संकेत पर लाया गया ताशकंद, इस पर जाँच होनी चाहिए थी।"

ललिताजी थोड़ा ठहरीं, फिर बताने लगीं—"इस स्टेटमेंट को जानबूझकर सत्र के आखिरी दिन पेश किया गया, ताकि इस महत्त्वपूर्ण विषय पर सदन में लंबी चर्चा न चल सके। राजनारायण ने तो कई आरोप सरकार पर लगाए कि सरकार शास्त्रीजी के निधन के कारणों को सामने नहीं आने देना चाहती। उन्होंने यहाँ तक कह दिया कि शास्त्रीजी एक गरीब घर में पैदा होने वाले जमीन से जुड़े भारत के

एक सच्चे नेता थे और उन्होंने रक्षा, कृषि, विज्ञान में आत्मनिर्भर भारत का सपना देखा था, इसलिए उन्हें मरवा दिया गया और जाँच के लिए कोई कमेटी नहीं बनाई गई। राजनारायण ने यह भी कहा कि शास्त्रीजी के मृत्यु से संबंधित सरकार के आधिकारिक बयान पर हामी भरने के लिए शास्त्रीजी के निजी सहायक रामनाथ पर सरकार की ओर से दबाव डाला गया और तरह-तरह के प्रलोभन एवं धमकियाँ भी दी गई हैं। पोस्टमार्टम इसलिए नहीं करवाया गया, ताकि जो 'विष' उन्हें दिया गया था, उसकी जानकारी सबके सामने न आ जाए। आखिर लालबहादुर शास्त्रीजी की डायरी और थर्मस के बारे में सरकार के पास क्या जानकारी है? ये दोनों सामान ही ताशकंद से वापस नहीं आए थे? कहाँ हैं डायरी और थर्मस?"

"डायरी और थर्मस कैसे मिलता? डायरी में समझौते का सारा कच्चा चिट्ठा लिखा था और···।"

शास्त्रीजी की बात को बीच में ही काटते हुए ललिताजी बोल पड़ीं—"मैं सोच रही थी कि हो सकता है आपने उसमें मेरे लिए भी कुछ लिखा हो।"

"बिल्कुल लिखा था। मई 1965 में ही तो आपके साथ भी ताशकंद यात्रा पर गया था। आपके साथ बहुत सी जगहों पर उन लोगों ने घुमाया भी था उस समय। वहाँ पहुँचते ही आपके साथ वहाँ बिताए पल ताजा हो गए थे। उन दिनों की कई स्मृतियाँ भी लिखी थीं मैंने उस डायरी में। आपने विवाह के बाद से ही मेरे जीवन के अनेक संघर्षों से समझौता किया और एक मैं था कि अपने देश के लिए किए संघर्ष में पाई जीत को समझौते में हार गया और साथ ही जीवन भी।" शास्त्री का स्वर दुःखी था।

कुछ देर के लिए एक मौन फिर पसर गया था। उन्होंने ही ललिताजी को पुनः टोका—"और आगे क्या था स्टेटमेंट में?"

"लालकृष्ण आडवाणी ने अपना विरोध प्रकट करते हुए कहा था कि सरकार ने अपने स्टेटमेंट के जरिए यह स्वीकार किया है कि शास्त्रीजी को आखिरी वक्त में दी गई दवा का नाम लिखने को लेकर गलती हुई थी। यह कितना गंभीर मामला था। एक प्रधानमंत्री की मृत्यु से जुड़ा मामला है और इतनी बड़ी लापरवाही पर सरकार लीपा-पोती कर रही है। इस बारे में सदन को पहले क्यों नहीं जानकारी दी गई? जब पत्र-पत्रिकाओं ने खुलकर लिखना शुरू किया और वह भी ललिताजी के 'धर्मयुग' में छपने के बाद, तब सरकार आनन-फानन में इतने वर्षों बाद शास्त्रीजी की मौत से संबंधित स्टेटमेंट लाई है सदन में। यदि कुछ गोपनीय नहीं था, तो इसे पारदर्शी ढंग से तुरंत क्यों नहीं बताया गया देश को? इससे लगता है कि सरकार कुछ छिपाना

चाहती थी कि शास्त्रीजी की मृत्यु किन परिस्थितियों में हुई?"

"मृत्यु और हत्या में फर्क समझती हैं न आप, ललिताजी?" शास्त्रीजी हँसे थे।

ललिताजी गंभीर मुद्रा में बोली थीं—"जी, अच्छी तरह। इसलिए मैं शुरू से ही पोस्टमार्टम के लिए आवाज उठा रही थी। जगदीश ने भी कहा था। पर लोगों ने चुप करा दिया। मैं अंदर से हिल चुकी थी। हिम्मत टूट चुकी थी। फिर भी मैंने अपने मन को कड़ा किया था और वहाँ आपके पार्थिव देह के पास खड़े गुलजारीलाल नंदा, जो रात में ही कार्यवाहक प्रधानमंत्री पद की शपथ ले चुके थे, से कहा था कि इनका पोस्टमार्टम करवाइए। मुझे इनकी मौत सामान्य नहीं लग रही है। अम्मा तो बेसुध होकर चीख ही रही थीं कि हमरे बचवा को जहर दे दिया। पर नंदाजी ने मेरी अपील पर कोई ध्यान नहीं दिया।"

ललिताजी फिर क्षणभर को ठहरी थीं, मानो अपनी ऊर्जा को संतुलित कर रही हों और फिर बताना प्रारंभ किया—"सरकार ने अपने स्टेटमेंट में आखिर में उस दावे को भी खारिज कर दिया था कि शास्त्रीजी के परिजनों ने शव के पोस्टमार्टम जाँच के लिए कोई माँग की थी। सरकार ने इस मामले में गुलजारीलाल नंदा के एक बयान को उद्धृत किया, जिसमें नंदा ने कहा था कि "उनको याद नहीं आता कि किसी ने उनसे शव का पोस्टमार्टम कराने के लिए कहा हो।"

"यह कोई कहने की बात थी? यह तो उनका उत्तरदायित्व था कि वह पोस्टमार्टम का निर्णय लेते। सोवियतों को भी आखिर जहर देने का शक ही तो हुआ था, जिसके कारण उन लोगों ने पोस्टमार्टम कराने के लिए आग्रह किया था। अपने रसोइए सतारोव को भी तुरंत गिरफ्तार किया था उन लोगों ने, लेकिन भारत के विदेश मंत्री और रक्षा मंत्री से सलाह-मशवरा कर टी.एन. कौल ने कह दिया कि भारत में पोस्टमार्टम को अच्छा नहीं माना जाता। इससे शव अपवित्र हो जाता है। एक चेन बनते आप देख सकती हैं, ललिताजी।"

"18 दिसंबर, 1970 को राज्यसभा में चर्चा तो लंबी चली, पर लोकसभा में लंबी नहीं चल पाई। प्रकाशवीर शास्त्री ने कई सांसदों के साथ पूरी चर्चा की माँग की। प्रकाशवीर उस कमेटी के सदस्य भी थे, जो कुंजरू की अध्यक्षता में जाँच के लिए गठित हुई थी, पर स्पीकर गुरुदयाल ढिल्लन ने लंबी चर्चा की अनुमति नहीं दी। सांसदों के हंगामा करने पर स्पीकर ने बहुत हल्के में लेते हुए कहा था—'मुझे लगता है कि आज सिरदर्द की कई गोलियों की जरूरत पड़ेगी। यह मेरे लिए रोज का सिर दर्द है।' प्रकाशवीर शास्त्री ने ढिल्लन से कहा भी कि आप इस मामले को

इतने हल्के में न लें, लेकिन ढिल्लन ने साफ-साफ मना करते हुए कहा—माफ करिए, मैं आपको इस मामले में चर्चा की मंजूरी नहीं दे सकता। स्पीकर का यह व्यवहार देखकर प्रकाशवीर ने झल्लाते हुए आरोप लगाया कि आप कुछ लोगों को बचाने में जुटे हुए हैं। एक प्रधानमंत्री की मौत से जुड़े तथ्यों और जानकारियों को छिपाने में आप सरकार की मदद कर रहे हैं। स्पीकर ने भी अपना अंतिम निर्णय सुना दिया कि मैं आपको चर्चा के लिए समय नहीं दे रहा हूँ। इसी के साथ लोकसभा में चर्चा को समाप्त कर दिया गया था।" ललिताजी बताकर चुप हो गई थीं।

"हूँ।" शास्त्रीजी ने एक दीर्घ निश्श्वास छोड़ी।

"राजनीति में कितनी मोटी खाल कर लेते हैं लोग। इसीलिए तो राजनीति को कभी अच्छी दृष्टि से नहीं देखा गया।" ललिताजी ने कहा।

"नहीं, ऐसी बात नहीं है। चूँकि आपके परिवार की वह घटना थी, इसलिए आप अधिक प्रभावित थीं। राजनीति में अच्छे लोग नहीं आएँगे तो यही हाल होगा। इसीलिए पहले के राजाओं को सलाह देने के लिए एक धार्मिक गुरु होता था। यानी राजनीति को चलाने के लिए धर्म का होना जरूरी था। धर्म ही हमें अनुशासन और संयम सिखाता है। तमाम मानवीय गुण हममें धर्म का पालन करने से ही आते हैं। जब से राजनीति पर धर्म का अंकुश समाप्त हुआ, तब से राजनीति गंदी और छल-कपट से भर गई, क्योंकि नैतिकता, पाप-पुण्य का भेद, सदाचरण, जो धर्म हमें धारण करवाता था, वह सब समाप्त हो गया। राजनीति सेक्युलरिज्म के नाम पर दूषित होती चली गई। विशेष रूप से भारत की। 1947 में देश आजाद हुआ। कुछ लोगों की सत्ता-लोलुपता और अतिमहत्त्वाकांक्षा के कारण भारत का विभाजन होकर पाकिस्तान नाम का एक अलग देश तैयार कर दिया गया। उसने भारत से अलग होते ही अपने को इसलामिक देश घोषित कर दिया और यहाँ के नेताओं ने अंग्रेजों और दूसरी विदेशी ताकतों की चाटुकरिता में भारत को सेक्युलरिज्म का अड्डा बना दिया और उसी की आड़ ले सनातन धर्म तथा हिंदुत्व को निचले पायदान की ओर धकेलते चले गए। सेक्युलरिज्म का अर्थ 'धर्म निरपेक्ष होता है।' मान लिया। अब धर्म निरपेक्षता की आड़ में दूसरे धर्मों को मानना, सम्मान देना हो गया और सनातन धर्म की उपेक्षा करना भी हो गया। अरे, केवल हिंदू ही क्यों धर्म निरपेक्ष? बाकी धर्म इस देश में सुरक्षित और पुष्पित हों और हम धर्म निरपेक्ष बन अपने सनातन धर्म की उपेक्षा करें? क्या कभी कोई घर निरपेक्ष, रोटी निरपेक्ष या वस्त्र निरपेक्ष हुआ है? फिर धर्म से ही क्यों निरपेक्षता? अरे, इस देश को तो अंग्रेज भी हिंदुस्तान कहते थे। फिर हिंदू राष्ट्र घोषित कर देने में क्या समस्या थी?" शास्त्रीजी का स्वर क्षुब्ध था।

"बिल्कुल सही कह रहे हैं जी आप।" ललिताजी के स्वर में आश्चर्य का पुट था।

"स्वाधीनता की लड़ाई के आरंभ में जब कांग्रेस का गठन हुआ था, तो सबका एकमात्र उद्देश्य था—राष्ट्र को आजाद कराना। लेकिन बाद में कांग्रेस अपने उद्देश्यों से भटक गई और सत्तासुख के लिए सारे प्रयत्न करने में जुट गई। मेरे जैसे बहुत से कांग्रेसियों को स्वयं अपने दल के ही लोग पसंद नहीं करते थे। सत्ता सुख में जो भी स्पीड ब्रेकर थे, उन्हें हटा दिया गया। यदि ईमानदारी बरती गई होती तो 1947 में भारत के पहले प्रधानमंत्री सरदार पटेल होते। सबसे बड़ी बात तो यह थी कि हमारा देश सन् 1943 में ही आजाद हो गया होता, जब नेताजी सुभाष चंद्र बोस ने सशस्त्र क्रांति करते हुए आजाद हिंद फौज की उद्घोषणा की थी और अपनी अंतरिम सरकार बनाई थी। इस अंतरिम सरकार को जर्मनी, इटली, जापान समेत नौ देशों ने मान्यता दी थी और भारत की स्वतंत्रता का समर्थन किया था। इस लिहाज से तो हमारे पहले प्रधानमंत्री नेताजी सुभाष चंद्र बोस होते, जिन्होंने 21 अक्तूबर, 1943 को अंडमान द्वीप में भारत के इस अंतरिम सरकार के गठन की घोषणा की और 23 अक्तूबर को उन्होंने ब्रिटिश तथा अमेरिका के विरुद्ध युद्ध की घोषणा कर दी। इंफाल अभियान के दौरान जापानी सेना के साथ-साथ आजाद हिंद फौज ने भी उसमें भाग लिया। 18 मार्च, 1944 को उन्होंने भारत की धरती पर स्वतंत्रता का ध्वज फहरा दिया था। परंतु जापान द्वारा अमेरिका के सम्मुख आत्मसमर्पण से सारी स्थितियाँ बदल गईं। उन्हें जापान छोड़ना पड़ा। गांधीजी की कुछ नीतियों के कारण ही आजादी मिलने में चार वर्षों की देरी हुई और तमाम विवादों के बीच भारत का विभाजन हुआ। नेहरूजी प्रधानमंत्री बने। विदेशी ताकतों के चंगुल में ही रहा भारत आजादी के बाद भी।"

"वो कैसे?" ललिताजी ने उत्सुकता प्रकट की।

शास्त्रीजी ने बताया—"भारत जैसा घनी आबादी वाला देश विश्व के कई महादेशों के लिए बाजार बना रहा। छोटी-छोटी चीजों की आपूर्ति के लिए दूसरे देशों के सामने हाथ फैलाता था भारत। हमारे यहाँ के लोगों में अपने देश और सांस्कृतिक विरासत के प्रति आत्महीनता का बोध भर दिया गया था। स्वतंत्रता मिलने के बाद से ही पहला आक्रमण हमारी भाषा, संस्कृति और शिक्षा पर किया गया। आजादी के बाद से ही देश के भीतर की विरोधी ताकतें शिक्षा के नाम पर उल्टे-सीधे तथ्य नई पीढ़ी के मन में भरने लगीं। अंग्रेजी के प्रति व्यामोह और अपने इतिहास का खंडित-बोध नई पीढ़ियों की विवशता बन गई थी। दूसरी तरफ बाहरी ताकतें भारत

को एक स्थायी बाजार के रूप में लोलुप दृष्टि से देख रही थीं। उनके लिए जरूरी था कि भारत ऐसे ही गरीब, अभावों से जूझता देश रहे, ताकि वे उस पर आर्थिक रूप से शासन करते रहें। गुलामी की मानसिकता से देश को उबरने नहीं देना चाहती थीं विदेशी ताकतें। मेरे कार्यकाल में भाषाई दंगे उसी गुलाम मानसिकता की परिणति थे। ब्रिटेन का साथ प्रत्यक्ष रूप से अमेरिका दे रहा था। कुछ अन्य देश भारत को आजादी मिलने के बाद भी आत्मनिर्भर नहीं होने देना चाह रहे थे।"

शास्त्रीजी थोड़ा ठहरे थे। ललिताजी ने सोच में डूबते हुए कहा, "हाँ, सही कह रहे हैं आप। अमेरिका ने गेहूँ की आपूर्ति रोक देने की धमकी दी थी एक बार। किसान लोग कहते थे कि गेहूँ के बीज में गाजर घास के बीज में मिलाकर भेज दिए थे उन लोगों ने। गाजर घास के बारे में यह था कि वह कभी नष्ट नहीं हो सकती और सबसे बड़ी बात है कि वह खेतों की मिट्टी की उर्वराशक्ति को खत्म कर देती है।"

"छोटे-छोटे नट-बोल्ट, बीज, खाद, सब तो बाहर से ही आते थे।"

शास्त्रीजी को अपने प्रधानमंत्री बनने के बाद के वे कठिन दिन याद आ गए थे, जब खेतों में उपज बढ़ाने और खाद्यान्न के संकट से उबरने के लिए उन्होंने देशवासियों से सप्ताह में एक दिन व्रत रखने की अपील की थी और किसानों से अन्न उपजाने के कई तरीकों को अपनाने की सलाह दी थी। एक अक्तूबर 1964 को उन्होंने आकाशवाणी से देश के किसानों से राष्ट्रव्यापी अपील की थी—

"मैं भारत के तीस करोड़ काश्तकारों से, जो लगभग छह लाख गाँवों में रहकर पैंतीस करोड़ एकड़ भूमि में कृषि उत्पादन करते हैं, इस संदेश के द्वारा अपील कर रहा हूँ कि देश की इस संकटकालीन स्थिति में खेतों की पैदावार अधिक-से-अधिक बढ़ाकर अपनी मातृभूमि की सेवा करें।

"आप सभी जानते हैं कि किसी भी राष्ट्र की समृद्धि वहाँ के कृषि और औद्योगिक उत्पादन पर ही आधारित है। हम सबके लिए यह परीक्षा की घड़ी है। धरती माता की सेवा करनी है और उसके प्रसाद तथा वरदान से अपनी झोली भरनी है।

"किसान भाइयो, आप काश्तकारी के बारे में मुझसे कहीं अधिक जानते हैं। मेरे लिए यही उचित है कि मैं इस संदेश में आपका ध्यान केवल कुछ मोटी बातों को ओर खींचू, जैसे—

"एक, खेती की अच्छी तैयारी तथा गोबर और कंपोस्ट खाद का उचित मात्रा में प्रयोग कर खेत को ऐसा बना देना कि उसमें अधिक-से-अधिक पैदा हो सके।

इसमें बाहरी साधनों की बहुत ज्यादा जरूरत नहीं है और अधिकतर कामयाबी आपके अपने तथा आपके परिवार के परिश्रम पर निर्भर है।

दो, अनुसंधान और रिसर्च द्वारा पता चला है कि कुछ कम बीज का प्रयोग करने से फसल की पैदावार ज्यादा बढ़ती है, क्योंकि हर पौधे को पूरी खुराक मिलने का मौका मिलता है।

तीन, हमारे देश के अधिकांश भागों में खेती की कामयाबी सिंचाई पर निर्भर है। अभी तक सिंचाई की सुविधाएँ जरूरत के अनुसार सब जगह नहीं हैं। परंतु जहाँ पर ये सुविधाएँ हैं भी, वहाँ उनका उपयोग पूरा-पूरा नहीं होता, क्योंकि अधिकतर जगहों में गूलों तथा खेतों में क्यारी और बरहों का निर्माण नहीं हुआ है। मेरा अनुरोध है कि आप लोग अपने-अपने क्षेत्रों में इस ओर ध्यान देकर शीघ्र ही कुओं, तालाबों और गूलों का निर्माण कर पानी का ठीक-ठीक उपयोग करें। इससे कृषि उत्पादन में तुरंत वृद्धि होगी।

चार, अकसर देखा गया है कि जुताई और खेत की तैयारी न होने के कारण काफी खेत बिना बोये रह जाते हैं। आज जरूरत है, हम जमीन के चप्पे-चप्पे, टुकड़े-टुकड़े में समय से बुवाई कर उसका लाभ उठाएँ।

पाँच, इस समय जब हम अन्न संकट से घिरे हैं, हमारी आवश्यकता है कि हम जल्द उगने वाली तथा अधिक उपज देने वाली फसलें पैदा करें। साग-सब्जियों पर ध्यान दें। आप स्वयं देख लें कि एक एकड़ भूमि में अच्छी खेती द्वारा आप पचीस से तीस मन गेहूँ पैदा कर सकते हैं, परंतु उसी एक एकड़ में आप तीन सौ से चार सौ मन आलू या तीन सौ मन गोभी, टमाटर आदि उगा सकते हैं।

छह, हमारे देश में कीटनाशक दवाइयाँ तथा अच्छे-अच्छे कृषि यंत्रों का सुचारु रूप से उपयोग अभी नहीं हो सका है। जैसे ही खेत में कीड़ा या बीमारी लगे, उसका इन दवाओं के द्वारा निराकरण करना चाहिए।

"अगर लोगों के खाने के लिए अनाज बाहर से मँगाना पड़े और अपने उद्योगों के लिए जरूरी कच्चे सामान के लिए हमें दूसरे देशों का मुँह ताकना पड़े तो देश की अर्थव्यवस्था की नींव कैसे मजबूत बन सकती है और जनता के रहन-सहन का स्तर कैसे ऊपर उठ सकता है? देश के आर्थिक जीवन में भी हमें एक नया दिन लाना है। अपनी मशक्कत और मेहनत से गल्ला की कमी और गरीबी को परास्त करना है। आने वाली फसल को देश के उज्ज्वल भविष्य का, एक नए सुप्रभात का प्रतीक बनाना है।

"कल मैं पहली बार समुद्र पार कर विदेश जा रहा हूँ। संयुक्त अरब-गणराज्य

के प्रमुख शहर काहिरा में दुनिया के लगभग पचास-साठ देशों के प्रेसिडेंट, प्रधानमंत्री तथा विदेश मंत्री इकट्ठे हो रहे हैं। हम सब की खोज ही रहेगी कि किस प्रकार दुनिया को न्यूक्लियर लड़ाई के खतरे से बचाया जाए और शांति को कायम रखा जाए। विदेश में भी मेरा ध्यान देश की ओर बना रहेगा। जाते समय मैं आप सब की शुभकामना साथ ले जाना चाहता हूँ। जय हिंद।"

शास्त्रीजी के मुँह से एकाएक 'जयहिंद' का उच्चारण सुनकर ललिताजी चौंक उठीं। पूछा, "लग रहा है, आप कहीं खो गए हैं?"

शास्त्रीजी की चैतन्य प्राणऊर्जा वर्तमान में लौट आई थी। हँसते हुए बोले, "हाँ, यहाँ हम-आप अतीत को ही तो फिर से जी रहे हैं। तो अतीत की किसी स्मृति-सुरंग में भटक जाना कहाँ असंभव है। मैं आपको यह बता रहा था कि जानबूझकर भारत को शक्ति-संपन्न या आत्मनिर्भर नहीं बनने दिया जा रहा था। महाशक्तियों को पता था कि भारत में असीम प्राकृतिक संपदा है। शक्ति-संपन्न होते ही इनका बाजार बंद हो जाएगा। तो वे हमारी प्रतिभाओं को भी हतोत्साहित करते थे। अपने देश की भीतरी पॉलिसी भी ऐसी बन रही थी, जिसमें हम विदेशी ताकतों पर निर्भर रहते।

अपने यहाँ प्रतिभाओं या वैज्ञानिकों की क्षमता में कोई कमी नहीं थी, लेकिन उन्हें उभरने नहीं दिया जा रहा था। यह एक गहरी बात बता रहा हूँ ललिताजी, जिसे देशवासियों को भी ध्यान देना चाहिए। विक्रम साराभाई भारत के महान् अंतरिक्ष विज्ञानी थे। उन्हें भारत के अंतरिक्ष कार्यक्रम का पिता कहा जाता था। 12 अगस्त, 1919 को वे पैदा हुए थे। मुझसे छोटे थे उम्र में। गुजरात के अहमदाबाद शहर के एक जाने-माने उद्योगपति के घर में जन्म लिया था उन्होंने। कैंब्रिज से अपनी भौतिक विज्ञान के क्षेत्र में डॉक्टरेट की डिग्री लेकर वे भारत आए और कॉस्मिक रे पर अपना अनुसंधान पूरा किया। उन्होंने भारत में भूमंडलीय अंतरिक्ष, भू चुंबकत्व आदि पर अपना अध्ययन किया और देश की प्रगति के लिए जीवन समर्पित कर दिया। सन् 1942 में उनका पहला वैज्ञानिक शोध पत्र 'डिस्ट्रीब्यूशन ऑफ कॉस्मिक रेज' प्रकाशित हुआ। उन्होंने 1962 में, यानी नेहरूजी के कार्यकाल में 'भारतीय राष्ट्रीय अंतरिक्ष अनुसंधान समिति' जो बाद में 'इसरो' नाम से भारत की पहचान बन गई, की स्थापना की। साराभाई ने 1963 में देश के पहले उपग्रह 'आर्यभट्ट' को लॉञ्च करने के लिए अपने जैसे भारतीय वैज्ञानिकों के साथ मिलकर काम किया, लेकिन बहुत समय तक भारत की सेटेलाइट को विदेशी भूमि से भेजा जाता था। कारण सभी को समझ में आता होगा। विदेशों पर हमारी निर्भरता तब भी थी,

जबकि हम अपने यहाँ से भेज सकने की क्षमता रखते थे।"

थोड़ा ठहरकर शास्त्रीजी ने पुनः बताना प्रारंभ किया—"क्या आपको याद है ललिताजी, कि मेरी मृत्यु के तुरंत बाद किस वैज्ञानिक की मृत्यु हुई थी?"

"नहीं, महीनों तक तो मुझे अपनी ही सुध नहीं थी। देश में क्या हो रहा है, उसके बारे में कभी-कभी अखबारों से या रेडियो से सुन-पढ़ लेती थी।"

"होमी जहाँगीर भाभा का नाम तो सुना होगा?" शास्त्रीजी पूछ रहे थे।

"हाँ, हाँ। एक दिन बड़ा वाला बेटा बता रहा था कि अजब इस देश की किस्मत है कि सभी अच्छे लोग विमान दुर्घटना या दूसरे रहस्यमय तरीकों से मरते जा रहे हैं। पिताजी ग्यारह जनवरी को गए और 24 जनवरी, यानी तेरह दिन बाद ही हमारे देश का इतना बड़ा वैज्ञानिक विमान दुर्घटना में मर जाता है। नेताजी सुभाष चंद्र बोस की भी विमान दुर्घटना में ही मारे जाने की खबरें हैं। कुछ तो रहस्य है।"

"हाँ, होमी भाभा वाली घटना पर बहुत ध्यान केंद्रित नहीं हुआ देशवासियों का। दरअसल लोग मेरी ही मृत्यु की गुत्थी में उलझे रह गए।"

शास्त्रीजी बता रहे थे। ललिताजी ने भी स्मृति पर जोर डालते हुए बताया—

"इंदिरा गांधी 19 जनवरी, 1966 को पहली बार प्रधानमंत्री बनीं। दरअसल प्रधानमंत्री की रेस में उस समय गुलजारी लाल नंदा, जो कार्यवाहक प्रधानमंत्री थे, वे भी थे और मोरारजी देसाई भी थे। पर अंतिम समय में गुलजारी लाल नंदा ने प्रधानमंत्री रेस से अपना नाम वापस ले लिया। देसाई पर भी उम्मीदवारी वापस लेने का बहुत दबाव डाला गया था, लेकिन वे टस से मस नहीं हुए। लेकिन इंदिरा गांधी ही बनीं प्रधानमंत्री।"

"बस यहीं समझिए। विदेशी ताकतों को कोई स्वाभिमानी नेता नहीं, बल्कि उनके संकेतों पर काम करने वाला नेता चाहिए था।" शास्त्रीजी ने संकेतों में बताया।

"हाँ, तभी कुछ लोग इंदिरा को 'गूँगी गुड़िया' कहते थे। मुझे समझ में नहीं आता था कि ऐसा क्यों?" ललिताजी ने हामी भरी।

"हाँ, कांग्रेस के बदलते चरित्र को मैं नेहरूजी के समय से ही महसूस करने लगा था। यह और पक्का तब हो गया था, जब प्रधानमंत्री बनने के बाद अपने ही दल के कुछ लोगों के द्वारा उकसाने पर कम्युनिस्ट सांसदों द्वारा मेरे खिलाफ अविश्वास प्रस्ताव लाया गया। तभी मैं समझ गया था कि लोगों को कहीं-न-कहीं मैं अवरोध समझ में आ रहा हूँ। दरअसल मेरे राजनीतिक जीवन में तमाम उतार-चढ़ाव आते रहे, ललिताजी। सब आपसे नहीं बता पाता था। एक तो समय का अभाव, दूसरे यह भी सोचता था कि एक सीधी, सहज, धार्मिक प्रवृत्ति की स्त्री को

राजनीतिक उलझनें बताकर क्यों परेशान करूँ ?"

"आप सबकुछ अकेले झेलते रहे।" ललिताजी के स्वर में पीड़ा थी।

"क्या करता? सारी परिस्थितियों का सामना तो करना ही था। अपने देश के स्वाभिमान का प्रश्न था। थक-हारकर बैठ जाने पर दुनिया यही कहती न, कि आजादी मिल गई, पर उसे सँभालकर रख पाने वाला नेता नहीं मिला भारत को।" वे हँसे थे। उस हँसी में उनकी सादगी छिपी थी।

"जी।" ललिताजी संक्षिप्त थीं।

"बगल में चीन था, जो अपनी सैन्यशक्ति बढ़ाकर दूसरे देशों पर अपनी धाक जमाना चाह रहा था। 16 अक्तूबर, 1964 को चीन ने अपने पहले परमाणु बम का विस्फोट किया। इस प्रकार एशिया महाद्वीप के लिए, जो एक शांतिप्रिय क्षेत्र था, एक नया खतरा पैदा हो गया। यह एक गंभीर चुनौती थी हमारे देश के सामने। 1962 में चीन के युद्ध में भारत का आत्मगौरव पराजित हुआ था। चीन का मनोबल बढ़ा हुआ था। पाकिस्तान अमेरिका का मोहरा बना था। उसे ब्रिटेन-अमेरिका का सहयोग बराबर मिला था। कच्छ और उसके बाद भारत-पाक युद्ध में हमारे विरुद्ध पैटन टैंकों और सैबर जैटों का खुलकर उपयोग किया था पाकिस्तान ने। अमेरिका ने इस आश्वासन के साथ इन हथियारों को पाकिस्तान को दिया था कि वह इनका प्रयोग भारत के खिलाफ नहीं करेगा। राजौरी क्षेत्र में तो पाकिस्तान ने अमेरिकी नापाम बमों का भी प्रयोग किया था। ब्रिटेन इस मौके पर और दो कदम आगे बढ़ गया था। उसने उसी समय अपने उन हथियारों को वापस मँगाना शुरू कर दिया, जो उसने 1962 में चीनी आक्रमण के दौरान दिए थे। भारत को हथियारों की सप्लाई पर रोक लगा दी गई। चीन अलग अपनी धमकियाँ, चमकियाँ दिखा रहा था। यानी भारत को हर तरफ से परेशान करने और अलग-थलग रखने की कोशिशें की गईं। एकमात्र सोवियत संघ था, जो खुलकर मित्रता निभा रहा था। खैर छोड़िए, यह विश्व-देशों की अपनी-अपनी कूटनीति और राजनीति थी।"

शास्त्रीजी ने बात को बदलना चाहा, पर ललिताजी जानना चाह रही थीं। उन्होंने याद दिलाया—"आप होमी जहाँगीर भाभा के बारे में कुछ बता रहे थे।"

"हाँ, उतने छोटे से प्रधानमंत्रित्व काल में इतनी ढेर सारी घटनाएँ हो गईं कि बताते हुए भटक जाता हूँ। तो चीन ने भी जब अक्तूबर 1964 में परमाणु परीक्षण कर लिया और पाकिस्तान को सहयोग एवं भारत को तरह-तरह की धमकियाँ देने लगा, तो हमने भी अपने वैज्ञानिकों को आगे बढ़ाने का फैसला लिया। होमी जहाँगीर भाभा ने भारत में भी परमाणु ऊर्जा कार्यक्रम का सपना देखा। सन् 1944

में ही न्युक्लियर एनर्जी पर उन्होंने मुट्ठी भर वैज्ञानिकों की सहायता से रिसर्च प्रोग्राम शुरू कर दिया था। सोचिए, 1945 में अमेरिका ने परमाणु बम गिराया था हिरोशिमा और नागासाकी पर। इधर 1944 में ही होमी जहाँगीर भाभा ने इस पर रिसर्च प्रोग्राम शुरू कर दिया था। उन्होंने यह काम उस समय शुरू किया था, जब दुनिया को इसके चेन रिएक्शन के बारे में बहुत कम जानकारी थी। सी.वी. रमन उन्हें भारत का लियोनार्दो कहते थे। 1948 में डॉ. भाभा भारतीय परमाणु ऊर्जा आयोग की स्थापना कर चुके थे। 1955 में जेनेवा में संयुक्त राष्ट्र संघ ने एक सम्मेलन का आयोजन किया, जिसका विषय था—'शांतिपूर्ण कार्यों के लिए परमाणु ऊर्जा का उपयोग'। इस सम्मेलन के सभापति के रूप में होमी भाभा को जेनेवा आमंत्रित किया गया था। पश्चिमी देश कहीं-न-कहीं भारत के वैज्ञानिकों से भयभीत थे कि कहीं भारत शक्तिसंपन्न न बन जाए।"

"हूँ, यह बात थी।" ललिताजी ने बात को गहराई से समझते हुए कहा। शास्त्रीजी आगे बता रहे थे—"तो उस सम्मेलन में सभी पश्चिमी देशों के वैज्ञानिक इस बात पर जोर दे रहे थे कि अल्प विकसित देशों को पहले औद्योगिक विकास करना चाहिए, तब परमाणु शक्ति के बारे में सोचना चाहिए। उनका संकेत साफ-साफ होमी भाभा और भारत की ओर था। भारत अल्प विकसित था उस समय और होमी भाभा परमाणु ऊर्जा पर 1948 से ही कार्य कर रहे थे। पश्चिमी देशों के वैज्ञानिकों की इन बातों का जोरदार खंडन करते हुए होमी भाभा ने अपना पक्ष रखा था कि अल्प विकसित राष्ट्र न्युक्लियर ऊर्जा का प्रयोग शांतिपूर्वक तथा अपने औद्योगिक विकास के लिए कर सकते हैं। इससे उन्हें कोई रोक नहीं सकता।"

"बिल्कुल ठीक कहा भाभा ने। जब चीन, अमेरिका, रूस सभी परमाणु बम बना चुके थे, तो भारत क्यों नहीं बनाता?" ललिताजी खुलकर समर्थन कर रही थीं।

"अक्तूबर 1965 में जब पाकिस्तान के साथ हमारा युद्ध लगभग रुक गया था, उस समय होमी भाभा ने आकाशवाणी से घोषणा की थी कि यदि उन्हें आदेश मिल जाए तो भारत मात्र अठारह महीनों में परमाणु बम बनाकर दिखा सकता है। भाभा को यह विश्वास था कि यदि भारत को शक्तिसंपन्न और आत्मनिर्भर देश बनाना है तो ऊर्जा, कृषि, मेडिसिन जैसे क्षेत्रों के लिए भी शांतिपूर्ण नाभिकीय ऊर्जा कार्यक्रम जरूरी है। लेकिन सन् 1962 से लेकर 1965 के बीच हुए युद्धों ने उन्हें विचलित भी कर दिया था। चीन और पाकिस्तान को उत्तर देने के लिए भाभा का छिपा हुआ एक एजेंडा यह भी था कि परमाणु बम बने। वे मेरे अच्छे सहयोगी थे। राष्ट्र की रक्षा की उतनी ही चिंता उन्हें भी थी, जितनी मुझे। कृषि के मोर्चे पर भी देश लड़ रहा था

और सीमा के मोर्चे पर भी। होमी भाभा इन दोनों ही मोर्चों पर जीत सुनिश्चित करने के लिए परमाणु ऊर्जा कार्यक्रम पर ध्यान केंद्रित किए हुए थे और मेरा सहयोग कर रहे थे। 24 जनवरी, 1966 को उन्हें वियना में एक कार्यक्रम में भाग लेना था। इस कार्यक्रम की सूचना को उन्होंने मेरे संज्ञान में दिया था।"

शास्त्रीजी थोड़ी देर के लिए चुप हुए तो ललिताजी ने कहा, "अच्छा, हाँ, तो वहीं जाते हुए उनका विमान दुर्घटनाग्रस्त हो गया था। एक सौ सत्रह यात्री थे उसमें। सब मारे गए थे।"

"हाँ, राजनीतिक स्वार्थ-सिद्धि में आम जिंदगियों की कीमत कहाँ समझते हैं लोग? एक कहानी यह है कि विमान का पायलट एयरपोर्ट अथॉरिटी को अपनी सही पोजीशन नहीं बता पाया और विमान दुर्घटनाग्रस्त हो गया। दूसरी कहानी यह भी है कि यह विमान दुर्घटना नहीं, बल्कि षड्यंत्र था। विदेशी ताकतें नहीं चाहती थीं कि भारत का परमाणु कार्यक्रम आगे बढ़े। अब आप चेन जोड़ सकती हैं।"

"राम-राम, इतना घृणित काम? एक वैज्ञानिक को खत्म करने के लिए इतने निर्दोष यात्रियों की जान ले ली?" ललिताजी के स्वर में हाहाकार था।

शास्त्रीजी ने व्यंग्य से हँसते हुए कहा, "प्रेम और युद्ध में सब जायज होता है।"

"युद्ध में तो समझ में आता है पर···।" ललिताजी थोड़ा ठहरी थीं।

"प्रेम कोई भी हो। व्यक्ति के सिंहासन पर विराजने का हो या सत्ता से प्रेम हो।" कहते हुए शास्त्रीजी ने बात जारी रखी—

"यानी आजादी के बाद भी भारत भारत के हाथों में नहीं था। वह दूसरे हाथों का कठपुतली बना था। मेरा कार्यकाल एक स्पीड ब्रेकर की भूमिका में आ गया था। इसलिए उसे रास्ते से हटना था। यह वर्चस्व की लड़ाई थी, जिसे मैं बहुत गंभीरता से नहीं ले सका। कोई एक समय आएगा भारत की राजनीति में, जब कांग्रेस को अपने लक्ष्य से भटक जाने और इस प्रकार की खतरनाक नीतियों का भयंकर खामियाजा भुगतना पड़ेगा। कोई तो आएगा, जो राष्ट्र के आत्मगौरव की वापसी के लिए मेरी नीतियों पर चलेगा। कांग्रेस का वह भ्रम टूटेगा कि सत्ता हमेशा उसकी क्रीतदासी रहेगी। पाकिस्तान के हाथ में उसी दिन भिक्षा का कटोरा आ जाएगा। मैं लाहौर तक पहुँच गया था, उन्हें पीछे धकेलते हुए। हो सकता है, भविष्य में कोई मेरा उत्तराधिकारी आए और अपनी कूटनीति, युद्धनीति से पूर्व में विभाजित भारत का मानचित्र बदलते हुए उसे फिर से प्राचीन भारत बना दे। अपने गौरव स्वाभिमान से पूर्ण भारत। वसुधैव कुटुम्बकम् को चरितार्थ करते हुए विश्व कल्याण

की कामना करने वाले सनातन ऋषि-संस्कृति वाला राष्ट्र भारत। कुछ तो होगा।"

"दरअसल आजादी के बाद से ही नेहरू कह रहे थे कि हम परमाणु बम 'कभी' नहीं बनाएँगे। आपने एक बार कहा कि हम 'अभी' नहीं बनाएँगे, परंतु कुछ दिनों बाद ही आपने परमाणु कार्यक्रम की मंजूरी दे दी। भाभा आपके साथ थे, इसलिए आप दुनिया की आँखों में चुभ भी रहे थे। अंदर-ही-अंदर आपको कोई नहीं पसंद कर रहा था। विश्व के कई देश यह नहीं चाहते थे कि भारत सुरक्षा, अन्न या अन्य आवश्यकताओं के लिए आत्मनिर्भर बने।"

ललिताजी जैसे निष्कर्ष निकाल रही थीं। शास्त्रीजी ने स्वीकारोक्ति में कहा—

"बिल्कुल, भारत महाशक्ति न बनने पाए, यह उद्देश्य था। हालाँकि अमेरिका, ब्रिटेन, रूस समेत अन्य देशों की निगाहें ताशकंद की ओर लगी थीं। रूस की खुफिया एजेंसी केजीबी भी अपनी खुफिया नजर लगाए हुई थी हमारे ऊपर, तो वहीं सीआईए की भी नजरें टिकी थीं कि भारत और पाकिस्तान के बीच क्या होता है?"

"तो क्या इन दोनों एजेंसियों में से कोई एक थी आपकी मृत्यु के पीछे?" बीच में ही ललिताजी चौंक पड़ी थीं।

"नहीं, जहाँ दो बड़ी एजेंसियाँ निगरानी कर रही हों, वहाँ इस बात की आशंका नहीं रह जाती कि कोई अपने ऊपर इस तरह का प्रत्यक्ष दोष लेगा। पूरे विश्व में उसकी प्रतिष्ठा गिर जाएगी। यह तो संभव नहीं था, ललिताजी।"

शास्त्रीजी बता रहे थे। ललिताजी ने पुनः अपनी आशंका प्रकट की—"कोई कह रहा था कि भारत सीआईए के हाथ में शुरू से था। वही एजेंसी भारत को अपने हिसाब से चला रही थी?"

"हाँ, आजादी के पहले और आजादी के बाद के समीकरणों पर ध्यान दिया जाए तो कोई भी इस बात को दावे से कह सकता है। मैंने अपने शासनकाल में उसी बंधन को तोड़ फेंकने का काम किया था और भारत को आत्मनिर्भर, शक्तिसंपन्न बनाने की दिशा में लग गया था। जब अमेरिका ने गेहूँ न देने की धमकी दी तो मैंने अपने किसानों का आह्वान किया था। चीन की धमकियों और पाकिस्तान जैसे अकृतज्ञ देशों की चालबाजियों को गंभीरता से लेते हुए सुरक्षा के लिए देश के भीतर हथियार बना सकने और अपने जवानों को शक्तिसंपन्न बनाने के लिए मैंने वैज्ञानिकों का आह्वान किया। निस्संदेह यह सब अमेरिका को भी पसंद नहीं आ रहा था। नेहरू परिवार आधा भारतीय आधा पश्चात्य था। उन्हें सत्तासुख चाहिए था, चाहे जैसे भी। ब्रिटेन भी उनका साथ दे रहा था, क्योंकि आजादी मिलने के बाद भी उन्हें भारत को अपना कठपुतली बनाए रखना था। नेताजी, पटेलजी जैसे लोग सत्ता

सँभालते तो उनके ये मंसूबे कभी पूरी नहीं होते।"

"तो क्या सचमुच आपकी मौत के लिए सीआईए ही जिम्मेदार थी?" ललिताजी पूछ रही थीं।

"नहीं ललिताजी। सीआईए भले ही यह चाहती रही हो कि मैं न रहूँ तो कांग्रेस के अनेक नेताओं पर अपनी जादू की छड़ी घुमाकर अमेरिका भारत की सत्ता ऐसे किसी व्यक्ति को सौंप दे, जो उनके इशारों पर नाच सके। पर मुझे रास्ते से हटाने में उनका प्रत्यक्ष कोई हाथ नहीं था। चूँकि सीआईए ने पहले कई देशों में इस तरह की गतिविधियों को अंजाम दिया था, इसलिए मेरी भी मृत्यु के संबंध में लोगों का शक इस पर चला गया। कोसीगिन का हाथ इसमें इसलिए नहीं हो सकता था, क्योंकि यह सोवियत संघ और स्वयं कोसीगिन की प्रतिष्ठा का प्रश्न था। अपने मित्र देश के राष्ट्र प्रमुख को समझौते के नाम पर बुलाकर ऐसा कर पाना असंभव था। पूरे विश्व की निगाहें जिस समझौते पर लगी थीं, उसमें इस तरह की घटना को कोई देश अंजाम दे ही नहीं सकता था। अगर यह ताशकंद सम्मेलन सफल होता तो सोवियत संघ की अंतरराष्ट्रीय साख बढ़ती, लेकिन अगर समझौता विफल रहता तो कोसीगिन और सोवियत संघ दोनों का मजाक उड़ता और पश्चिमी देशों के लोग उन पर हँसते कि उन्होंने एक ऐसे कूटनीतिक और राजनयिक मामले में हाथ डालकर खुद को ही बेवकूफ बनाया, जिसके लिए उनके पास पर्याप्त योग्यता और अनुभव, दोनों नहीं थे। इन्हीं दो बिंदुओं के बीच कोसीगिन थे, जिसके लिए वे मुझसे बार-बार एकांत वार्त्ता कर रहे थे, क्योंकि इस समझौते में पूरा घाटा भारत का था, जो उसे अपनी जीती हुई जमीनें पाकिस्तान को वापस करनी थीं। पाकिस्तान तो फायदे में ही था। इसलिए उसकी ओर से विरोध का कोई मतलब नहीं था। कश्मीर के मुद्दे को वह बिना कारण ही तकरार बढ़ाने के लिए बीच में ला रहा था।"

"यानी न तो केजीबी और न ही सीआईए?" ललिताजी का प्रश्न अधूरा होते हुए भी एक बड़ा प्रश्नवाचक चिह्न बना रहा था।

"हाँ, आप सही समझ रही हैं।"

शास्त्रीजी ने भी संकेतों में कहा। उन्होंने आगे बताया—"एक बार यदि कल्पना भी कर लें कि मुझे सोवियत संघ अपने रास्ते से हटाने की सोचता तो अपनी जिस अंतरराष्ट्रीय साख को बनाने के लिए उसने समझौते के नाम पर दोनों देशों को बुलाया और यदि वह समझौता विफल हो जाता, तो उससे कहीं बड़ा झटका उसे अंतरराष्ट्रीय स्तर पर मेरी हत्या करवाकर लगता। आपको क्या लगता है कि इससे सोवियत संघ की प्रतिष्ठा अंतरराष्ट्रीय स्तर पर बढ़ती? कतई नहीं। और नहीं

तो वह दुनिया की निगाहों में एक धूर्त, कपटी और हत्यारा देश घोषित हो जाता, जो सोवियत संघ को कभी बर्दाश्त न होता।"

"फिर क्या हुआ था ताशकंद में आपके साथ?" ललिताजी बेचैनी में पूछ रही थीं।

शास्त्रीजी ने हँसकर कहा, "मेरे बाद भारत के प्रधानमंत्री को अमेरिका, सोवियत संघ और ब्रिटेन से संपर्क करना चाहिए था। वहाँ के सारे दस्तावेज मँगाने का प्रयास करना चाहिए था। अमेरिका और सोवियत संघ के बाद ब्रिटेन ही था, जो इस समझौते पर नजदीक से नजर रख रहा था। हमारे प्रधानमंत्री ब्रितानी समकक्ष से भी ताशकंद में मेरी मौत से जुड़ी जानकारियों को साझा करने का अनुरोध कर सकते थे, लेकिन कोई भी कार्य गंभीरता से हुआ ही नहीं। 1947 के बाद से ही भारत और इंग्लैंड, दोनों देशों की खुफिया एजेंसियों के बीच भरोसेमंद संबंध थे। आजादी के बाद भी भारतीय खुफिया विभाग ने सुभाष चंद्र बोस से जुड़ी जानकारियाँ इंग्लैंड के साथ साझा की थीं। यदि हम अपने लोगों की सूचनाएँ उन्हें दे सकते थे, जिन्होंने हमारे देश पर इतने वर्षों तक शासन किया और जिनसे आजाद होने के लिए कितने क्रांतिकारी शहीद हो गए, तो फिर उन्हीं अंग्रेजों से मेरी मौत के बारे में भी कोई जानकारी यदि उन्हें थी, तो भारत सरकार को माँगनी चाहिए थी। नहीं होने पर बहुत होता, तो वे मना कर देते। इससे आगे और क्या? कम-से-कम भारत सरकार पर मेरी मौत से जुड़े तथ्यों को छिपाने या झूठ बोलने का आरोप तो न लगता।"

"हूँ। जान मोहम्मद के बारे में उड़ती-उड़ती सी खबर मिली थी कि उसे पाकिस्तान भेज दिया गया था, जहाँ इंदिरा उसे हर महीने पेंशन भेजती थीं। अब भगवान् ही जाने कि इसमें कितनी सच्चाई है।" ललिताजी के स्वर में हताशा थी।

"यहाँ पर मेरे चेहरे को नीला और सूजा हुआ देखकर आप लोगों ने जब जहर देने की आशंका प्रकट की थी, तो कहा गया कि शव को सुरक्षित रखने के लिए 'एम्बामिंग' की गई थी, जिसके कारण पार्थिव शरीर में ये परिवर्तन आए थे। ताशकंद की दिल्ली से दूरी मात्र तीन घंटों की है, हवाई जहाज से। इतनी जल्दी यदि इतने परिवर्तन होने थे, तो फिर एम्बामिंग का क्या मतलब था? जबकि ब्लादिमीर लेनिन के शव को उनकी मृत्यु के कितने वर्षों बाद तक अच्छी स्थिति में संरक्षित रखा गया। सोवियतों को कम-से-कम शव-संरक्षण के मामले में बहुत अच्छी विशेषज्ञता थी। फिर सोवियत संघ के लोगों ने भी तो जहर दिए जाने की आशंका में ही पोस्टमार्टम कराने का आग्रह किया था, जिसे भारत के कुछ लोगों ने मिलकर सिरे से नकार दिया था कि शव अपवित्र और खराब हो जाता है। इसे भारत में

अच्छा नहीं माना जाता। जबकि सोवियत संघ में जहर दिए जाने का शक होने पर शरीर के हर अंग की जाँच की जाती थी। यदि वे लोग भी पोस्टमार्टम करवाना चाह रहे थे, तो फिर भारत में इस बात पर अंतरराष्ट्रीय संबंधों के खराब होने की दुहाई क्यों दी जा रही थी? सब नाटक था। कोई देश संलिप्त था, तो भी उसका पर्दाफाश होना चाहिए था। पर तथ्य तो कुछ और ही थे।"

शास्त्रीजी चुप हो गए थे। एक मौन सा पसरा रहा कुछ देर दोनों के बीच। फिर ललिताजी ही बोल पड़ीं—"जब डायरी और पानी का थर्मस वापस नहीं आया और गायब ही हो गया, तभी हमें शंका हो गई थी कि पानी में ही कुछ गड़बड़ रही होगी।"

"हाँ, पानी थर्मस में पहले से ही रखा था। रामनाथ से मैंने माँगा, तो उसने गिलास में निकालकर पकड़ाया। फिर मेरे ही कहने पर वह बत्तियाँ बुझाकर चला गया। मैं जैसे ही लेटा, लगा कुछ मेरे साथ असामान्य हो रहा है। सीने में जलन और खाँसी का दौरा सा आया था। मैं उठकर बैठ गया। कुछ देर दोनों हाथों से सीने को सहलाता रहा। लगा, अभी ठीक हो जाएगा। पर खाँसी का वेग कम होने का नाम नहीं ले रहा था। मैं उठा था और किसी तरह फिर पानी पीने के लिए थर्मस की ओर हाथ बढ़ाया, लेकिन जैसे लग रहा था कि हाथ-पैर काम ही नहीं कर रहा। हाथ से टटोलकर किसी तरह कमरे की बत्ती जलाई। थर्मस से थोड़ा पानी निकालना चाह रहा था, लेकिन वह कसकर बंद था और मेरे हाथों में इतनी कमजोरी लग रही थी कि मैं खोल नहीं पा रहा था। किसी तरह काँपते हाथों से गिलास में थोड़ा पानी लेकर फिर से पीया, ताकि खाँसी रुके। लेकिन वह और बढ़ रही थी। लड़खड़ाते पैरों से मैं बगल वाले कमरे तक पहुँचा था। वहाँ पर सहाय, शर्मा और कपूर सुबह के लिए पैकिंग करके सोने ही जा रहे थे, तब तक मैंने उनके दरवाजे पर दस्तक दी थी। मेरी हालत देख सहाय डॉक्टर चुग को बुलाने दौड़े थे। शर्मा और कपूर ने मुझे बाँहों में सँभाल लिया था और मेरे कमरे तक ले आए। मैं खाँस रहा था। साँस लेना मुश्किल हो रहा था। मैंने थर्मस की ओर इशारा किया, पर उन्हें लगा कि मैं पानी माँग रहा हूँ, जबकि मैं समझ चुका था कि पानी पीने के बाद से ही मेरी हालत बिगड़नी शुरू हुई थी। मैं उन्हें बताना चाह रहा था कि वे पानी को चेक करें। उसी में कुछ है। लेकिन उन्हें लगा कि मैं पानी माँगने का संकेत कर रहा हूँ। उन्होंने फिर पानी देने की कोशिश की। मैंने पानी नहीं पीया और संकेत करता रहा, पर वे लोग समझ नहीं पाए। उसके बाद तो मैं अचेत ही हो गया।"

"ओह, कहाँ थे भगवान् तुम? इतना कष्ट आपने अकेले सहा। हे भगवान्।"

ललिताजी का स्वर हाहाकार से भरा हुआ था।

शास्त्रीजी ने मानो अपना अंतिम फैसला सुनाया—"अब न मेरी पार्थिव देह बची है, जिसकी पोस्टमार्टम जाँच करवाकर तथ्यों को जाना जा सके और न ही वह थर्मस बचा है, जिसमें जान मोहम्मद ने अपने मालिक के कहने पर पानी भरकर रखा था। अब सिर्फ और सिर्फ अनुमान लगाया जाता रहेगा कि शास्त्रीजी के साथ ताशकंद में क्या हुआ होगा?"

"मेरा जीवन उजाड़कर क्या मिला था लोगों को? एक बूढ़ी माँ इस संसार से अपने बेटे का दुःख लिये तड़पकर चली गई। क्या मिला लोगों को?" ललिताजी के स्वर में एक तड़प थी।

"कोई बात नहीं ललिताजी। मैंने 15 अगस्त, 1965 को लाल किले के प्राचीर से कहा था न कि 'हम रहें या न रहें, किंतु यह झंडा रहना चाहिए और देश रहना चाहिए'। मुझे यकीन है कि यह झंडा रहेगा। भारत दुनिया के देशों में एक बड़ा देश होगा और शायद भारत दुनिया को कुछ दे भी सके।"

"आप देश के लिए इतना सोच रहे थे और आपके देश के ही कुछ लोग आपको हमेशा के लिए हटाने की साजिशें कर रहे थे। वे सफल भी हो गए।"

ललिताजी की आवाज भर्राई थी। शास्त्रीजी ने उन्हें समझाया—"अब उस देह के लिए शोक मत करिए। आप भी उस देह-बंधन से मुक्त हो चुकी हैं। वह देखिए। उधर, अपने पार्थिव देह की चिता के पास। सबकुछ समाप्त हो चुका है।"

ललिताजी ने उधर की ओर देखा था। सचमुच सब समाप्त हो चुका था। रह-रहकर थोड़ी-बहुत अग्नि चिता के भीतर से लपलपा उठ रही थी। चिता के आसपास अब कोई नहीं था। एक उदास सन्नाटा बिखरा था चारों ओर।

शास्त्रीजी कह रहे थे—"बस पुत्र-पुत्री, स्वजनों का साथ इतना ही होता है। चिता में कपाल क्रिया की और उसके बाद कंधे पर घड़े का जल लेकर पीछे से चिता की ओर फेंका। चिता को ठंडा करने का यह कृत्य इसलिए किया जाता है कि आत्मा शांति से अपने लोक की ओर गमन कर सके। पीछे पलटकर चिता की ओर इसलिए भी नहीं देखते कि आत्मा किसी मोह या बंधन में फिर न पड़े। परलोक गमन का उसका मार्ग सुगम हो। आपके स्वजन भी अब जा चुके हैं।" वे मद्धिम स्वर में हँस रहे थे।

ललिताजी हैरान सी सबकुछ देख रही थीं। रात लगभग बीत चुकी थी। भोर का गाढ़ा अँधेरा फैल गया था। उसके पीछे ही सूरज की अरुणिमा छिपी हुई थी। पास के झुरमुट में भोर की चिड़िया 'ठाकुरजी' 'ठाकुरजी' की रट लगा चुकी थी।

पूरे ब्रह्मांड में एक हल्का सा स्पंदन फूल के चटकने की तरह व्याप्त हो गया था। मधुमालती, रातरानी और बेला की मिली-जुली गंध हवाओं में घुल-मिल गई थी। शास्त्रीजी ने पुनः ललिताजी की बुझती चिता पर एक उड़ती सी दृष्टि डाली थी और कहा—

"चलिए, अब हम अपने लोक को चलें।"

दोनों प्राणऊर्जाएँ एक मद्धिम कंपन के साथ एक-दूसरे में समा गई थीं और प्रकाश की गति से भी तीव्र अपने लोक की ओर चल पड़ी थीं। अदृश्य, असीम, अनंत आदिस्रोत की ओर। उनकी अगवानी में शुक्र तारे ने चाँद की घंटी धीरे से हिलाकर एक ओर कर दी। सूर्य अपनी सुनहरी किरणों का जयमाल लिये उनके अभिनंदन के लिए बाहर निकल आया था। धरती की दो निष्पाप पुण्यात्माएँ उनके दिव्यलोक में पधार रही थीं।

□

ग्रंथ जो सहायक बने

1. भारत रत्न : लाल बहादुर शास्त्री	संपादक, नीरजा माधव प्रकाशन वर्ष–2013 प्रकाशक, कौशल पब्लिशिंग हाउस, विश्वविद्यालय मार्ग, फैजाबाद–224001 (उ.प्र.)
2. धरती का लाल (स्मृति ग्रंथ)	प्रधान संपादक, यशपाल जैन प्रकाशन वर्ष–1988 प्रकाशक, श्री लाल बहादुर शास्त्री सेवा निकेतन, फतेहपुर शाखा 1, मोतीलाल नेहरू प्लेस, नई दिल्ली
3. लाल बहादुर शास्त्री	लेखक, महावीर अधिकारी प्रकाशन वर्ष–अप्रैल 1966 प्रकाशक, राजपाल एंड संस, कश्मीरी गेट, दिल्ली–6
4. शांति के पुजारी, युद्ध के विजेता	लेखक, बाँके बिहारी भटनागर (संपादक–साप्ताहिक हिंदुस्तान), प्रकाशन वर्ष–1966 प्रकाशक, सुभाष जैन, शकुन प्रकाशन, 3625 नेताजी सुभाष मार्ग, दरियागंज, दिल्ली–6
5. गुदड़ी का लाल : लाल बहादुर	लेखिका, मंजुला प्रकाशन वर्ष–1974 प्रकाशक, उमेश प्रकाशन, 5–नॉथ मार्केट, नई सड़क, दिल्ली–6

6. शास्त्री के साथ क्या हुआ था?	लेखक, अनुजधर, अनुवाद- संभ्रांत मिश्रा प्रथम संस्करण-2019 प्रकाशक, वितस्ता पब्लिशिंग प्रा.लि., 2/15 अंसारी रोड, दरियागंज, नई दिल्ली-2
7. समर्पित साधिका (श्रीमती ललिता शास्त्री स्मरणांजलि)	प्रधान संपादक, पद्मश्री यशपाल जैन प्रकाशन, प्रथम संस्करण-1999 प्रकाशक, श्री लाल बहादुर शास्त्री सेवा निकेतन 1-मोतीलाल नेहरू प्लेस, नई दिल्ली-110011
8. लाल बहादुर शास्त्री	लेखक, सुनील शास्त्री प्रकाशन वर्ष-2013 प्रकाशक, प्रभात प्रकाशन, 4/19 आसफ अली रोड, नई दिल्ली-110002
9. भारत के सपूत : लाल बहादुर शास्त्री	प्रस्तुति-शबाना करीम प्रकाशन वर्ष (उल्लेख नहीं) प्रकाशक, मारुति प्रकाशन, अग्रवाल कॉलोनी, रामलीला ग्राउंड के सामने, दिल्ली रोड, मेरठ-2 फोन : 0121-2518025/3255234

□□□